Mensch und Raum

Geographie 12/13

Gymnasiale Oberstufe

Lösungsband mit Kommentaren

Herausgegeben und bearbeitet von

Dieter Allkämper, Jürgen Bauer, Mechthild Dielmann, Wolfgang Gerber, Hans-Peter Konopka, Wolfgang Mittag, Jürgen Neumann, Hans Oestreich, Robert Stegemann, Ulrich Theißen, Engelbert Wührl

in Zusammenarbeit mit der Verlagsredaktion

Cornelsen

Cornelsen online http://www.cornelsen.de

2. Auflage ✔ Druck 4 3 2 1 Jahr 02 01 2000 99

Druck: Lengericher Handelsdruckerei, Lengerich / Westfalen

ISBN 3-464-08085-4

Bestellnummer 80854

Gedruckt auf Recyclingpapier, hergestellt aus 100 % Altpapier.

Inhaltsverzeichnis

Industrieländer SB 8–135

USA SB 10–53

1. Bevölkerung: Die USA, ein „melting pot"? SB 10–15

1. Nach der Landung der Pilgerväter (1620) in Nordamerika und der Errichtung von Kolonien begann die Einwanderung von Europäern, die sich in ihrer Heimat aus politischen, sozialen und religiösen Gründen unterdrückt fühlten. Mit der Gründung der USA (1776) und dem wirtschaftlichen Aufschwung nach dem Sezessionskrieg (1861–1865) brauchte der neue Staat Arbeitskräfte und Siedler um das Land zu erschließen. Viele Europäer sahen darin ihre Chance in der neuen Welt zu (relativem) Wohlstand zu gelangen. M 2 zeigt, dass Zeiten wirtschaftlichen Aufschwungs in den USA sowie Hungersnöte in Europa zu Einwanderungswellen führten, während andererseits Wirtschaftskrisen in den USA die Einwanderung bremsten. Während bis Anfang des 20. Jh. Einwanderer aus Europa dominierten, kommen in jüngster Zeit die meisten von ihnen aus Asien und Lateinamerika. Eine besondere Bedeutung hat die zwangsweise „Einwanderung" von Sklaven aus Afrika. Sie wurden als billige Arbeitskräfte für die Arbeit auf den Plantagen im feuchtheißen Klima des Südens benötigt. Nach der Abschaffung der Sklaverei kam die Zuwanderung von Schwarzen gegen Ende des 19. Jh. praktisch zum Erliegen. Der größte Teil der heutigen schwarzen Bevölkerung besteht aus Nachfahren dieser Sklaven.

2. Der Anteil der schwarzen Bevölkerung ist nach wie vor in den Südstaaten am größten. Die Hispanics bevorzugen die Bundesstaaten, die nahe an Mexiko bzw. der Karibik liegen. Die Weißen sind mehr oder weniger über das gesamte Staatsgebiet verteilt.

3. Während im 19. Jh. und zu Beginn des 20. Jh. hauptsächlich Europäer einwanderten, kamen nach dem 2. Weltkrieg Lateinamerikaner und Asiaten ins Land. Da diese Einwanderer in der Regel jünger waren als der Durchschnitt der US-Bürger und sie außerdem meist aus Großfamilien kamen, lag ihr demographisches Wachstum über dem der weißen Amerikaner. Als Folge dieser Entwicklung wird bis zum Jahr 2000 der Anteil der weißen Bevölkerung auf etwa die Hälfte zurückgehen. Die Hispanics werden zweitstärkste ethnische Gruppe, und die durch starke Zuwanderung in den 1980er und 1990er-Jahren vergrößerte Gruppe der Asiaten wird fast so zahlreich sein wie die der Schwarzen.

4. Die Integration der Einwanderer gelang relativ problemlos, solange sie aus Europa kamen und damit eine ähnliche Kultur, die gleiche Religion (Christen) und in der Regel die gleiche Hautfarbe hatten. Doch schon die Integration der Schwarzen und die der indianischen Ureinwohner muss als wenig gelungen angesehen werden. Mit der Ankunft von Einwanderern anderer Hautfarbe und anderer Kulturkreise wurde die Integration noch schwieriger. Inzwischen wird in den USA die Frage immer heftiger diskutiert, ob Einwanderer überhaupt vollständig integriert werden sollen, oder ob man ihnen nicht besser die Wahrung ihrer kulturellen Identität gestatten sollte.

5. Seit Beginn des 20. Jh. hat die Einwanderung von Hispanics zugenommen. Gegen Ende der 1960er-Jahre wanderten mehr Menschen aus Lateinamerika als aus Europa in die USA ein. In den 1980er-Jahren wurden Einwanderer aus Lateinamerika zahlenmäßig von Asiaten überflügelt. Die USA sind das einzige Land der Welt, wo Dritte und Erste Welt an einer gemeinsamen Landesgrenze aneinanderstoßen. Die großen Unterschiede zwischen Mexiko/Lateinamerika und den USA führen dazu, dass viele Menschen aus Lateinamerika in die USA einwandern wollen, um ihrer Armut zu entfliehen. In den USA erhoffen sie sich Arbeit und ein ausreichendes Einkommen für ein besseres Leben. Hinzu kommt, dass besonders in den Staaten des Südens und des Südwestens der USA bereits viele Hispanics leben, von denen sich Einwanderer Hilfe und Solidarität erhoffen.

6. Aufgrund mangelnder Schulbildung und Berufsqualifikation bekommen Hispanics in der Regel nur niedrig qualifizierte Jobs mit geringer Entlohnung. Infolgedessen ist ihr Durschnittseinkommen geringer als das der übrigen US-Bürger. Seit 1982 driften die Einkommen von Hispanics und der übrigen US-Bürger weiter auseinander. Ca. ein Viertel aller Hispanics lebt unterhalb der Armutsgrenze und ist auf Hilfe angewiesen, weshalb Hispanics einen niedrigen Sozialstatus einnehmen. Von den aus Mexiko eingewanderten Hispanics leben sogar 40 % unterhalb der Armutsgrenze (s. Anhang). In Gemeinden mit hohem Hispanic-Anteil ist die Zahl der High-School-Absolventen gering und entsprechend niedrig ist auch das durchschnittliche Jahreseinkommen.
7. In Zeiten von Hochkonjunktur und Arbeitskräftemangel waren Hispanics als „billige Arbeiter" willkommen. In Rezessionsperioden hingegen erließen die USA Gesetze zum Immigrationsstopp. Heute versucht der Staat durch Grenzkontrollen die Zahl der illegalen Einwanderer zu reduzieren. Es ist jedoch zu bedenken, dass z. B. die in den USA lebenden Hispanics aus den jüngeren Einwanderungsperioden schon jetzt – und künftig in noch stärkerem Maße (vgl. M 4) – ein bedeutendes Käuferpotenzial bedeuten, auf das sich die Geschäftswelt einstellt.
   Die Diskussion um künftige Lösungsmöglichkeiten könnte auf Punkte wie Integration und Bewahrung kultureller Identität abzielen. Möglichkeiten, die Immigration dauerhaft zu bremsen, liegen wohl nur in der Beseitigung des Wohlstandsgefälles zwischen Mexiko und den USA. Erste Schritte in diese Richtung sind der Aufbau einer „Lohnveredlungsindustrie" im Norden Mexikos sowie die Errichtung der Freihandelszone NAFTA.
8. „Melting pot" oder „Schmelztiegel" soll ausdrücken, dass Einwanderer aus vielen Nationen durch einheitliche Sprache, einheitliches Schulsystem und durch ein aus der amerikanischen Kultur und Geschichte gewachsenes Nationalgefühl zu einer Nation zusammenwachsen. Ob dieses Ziel erreicht wurde, gilt zumindest als umstritten (vgl. Aufgabe 4).

2. Landwirtschaft in den USA — SB 16–31

2.1 Das Naturpotenzial — SB 16–19

1. **Portland** hat wegen seiner Lage in Meeresnähe ein relativ ausgeglichenes Klima. In keinem Monat liegt die Durchschnittstemperatur unter dem Gefrierpunkt. Einem sehr feuchten Winterhalbjahr stehen zwei aride Monate im Sommer gegenüber.
   Rapid City liegt auf fast 1000 m Höhe und hat ein Klima mit kontinentalen Einflüssen. Der Winter ist kalt und niederschlagsarm. Nach einem niederschlagsreichen Frühsommer folgt ein warmer und trockener Sommer.
   Cincinnati liegt am Westfuß der Appalachen und wird sowohl von kalten Luftmassen aus dem Norden als auch von warmen Luftmassen aus dem Süden erreicht. Die Folge sind im Winter Monatsmittel von um 0 °C und im Sommer Mittelwerte von ca. 25 °C. Niederschläge fallen zu allen Jahreszeiten in ausreichender Menge.
   San Francisco weist einen sehr ausgeglichenen Temperaturgang auf. Das Pazifikwasser verhindert einerseits eine stärkere Abkühlung im Winter, doch sorgt der kalte Kalifornienstrom andererseits dafür, dass die Monatsmittel im Sommer nicht einmal 20 °C erreichen, obwohl San Francisco auf der Breite von Südsizilien liegt. Mediterraner Charakter zeigt sich nur in der Aridität der Sommermonate.
   Phoenix hat ein schon fast wüstenhaftes Klima. Im Winter halten die umliegenden Gebirge Regen bringende Luftströmungen von der Stadt ab, im Sommer bestimmt das Rossbreitenhoch das Wettergeschehen, das durch hohe Temperaturen sowie Wolken- und Niederschlagsarmut charakterisiert ist. Lediglich Gewittertiefs aus dem Golf von Kalifornien können im Sommer Niederschläge bringen. Das Klima ist ganzjährig arid mit hohen Winter- und Sommertemperaturen.
   Vicksburg liegt im subtropischen Klimabereich, der von den warmen Wassern des Golfs von Mexiko beeinflusst wird. So ist das Klima ganzjährig feucht mit sehr milden Wintertemperaturen und Sommertemperaturen, die wegen der hohen Niederschläge im Durchschnitt bei 25 °C liegen.

2. In den USA ist das Relief meridional angeordnet. Das hat zur Folge, dass zwischen den Rocky Mountains im Westen und den Appalachen im Osten ein ungehinderter Luftaustausch zwischen dem Norden und dem Süden stattfinden kann. So können einerseits im Winterhalbjahr Kaltluftmassen bis weit nach Süden vorstoßen und andererseits im Sommerhalbjahr Warmluft aus dem Süden weit nach Norden vordringen. Das führt u. a. zu schweren Schäden in der Landwirtschaft (z. B. Frostschäden in den Citruskulturen des Südens).
   Im Gegensatz zu den Verhältnissen in den USA sind in Europa die Mittelgebirge sowie Alpen und Pyrenäen im Wesentlichen zonal angeordnet. Das verhindert z. B., dass Kaltluft aus dem Norden bis in das Mittelmeergebiet vordringt.
3. **Relief:** Hochgebirge mit intramontanen Becken im Westen, Tiefländer in der Mitte und im Süden, Mittelgebirge (Appalachen) im Osten, vorgelagerter Atlantik-Küstensaum.
   Klima: Grobeinteilung in einen ariden Westen und einen humiden Osten; die Grenze liegt etwa im Bereich des 100. Längengrades. Der gebirgige Westen hat aufgrund seiner Höhenlage eine relativ kurze frostfreie Periode (z. T. unter 80 Tagen), im Übrigen wird die frostfreie Periode – ein wichtiger Faktor für die Landwirtschaft – von Norden nach Süden länger (bis auf über 240 Tage).
   Böden: Im Westen herrschen wenig fruchtbare Wüstenböden und Podsole vor. Im Nordosten – etwa halbkreisförmig um die Großen Seen – finden sich ebenfalls Podsole. Der Mittelteil der USA sowie der Südwesten und Süden sind durch fruchtbare Braun- und Schwarzerden, Prärieböden und Schwemmböden gekennzeichnet. In den dürregefährdeten Gebieten im Bereich um den 100. Längengrad kann es zu Erosionsschäden durch Windverwehung kommen, wenn z. B. nach dem Pflügen im Frühjahr große Flächen ohne Vegetation sind. Auf geneigten Flächen droht nach Starkregen Bodenabspülung.
4. Aus dem Bereich der Karibik ziehen besonders im Spätsommer und Herbst Hurrikane nach Nordwesten und bewegen sich auf die Golfküste der USA oder Florida zu. Ein Hurrikan kann bis zu 1000 km am Tag zurücklegen. Der Kerndruck beträgt z. T. nur 890 HPa, die Windgeschwindigkeit meist über 200 km/h. Wenn der Hurrikan die Küste erreicht, richtet er durch Sturmböen und sintflutartige Regenfälle schwere Schäden an. Hinzu kommt, dass in der Regel auch durch die hohen Windgeschwindigkeiten auf dem Meer große Wellen erzeugt werden, die als Flutwellen auf die Küste treffen und ebenfalls großen Schaden anrichten können.
   Durch die erhöhte Reibung über Land werden Zug- und Windgeschwindigkeit des Hurrikans reduziert und der Hurrikan nach Norden „abgebogen". Nach wenigen Tagen hat der Wirbelsturm dann in abgeschwächter Form den Nordosten der USA erreicht, wo er in der Regel nur noch wenig Schaden anrichtet. Manchmal werden weit nach Norden gelangende Wirbelstürme von der Westwinddrift erfasst und bis nach Europa transportiert, wo sie immerhin noch als Sturmtief ankommen können.
5. Folgende Räume könnten von den Schülerinnen und Schülern ausgewählt werden:
   Westen
   Gunstfaktoren: Im Südteil hohe Temperaturen, lange frostfreie Periode.
   Ungunstfaktoren: Hochgebirgsrelief; Aridität; wenig fruchtbare Böden.
   Mittlerer Westen
   Gunstfaktoren: Tiefländer und Plateaus; fruchtbare Böden; in der Regel ausreichende Niederschläge.
   Ungunstfaktoren: Im Nordteil kurze frostfreie Periode; Gefahr von Kaltlufteinbrüchen; Dürreperioden an der Westgrenze des Raumes möglich.
   Süden
   Gunstfaktoren: subtropisches Klima, Anbau ganzjährig möglich; fruchtbare Böden.
   Ungunstfaktoren: Gefährdung durch Wirbelstürme; in Extremfällen noch Kaltluftvorstöße aus dem Norden möglich.
   Osten und Nordosten
   Gunstfaktoren: relativ ausgeglichenes Klima; z. T. fruchtbare Böden.
   Ungunstfaktoren: im Nordosten Gefährdung durch Kaltlufteinbrüche und Kältewellen; z. T. wenig fruchtbare Podsole.

1. Die Belts entwickelten sich sowohl auf der Basis natürlicher Gegebenheiten als auch in Anlehnung an die Absatzmärkte. Durch Klima, Böden und Relief bestimmt sind z. B. der Gulf Sub-Tropical Crops Belt, wo aufgrund des Klimas u. a. Citrusfrüchte wachsen können, die Grazing and Irrigated Crops Region, wo Trockenheit und Gebirgsrelief Ackerbau nicht zulassen, sowie der Cotton Belt, dessen feuchtwarmes Klima sich besonders für den Baumwollanbau eignet. Auch der Spring Wheat (Sommerweizen) und Winter Wheat Belt (Winterweizen) sind Ausdruck ihres jeweiligen Klimas. Das ausgeglichene Klima und die Ebenen der Ostküste haben zur Ausbildung des Atlantic Fruit and Truck Belt geführt. Der Corn Belt hingegen entstand um die Futtergrundlage der nahe gelegenen Viehzuchtregionen zu liefern. Absatzmarktorientiert entwickelte sich der Hay and Dairy Belt, der die großen Verdichtungsräume um die Großen Seen und an der Ostküste mit Milchprodukten (sowie auch Frischgemüse) versorgte, die vor Ausbau des Verkehrsnetzes und vor der Einführung von Kühlwagen nicht über weite Strecken transportiert werden konnten. Gleiches gilt auch für den Pacific Valleys Dairy Belt (Seattle) sowie anfangs auch für die Bewässerungsgebiete in Kalifornien (Sub-Tropical Crops Belt), die zunächst die Metropolen Los Angeles, San Diego und San Francisco versorgten, sich später aber auf überregional absetzbare Produkte spezialisierten. In den Mittelgebirgslandschaften der östlichen Staatshälfte entwickelte sich eine gemischte Landwirtschaft, die sowohl für die Selbstversorgung als auch für regionale Märkte produzierte. Schon zu Beginn des 20. Jahrhunderts kam es aber zu Veränderungen des Belt-Systems (vgl. S. 30).
2. Die Zahl der Farmen in den USA nimmt seit etwa 1930 ständig ab, besonders stark ist der Rückgang nach dem Zweiten Weltkrieg. Auch die Farmbevölkerung (auf der Farm lebende Angehörige des Farmers und Arbeitskräfte) nimmt seit 1940 rapide ab (in der Grafik muss es heißen: „Farmbevölkerung" statt „Anzahl der Farmen"). Der Anteil der Farmen mit einem Jahreseinkommen von bis zu 20 000 $ nimmt seit 1970 deutlich ab. Während 1970 noch die weitaus meisten Farmen in dieser Einkommensklasse liegen, wird ihr Anteil im Jahre 2000 weniger als die Hälfte ausmachen. Prozentual gesehen nehmen die Farmen mit höherem Einkommen in diesem Zeitraum zu. Ein wesentlicher Grund für die Abnahme der Farmen und der Farmbevölkerung liegt in der Technisierung der Agrarwirtschaft. Einerseits braucht man immer weniger Arbeitskräfte, andererseits sind Maschinen nur auf größeren Flächen rentabel einsetzbar. Die Innovationsschübe (vgl. Aufgabe 4) haben ferner dazu geführt, dass die notwendigen Investitionen nur von großen Betrieben finanziell aufgebracht werden können. Kleinbetriebe, die sich die Modernisierung nicht leisten können, können auch nicht mehr konkurrenzfähig – im Vergleich zu Großbetrieben – produzieren. Das hat zur Aufgabe vieler kleinerer Farmen geführt, deren Betriebsflächen von größeren Betrieben aufgekauft wurden. So verschwanden mit der Zeit die Kleinbetriebe, während die großen Betriebe immer größer wurden. Mit dem Verschwinden vieler kleiner Farmen nahm logischerweise auch die Farmbevölkerung insgesamt ab. Eine weitere Abnahme der Farmbevölkerung liegt darin begründet, dass auch auf den Großfarmen wegen der Mechanisierung kaum noch Arbeitskräfte benötigt werden. Auf den verbliebenen Familienfarmen reicht die Arbeit deshalb selbst nicht mehr für alle Kinder, sodass diese teilweise auch die Farmen verlassen.
3. Die Innovationsschübe der amerikanischen Landwirtschaft haben in den letzten Jahrzehnten zu enormen Produktionssteigerungen geführt. Diese sind nicht nur durch eine Ausweitung der Produktion an sich, sondern vor allem durch eine Verbesserung der Produktivität erreicht worden. So konnten die Hektarerträge im Ackerbau vervielfacht werden. Bei der Tierzucht wurde u. a. der Arbeitsaufwand gesenkt (vgl. auch S. 26). Durch Einsatz von Mikroelektronik und Computertechnologie konnten in fast allen Bereichen die Produktionsabläufe optimiert werden. Als ablesbares Ergebnis läßt sich feststellen, dass um 1900 die Produktion eines Farmers etwa 10 Personen ernähren konnte, während es heute fast 80 sind.
4. Wie schon aus Aufgabe 3 hervorgeht, haben die Innovationsschübe zu großen Produktionssteigerungen geführt. Allerdings sind die dazu notwendigen Investitionen so groß gewesen, dass

nur kapitalkräftige Farmer die notwendigen Mittel aufbringen konnten. Dies hatte die Aufgabe von Millionen kleiner und mittlerer Betriebe (meist sog. „family farms“) zur Folge. Die Struktur der Agrarwirtschaft hat sich daher zugunsten der Großbetriebe verändert. Eine weitere Folge war die Spezialisierung der Farmen, da z. B. die Anschaffung teurer Maschinen in der Regel nur für ein Produkt lohnend war. Schließlich führten die teuren Innovationsschübe auch dazu, dass immer mehr Fremdkapital in die Agrarwirtschaft floss. Das Engagement von Gesellschaften, die nichts mit der Landwirtschaft zu tun haben, sowie die Verflechtung ganzer Firmenkomplexe im sog. „agribusiness“ sind letztendlich auch Auswirkungen der Innovationsschübe.

2.3 Getreide – Probleme durch Überproduktion SB 23–25

1. Die Grafik zeigt, dass etwas mehr als ein Drittel aller US-Agrarexporte auf Getreide entfällt. Nimmt man noch die Ölsaaten hinzu, kommt man auf mehr als die Hälfte. Das zeigt einerseits die große Bedeutung dieser beiden Produkte, andererseits ergibt sich daraus auch eine starke Abhängigkeit bzw. Anfälligkeit der Agrarexporte: Ein Verfall der Getreidepreise oder das Auftreten von Überschüssen auf dem Weltmarkt hätte gravierende Folgen für die Exportwirtschaft. Aufgrund der Exportmengen ist die wirtschaftliche Bedeutung der Getreideexporte sehr groß. Für viele Farmer war der Getreideanbau lange Zeit ein sicherer Einkommensfaktor. Erst die Turbulenzen der letzten Jahre auf dem Weltmarkt haben die Anfälligkeit von Monostrukturen deutlich gemacht. Da viele Farmer vom Getreideanbau abhängig sind, stellt dieser nicht nur einen wirtschaftlichen, sondern auch einen wichtigen innenpolitischen Faktor dar. So ist auch die staatliche Unterstützung der Getreidefarmer zu verstehen. Die Getreideausfuhr hat auch eine außenpolitische Bedeutung. Da viele Länder von amerikanischen Getreidelieferungen abhängig waren – und z. T. noch sind –, konnte das Getreide als politisches Druckmittel genutzt werden. Man sprach auch vom „Weizen als Waffe“. Dass sich dieses vermeintliche Machtmittel auch ins Gegenteil umkehren kann, haben die Folgen des US-Getreideembargos gegen die ehem. Sowjetunion gezeigt.
2. Bereits in den 1950er- und 60er-Jahren erzielten Amerikas Getreidefarmer große Produktionsüberschüsse (M 22), die u. a. auch auf die durch die Innovationsschübe ausgelösten Produktivitätssteigerungen zurückzuführen sind. Die langfristigen Lieferverträge mit der ehem. Sowjetunion führten zu weiteren Produktionssteigerungen bei Getreide (Ausweitung der Anbauflächen), weil die Farmer den Getreideanbau für eine sichere Einnahmequelle hielten.
3. Nach dem Getreideembargo mussten die USA versuchen, für ihr Getreide, das ursprünglich für die ehem. Sowjetunion vorgesehen war, andere Käufer auf dem Weltmarkt zu finden. Da auf einmal wesentlich mehr Weizen als üblich angeboten wurde, fiel der Weizenpreis von 1980 auf 1981 deutlich. Ausgelöst durch das Getreideembargo erkannten auch andere Länder die Bedeutung des Weizens in wirtschaftlicher sowie politischer Hinsicht und steigerten ihre Weizen- und Getreideproduktion. Als Folge blieb der Weizenpreis nach 1980 insgesamt auf niedrigem Niveau und erreichte auch in schlechten Erntejahren wie z. B. 1988/89 nicht wieder die Werte von 1979/80. Die in M 18 angegeben Einheit „bushel“ ist ein Hohlmaß, das ca. 35 Liter umfasst. Auf Getreide bezogen entspricht ein bushel etwa 26 kg.
4. Das von der amerikanischen Regierung erlassene Payment-in-Kind-Programm bietet für Farmer durch Prämienzahlungen einen Anreiz, Flächen mit Überschuss-Produkten stillzulegen. Da die Prämien nicht bar, sondern in Naturalien gezahlt werden, kann die US-Regierung damit gleichzeitig die eingelagerten Überschüsse abbauen. Somit wird durch dieses Programm eine doppelte Wirkung erzielt: Die Produktion wird gedrosselt, überschüssige Lagerbestände werden verringert. Es muss hier jedoch angemerkt werden, dass die Produktionsdrosselung geringer als erwartet ausfiel. Viele Farmer hatten nämlich nur Flächen mit geringen Hektarerträgen stillgelegt und auf den guten Böden/Flächen weiterproduziert.
   Während die EU die Getreidepreise subventioniert und damit einen Produktionsanreiz schafft, was zu weiterer Überproduktion führen kann, erhalten die US-Farmer direkte Zuschüsse. Dieses Verfahren ist produktionsneutral, weil der Farmer nichts davon hat, wenn er viel produziert. (Auch

die EU versucht neuerdings bei einigen Produkten (z. B. bei Milch), durch eine Quotenregelung die Produktionsanreize gering zu halten.)

5. Die Fortschritte in der Agrartechnik (vgl. S. 21) konnten oftmals nur von kapitalkräftigen Betrieben finanziert werden. Besonders die Preise für die Agrarmaschinen stiegen wegen ihrer hohen Technisierung stark an. Aber auch die neuen Getreidesorten brachten nicht nur hohe Erträge, sondern waren wegen der Aufwendungen für Dünger und Pflanzenschutz teuer und erforderten zunächst einmal Kapitaleinsatz, ehe sie Gewinne abwarfen.
   Um alle diese Investitionen zu tätigen nahmen die Farmer Kredite auf. Höhe und Zinsen der Kredite richteten sich nach dem Farmanlagevermögen (z. B. Grundstücke, Gebäude, Maschinen), das die Farmer den Banken als Sicherheit bieten konnten. Der Preisverfall auf dem Weltmarkt und die Absatzschwierigkeiten für US-Getreide (vgl. Aufgabe 3) waren für die Farmer in zweierlei Hinsicht verhängnisvoll: Zum einen erhielten sie für ihr Getreide niedrigere Preise, zum anderen fielen die Bodenpreise für Getreideanbauflächen wegen der Schwierigkeiten drastisch. Auf einmal war damit der für Kredite notwendige Gegenwert unterschritten. Deshalb mussten die Farmer neue Kredite bzw. solche mit schlechteren Konditionen aufnehmen. Insgesamt führten diese Entwicklungen viele Kleinfarmer in den Ruin. Sie gaben auf, ihre Äcker standen zum Verkauf, was die Bodenpreise weiter drückte.
6. In den 1970er-Jahren hatten die USA mit ihrer großen Getreideproduktion fast eine beherrschende Stellung auf dem Weltmarkt eingenommen. Viele Länder, die ihre Bevölkerung nur mithilfe von Getreideimporten ernähren konnten (z. B. einige Entwicklungsländer und auch die ehem. Sowjetunion), wurden von Getreidelieferungen aus den USA abhängig. In dieser Zeit entstand der Gedanke, Getreidelieferungen von wirtschaftlichen und politischen Gegenleistungen abhängig zu machen. In dieser Absicht verhängte Präsident Carter auch das Getreide-Embargo gegen die Sowjetunion. Dass es scheiterte, zeigt, dass der „Weizen als Waffe“ wohl doch kein geeignetes Mittel der Politik ist.

2.4 Agribusiness – Weg aus der Krise? SB 26–29

1. Die Innovationsschübe in der US-Landwirtschaft bedeuteten neben den enormen Produktionssteigerungen auch hohe Investitionskosten. Teure Maschinen konnten in der Regel nur noch für ein Produkt angeschafft werden. So kam es zu einer weitgehenden Spezialisierung. Gewinne konnten nur noch über große Mengen eines Produktes erzielt werden. Diesen Weg der kapitalintensiven Modernisierung der Agrarproduktion konnten kleine Farmen nicht mehr finanzieren. Sie wurden vielfach zum Aufgeben gezwungen, ihre Betriebe und Flächen von größeren Farmen oder Kapitalgesellschaften aufgekauft. Übrig blieben bei diesem Prozess fast nur noch Großfarmen.
2. Die feedlots arbeiten nach neuesten ernährungswissenschaftlichen Methoden. Die Tierhaltung ist hoch technisiert und spezialisiert. Eine Betriebseinheit erledigt in der Regel auch nur eine Aufgabe (z. B. Aufzucht oder Mast). Die horizontale und vertikale Integration in „Agribusiness“-Großbetrieben hält die Kosten niedrig und führt zur Gewinnoptimierung. Die feedlots zeichnen sich durch eine sehr hohe Arbeitsproduktivität aus. Das für den Aufbau derartiger Komplexe notwendige Kapital wird z. T. von nicht-agrarischen Konzernen oder von Aktiengesellschaften aufgebracht. Wenn ein Agrarunternehmen, wie z. B. ein feedlot, in eine solche Struktur eingebettet ist, können auch Verluste für eine Weile verkraftet werden, da die Kapitaleigner in anderen Wirtschaftsbereichen Gewinne erzielen.
3. Die US-Landwirtschaft wird inzwischen von immer mehr spezialisierten und hoch integrierten Großbetrieben beherrscht. Die meisten „family farms“ haben neben diesen wenig Chancen. In Gebieten, in denen family farms überwiegen, hat deren Aufgabe z. T. schon zu einer Verödung der Agrarlandschaft geführt. Die Farmen liegen brach, Bevölkerung wanderte ab, Kleinstädte, die von den Farmern abhängig waren, verarmten. Zu einem Landschaftswandel kommt es außerdem dadurch, dass feedlots aus den traditionellen Viehzuchtgebieten in die klimatisch begünstigten Regionen des Südens und Südwestens der USA abwandern.

Agrarindustrie: Beispiel der Geflügelwirtschaft SB 28

1. Die Geflügelhaltung findet in verstärktem Maße auf den ehemaligen Baumwollflächen im klimatisch günstigen Cotton-Belt statt. Das Futter wird auf dem nationalen Markt gekauft, da bei den benötigten großen Mengen die Transportkosten kaum noch eine Rolle spielen. Die Geflügelproduktion der USA hat stark zugenommen und sich in 20 Jahren fast verdoppelt. Zum einen liegt dies an den geänderten Essgewohnheiten der US-Bevölkerung (mehr „chicken in fast food"), zum anderen auch an den durch Massenproduktion erreichten günstigen Verkaufspreisen für Geflügelfleisch.
2. Ähnlich wie bei den feedlots haben auch bei der Geflügelhaltung ein starker Technisierungsgrad, eine Konzentration in Großbetrieben und hoch integrierte Betriebsformen zu einer hohen Produktivität geführt. Begünstigt wurde diese Entwicklung durch einen steigenden Geflügelfleischverbrauch, der kapitalintensive Investitionen lohnend erscheinen ließ. Die Erwartung auf hohe Gewinne war so groß, dass selbst deutsche Agrar-Großunternehmen Betriebe in den USA errichteten.
3. Die Vorteile der Massen-Geflügelhaltung liegen in der rationellen Produktion, in hohen Gewinnen und in guten Absatzchancen. Nachteilig zu bewerten sind der große Flächenbedarf der Großfarmen, die Anfälligkeit der Tiere gegenüber Infektionskrankheiten, die sich bei Massentierhaltung epidemisch ausbreiten können, und die Schwierigkeiten Gülle sowie andere Abfälle „loszuwerden". Nicht unterschätzt werden sollten auch die ethischen Aspekte: Massentierhaltung contra artgerechte Tierhaltung.

2.5 US-Landwirtschaft heute SB 30–31

1. Die strukturellen Änderungen der US-Agrarwirtschaft und die Änderungen in der Produktpalette haben auch die Agrarlandschaft verändert. Vom Konzept der Belts ist nicht viel übrig geblieben. Am wenigsten beeinflusst wurden der Dairy-Belt in der Nähe der Großen Seen und die Weidewirtschaftsregion im trockenen Westen, weil hier die Standortfaktoren (Marktnähe für leicht verderbliche Produkte, trockenes Weideland) weiter gültig blieben. Der Cotton-Belt ist fast vollständig verschwunden. Bis auf die o. a. wenig veränderten Agrarregionen besteht der Rest der USA aus mehr insel- als flächenhaften Gebieten mit stark spezialisiertem Anbau. Der Bereich mit „gemischter Landwirtschaft" ist oftmals auch spezialisiert (z. B. verschiedene Gemüse, Viehhaltung und Futterbau).
2. Die Innovationsschübe der Landwirtschaft ließen z. B. durch entsprechende Züchtungen den Anbau einiger Produkte auch außerhalb ihrer Belts zu. Die Konzentration von Viehhaltung in Großbetrieben führte dazu, dass Futter wegen des gesunkenen Anteils der Transportkosten (Masseneinkäufe!) nicht mehr vor Ort gekauft werden musste. Außerdem konnten Agrarkonzerne auf dem Weltmarkt selbst Futter billig einkaufen und die Tierernährungsforschung machte neue Futtermittel ausfindig (z. B. Soja statt Mais). Intensive Viehhaltung war damit auch in Trockenräumen möglich. Starke Veränderungen erfuhr die Agrarlandschaft auch durch die Ausweitung des Bewässerungsfeldbaus. Dadurch waren einige Produkte in Trockenräumen besser zu erzeugen als in ihren ursprünglichen Belts (z. B. Baumwolle). Schließlich führten auch Änderungen im Konsumverhalten (z. B. Steigerung des Geflügelfleischverbrauchs) zu Wandlungen innerhalb der Belts.
3. Die Wandlungen in der Agrarerzeugung sowie eine kostengünstige und damit wettbewerbsfähige Produktion sind finanziell und organisatorisch am ehesten von Großbetrieben zu leisten. Die Integration von Agrarbetrieben in Kapitalgesellschaften und „Mischkonzernen" verringert insgesamt das Risiko. Zeitweilige Verluste im Agrarbereich können von Mischkonzernen und gemischten Kapitalgesellschaften eher verkraftet werden als von reinen Agrarbetrieben.
4. Die US-Landwirtschaft hat einen intensiven Konzentrations- und Spezialisierungsprozess hinter sich, der zur Aufgabe vieler kleiner und mittlerer Farmen geführt hat. Die verbliebenen (meist) Großbetriebe sind in der Regel gesunde, kapitalkräftige Unternehmen. Ihnen wird allgemein

zugetraut, dass sie – besonders, wenn sie von kapitalkräftigen Unternehmen getragen werden – auf künftige Entwicklungen in der Agrarwirtschaft flexibel reagieren können.
Es wird erwartet, dass aufgrund der Fortschritte in der Genforschung und bei der Entwicklung prozessorgesteuerter Hightech-Maschinen erhebliche Produktionssteigerungen erzielt werden können, sodass es zu einem weiteren Farmsterben kommen könnte. Gefährdet sind vor allem die Farmen, die bei der derzeitigen Marktlage bereits staatliche Unterstützungen beziehen.
Eine tabellarische Übersicht könnte folgende Gesichstpunkte enthalten:

Positive Faktoren:

Bezüglich Klima und Boden besitzen die USA eine Reihe von agrarischen Gunsträumen. Die Konzentration auf Großfarmen hat leistungsfähige Betriebe geschaffen. Innovationsschübe steigerten die Produktivität. Die Einbindung der Agrarunternehmen in „Mischkonzerne" und Kapitalgesellschaften baute das Risiko ab. Spezialisierung und die vorgenannten Entwicklungen führten zu marktgerechten, preislich konkurrenzfähigen Produkten. Die USA verfügen über eine leistungsfähige Agrarforschung.

Negative Faktoren:

Intensive Nutzung führt zu Überbeanspruchung des Bodens (z. T. Bodenerosion). Die Hochleistungszüchtungen sind empfindlich und erfordern aufwendige Pflegemaßnahmen. Durch Monokulturen ist die Schädlingsgefahr groß. Der deshalb notwendige Einsatz von chemischen Mitteln belastet die Umwelt. Die Massentierhaltung erzeugt große Mengen an Gülle, deren Ausbringung ebenfalls umweltbelastend ist. Viele Tierprodukte entstammen der Massentierhaltung, die auch aus ethischen Gründen bedenklich ist. Der Konzentrationsprozess in der Landwirtschaft führte zum Farmsterben, zum Verlust von Arbeitsplätzen und z. T. zur Verödung ganzer Agrarlandschaften.

5. Die Landwirtschaft der USA verfügt über eine Reihe betriebswirtschaftlicher und produktionstechnischer Vorteile. Dazu zählen u. a. große Betriebsflächen, rationalisierte und hoch integrierte Betriebe, hoher Mechanisierungsgrad, leistungsfähige Agrarforschung, Einbindung nichtagrarischen Kapitals in die Landwirtschaft. Dies gilt zwar weniger für die traditionellen Farmen, doch nimmt ihr Anteil immer mehr ab und inzwischen kommt der größte Teil der Agrarproduktion von Großbetrieben bzw. „Megafarms". Letztere verfügen über genügend Kapital um ständig die Ergebnisse der Agrarforschung auch in die Tat umsetzen zu können. Außerdem sind sie in der Lage, schnell auf Forderungen des Marktes bezüglich der Produktpalette zu reagieren. Angesichts dieser Voraussetzungen werden für das Jahr 2000 erhebliche Produktionssteigerungen erwartet – zu marktfähigen Preisen. Ob sich die Vorteile der US-Landwirtschaft auf dem Absatzmarkt umsetzen lassen, hängt aber auch von exogenen Faktoren, d. h. von den Bedingungen des Welthandels ab. So subventioniert die EU ihre Agrarprodukte so stark, dass sie den Weltmarktpreis unterbieten bzw. drücken kann. Andererseits erhebt sie Abgaben z. B. bei der Einfuhr von US-Agrarprodukten. Dies führt zu einer Wettbewerbsverzerrung, die u. a. die US-Agrarexporte behindern kann. In den letzten Jahren ist es deshalb mehrfach zu Konflikten zwischen den USA und der EU gekommen. In einem wirklich freien Welthandel hätten die US-Agrarprodukte gute Absatzchancen, doch wird der Welthandel zunehmend durch Handelshemmnisse behindert. Seit langem versuchen die GATT-Konferenzen, die Handelshindernisse durch Verhandlungen und Vereinbarungen abzubauen.

3. Industrie in den USA — SB 32–47

3.1 Die Rohstoffbasis — SB 32

1. Zusammenstellung der wichtigsten Vorkommen von Bodenschätzen:
   Steinkohle. Appalachen, Illinois, Rocky Mountains;
   Erdöl. Golfküste/Mississippidelta, Texas, Kalifornien;
   Erdgas. Golfküste/Mississippidelta, Texas, Great Plains, Kalifornien, nördl. Appalachen;

Eisenerz. Mesabi Range, Oberer See, Appalachen, Rocky Mountains;
Kupfer. Rocky Mountains (besonders Utah und Arizona);
Stahlveredler. Rocky Mountains, nördl. Appalachen;
Blei/Zink. Nördliche Rocky Mountains, nördl. Appalachen, Great Plains (Tulsa);
Gold/Silber. Rocky Mountains;
Uranerz. Rocky Mountains;
Bauxit. Arkansas;
Phosphat. Florida.

2. Ausgangsbasis für die Entwicklung von Industriegebieten war neben der Verkehrsgunst und der Marktnähe das Vorhandensein von Rohstoffen. So entstand z. B. die Schwerindustrie in den nördlichen Appalachen auf Basis der Steinkohle, in den südlichen Appalachen auf Basis von Kohle und Eisenerz. Die Eisenerze der Mesabi-Range wurden in Duluth und St. Paul verarbeitet (Stahlerzeugung, Maschinenbau). Erz- und Kohlevorkommen in der Region St. Louis zogen Stahlerzeugung, Maschinen- und Fahrzeugbau nach sich. Buntmetall- und Eisenerzvorkommen in Utah und Arizona führten ebenfalls zur Ansiedlung von Industrien (Hüttenwerke, Maschinen- und Fahrzeugbau). Erdölvorkommen hatten besonders im Bereich der Golfküste die Entwicklung chemischer Industrien zur Folge. Schließlich zogen auch die Energierohstoffe (zu denen man im Prinzip auch die Wasserkraft rechnen könnte) Industrien wie z. B. die Energie zehrende Aluminiumherstellung nach sich: Aluminiumherstellung und Flugzeugbau im Tennesseetal und im Staate Washington.
3. Die USA verfügen über große Vorkommen an wichtigen Rohstoffen wie z. B. Steinkohle, Erdöl, Erdgas und verschiedene Metallerze. Unzureichend ist die Rohstofflage bei Stahlveredlern. Dass die USA Rohstoffe einführen, die sie selbst in ausreichendem Maße besitzen, liegt an zwei Gründen: Zum einen bauen sie Rohstoffe nur ab, wenn diese billiger sind als Importe, zum anderen lassen sie bewusst Vorkommen ungenutzt um diese in Krisenzeiten als „strategische Reserve“ einsetzen zu können.

3.2 Der Manufacturing Belt

SB 33

1. Die Entwicklung des Manufacturing Belt zum Industrierevier basiert auf den Standortvorteilen Verkehrsgunst der Großen Seen, Kohlevorkommen in den Appalachen, Eisenerzvorkommen am Oberen See und Marktnähe zu den großen Metropolen der Ostküste und im Belt selbst. Die Entwicklung des Eisenbahnnetzes – besonders im Nordosten der USA – verbesserte die Transportbedingungen. Gleichzeitig wirkte der Anstieg des Eisenbahnverkehrs als Selbstverstärkungseffekt: Die Eisenbahn benötigte große Mengen an Schienen, Loks, Waggons, die im Manufacturing Belt hergestellt wurden und so zu einem Wirtschaftsaufschwung beitrugen. Die Eisenbahn ihrerseits sorgte für eine rasche und billige Verteilung der übrigen Produkte des Manufacturing Belt.
2. Da in den USA (im Vergleich zu Europa) der Eisenbahnverkehr seit einigen Jahrzehnten eine relativ geringe Rolle spielt, konnte sich das Automobil zum wichtigsten Verkehrsmittel entwickeln. Deshalb und wegen der hohen Mobilität der Amerikaner hatte das Land einen großen Bedarf an Pkws und Lkws. Die US-Autoindustrie belieferte einen riesigen Absatzmarkt im Inland, exportiert wurde wenig. Die Autoindustrie entwickelte sich im Manufacturing Belt, besonders im Bereich der Großen Seen, zu einer Schlüsselindustrie. Ganze Industriebranchen waren als Zulieferer in großem Maße von der Automobilproduktion abhängig. Lange Jahre war die Automobilindustrie der Garant für Wohlstand, andererseits stand und fiel das Wohlergehen ganzer Regionen mit diesem einen Standbein.
3. Etwa 1978/79 führte das Zusammentreffen mehrerer ungünstiger Wirtschaftsfaktoren zu einer Rezession im Manufacturing Belt: Auf dem US-Automobilmarkt war eine Sättigung eingetreten, japanische und europäische Autos machten den US-Herstellern zunehmend Konkurrenz. Im Schwerindustriebereich ging die Eisen- und Stahlerzeugung zurück, weil immer weniger Stahl benötigt wurde (Substitution, Verwendung dünnerer Bleche, Überangebot an Stahl auf dem

Weltmarkt). Außerdem wurden einige Industrien aus dem Manufacturing Belt in den Sun Belt verlagert, wo das Klima günstiger, Grundstücke und Arbeitskräfte billiger waren. Hinzu kam, dass die Schlüsselindustrie Automobilherstellung ihre Produkte für den Binnenmarkt konzipiert hatte. Ihre großen, schweren und „Benzin fressenden" Pkw-Modelle ließen sich z. B. in Europa kaum verkaufen. Alles zusammen ließ die traditionellen Industrien (Schwerindustrie, Maschinen- und Fahrzeugbau) schrumpfen und leitete einen Bedeutungsrückgang des Manufacturing Belt ein.

4. Ähnlich wie der Manufacturing Belt entwickelte sich das Ruhrgebiet auf der Basis der Kohle und der Schwerindustrie. Die Wirtschaft des Ruhrgebiets wurde erschüttert, als es in den 1950er-Jahren zur sog. „Kohlenkrise" und zum Zechensterben kam. Die (im Tiefbau gewonnene) Ruhrgebietskohle ist zu teuer und der Bergbau kann nur mit Subventionen am Leben erhalten werden. Im Manufacturing Belt wird die Steinkohle z. T. kostengünstig im Tagebau gewonnen, deshalb gab es dort keine vergleichbare Kohlenkrise. Der Manufacturing Belt war stark vom Maschinen- und Fahrzeugbau abhängig, das Ruhrgebiet mehr von der Kohle und der Schwerindustrie. Im Ruhrgebiet wurde gleich nach der Kohlenkrise mit der Diversifizierung der Wirtschaft begonnen, im Manufacturing Belt erst später. Dafür kam es im Manufacturing Belt nach 1980 durch konzertierte Maßnahmen von privaten und staatlichen Stellen zu einer deutlichen Umstrukturierung der Wirtschaft, die letztlich zu einem Aufschwung führte. Der Bergbau im Ruhrgebiet wirkt mit seinen hohen Subventionen z. T. wie eine „Erblast" für die Region.
5. Bereits 1982 – zum Zeitpunkt der niedrigsten Autoproduktion in den USA – wurden z. B. in Cleveland private Gesellschaften und Firmen gegründet, die Kapital und Know-how für Betriebsgründungen einsetzten. Sie sammelten private Spenden ein und organisierten staatliche Zuschüsse. Aus diesen Geldern wurden Kredite zur Betriebsgründung vergeben. Es entstanden Betriebe, die in der Regel nicht zur alten Schwerindustrie/Fahrzeugbau-Monostruktur gehörten. Stattdessen wurden Unternehmen der Wachstumsbranchen Elektronik, Raumfahrt und Dienstleistungen gefördert. Im Vergleich zu Deutschland waren an diesen Projekten wesentlich mehr privates Kapital und private Initiative beteiligt. Insgesamt erzielte das Zusammenwirken dieser Aktionen beachtliche Erfolge. Auch die Automobilindustrie konnte trotz eines Einbruchs 1991/92 durch Umstellung auf moderne, käuferorientierte und auch exportorientierte Modelle 1993 ihre Produktion um 8 % steigern – ein Trend, der auch 1994 anhielt.
6. Die Entwicklungen im Manufacturing Belt entsprechen im Wesentlichen der 2. Phase der Theorie von Fourastié, nach der ein Wirtschaftsaufschwung zu Wohlstand und zu starkem Konsum von Dienstleistungen führt, was in der Wirtschaftsstruktur eine Verlagerung vom sekundären zum tertiären Sektor zur Folge hat. Der von Schwerindustrie, Maschinenbau und Fahrzeugbau dominierte Manufacturing Belt tat sich zunächst schwer diesen Wandel zu vollziehen.
   Die Produktionszyklen-Theorie lässt sich am Automobilbau nachvollziehen: Neue Modelle bringen zunächst große Verkaufserfolge, die jedoch schon nach wenigen Jahren nachlassen, also muss wieder ein neues Modell auf den Markt gebracht werden. Infolgedessen wechseln die meisten US-Hersteller relativ schnell ihre Modelle.
   Die sog. „Reagonomics" waren sehr hilfreich für den Wiederaufschwung des Manufacturing Belt. Besonders durch Steuererleichterungen, Kredite und andere Anreize für Investoren konnte im Manufacturing Belt das notwendige Kapital für eine Umstrukturierung bereitgestellt werden. Bezahlt wurde dies jedoch mit Kürzungen bei den Sozialausgaben, die die sozial Schwachen hart trafen.

SB 39

1. Eine beonders hohe Schadstoffbelastung lässt sich in den Verdichtungsräumen im südlichen Bereich der Großen Seen feststellen. Hier weisen z. B. Chicago, Detroit, Sarnia, Cleveland und Pittsburgh hohe Schadstoffwerte auf. Neben der Schwerindustrie, den chemischen Fabriken sind der Verkehr sowie die Müllverbrennung die Hauptemittenten. Diese liegen zwar überwiegend auf US-Seite, doch kommt es durch die Windverfrachtung der Schadstoffe auch zu Einträ-

gen in den relativ wenig industrialisierten Regionen auf kanadischer Seite der Großen Seen. Zelluloseherstellung und chemische Industrie führen in Sudbury zu den extrem hohen SO_2-Werten.

2. Der größte Teil des Phosphateintrags geht auf die Einleitung (häuslicher) Abwässer und Düngemittel der Landwirtschaft zurück, die mit Niederschlägen eingespült werden. Die Seen mit der meisten Bevölkerung im Einzugsbereich (Michigan-, Erie- und Ontariosee) und dem größten Bevölkerungszuwachs haben auch die größte Phosphatbelastung und den größten Zuwachs beim Schadstoffeintrag. Michigan-, Erie und Ontariosee verzeichnen in den letzten Jahrzehnten einen starken Anstieg der Phosphate aus Siedlungsabwässern und Waschmitteln – ein Hinweis auf die unzureichende Zahl von Kläranlagen. Ackerbau und Viehzucht mit Futtermittelanbau in der Nähe des Michigan-, des Huron- und des Eriesees führen in diesen Gewässern zu einem hohen Eintrag durch Bodenabspülung. Der Ontariosee am Ende (in Fließrichtung des St. Lorenzstromes) der Seenkette wird durch Schadstoffeintrag in die vor ihm liegenden Seen zusätzlich belastet.
3. Der zeitliche Vergleich macht deutlich, dass Verbote, Kontrollen und Schadstoff reduzierende Maßnahmen seit etwa Ende der 70er-Jahre Wirkung zeigen. Die Konzentration von Schadstoffen aus Pflanzenschutzmitteln geht von 1974 auf 1981 deutlich zurück (Schadstoffe in M 45: DDT und DDE sind Insektizide, HCB ist ein Fungizid, Mirex ein Herbizid, und PCB sind u. a. in Farben, Lacken, Flammschutz- und Isoliermitteln enthalten). Mit dem Rückgang der Schadstoffe im Wasser der Seen geht auch die Konzentration von Schadstoffen in der Fauna einher. Allerdings werden die von US-Gesundheitsbehörden geforderten Grenzwerte von z. B. 0,1 ppm bei PCB noch immer erheblich überschritten.
4. Der Wirtschaftsaufschwung im Manufacturing Belt könnte nach Befürchtungen von Umweltschützern zu einem vermehrten Schadstoffeintrag in die Seen führen. Eine Wiederbelebung der Industrie könnte vermehrt Schadstoffe freisetzen, sofern nicht strenge Auflagen die Schadstoffe reduzieren helfen. Ähnliches gilt für eine Intensivierung der Landwirtschaft im Umland der Seen.
   Zwischen den USA und Kanada gibt es Differenzen bezüglich der Umweltschutzmaßnahmen: Die größten Schadstoffemittenten befinden sich auf dem Gebiet der USA, „ausbaden" müssen aber die Kanadier die Verschmutzung der Seen. Die Verhandlungen über niedrigere Grenzwerte und Maßnahmen zur Schadstoffreduzierung sind äußerst schwierig. Nach neuesten Studien (vgl. Anhang S. 423) ist nicht nur die Wasserqualität der Großen Seen bedroht, sondern die infolge des Wirtschaftswachstums stark angestiegene Wasserentnahme droht auch zu einer Absenkung des Wasserspiegels zu führen.

3.3 Der Sun Belt — SB 40–43

1. Die Staaten des Südens und Südwestens weisen ein Klima mit hohen Sommertemperaturen, milden Wintern und geringen Niederschlägen auf. Daher entstand der Name „Sun Belt" = „Sonnengürtel" (vgl. Klimadiagramm von Phoenix in M 11).
2. Die Verlagerung eines Teils der Rüstungsindustrie in den Sun Belt hat erste Ansätze zur Industrialisierung bewirkt. Ein weiterer Grund für den Aufschwung des Sun Belt liegt im Zerfall des Baumwollgürtels nach 1945. Dadurch wurden Arbeitskräfte und billige Grundstücke frei. Schließlich gehört ein Teil der neuen Industrien zum Hightech-Bereich. Diese Unternehmen sind nicht auf Rohstoffe vor Ort angewiesen („footlose"). Das milde Klima kann als Argument für den Umzug von Führungskräften benutzt werden.
3. In der Aufstellung könnten folgende Merkmale enthalten sein:
   Gunstfaktoren für die Industrie. Günstiges Klima (Heizkosten), billige Arbeitskräfte, billige Grundstücke, gute Verkehrserschließung, wachsender Verbrauchermarkt durch Bevölkerungszunahme.
   Gunstfaktoren für Arbeitnehmer. Angenehmes Klima, attraktive Landschaften, viele Freizeitmöglichkeiten im Outdoor-Bereich, niedrige Grundstücks- und Hauspreise.
   Das regen- und wolkenarme Klima begünstigte die Ansiedlung von Flugzeug- und Raumfahrtindustrie in Kalifornien, Arizona, Colorado und Texas. Günstige Lebenshaltungskosten sowie

Agglomerationsvorteile für Industrie und tertiären Sektor führten zum Aufschwung der Region Atlanta/Georgia. Verdichtungsräume mit hohen Bevölkerungszahlen sind günstige Standorte für die Konsumgüterindustrie. Dies trifft auf Südkalifornien, die Golfküste und die Region Dallas zu.

4. Die Zeitungsannonce hebt hervor, wieso South Carolina für Industriegründungen günstiger ist als die Megalopole der Nordostküste: Platz für Betriebserweiterungen, gute Verkehrsanbindung, intakte Umwelt und angenehmes Klima, ein großes Angebot an Büroflächen mit niedrigen Mieten. Betont werden auch die Vorteile für die Beschäftigten und ihre Familien (Lebensqualität). Vergleichende Werbung ist übrigens in den USA – im Gegensatz zu Deutschland – gestattet.
5. Im Manufacturing Belt ist die Wirtschaftsentwicklung vor allem im industriellen Bereich rückläufig. Das zeigt sich in der Abnahme der Wertschöpfung der Industrie. Im Sun Belt ist es genau umgekehrt. Hier fällt ferner auf, dass die Hightech-Industrie relativ stark vertreten ist.
   M 56 zeigt die Wanderungssalden 1980–1987. Hier wird deutlich, dass ein einseitiges Bild „Abwanderung im Manufacturing Belt – Zuwanderung im Sun Belt" falsch wäre. In beiden Regionen gibt es Staaten mit niedrigen und Staaten mit hohen positiven Salden. Im Sun Belt gibt es große positive Salden nur in Kalifornien, Arizona, Texas, Georgia und Florida. Ähnlich hohe Werte werden aber auch in New York, Pennsylvania, Ohio und Michigan erreicht.
6. Der Sun Belt hat auf den ersten Blick gute Entwicklungschancen: hohe Attraktivität aufgrund günstiger Standortfaktoren, moderne Industriebetriebe, viele Unternehmen im Hightech-Bereich (zählt zur Wachstumsindustrie), expandierender tertiärer Sektor, der den Hightech-Bereich unterstützt.
   Es gibt aber auch einige kritische Aspekte:
   - Der Sun Belt ist keine einheitliche Region (vgl. z. B. M 55–57),
   - Der Sun Belt hat z. T. ein empfindliches Ökosystem. Die Trockenheit des Raumes hat mancherorts bereits zu Wassermangel geführt. Die bei den positiven Standortfaktoren hervorgehobene „Lebensqualität" ist nur mit künstlicher Bewässerung und hohem Energieeinsatz zu gewährleisten. Die Grenzen der Belastung und des Wachstums sind in einigen Regionen (z. B. Südkalifornien) bereits absehbar.
   - Der Manufacturing Belt erholt sich. Auch er hat inzwischen eine starke Hightech-Industrie. Der Manufacturing Belt ist als Konkurrent u. a. des Sun Belt wieder stärker geworden.

3.4 Entwicklungen und Tendenzen in der US-Industrie SB 44–47

1. M 57 (Veränderung der industriellen Beschäftigung 1977–1987) zeigt, dass im Manufacturing Belt die Beschäftigung stark abnahm. Eine leichte Abnahme zeigt sich in den marktfernen Staaten wie z. B. Montana, North Dakota und Wyoming. In Staaten des Sun Belt wie z. B. Kalifornien, Florida, Arizona und Georgia ist hingegen eine starke Zunahme zu verzeichnen. Die Tendenz im Sun Belt ist aber nicht einheitlich; Staaten wie etwa Mississippi und Louisiana haben industrielle Arbeitsplätze verloren.
   Der Arbeitsplatzverlust im Manufacturing Belt lässt sich anhand des Bedeutungsrückgangs der Automobil- und der Schwerindustrie (vgl. M 38–39) aufzeigen. Die Zunahme der Industrie im Sun Belt kann man z. B. mit dem Aufschwung der Hightech-Industrie in Kalifornien (M 54) belegen.
2. Die industrielle Wertschöpfung ist im Manufacturing Belt z. T. erheblich zurückgegangen; in den übrigen Regionen ist eine Zunahme zu verzeichnen. Diese ist stark in der Region „Mountain" (Verarbeitung der Bodenschätze) und der Region „West South Central" (Aufstieg der Petrochemie). In Kalifornien wurde eine nur mittlere Zunahme berechnet. Das liegt daran, dass der Aufschwung der Hightech-Branchen 1981 noch nicht in vollem Umfang erfolgt war. Eine geringe Zunahme liegt in den eher landwirtschaftlich orientierten und marktfernen Staaten der Region „West North Central" vor.
   Bezüglich des Manufacturing Belt (Aufgabe 1) gilt „weniger Industriebeschäftigte = weniger Wertschöpfung", bei den übrigen Staaten ist die Zuordnung jedoch uneinheitlich, da einige Industrien mit wenigen Beschäftigten hohe Produktionswerte erzielen können (z. B. Hightech,

Chemie), während andere mit vielen Beschäftigten nur mittlere Werte erreichen (z. B. traditionelle Konsumgüterbranchen).

3. Die Bevölkerungsprognose in M 61 geht davon aus, dass bis zum Jahr 2000 immer mehr Menschen den Bereich um die Großen Seen verlassen und in die wirtschaftlich sowie klimatisch „attraktiveren" Staaten des Sun Belt ziehen. Ob diese Prognose eintreffen wird, ist jedoch nicht sicher. Auch M 60 zeigt, dass die klischeehaften Bilder von „Rost Belt" und „Sun Belt" nicht stimmt. Der gesamte Nordosten ist gemessen am Pro-Kopf-Einkommen keineswegs rückständig oder auf dem Abstieg. So liegt z. B. Michigan zwar knapp unter dem US-Durchschnitt, verzeichnet aber von 1980 bis 1987 einen 10 %-Zuwachs. Im Sun Belt liegen einige Staaten erheblich unter dem durchschnittlichen US-Pro-Kopf-Einkommen (z. B. New Mexico, Louisiana und selbst Texas). Louisiana und Oklahoma weisen sogar „negative Zuwächse" auf. Andererseits liegen die höchsten Einkommenssteigerungen im Nordosten der USA.
   Insgesamt muss daher festgehalten werden, dass Industrialisierung allein nicht automatisch zu hohen Produktionswerten und zu hohem Einkommen führt. Wichtig bei der wirtschaftlichen Analyse ist vielmehr der tertiäre Sektor, wie auch Aufgabe 4 zeigt.
4. M 62 (Entwicklung der Wirtschaftshauptsektoren in % der Erwerbstätigen) zeigt, dass Landwirtschaft und Industrie immer weniger Arbeitsplätze bieten, wogegen im tertiären Sektor immer mehr Beschäftigte arbeiten. Gleiches gilt auch für die von den Wirtschaftshauptsektoren erbrachte Wirtschaftsleistung (vgl. M 65 und M 70).
5. Bei Flugzeugen, Arzneimitteln, Chemikalien und EDV-Produkten nehmen die USA eine überragende Stellung ein. Hier exportieren sie mehr als Deutschland und Japan zusammen. Die Entwicklung der Patentanmeldungen zeigt, dass die US-Industrie ständig neue Produkte entwickelt. Bei der Herstellung von Mikroprozessoren, die für die Entwicklung von EDV-Anlagen und elektronisch gesteuerten Maschinen wichtig sind, liegen die USA jedoch nur auf dem zweiten Platz hinter Japan. Bei einigen Produkten haben die USA ihre vormals bedeutende Stellung eingebüßt bzw. die Entwicklung „verschlafen". Dies gilt insbesondere für die Kunststoffproduktion und die Unterhaltungselektronik.
6. Schon bei der Automobilproduktion (vgl. S. 34, Aufgaben 2 und 3) zeigte sich, dass die Industrie der USA ihre Produkte zu stark an den Wünschen der US-Käufer und weniger an der internationalen Kundschaft orientierte. US-Automobile waren z. B. in Europa und Japan kaum absetzbar. In M 58 wird darauf hingewiesen, dass die Produktionsprozesse nicht ständig weiterentwickelt wurden, was z. B. bei Automobilen zu Qualitätsmängeln führte. Zu diesen hausgemachten Problemen kommt heute hinzu, dass die Märkte für einige Produkte (z. B. Kameras, TV/Video-Geräte) inzwischen von japanischer und europäischer Konkurrenz besetzt sind und die USA kaum Fuß fassen können. Weitere außenwirtschaftliche Probleme ergeben sich daraus, dass einige wichtige Exportländer (z. B. Japan) ihren Markt gegenüber US-Produkten abschotten.

4. Der Dienstleistungssektor SB 48–51

1. Der tertiäre Sektor hat seine Bedeutung innerhalb der Wirtschaftshauptsektoren ständig steigern können. Sein Anteil am BIP stieg von 62 % im Jahre 1970 über 64 % im Jahre 1982 auf fast 70 % im Jahre 1989. Die weitaus meisten der seit 1970 in den USA neu entstandenen Arbeitsplätze sind zum tertiären Sektor zu rechnen. Während die traditionellen Bereiche des tertiären Sektors (z. B. öffentliche Verwaltung, Handel, Verkehr) zurückgehen, nimmt die Bedeutung der privaten Dienstleistungen (z. B. Versicherungen, Finanzen, Computer-Service) zu. Neben den konsumbezogenen Dienstleistungen, die meist von Privatpersonen genutzt werden, benötigt in den USA vor allem auch die Industrie Dienstleistungen verschiedener Art (z. B. Produktforschung, Werbung, Marketing). Die Bedeutung des tertiären Sektors lässt sich auch an der starken Zunahme der Büroflächen im CBD ablesen (z. B. in M 72: Chicago +77 %).
2. Die Standortfaktoren für den tertiären Sektor lassen sich in zwei Bereiche gliedern: Einerseits Dienstleistungen und Handel mit hohem Spezialisierungsgrad und großer Reichweite (z. B.

Konzernverwaltungen, Großbanken, Versicherungszentralen, Luxusgeschäfte, zentrale öffentliche Verwaltungen) benötigen eine zentrale Lage mit Agglomerationsvorteilen, daher sind sie in den Zentren der großen Städte zu finden (CBD/Central Business District).
Andererseits die übrigen Dienstleistungen des täglichen oder periodischen Bedarfs. Sie befinden sich überall dort, wo genügend Wohnbevölkerung als Käuferpotenzial vorhanden ist. Da die Bevölkerung der USA seit Jahren die Innenstädte verlässt um sich in den Vororten (suburbs) anzusiedeln, finden sich dort auch die großen Einkaufs- und Dienstleistungszentren. Sie benötigen vor allem eine gute (Straßen-) Verkehrsanbindung sowie viel Platz (für die Parkplätze).
Standortfaktoren wie z.B. Nähe zu Rohstoffen, Energieversorgung und Verfügbarkeit von Facharbeitern, die für die Industrie wichtig sind, spielen für den tertiären Sektor keine Rolle.

3. Nach Fourastié führen Produktionssteigerungen in Landwirtschaft und Industrie sowie steigender Wohlstand zu verstärktem Konsum von Gütern und Dienstleistungen. Damit setzt eine Tertiärisierung der Wirtschaft ein. Darüber hinaus führt aber auch die Modernisierung von Landwirtschaft und Industrie zu einem Ausbau der Dienstleistungen. Sowohl bei der Forschung für neue Produkte als auch bei den Produktionsprozessen selbst (z. B. EDV-Beratung, Einrichtung neuer Produktionsverfahren) ist der tertiäre Sektor gefragt. Schließlich gehören auch Werbung und Vermarktung der Produkte zu den Aufgaben der Dienstleistungsunternehmen. Als Folge dieser Entwicklungen nimmt der tertiäre Sektor in der Wirtschaft der USA sowohl bei der Zahl der Beschäftigten als auch beim BIP die führende Stellung ein.
Vom Aufschwung des tertiären Sektors profitieren auch kleine private Unternehmer. Sie können in einer von vielen Freizeitbedürfnissen geprägten und konsumorientierten Gesellschaft „Nischen" entdecken (z. B. private Botendienste, Frei-Haus-Lieferung von Waren, private Kranken- und Altenpflege) und sich so eine Existenz aufbauen.

4. Die Greeley Mall befindet sich nahe der Straße US 34, die vom Michigansee in Ost-West-Richtung bis zu den Rocky Mountains führt. Die Greeley Mall wurde an einer parallel zur US 34 verlaufenden Erschließungsstraße errichtet, die auch als „Bypass" oder „Business Loop" bezeichnet wird. So wird der Durchgangsverkehr auf der US 34 nicht durch abbremsende und einbiegende Fahrzeuge behindert. Rings um die eigentliche Mall befinden sich großräumige Parkplätze. Weiter nach außen liegen weitere Dienstleistungsbetriebe wie z. B. Banken, Restaurants, Tankstelle. Die Mall hat eine zentrale Fußgängerzone, von der aus die Geschäfte und Dienstleistungsbetriebe erreicht werden können. Nach der gleichen Konzeption sind viele Malls in den USA und in Kanada gebaut worden.

5. In der Greeley Mall sind auffällig wenig Geschäfte des täglichen Bedarfs vetreten, Lebensmittel fehlen beispielsweise völlig. Statt dessen findet sich ein großes Angebot des periodischen und z. T. auch episodischen Bedarfs. Die Differenzierung und Spezialisierung des Angebots deutet auf einen größeren Einzugsbereich hin. Das wird durch das Vorhandensein von fünf Kaufhäusern (z. B. Sears) unterstrichen. Restaurants und Schnellrestaurants sowie Minigolf und Spielsalon belegen, dass zumindest ein Teil der Kundschaft umfangreiche Einkäufe erledigt.

6. Die Tertiärisierung der US-Wirtschaft hat zu einer großen Zahl neuer Arbeitsplätze geführt. Im Bereich der Dienstleistungen ist auch Platz für private Initiativen, Menschen mit neuen Ideen finden ihre „Nische" um kleine Unternehmen zu gründen (z. B. Lieferung von Waren ins Haus, Botendienste). Große Dienstleistungsunternehmen der USA haben ihre Innovationen auch exportiert (z. B. im Bereich Telekommunikation, Computer-Software, Marketing) und die negative Handelsbilanz der USA bei Rohstoffen und Industriewaren z. T. ausgeglichen.
Auf der negativen Seite ist zu vermerken, dass einige Beobachter des US-Wirtschaftssystems kritisieren, dass die Anpassung der Industrie an internationale Standards (Produktionsprozesse, Qualität der Produkte) angesichts der Euphorie im tertiären Sektor vernachlässigt worden sei.
Vor allem aber muss bemängelt werden, dass ein beachtlicher Teil der Arbeitsplätze im tertiären Sektor zu den sog. „Billigjobs" gehört, die den Beschäftigten kein ausreichendes Einkommen und keine sichere soziale Stellung garantieren.

1. Die Aufgabe ist unter Verwendung von M1, M7, M10 sowie entsprechenden Atlaskarten zu lösen.
   Aufgrund des Reliefs und des Klimas fallen weite Teile Kaliforniens im Südosten und Nordwesten für die landwirtschaftliche Produktion aus. In den Küstenketten und der Sierra Nevada ist in der Regel nur eine extensive Weidewirtschaft möglich. Für die Landwirtschaft gut geeignet sind das Große Längstal, das Sacramentotal sowie weitere kleinere Täler (z. B. Salinas). Allerdings reichen die Niederschläge im Süden Kaliforniens nicht aus, sodass eine einträgliche landwirtschaftliche Produktion hier nur mit Bewässerung möglich ist.
2. Die wichtigsten landwirtschaftlichen Produkte Kaliforniens werden unter Einsatz künstlicher Bewässerung angebaut. Über ein Drittel des landwirtschaftlichen Produktionserlöses des Staates Kalifornien wird von sehr großen Farmen (Megafarms) erwirtschaftet; beim Baumwollanbau ist es sogar mehr als die Hälfte der Produktion. Wie aus dem Kapitel „Landwirtschaft" bekannt, sind derartig große Farmen in der Lage, die Innovationen in der Landwirtschaft voll auszunutzen. Als Folge stellen sich hohe Hektarerträge ein (z. B. bei Baumwolle), die für einige Produkte erheblich über dem US-Durchschnitt liegen (vgl. M11). Zu den modernen Produktionsmethoden zählen auch die Unterglaskulturen (M2). Aufgrund der intensiven Landwirtschaft ist Kalifornien für einige Produkte der Hauptlieferant (und -exporteur) der USA geworden. Bei Tomaten, Früchten und Nüssen hat der Staat sogar eine überragende Stellung. Bei Orangen erreicht die Ernte Kaliforniens immerhin fast den Wert von Spanien.
3. Die Lage der Hauptanbaugebiete ist einerseits durch das Relief zu erklären. So liegen sie durchweg in Tallagen und küstennahen Ebenen. Andererseits widerspricht der intensive Anbau in Südkalifornien dem dort vorherrschenden geringen Wasserdargebot. In den gebirgigen Teilen des Staates, wo wegen des Fehlens ausreichend großer ebener Flächen keine Bewässerung betrieben werden kann, ist die extensive Weidewirtschaft eine den natürlichen Rahmenbedingungen angepasste Wirtschaftsform.
4. Die Wasserwirtschaft Kaliforniens basiert auf den hohen Niederschlägen im nördlichen Staatsteil und in den Gebirgen. Dort werden sie in einer Vielzahl von Stauseen gespeichert. Das Wasser gelangt dann über ein weit verzweigtes Kanalsystem zu den Verdichtungsräumen und in die Bewässerungsflächen der Landwirtschaft. Bau und Unterhaltung der Wasserwirtschaftsanlagen sind sehr kostenaufwendig; aber ohne eine gesicherte Wasserversorgung sind weder die Städte noch die Industrien, noch die Landwirtschaft in ihrem jetzigen Umfang lebensfähig.
   Die Einwohnerprognosen in M6 deuten schon auf künftige Probleme der Wasserversorgung hin. Wie sollen bei einem derartigen Bevölkerungswachstum bis zum Jahr 2020 Städte, Industrien und Landwirtschaft versorgt werden? Vor diesem Hintergrund sind gigantische Projekte wie das NAWAPA zu bewerten.
   Auch ökologische Grenzen werden sichtbar: Die Absenkung des Grundwasserspiegels hat in einigen Regionen beängstigende Ausmaße angenommen. In Bewässerungsgebieten kommt es außerdem zu schweren ökologischen Schäden durch mit Salzen und Schadstoffen angereichertes Drainagewasser.
   Schließlich gibt es auch gesellschaftlich-politische Widerstände: Die Einwohner des Nordteils von Kalifornien sind immer weniger bereit, „ihr" Wasser für die ihrer Meinung nach unsinnige Bewässerung und die vielen Swimmingpools „in der Wüste" herzugeben.

Die Staaten der ehemaligen Sowjetunion SB 56–103

Vorbemerkung

Die raschen Veränderungen in den Staaten der ehemaligen Sowjetunion bringen es mit sich, dass viele Materialien, die zur Zeit der Bearbeitung des Lehrbuchs hochaktuell waren, heute bereits nur noch von historischem Interesse sind. Von wirklich stabilen politischen Verhältnissen und einigermaßen sicher absehbaren wirtschaftlichen Entwicklungsperspektiven kann eigentlich in keinem der Nachfolgestaaten gesprochen werden (Ausnahme vielleicht die baltischen Staaten). Aufgrund des weiter andauernden Umbruchs wird der Fachlehrer in den nächsten Jahren neben dem Lehrbuch auch auf aktuelles Material aus der Presse und aus Fachzeitschriften angewiesen sein.
Die Lösungshinweise zu Materialien im Lehruch, die bereits heute an Aktualität verloren haben und die im Unterricht durch neuere Materialien ersetzt werden sollten, werden im folgenden sehr kurz gefasst.

1. Die ehemalige Sowjetunion im Umbruch SB 56–69

1.1 Eine Weltmacht zerfällt SB 56–59

1. Eine kurze historische Übersicht findet sich auf S. 8 des Lehrbuchs; eine umfangreiche Dokumentation zur Geschichte der SU bieten z. B. die Informationen zur Politischen Bildung (Heft 235 und 236, 1992).
Zur Staatsorganisation der SU: Alle staatlichen und gesellschaftlichen Strukturen wurden von der Partei (KPdSU) gelenkt und überwacht. Die eigentliche Macht lag in den Händen des Zentralkomitees (ZK, 320 Mitglieder); alle wichtigen Entscheidungen fielen im Politbüro; mächtigster Mann war der Generalsekretär (zuletzt Gorbatschow).
Die Vertreter des Volkes (über eine Einheitsliste gewählt) waren die Mitglieder des Obersten Sowjets, dessen Vorsitzender nominelles Staatsoberhaupt war. Die Regierung, der ein Ministerpräsident vorstand, trat in der Öffentlichkeit meist nur wenig in Erscheinung, da sie lediglich die Entscheidungen, die im ZK bzw. im Politbüro gefallen waren, in die Praxis umzusetzen hatte.
Die SU war ein Bundesstaat mit 15 Unionsrepubliken (SSR), in denen z. T. weitere „Autonome Republiken" (ASSR) sowie „Autonome Gebiete" bzw. „Autonome Kreise" bestanden.
In den Unionsrepubliken bestanden ähnliche staatliche Organisationsstrukturen wie für den Gesamtstaat. Eigenständige Entscheidungen konnten die Unionsrepubliken jedoch kaum treffen; die Macht lag vollständig in den Händen Moskaus. In wirtschaftlicher Hinsicht bestanden starke Abhängigkeiten zwischen den einzelnen Unionsrepubliken, besonders aber zur Russischen Unionsrepublik (RSFSR).
Die SU trug eindeutige Züge eines Kolonialimperiums; die Bevölkerung in den meisten Unionsrepubliken bestand vorwiegend aus Nichtrussen, der z. T. recht hohe russische Bevölkerungsanteil entstand durch staatlich geförderte Zuwanderung.
Die Abhängigkeiten zwischen den Unionsrepubliken, die sich nicht nur in der Wirtschaft, sondern auch z. B. im Verkehrswesen, im Bildungssystem (Russisch ist Verkehrssprache in allen Unionsrepubliken, nicht aber in den meisten Nachbarstaaten der neu entstandenen Länder), im Gesundheitswesen und in anderen Bereichen zeigt, blieben auch nach dem Zerfall der SU bestehen.
Die Ausrufung der GUS war daher eine zwangsläufige Folge aus der Geschichte der SU. Lediglich die baltischen Staaten und Georgien versuchten ihre Unabhängigkeit gegenüber Moskau dadurch zu dokumentieren, dass sie der GUS nicht beitraten. Das Beispiel Georgiens, das, wie andere Nachfolgestaaten auch, in einen Bürgerkrieg verwickelt wurde, zeigt jedoch, dass die

Abhängigkeiten von Moskau (z. B. hinsichtlich Energieversorgung und Verteidigung) noch immer groß sind. Selbst wenn einige Staaten die GUS verlassen möchten (Aserbaidschan trat für eine kurze Zeit aus und stellte dann wieder einen Antrag auf Mitgliedschaft), wird eine wirkliche Selbstständigkeit erst dann möglich sein, wenn es gelungen ist, stabile nationale Wirtschafts-, Finanz- und Verwaltungsstrukturen sowie ein funktionsfähiges politisches System aufzubauen. Voraussetzung dafür ist Hilfe aus dem Westen sowie die Knüpfung von bilateralen Kontakten zu anderen Staaten (für die Staaten Mittelasiens z. B. zur Türkei, zum Iran sowie zu Indien und China). Ein bedeutendes Problem für die Nachfolgestaaten der SU wird die Zukunft des überall vorhandenen russischen Bevölkerungsanteils bleiben. Wenn es um die Rechte russischer Bevölkerungsminderheiten geht, wird Moskau mit Sicherheit ein Mitspracherecht fordern bzw. auf die eine oder andere Weise Einfluss zu nehmen versuchen.
Ein weiteres Problem sind die russischen Truppen, die noch in vielen GUS-Staaten stationiert sind.

2. Hinweis: Die Import-Exportangaben beziehen sich auf die Situation vor dem Zusammenbruch der UdSSR.

Armenien: Wirtschaft.
Bodenschätze: Kupfer, Bauxit, Zink, Molybdän, Gold;
verarbeitende Industrie: Maschinenbau, chemische Industrie, Textilindustrie, Nahrungsmittelverarbeitung;
hoher Exportüberschuss bei Erzeugnissen der Leichtindustrie; wegen Rohstoff- und Energiemangel arbeiten z. Z. viele Betriebe weit unter ihrer Kapazität (dies gilt für viele Fabriken in allen GUS-Staaten);
Landwirtschaft: der eigene Bedarf kann nicht gedeckt werden, vor allem Getreide (über 80 %) muss eingeführt werden.
Probleme: Konflikt mit Aserbaidschan um Berg-Karabach, gespanntes (historisch begründetes) Verhältnis zur Türkei; Flucht vieler Armenier aus Aserbaidschan (Eingliederungsprobleme), z. T. Vertreibung von Aserbaidschanern aus Armenien.

Aserbaidschan: Wirtschaft.
Bodenschätze: Erdöl und Erdgas (Lagerstätten sind weitgehend erschöpft);
verarbeitende Industrie: u. a. Schwerindustrie, Petrochemie, Maschinenbau (Erdölförderanlagen), Textil-, Nahrungsmittelindustrie;
Ausfuhrüberschuss bei Öl und Gas sowie Erzeugnissen der Leicht- und Nahrungsmittelindustrie;
Landwirtschaft: Baumwolle, Weintrauben, Zitrusfrüchte; Getreide muss zu 2/3 importiert werden.
Probleme: Konflikt mit Armenien um Berg-Karabach; Flüchtlingsströme von Aserbaidschanern aus Armenien; Nachitschewan strebt nach Unabhängigkeit; Grenze zu Georgien umstritten; Grenze zum Iran teilt den Siedlungsraum der Aserbaidschaner (potenzieller Konflikt mit Iran denkbar, das die Unabhängigkeit Aserbaidschans nicht anerkannt hat).

Estland
Einer der am höchsten entwickelten Staaten der ehemaligen UdSSR; gehört nicht der GUS an; Privatisierung der Wirtschaftist relativ weit fortgeschritten; konvertierbare Währung mit Bindung an D-Mark.
Wirtschaft.
Bodenschätze: Ölschiefer, Phosphorit; verarbeitende Industrie: Maschinen- und Gerätebau (u. a. Elektromotoren, Rundfunkgeräte, Bagger), Holz- und Papierverarbeitung, Leicht- und Lebensmittelindustrie; Exportüberschuss bei Produkten der Leicht- und Nahrungsmittelindustrie, Strom; Importüberschuss bei Öl und Gas sowie bei Erzeugnissen der Metallurgie und des Maschinenbaus;

Landwirtschaft: Getreide, Kartoffeln, Fleisch; viele Esten besitzen Wochenendhäuser mit großen Grundstücken, auf denen ein Großteil an Kartoffeln, Gemüse usw. zur Selbstversorgung erzeugt wird;
Probleme: Hoher Anteil an russischer Bevölkerung führt zu Spannungen mit Russland; Gebietsforderungen an Russland; wirtschaftlicher Anschluss an den Westen verläuft nur schleppend (1994 allerdings Zollabkommen mit der EU).

Georgien
Gehört nicht der GUS an, zeigt aber Interesse an einem Beitritt.
Wirtschaft.
Bodenschätze: wenig Energierohstoffe, Mangan, Baryt, Zink, Eisenerz;
verarbeitende Industrie: Metallurgie, Maschinen- und Fahrzeugbau, Schiffs- und Flugzeugbau, Nahrungsmittelverarbeitung, Textilindustrie;
Importüberschuss bei Öl und Gas, Holz und Papier sowie Vorprodukten des Maschinenbaus;
hoher Exportüberschuss bei Produkten der Nahrungsmittelindustrie;
Landwirtschaft: Tee, Zitrusfrüchte (jeweils mehr als 90 % der ehemaligen UdSSR-Produktion), Wein; Grundnahrungsmittel müssen weitgehend eingeführt werden (z. B. Getreide zu 80 %, Milch zu 75 %).
Probleme: Zahlreiche Minderheiten; Bürgerkriege um die Gebiete der Osseten und Abchasen; umstrittene Grenze gegenüber Armenien und Aserbaidschan.

Kasachstan
Flächenmäßig größter Staat nach der Russischen Föderation, aber relativ dünn besiedelt (ca. 17 Mio Einwohner); unterstützt nachhaltig den Bestand der GUS.
Wirtschaft.
Bodenschätze: Erdöl (große Reserven werden vermutet), Erdgas, Kohle (z. T. im Tagebau), Nickel, Chrom, Titan, Wismut, Kupfer (bedeutende Vorkommen), Zink (bedeutende Vorkommen), Uran (bedeutende Vorkommen), Gold, Silber (bedeutende Vorkommen);
verarbeitende Industrie: Schwerindustrie, Petrochemie, Schwermaschinenbau, Rüstungsindustrie, Landmaschinen; Defizite bei der Konsumgüterindustrie und der Nahrungmittelverarbeitung;
Importüberschuss bei Maschinenbauerzeugnissen und Produkten der Leicht- und Nahrungsmittelindustrie, Exportüberschuss bei Bergbauprodukten;
Landwirtschaft: Getreide, Fleisch, Wolle;
hohe Exportüberschüsse bei Getreide (durch Engpässe bei Transport, Lagerung und Weiterverarbeitung kommt es aber zu hohen Verlusten).
Probleme: Insgesamt größtes Handelsdefizit aller GUS-Staaten; hohes ethnisches Konfliktpotenzial: der Anteil der russischen Bevölkerung ist fast gleich groß wie der der Kasachen; russische Bevölkerungskonzentration im Norden (Anschlusswünsche an Russland?); andere Minderheiten (u. a. Deutsche, die in großer Zahl auswandern und deren Fehlen im Wirtschaftsleben empfindliche Lücken hinterlässt); z. T. unklare Grenzen zu China, Usbekistan und Kirgistan.

Kirgistan (Kirgisien)
Wirtschaft.
Bodenschätze: Geringe Mengen an Energierohstoffen, große Vorkommen an Quecksilber, Antimon und verschiedenen anderen Buntmetallen; verarbeitende Industrie: Metallurgie, Maschinenbau, Textil- und Nahrungsmittelindustrie; Exportüberschuss bei Elektroenergie und Buntmetallen, hoher Importüberschuss bei Öl und Gas sowie bei chemischen Produkten;
Landwirtschaft: Getreide (ca. 40 % muss eingeführt werden), Kartoffeln, Gemüse, Baumwolle, Viehhaltung.
Probleme: Ethnische Konflikte zwischen Usbeken und Kirgisen; Grenzkonflikte mit Usbekistan und Kasachstan; Wirtschaft insgesamt schwach entwickelt.

Lettland
Einer der am höchsten entwickelten Staaten der ehemaligen UdSSR; gehört nicht zur GUS.
Wirtschaft.
Bodenschätze: nur wenige Vorkommen (u. a. Torf als Energierohstoff);
verarbeitende Industrie: Elektroindustrie, Rüstungsindustrie, chemische Industrie, Fahrzeugbau, Nahrungsmittelverarbeitung, Textilindustrie;
Exportüberschuss bei Fahrzeugen (Waggons), Telefonanlagen, landwirtschaftlichen Maschinen, Radiogeräten, Dieselmotoren;
Importüberschuss bei Öl und Gas sowie bei Produkten der Metallurgie und des Maschinenbaus;
Landwirtschaft: Viehwirtschaft herrscht vor (Getreide muss größtenteils eingeführt werden).
Probleme: Privatisierung der Wirtschaft geht nur langsam voran; noch sehr starke wirtschaftliche Bindungen an die Staaten der ehemaligen UdSSR; hoher Anteil an Russen in der Bevölkerung; Gebietsansprüche an Russland.

Litauen
Hoch entwickelter Staat; höchstes Pro-Kopf-Einkommen aller ehemaligen UdSSR-Unionsrepubliken; gehört nicht der GUS an; seit 1993 Regierung der Neokommunisten, die wieder eine stärkere Anlehnung an Russland anstreben.
Wirtschaft.
Bodenschätze: nur unbedeutende Vorkommen (u. a. Torf als Energierohstoff); Erdölvorkommen werden erst erschlossen;
verarbeitende Industrie: Leichtindustrie, Nahrungsmittelverarbeitung, Textilindustrie;
Exportüberschuss bei Erzeugnissen der Leichtindustrie (u. a. Stromzähler, Kompressoren, Elektromotoren, Radio- und Fernsehgeräte);
Importüberschuss bei Kohle, Öl und Gas sowie bei Produkten der Metallurgie und bei Maschinenbauerzeugnissen;
Landwirtschaft: Getreide, Viehwirtschaft (Erzeugnisse aus der Landwirtschaft werden z. T. exportiert).
Probleme: Konflikt mit Polen wegen Grenzfragen und wegen polnischer Minderheit konnte zunächst beigelegt werden.

Moldawien (Moldau)
Kleinster Staat der GUS.
Wirtschaft.
Landwirtschaft: Getreide (reicht nicht zur Eigenversorgung aus), bedeutende Produktion an Weintrauben, Obst, Gemüse, Tabak;
hoher Importüberschuss an Energierohstoffen und chemischen Produkten sowie Maschinenbauerzeugnissen, Exportüberschuss bei Nahrungsmitteln und landwirtschaftlichen Produkten.
Probleme: Ethnische Konflikte bzw. Grenzprobleme zwischen den Moldawiern und verschiedenen Minderheiten, die eine Vereinigung mit Rumänien verhindern wollen (u. a. Konflikte um Transsinistrien, Gagausien).

Russland (Russische Föderation)
Mit Abstand der größte und bevölkerungsreichste Nachfolgestaat der UdSSR; Rechtsnachfolger der UdSSR im Ausland.
Wirtschaft.
Bodenschätze: Reiche Vorkommen an allen Energierohstoffen (Förderung stagniert allerdings oder ist sogar noch rückläufig; Anlagen zur Erdölförderung sind z. T. völlig veraltet und defekt); bedeutende Vorkommen an fast allen übrigen Bodenschätzen, die kostengünstig zu fördernden Vorkommen sind allerdings z. T. bereits weitgehend abgebaut; hoher Exportüberschuss an Erdgas und Erdöl sowie Erdölprodukten; verarbeitende Industrie: Schwerindustrie, Maschinen- und Fahrzeugbau, Rüstungsindustrie, chemische Industrie;

hoher Importüberschuss bei Erzeugnissen des Maschinenbaus, der Leicht- und Nahrungsmittelindustrie;
Landwirtschaft: Getreide, Kartoffeln, Gemüse, Fleisch usw.; bedeutende Mengen an landwirtschaftlichen Produkten müssen eingeführt werden (z. B. bis zu 20 % des Getreidebedarfs); insgesamt ist die Wirtschaft Russlands von allen GUS-Staaten am wenigsten mit der anderer Nachfolgestaaten verflochten, sodass die Auflösung der UdSSR im Prinzip am leichtesten überwunden werden konnte.
Probleme: Instabilität in der Innenpolitik; separatistische Bestrebungen vieler Minderheiten (z. B. im Nordkaukasus, Tatarstan); umstrittene Grenzen gegenüber anderen ehemaligen Unionsrepubliken (z. B. Krim-Frage) sowie gegenüber ausländischen Staaten (z.B.Kurilen-Frage); Vertretung von ca. 25 Millionen Russen in anderen GUS-Staaten könnte in Zukunft zu Konflikten führen.

Tadschikistan
Staat mit dem geringsten Pro-Kopf-Einkommen aller GUS-Mitglieder.
Wirtschaft.
Bodenschätze: Wenige Energierohstoffe, einige Erzlagerstätten (bedeutende Uranvorkommen);
verarbeitende Industrie: Nahrungsmittel- und Textilindustrie;
Exportüberschuss bei Buntmetallen, Importüberschuss bei Energierohstoffen und Produkten der chemischen Industrie und des Maschinenbaus;
Landwirtschaft: Baumwolle (wichtiges Exportprodukt), Reis, Mais, Gemüse, Gewürzpflanzen, Getreide (Einfuhrbedarf jedoch über 80 %).
Probleme: Verschiedene ethnische Konflikte; Abwanderung von qualifizierten Russen schwächt die Wirtschaft; Streit mit Usbekistan um die Verwaltungshoheit über Buchara und Samarkand; Aktivitäten islamischer Gruppen.

Turkmenistan
In politischer Hinsicht hat sich in Turkmenistan am wenigsten geändert; die Kommunisten herrschen nach wie vor.
Wirtschaft.
Bodenschätze: Erdgas und Erdöl, Schwefel, Salz;
verarbeitende Industrie: Metallurgie, Petrochemie, Textilindustrie; insgesamt wenig entwickelte Industrie;
Exportüberschüsse bei Gas und Öl sowie bei Erzeugnissen der Leichtindustrie, Importüberschüsse bei Erzeugnissen des Maschinenbaus; insgesamt ausgeglichene Handelsbilanz.
Landwirtschaft: Getreide (80 % des Bedarfs muss jedoch eingeführt werden), Baumwolle (bedeutender Export), Seide, Karakulschafe, Bewässerungskulturen.
Probleme: Stabile Verhältnisse; nur wenige Unruhen mit sozialen und ethnischen Hintergründen wurden bisher bekannt.

Ukraine
Nach der Russischen Föderation volkreichster Staat der GUS; sucht die Beziehungen zur GUS, vor allem zu Russland, zu lockern; strebt EU-Beitritt an.
Wirtschaft.
Bodenschätze: Kohle (Eigenversorgung, geringer Export), bedeutende Vorkommen an Uran, Eisen- und Manganerz;
verarbeitende Industrie: voll entwickelter Industriestaat (u. a. Schwerindustrie, Maschinenbau, Rüstungsindustrie, Fahrzeug- und Schiffsbau, chemische Industrie, Leichtindustrie), der jedoch z. T. auf Rohstoffimporte angewiesen ist;
hoher Importüberschuss bei Erzeugnissen der Leichtindustrie, Holz, Papier, Öl und Gas, Ausfuhrüberschuss bei der Schwarzmetallurgie und Erzeugnissen der Nahrungsmittelindustrie, auch Stromexport;

Landwirtschaft: Getreide (Überschuss kann exportiert werden), Zuckerrüben, Kartoffeln, Gemüse, Fleisch, Tabak.
Probleme: Umstrittene Grenzen u. a. gegenüber Moldawien; hoher Bevölkerungsanteil an Russen könnte in einigen Gebieten in Zukunft zu Konflikten führen (z. B. Krim); der Konflikt um die Schwarzmeerflotte und die Nuklearwaffen konnte vor einiger Zeit beigelegt werden.

Usbekistan
Wirtschaft.
Bodenschätze: Erdgas, Buntmetalle, Gold (bedeutende Förderung);
verarbeitende Industrie: Chemische Industrie (Düngemittel), Landmaschinen, Leichtindustrie;
hoher Importüberschuss bei Erzeugnissen des Maschinenbaus, der Schwarzmetallurgie, Holz, Papier, Öl, Gas;
Exportüberschuss bei Produkten der Leichtindustrie;
Landwirtschaft: Getreide (fast 80% muss aber importiert werden), Baumwolle (bedeutender Export), Bewässerungskulturen, Karakulschafe.
Probleme: Auswanderung von qualifizierten Russen; ethnische Konflikte (z. B. Mescheten); Gebietsansprüche gegenüber Kirgistan; mit den Nachbarstaaten ggf. in Zukunft Konflikte um Wasserressourcen.

Weißrussland (Belarus)
GUS-Staat mit dem höchsten Pro-Kopf-Einkommen.
Wirtschaft. Bodenschätze: Salze, Phosphorit; Torfvorkommen dienen z. T. der Energieversorgung;
verarbeitende Industrie: Maschinen- und Fahrzeugbau, Leichtindustrie, chemische Industrie;
voll entwickelter Industriestaat, der jedoch stark von Rohstoff- und Vormaterialimporten abhängig ist;
hoher Importüberschuss bei metallurgischen Erzeugnissen, Öl und Gas;
Exportüberschuss bei Maschinenbauerzeugnissen und Produkten der Leicht- und Nahrungsmittelindustrie;
Landwirtschaft: Getreide (mehr als 20 % des Bedarfs muss importiert werden), Kartoffeln, Leinfasern, Milch, Rindfleisch.
Probleme: Aktuelle Konflikte sind nicht bekannt; Grenze zu Litauen ist z. T. umstritten.

1.2 Die baltischen Staaten verließen die Union als erste SB 60–61

1. Die baltischen Staaten hatten in der UdSSR den höchsten Lebensstandard; die Industrialisierung war vergleichsweise fortgeschritten, die Produktion vorwiegend auf Spezialmaschinen und Konsumgüter ausgerichtet. Diese Produkte waren allerdings fast ausnahmslos für den Binnenmarkt der UdSSR entwickelt worden und daher auf dem Weltmarkt kaum absetzbar. Aufgrund der verhältnismäßig guten Lebensbedingungen waren Arbeitsplätze in den baltischen Republiken begehrt. Die Nähe zu Finnland ermöglichte besonders in Estland auch gewisse Kontakte zum Westen.
2. Ein wesentliches Problem ist die Privatisierung der Wirtschaft, die zunächst nur schleppend in Gang kam, inzwischen aber vor allem in Estland doch auch größere Betriebe erfasst. Um auf dem Weltmarkt erfolgreich sein zu können, muss die Wirtschaft bedeutend effektiver organisiert werden; dies führt allerdings, ähnlich wie in Ostdeutschland, zunächst zu einem spürbaren Verlust an Arbeitsplätzen. Probleme ergeben sich u. a. auch aus ungeklärten Eigentumsverhältnissen und Rechtsunsicherheiten in anderen Bereichen. Die Bildung von Jointventures mit westlichen Unternehmen ist besonders in Estland gut angelaufen, die Ergebnisse derZusammenarbeit befriedigen aber nur teilweise. Obwohl vor allem Estland und Lettland eine Annäherung an den Westen, also die EU anstreben, wird der Markt für baltische Produkte auch in Zukunft vorwiegend im Osten liegen. Dies kann für die Wirtschaft eine gute Entwicklungschance sein. Da die

baltischen Staaten untereinander ein eher gespanntes Verhältnis haben, dürfte es nicht, wie z. B. bei den Benelux-Staaten, zu einer intensiven wirtschaftlichen Zusammenarbeit kommen; dies kann die Entwicklung bei einem jeweils nur kleinen binnenländischen Markt und bei weitgehend fehlenden Rohstoffen hemmen.

3. Vor allem in Estland und Lettland ist der Anteil der Russen an der Bevölkerung sehr hoch. Nach dem Zerfall der UdSSR machten sich die erzwungene Russifizierung und die Unterdrückung der eigenen Kultur in einer antirussischen und z. T. nationalistischen Stimmung Luft. Dies gilt auch für Litauen, wo der russische Bevölkerungsanteil unter 10 % liegt. Nach den anfänglichen Konflikten, die z. T. auch von russischer Seite ausgingen, da es für die Zukunft der Russen keine klare Perspektive gab, hat sich das Verhältnis zwischen den ethnischen Gruppen wieder entspannt. Den Russen wurden weitgehende Zugeständnisse gemacht, sodass die meisten von ihnen Staatsbürger der neuen Länder werden können, wenn sie dies wünschen. Eine weitere Entspannung nach vollständigem Abzug der russischen Truppen aus den baltischen Ländern (Ende 1994).
   Das Zusammenleben von Menschen verschiedener Nationalitäten und Sprachen hat im Baltikum eine lange Geschichte. Für Jahrhunderte gab es in Estland und in Lettland einen starken deutschen Einfluss, für Litauen war die Nähe zu Polen lange Zeit von entscheidener Bedeutung. Die gemeinsame Grenze zu Russland brachte natürlich von jeher auch starke russische Einflüsse mit sich. Als Beispiel für die multinationale Zusammensetzung der Bevölkerung sei Riga genannt. Dort bestand die Einwohnerschaft z. B. 1867 aus 43 % Deutschen, 25 % Russen und nur 24 % Letten.

1.3 Der Süden – ethnisches Flickenmuster mit vielen Nationalitätenkonflikten SB 62–64

1. Der Süden der ehemaligen UdSSR wird von einer Vielzahl von Völkern bewohnt, die sich bezüglich ihrer Herkunft, Kultur, Sprache und Religion stark voneinander unterscheiden. Einerseits gibt es dort slawische Völker, die in der christlichen Tradition stehen (z. B. Russen, Ukrainer, im weiteren Sinne auch die Armenier), andererseits Turkvölker mit starken Bindungen zur Türkei und zum Iran (z. B. Kasachen, Tataren, Aserbaidschaner). Viele dieser Turkvölker, die fast alle Moslems sind, entstanden durch Verschmelzung von mongolischen mit türkisch- bzw. iranischsprachigen Gruppen.
   Das Kaukasusgebiet ist besonders reich an unterschiedlichen Völkern. Die Georgier gelten als das älteste Volk dieses Raumes.
2. Islamisch geprägt sind vor allem folgende Staaten: Aserbaidschan, Kasachstan, Turkmenistan, Usbekistan, Kirgistan,Tadschikistan. In Russland sind besonders die Gebiete der Tataren und der Baschkiren zu nennen.
   Die islamisch geprägten Staaten pflegen seit ihrer Unabhängigkeit eine vorsichtige Annäherungspolitik an die mittelasiatischen Nachbarstaaten, vor allem an die Türkei, den Iran, an Afghanistan und Pakistan. Aufgrund der engen wirtschaftlichen Bindungen zu Russland haben sie allerdings auch ein starkes Interesse an einem Weiterbestehen der GUS (besonders von Kasachstan unterstützt). In den meisten Staaten gibt es zahlreiche ethnische Minderheiten. In einigen Fällen kam es bereits zu blutigen Unruhen (z. B. in Usbekistan bei der Vertreibung der Turk-Mesketen). In Russland gibt es z. B. unter den Tataren separatistische Bewegungen. Auf der anderen Seite bildet der russische Bevölkerungsanteil in einigen mittelasiatischen Staaten ein nicht unbedeutendes Konfliktpotenzial (vor allem in Kasachstan).
3. Das Kaukasusgebiet ist ein sehr heterogener Raum, der seit Jahrhunderten von wechselnden Fremdeinflüssen aus allen Richtungen bestimmt wurde. Dies gilt in besonderem Maße für Transkaukasien, den Süden dieses Gebietes (Armenien, Georgien, Aserbaidschan). Zahlreiche Völker und Volksgruppen unterschiedlicher Herkunft, Sprache und Kultur leben hier in oft kleinen Siedlungsgebieten nebeneinander.

Völker, die zur indogermanischen Sprachenfamilie gehören, sind u. a. Osseten, Kurden und Armenier. Turksprachig sind die Aserbaidschaner. Besonders stark zersplittert sind die Angehörigen der kaukasischen Sprachen. Dazu gehören u. a. Georgier und Abchasen.
Im gesamten Kaukasusgebiet werden noch heute etwa 60 Sprachen gesprochen. Neben den vielen Sprachen sind auch viele Religionen vertreten. Mehrere christliche Bekenntnisse (u. a. armenische und georgische Kirche) bestehen neben Islam und Judentum.
Das bunte Völkergemisch Kaukasiens bildete, u. a. durch die Kleinkammerung des Raumes bedingt, nie eine staatliche Einheit. Aus diesem Grunde konnten mächtige Nachbarn, vor allem Araber, Iraner, Osmanen und Russen, Einfluss nehmen. Die vielfältigen ethnischen Konflikte erleichterten es nach dem 1. Weltkrieg den Sowjets, Kaukasien in ihren Machtbereich zu bringen. Das straffe kommunistische System überdeckte jahrzehntelang die nach wie vor bestehenden Gegensätze zwischen den einzelnen Völkern. Nach dem Zusammenbruch der UdSSR konnten die (z. T. durch willkürliche Grenzziehungen während der sowjetischen Zeit verschärften) Konflikte offen ausgetragen werden. In allen beteiligten Staaten kam es zu Unruhen oder sogar zu Bürgerkriegen. Am längsten zieht sich der Konflikt um Berg-Karabach hin. Hier stehen sich mit Armeniern und Aserbaidschanern zwei Mitgliederder GUS in einer kriegerischen Auseinandersetzung gegenüber, in die auch Russland involviert ist. Die innerkaukasischen Probleme könnten auch leicht auf die südlichen Nachbarstaaten übergreifen. So leben z. B. Aseris nicht nur in Aserbaidschan, sondern auch auf iranischem Territorium. Armenier und Türken haben (wegen des Völkermordes an Hunderttausenden anatolischer Armenier durch die Türken im Jahre 1916) ein gespanntes Verhältnis. Die auf mehreren Staatsgebieten verteilt lebenden Kurden bilden ebenfalls ein über Staatsgrenzen hinausgehendes Konfliktpotenzial. Ansätze zu einer Befriedung Kaukasiens sind Mitte der neunziger-Jahre nicht zu erkennen.

1.4 Versorgungsnotstand und Wirtschaftsmisere SB 65–69

1. Die Versorgungslage mit Nahrungsmitteln und Gütern zur Befriedigung der Grundbedürfnisse hat sich nach schweren Problemen in den Jahren des Zerfalls der UdSSR weitgehend stabilisiert. Das Warenangebot (auch an Luxusgütern aus dem Westen) ist heute (in Russland) besser als in der Sowjetzeit; die meisten Güter sind jedoch für den Normalbürger unerschwinglich teuer. Die überwiegende Mehrheit der Bevölkerung ist arm; ihr steht eine sehr kleine Gruppe von Reichen gegenüber. Schattenwirtschaft und Mafia sind in den Großstädten zu einem ernsten Problem geworden.
   Anm.: Zur Bearbeitung dieser Aufgabe sollten auch aktuelle Quellen aus der Tagespresse hinzugezogen werden.
2. An Schwächen müssen vor allem geringe Effizienz und unzureichende Flexibilität des Systems genannt werden. Zudem waren die Planziele zumindest teilweise von ideologischen Vorgaben bestimmt, während die Bedürfnisse und Wünsche der Bevölkerung nur unzureichend berücksichtigt wurden. Wesentliche Ursachen für die geringe Leistungsfähigkeit der Planwirtschaft liegen darin, dass Entscheidungen am grünen Tisch getroffen wurden ohne genaue Kenntnis der Situation in den Produktionsgebieten und den voneinander abhängigen Zweigen der Wirtschaft. Der Produktion war ein aufgeblähter bürokratischer Apparat vorgeschaltet, der nur langsam, häufig gar nicht, auf unvorhergesehene Probleme reagieren konnte. Die Abstimmung zwischen verschiedenen Teilplänen misslang oft gänzlich. Für die Ausführenden der Pläne war die Erfüllung oder gar die Übererfüllung des Plansolls häufig oft mit materiellen Vorteilen verbunden; Qualitätsmaßstäbe oder Umweltschutzvorgaben traten gegenüber der nominellen Erfüllung des Plansolls meist in den Hintergrund. Aufgrund der oft schlechten Qualität der Erzeugnisse, der z. T. jahrzehntelangen Persistenz an einmal entwickelten Produkttypen und der fehlenden Flexibilität im Hinblick auf Veränderungen in der übrigen Welt konnten Fertigprodukte aus der UdSSR (wie auch solche aus den Satellitenstaaten der UdSSR) nur in Ausnahmefällen auf dem Weltmarkt abgesetzt werden. Der Handel mit dem Westen basierte daher seitens der UdSSR vorwiegend auf Rohstoffen.

3. In den letzten Jahren vor dem Zusammenbruch der UdSSR konnten die meisten ökonomischen Indikatoren zunächst weitgehend konstant gehalten werden. Ab 1988/89 gingen die Leistungen der Wirtschaft jedoch z. T. drastisch zurück. Besonders stark sank Anfang der neunziger-Jahre das Außenhandelsvolumen. Zu begründen sind die Rückgänge einmal aus der innenpolitischen Situation (zunehmende Unzufriedenheit vieler Arbeiter, Streiks, Auswirkungen von Versorgungsengpässen, zunehmende politische Destabilisierung), aber auch aus der Entwicklung in Osteuropa. Viele Staaten des Comecon brachen ihre wirtschaftlichen Verbindungen zur UdSSR teilweise ab oder reduzierten sie doch bedeutend, sodass der Absatz von Produkten aus der UdSSR im Ausland schwieriger wurde; z. T. blieben auch Lieferungen aus diesen Ländern in die UdSSR aus.
4. Der Übergang von der Planwirtschaft zu einer wie auch immer gearteten Form der Marktwirtschaft ist problematisch. Privatisierungen gibt es bislang vorwiegend im Bereich des tertiären Sektors und bei kleinen Produktionsbetrieben. Der Versuch, Privatisierungen größerer Betriebe über die Ausgabe von Aktien einzuleiten, zeigte nur mäßige Erfolge. Am weitesten fortgeschritten ist der Privatisierungsprozess in den baltischen Staaten. Jointventures sind bisher nicht in dem Umfang vereinbart worden, wie noch vor wenigen Jahren gehofft. Die Beteiligung ausländischer Firmen stößt nach wie vor auf bürokratische Hemmnisse. Wesentliche Probleme beim Übergang der Wirtschaft sind u.a.: Devisenmangel, der dringend notwendige Investitionen verhindert (dazu kommt eine hohe Auslandsverschuldung); hohe Inflationsrate; marode Produktionsstätten, nicht zeitgemäßige Fertigungsmethoden, fehlendes Know-how zur Entwicklung und Produktion zeitgemäßer sowie international wettbewerbsfähiger Produkte; Korruption und Schattenwirtschaft; Initiativen zum Wandel werden nach wie vor von „alten Seilschaften" wirksam behindert; Schwierigkeiten, Grundstücke oder Immobilien zu pachten oder zu erwerben. Zudem fehlt es an ausgebildeten Wirtschaftsfachleuten (u. a. Manager, Marketingfachleute), die in der Lage sind, den Markt im In- und Ausland richtig einzuschätzen und schnell zu reagieren.
Anm.: vgl. Aufg. 1
5. Die Erfahrungen der letzten Jahre zeigen, dass ein kurzfristiger Übergang von der Plan- zur Marktwirtschaft nicht möglich ist. Ein Staat, der über 70 Jahre in allen Bereichen zentralistisch regiert wurde, kann nicht ohne weiteres umorganisiert werden. Die Probleme bei der Integration Ostdeutschlands machen dies in unserem Land deutlich. (Dabei genießt kein Staat der ehemaligen UdSSR derartige Aufbauhilfen wie die ehemalige DDR.) Angesichts des sinkenden Lebensstandards des Großteils der Bevölkerung (z. T. Verarmung), fehlender sozialer Infrastruktur, steigender Inflation, Überhandnehmen von Korruption und Schattenwirtschaft wird es notwendig sein, zumindest für eine Übergangszeit von einigen Jahren bis Jahrzehnten, die Grundversorgung der Bevölkerung über staatliche Maßnahmen sicherzustellen, wenn es nicht zu sozialen Unruhen kommen soll. Die Privatisierung in vielen Bereichen wird sich erst langfristig umsetzen lassen, wenn genügend Fachkräfte ausgebildet sein werden. Ob eine soziale Marktwirtschaft in einem Staat wie Russland in absehbarer Zeit überhaupt aufgebaut werden kann, bleibt fraglich. Vielleicht könnte eine Anlehnung an die neue chinesische Wirtschaftspolitik teilweise hilfreich sein. Ein Übergang zu einer Wirtschaftsform, die der eines westlichen Industriestaates vergleichbar wäre, kann in naher Zukunft nur von den baltischen Staaten erwartet werden.

2. Die Landwirtschaft **SB 70–87**

2.1 Russland kann sich nicht selbst versorgen **SB 70–71**

1. Das Foto zeigt einen Ausschnitt aus einem typischen russischen Kolchosdorf. Der z. T. schlechte Zustand der Gebäude lässt auf Armut und vielleicht fehlendes Material schließen. Insgesamt erweckt das Erscheinungsbild dieser Siedlung nicht den Eindruck einer modernen und leistungsfähigen Produktionsstätte.
2. In der Sowjetzeit gelang es nur selten, das Plansoll für die Produktion landwirtschaftlicher Erzeugnisse zu erreichen (in M22 am Beispiel von Getreide gezeigt). Ein wesentlicher Grund dafür lag in Organisationsproblemen (z. B. fehlende Ersatzteile für Maschinen, Lagerungsmängel, unzureichende Transportkapazitäten zur Erntezeit). Zudem war vor allem das System der Kolchosen nicht geeignet einen Leistungsanreiz zu bieten. In den letzten Jahren des Niedergangs der UdSSR stellten viele Kolchosen, vor allem im Einzugsbereich der Großstädte in Russland, Erntearbeiten, Aussaat und Lieferungen von Produkten teilweise ein. Eine Folge davon waren Versorgungsengpässe, die zu Beginn der neunziger-Jahre durch umfangreiche Nahrungsmittelhilfsaktionen aus dem Ausland gemildert werden mussten. Empfänger dieser Lieferungen waren vor allem Städte in Russland. Mitte der neunziger-Jahre scheint die Grundversorgung mit Nahrungsmitteln in allen Nachfolgestaaten der UdSSR wieder weitgehend gesichert.
3. Naturgeographische Gründe: Allgemeine Klimaungunst in vielen Räumen, zusätzlich häufiges Auftreten von schlechten Witterungsperioden in vielen Jahren, vor allem während der Erntezeit, beeinträchtigen die Arbeit in der Landwirtschaft.
   Ökonomisch-politische Gründe: Die Planverwaltungswirtschaft sowie das System von Sowchosen und Kolchosen sind offenbar ungeeignet, eine leistungsfähige Landwirtschaft, die jederzeit die Versorgung der Bevölkerung mit Nahrungsmitteln gewährleisten kann, zu organisieren.

2.2 Die Rahmenbedingungen für die Landwirtschaft **SB 72–77**

1. Die Zahl der Kolchosen nahm zwischen 1940 und 1984 ständig ab, die der Sowchosen vergrößerte sich. 1984 gehörte fast die Hälfte der landwirtschaftlichen Betriebe zu den Sowchosen. Seit 1970 überstieg die Aussaatfläche der Sowchosen die der Kolchosen. Teilweise wurden Kolchosen in Sowchosen umgewandelt. Bei beiden Betriebsformen nahm die durchschnittliche Größe im Laufe der Zeit zu. Dies ist z. T. durch Zusammenlegungen von Betrieben bzw. durch Neugründungen größerer Einheiten zu erklären. Riesenbetriebe von Sowchosen erwiesen sich dabei offenbar als ungünstig und wurden z. T. wieder aufgeteilt bzw. Neugründungen erfolgten in geringeren Dimensionen; so ist der Rückgang der durchschnittlichen Saatfläche bei Sowchosen ab 1960 zu erklären. Die Mechanisierung der Sowchosen war bis 1950 sehr deutlich, aber auch später noch spürbar besser als die der Kolchosen.
   Die Entwicklung zeigt die ideologische und faktische Bevorzugung der Staatsbetriebe gegenüber den Kolchosen. Die geringe Leistungsfähigkeit beider Organisationsformen wird deutlich, wenn man betrachtet, welch hoher Anteil der Erzeugung von Kartoffeln, Gemüse, Fleisch und Eiern auf der vergleichsweise geringen Fläche der privaten Landwirtschaft (ca. 3% der Aussaatfläche) erzeugt wurde. Lediglich bei Getreide und bei Baumwolle, die große Flächen erfordern, spielte die private Hoflandwirtschaft keine Rolle.
   Im Vergleich zu amerikanischen Farmen war die Mechanisierung in der sowjetischen Landwirtschaft weniger weit fortgeschritten; zudem war die Produktivität im Vergleich viel geringer, was sich u. a. aus der relativ hohen Anzahl an Arbeitskräften in der Landwirtschaft ableiten lässt.
2. Das Musterstatut enthält viele der im Sozialismus/Kommunismus propagierten Ziele (u. a. Steigerung der Produktion, Verbesserung der Lebensbedingungen durch kollektive Arbeit). Die führende Rolle der Partei, deren Aufgabe u. a. „in der kommunistischen Erziehung der Kolchosmitglieder“ besteht, wird in diesem Zusammenhang bekräftigt.

3. Das Beispiel eines AIK zeigt die Verflechtung zwischen Landwirtschaftsbetrieben, die z. B. Futter für die Viehzucht liefern, und Versorgungsbetrieben, die u. a. die Erzeugnisse der landwirtschaftlichen Betriebe weiterverarbeiten (u. a. Molkereiprodukte, Fleischwaren, Konserven). Dem AIK angeschlossen sind weiterhin Dienstleistungsabteilungen, die z. B. für Meliorationsmaßnahmen oder Bauvorhaben zur Verfügung stehen.
4. Insgesamt ist festzustellen, dass der überwiegende Teil des Territoriums der ehemaligen UdSSR klimatisch benachteiligt ist. Kontinentalität mit extrem niedrigen Temperaturen im Winter sowie Trockenheit prägen viele Gebiete. Es lassen sich folgende Klimaregionen unterscheiden:
   Arktisches Klima: Küstenregion Sibiriens von der Tschuktschen-Halbinsel bis zur Nordinsel von Nowaja Semlja. Die Mitteltemperatur erreicht im wärmsten Monat nicht 10 °C. Kühle Sommer gehen mit kalten Wintern einher, die aber (besonders im Westen) z. T. durch Einflüsse der nordatlantischen Trift gemildert werden. Im Sommer taut der Dauerfrostboden für zwei bis drei Monate oberflächlich auf.
   Subarktisches Klima: Küstenregion der Barentssee, nördliches Uralgebiet, große Teile Sibiriens und des Fernen Ostens (ohne Kamtschatka). Im Westen machen sich auch im Winter noch häufig der Einfluss der Westwinde sowie der nordatlantischen Trift positiv bemerkbar. Nebel ist ganzjährig häufig. Im Osten ist die Kontinentalität in extremer Weise ausgebildet: Tagestemperaturen bis zu 35 °C im Sommer (bei nächtlicher Abkühlung bis nahe zum Gefrierpunkt) und Wintertemperaturen bis –70 °C. Die Orte Werchojansk und Oimjakon liegen im Bereich des Kältepols der Erde (Oimjakon deutlich südlich des Polarkreises!). Im Winter herrschen meist stabile Hochdruckwetterlagen mit strahlend klarem Wetter vor.
   Klima des europäischen Waldlandes (Stationen St. Petersburg, Moskau in M35): Diese Klimazone liegt im Einflussbereich der Westwindzone, nach Osten hin nimmt der kontinentale Charakter des Klimas zu. Die Sommer sind warm und reich an Niederschlägen (oft Gewitter und Platzregen), die Winter kalt, feucht und schneereich. Vor allem im Westen kommt es auch im Winter durch den Einfluss atlantischer Tiefdruckgebiete oft zu kurzfristigen Wärmeeinbrüchen. Wenn im April das Tauwetter einsetzt, kann das Schmelzwasser in vielen Gebieten wegen des noch gefrorenen Untergrundes nicht abfließen und verursacht tiefgründigen Morast (Zeit der Rasputitsa).
   Klima in West- und Zentralsibirien: In Mittelsibirien herrscht ein Übergangsklima zwischen dem eher gemäßigten Gebiet westlich des Urals und der Region östlich des Jenissei mit stark ausgeprägter Kontinentalität (Station Jakutsk in M35). Die Niederschläge sind ähnlich gering wie in der Subarktis, die Sommer sehr kurz (Dauer zwischen 70 und 100 Tagen).
   Steppenklima (Station Wolgograd in M35 liegt im Übergangsbereich zwischen Wald- und Steppenklima): Übergangszone zwischen Wald und Wüste in Osteuropa und Mittelasien. Heiße Sommer werden von kalten, schneearmen Wintern abgelöst. Das Niederschlagsmaximum fällt im Frühjahr (oft in heftigen Schauern, die zu Erosionsschäden führen können). Nach Süden und nach Osten hin nimmt die Regenmenge ab.Winderosion durch den trockenen Suchowei ist ein weiteres Problem.
   Wüstenklima: Trockene, heiße Sommer wechseln (wie in den meisten übrigen Klimazonen der ehemaligen UdSSR auch) nach nur kurzen Zwischenjahreszeiten mit kalten, ebenfalls trockenen Wintern ab. Der Übergang zwischen Steppenklima, Halbwüsten- und Wüstenklima ist fließend.
   Klima in Transkaukasien (Station Sotschi in M35): Die Schwarzmeerküste ist durch den Kaukasus vor kalten nördlichen Einflüssen geschützt. Dort sind die Winter mild, die Sommer warm. Die Niederschlagsmengen sind hoch. Die klimatischen Verhältnisse in Transkaukasien können allerdings lokal sehr unterschiedlich sein.
   Monsunklima des Fernen Ostens (Station Wladiwostok in M35): Die Winter sind für diese Breiten ungewöhnlich kalt und gleichen denen Mittelsibiriens (Einfluss des kalten, ablandigen Wintermonsuns sowie kühler Meeresströmungen). Die Sommer sind feucht und warm und werden durch den Südostmonsun geprägt. Nördlich der Amur-Mündung verhindern küstenparallele Gebirge das Eindringen des Monsuns. Die Ochotskische Küste, die Kurilen und Kamtschatka haben nasskalte Sommer und kalte Winter.

Gebirgsklimate: Je nach geographischer Lage mit sehr unterschiedlichem Klima.

5. Der größte Teil der ehemaligen UdSSR war ursprünglich Waldland. Während im europäischen Landesteil aufgrund der relativ günstigen Klimabedingungen noch vorwiegend Laubmischwald vorkommt, wird diese Vegetationszone nach Norden und Osten durch Nadelwald abgelöst (Taiga). Zur Eismeerküste hin geht der Wald in Waldtundra und schließlich in Tundra über. Die Tundra bedeckt nicht die Regionen mit den tiefsten Wintertemperaturen, sondern ist dort ausgeprägt, wo die Sommer zu kurz und zu kühl für das Wachstum von Bäumen sind. In Europa und in Westsibirien wird der Wald aufgrund zunehmender Trockenheit nach Süden hin von Waldsteppe und schließlich von Steppe abgelöst, die in der Kaspisch-Turanischen Niederung in Halbwüste und Wüste übergeht. Für das Waldland sind Podsolböden typisch, die meist nährstoffarm und sauer sind. In den winterkalten Steppengebieten sind die sehr fruchtbaren Schwarzerdeböden vorherrschend, die jedoch aufgrund ihrer Feinkörnigkeit durch Erosion gefährdet sind. Nach Süden hin gehen diese Böden in kastanienfarbene Böden über, deren Nutzung durch hohe Salzkonzentrationen (aufgrund der starken Verdunstung) erschwert wird. Große Gebiete Russlands neigen aufgrund des Dauerfrostbodens zu Staunässe.

6. **Europäisches Tiefland.**
   Gunstfaktoren: Im Vergleich zu den östlichen Gebieten klimatisch eher gemäßigt. Das Relief eignet sich gut für große Betriebseinheiten und zusammenhängende Ackerflächen. Im Süden kommen sehr fruchtbare Schwarzerdeböden vor.
   Ungunstfaktoren: Nach Norden und Osten abnehmende Länge der Vegetationsperiode, nach Süden zunehmende Trockenheit. Die Zeit der Rasputitsa erschwert die Landarbeit im Frühjahr, die Ernte kann durch frühe Herbstfröste beeinträchtigt sein.
   Sibirien und Ferner Osten.
   Ungunstfaktoren: Dauerfrostboden, z. T. extrem ausgeprägte Kontinentalität, kurze Vegetationsperiode, Gefahr von Nachtfrösten auch in der warmen Jahreszeit. Intensive Landwirtschaft kann nur in wenigen klimatisch begünstigten Teilräumen betrieben werden.
   Mittelasien.
   Ungunstfaktoren: Trockenheit (nach Süden zunehmend), z. T. versalzene Böden.
   Gunstfaktoren: Im Norden z. T. noch fruchtbare Schwarzerdeböden, in manchen Gebieten Möglichkeit zu intensiven Bewässerungskulturen.
   Transkaukasien.
   Gunstfaktoren: Z. T. günstiges, feuchtwarmes Klima.
   Ungunstfaktoren: Aufgrund des Reliefs nur kleinräumige Landwirtschaft möglich.

7. Die für landwirtschaftliche Nutzung am besten geeignete Zone wird durch das so genannte „Agrardreieck“ beschrieben, das sich von der Westgrenze in einem immer schmaler werdenden Band bis etwa zum Baikalsee erstreckt. In dieser Zone erlauben dieTemperaturverhältnisse, die Niederschlagshöhe und die Länge der Vegetationsperiode in vielen Gebieten intensiven Ackerbau. Im feuchten Westen herrscht der Anbau von Kartoffeln, Zuckerrüben, Roggen und Gerste vor, während nach Süden mit zunehmender Trockenheit und auf fruchtbaren Schwarzerdeböden vorwiegend Weizen angebaut wird. In den Trockengebieten kann neben extensiver Viehhaltung bei Bewässerung stellenweise auch intensiver Ackerbau betrieben werden (u. a. Baumwolle, Sonderkulturen). In den Übergangsgebieten nach Norden herrscht Weidewirtschaft (u. a. Milchwirtschaft) vor. Extensiver Ackerbau kann auf Ackerbauinseln in einigen Teilen Nordeuropas und Sibiriens betrieben werden, in den Regionen mit stark ausgeprägtem Kontinentalklima ist extensive Viehhaltung regional verbreitet. Die arktischen Gebiete sind aufgrund der kurzen Vegetationsperiode vom Ackerbau ausgeschlossen und können lediglich lokal als Rentierweide genutzt werden.

2.3 Extensivierung und Intensivierung in der Landwirtschaft **SB 78–86**

1. Die Neulandgebiete zeichnen sich insgesamt durch fruchtbare Böden (Schwarzerden, z. T. kastanienfarbene Böden) aus. Das Relief ist günstig für die Anlage großer Betriebe und Maschineneinsatz, da das Land relativ eben ist. Problematisch sind die klimatischen Verhältnisse. Während im Norden des Neulandgebietes noch mit ausreichenden Niederschlägen gerechnet werden kann, nimmt die Dürrewahrscheinlichkeit nach Süden hin rasch zu, sodass mit Missernten gerechnet werden muss. Platzregen und starke Winde sind die Ursachen für Bodenverluste durch Wasser- und Winderosion. Im sibirischen Teil des Neulandes, aber auch in Kasachstan, sind Ertragsverluste durch Spätfröste nach der Aussaat sowie frühe Herbstfröste in der Erntezeit häufig. Die Bodenverluste sowie die Trockenheit zwingen zu aufwendigen Gegenmaßnahmen, u. a. durch Anlage von Windschutzstreifen.
2. Die Neulandaktion erfasste vor allem Gebiete in Kasachstan, in geringerem Maße auch solche im europäischen Süden Russlands sowie in Sibirien. Trotz immenser Schwierigkeiten und stark schwankender Ernteergebnisse gelang es, den Anteil Kasachstans an der Getreideproduktion der UdSSR zwischen etwa 15 % und 20 % zu stabilisieren. Der Verlust der kasachischen Weizenanbaugebiete nach dem Zerfall der UdSSR ist für Russland ein herber Verlust. Andererseits ist Kasachstan daran interessiert, seine Getreideüberschüsse an den Nachbarn im Norden zu verkaufen.
3. Die Schwankungen der Ernteergebnisse haben ihre Ursache in den ebenfalls stark schwankenden jährlichen Niederschlagsmengen. Die große Variabilität der Niederschläge mit den daraus resultierenden unsicheren Ernteergebnissen ist typisch für Anbaugebiete im Bereich der agronomischen Trockengrenze.
4. Aufgrund der naturgeographischen Gegebenheiten in den winterkalten Steppen zerfällt der Boden dort zu Staub, wenn die natürliche schützende Vegetationsdecke zerstört wird und der Boden nach der Getreideernte brachliegt. Dieser feine Bodenstaub wird bei Wind rasch weggetragen (Winderosion). Im Frühjahr können die Stürme auch die Saat wegwehen. Bei Starkregen kommt es zur Zerrachelung und Zerschluchtung des Geländes mit weiteren Bodenverlusten. Windschutzstreifen können die Erosion durch Herabsetzung der Windgeschwindigkeit teilweise verhindern. Zudem haben derartige Streifen einen positiven Einfluss auf den Wasserhaushalt.

Das „Zweite Neuland" – die Nichtschwarzerdezone **SB 81–83**

5. Die Nichtschwarzerdezone (NSEZ) erfasst das europäische Russland ab etwa 55° N bis zur Barentssee. Im Raum Jekaterinburg wird ein kleines Gebiet östlich des Urals einbezogen. Die am dichtesten besiedelten Gebiete Russlands mit den Agglomerationen St. Petersburg, Moskau, Nischni Nowgorod und anderen liegen im Gebiet der NSEZ. Im Umkreis dieser Verdichtungsräume besteht eine intensive Landwirtschaft zur Versorgung der Städte. Dabei steht die Produktion von Gemüse, Kartoffeln und Gemüse im Vordergrund. Die mittlere Zone dient hauptsächlich der Milchwirtschaft, Viehzucht sowie der Erzeugung von Kartoffeln und Getreide (ausgenommen Weizen). Im hohen Norden spielt die Rentierzucht eine gewisse Rolle; der Gemüseanbau unter Glas dient der lokalen Versorgung (z. B. Archangelsk, Murmansk); dort gibt es nur noch wenige Anbauinseln. Im Süden wird z. T. Weizen angebaut, dazu kommen u. a. Zuckerrüben. Für den europäischen Teil Russlands kommt der NSEZ wegen ihrer Nähe zu vielen großen Verdichtungsräumen eine hervorragende Rolle bei der Produktion von Grundnahrungsmitteln zu, die eine Selbstversorgung weitgehend ermöglicht. Lediglich Weizen muss zum großen Teil aus den Steppen des Südens über größere Entfernungen herangebracht werden.
6. Die NSEZ liegt in der gemäßigten bis kaltgemäßigten Klimazone Europas. Die Niederschläge sind ausreichend; im Norden kommt es zu einem hohen Feuchtigkeitsüberschuss, im Süden kann es zeitweise zu einem Feuchtigkeitsdefizit kommen. Die Böden sind durchgehend Podsole, vielfach Moränenböden, die mit Steinen durchsetzt sind. Die glazial überformten Regionen

haben ein sehr unregelmäßiges Relief mit Kuppen, Senken, Mooren und Seen. Aus diesen naturgeographischen Bedingungen lassen sich die Meliorationsmaßnahmen leicht erklären: Die Entwässerung dient vor allem der Ertragssteigerung auf Grünland (die Erträge auf Mähwiesen können dadurch um das Dreifache gesteigert werden). Auch die Kalkung sowie Düngung der sauren Podsolböden tragen zur Ertragssteigerung bei. Auf den ackerbaulich genutzten Flächen erhöhen Düngung und Kalkung ebenfalls die Erträge. Im Süden reicht die sommerliche Bodenfeuchte oft nicht aus; dort führen agrotechnische Maßnahmen (vgl. Neulandaktion) sowie Bewässerungsprojekte zur Ertragssteigerung. Entsteinung und Flurbereinigung verbessern die Einsatzmöglichkeiten landwirtschaftlicher Maschinen.
Obwohl die Ziele der Kampagne nicht voll erreicht werden konnten, haben die Maßnahmen in der NSEZ doch zu einer Verbesserung der Versorgung mit landwirtschaftlichen Produkten in diesem Gebiet geführt.

7. Durch die Entwässerungsmaßnahmen wurden vorwiegend Feuchtgebiete, Moore und Seen trockengelegt. Dieser Lebensraumverlust führte zu einem Rückzug von vielen Pflanzen- und Tierarten. Teilweise sind auch Arten betroffen, die bejagt bzw. befischt werden. Die Flurbereinigung zerstörte zudem Hecken, Waldreste und ähnliche Kleinlebensräume, denen für die Vernetzung von größeren Lebensräumen eine nicht zu unterschätzende Bedeutung zukommt. Ausgeräumte Landschaften, die ausschließlich noch der landwirtschaftlichen Produktion dienen, sind vielfach das Ergebnis derartiger Eingriffe. Da die Meliorationsmaßnahmen nicht flächendeckend erfolgten, sind die ökologische Schäden allerdings meist nur punktuell sehr groß. Es gibt jedoch genügend Beispiele aus der NSEZ, die zeigen, dass die Arbeiten oft ohne das nötige ökologische Wissen und nicht selten ohne jeglichen Nutzen für die Landwirtschaft, aber sehr zum Schaden der Natur, durchgeführt wurden.
8. Die Neulandaktion hatte die Zielsetzung einer Erweiterung des Ackerlandes, vorwiegend in den Steppenregionen des Südens (Extensivierung der Landwirtschaft). Dabei wurden als landwirtschaftliche Organisationsform vorwiegend Sowchosen eingerichtet. Das Programm der NSEZ zielte demgegenüber darauf ab, durch Bodenverbesserungsmaßnahmen, Flurbereinigung, Verbesserungen in der Infrastruktur und Siedlungskonzentrationen die Leistungsfähigkeit der Landwirtschaft in einem altbäuerlichen Siedlungsgebiet zu steigern (Intensivierung der Landwirtschaft). Betroffen waren vorwiegend Kolchosen.

Bewässerungskulturen in Mittelasien **SB 84**

9. Die mittelasiatischen Staaten liegen zum größten Teil im semiariden bis ariden Klimabereich. Während Turkmenistan und Usbekistan überwiegend Anteil am Tiefland von Turan haben, sind Kirgistan und Tadschikistan Gebirgsländer (mit Anteil an Hochgebirgen bis über 7000 m). In den beiden letztgenannten Staaten beschränkt sich die ackerbauliche Nutzung vorwiegend auf einige Flusstäler; ansonsten herrscht Weidewirtschaft vor. In Usbekistan und Turkmenistan (in bedeutendem Umfang auch in Kasachstan, das nicht zu den mittelasiatischen Staaten im engeren Sinne gehört) herrscht ebenfalls extensive Weidewirtschaft vor, Ackerbau kann fast nur auf der Basis von Bewässerungswirtschaft betrieben werden.
Von den hydrographischen Bedingungen her bieten sich die Fremdlingsflüsse Syr-Darja und Amu-Darja zur Wasserentnahme für Bewässerungsprojekte an. Das Wasser von Aralsee (als er noch in seiner ursprünglichen Ausdehnung bestand) und Kaspischem Meer muss vor der Nutzung entsalzt werden; durch die Schrumpfung und Versalzung des Aralsees fällt diese Wasserquelle seit Jahren aus. Die Böden bestehen vorwiegend aus Wüstenböden (im Südosten aus Gebirgswaldböden) mit einem hohen Salzgehalt. Bei Bewässerung ist die Gefahr der Versalzung hoch. In den Bewässerungsgebieten gedeihen vor allem subtropische Sonderkulturen (z. B. Obst), Reis, Ölfrüchte, Baumwolle und Maulbeerbäume (Seidenraupenzucht). In der Sowjetzeit wurde der Anbau von Baumwolle in Monokultur in ganz Mittelasien zu Ungunsten einer sinnvollen Fruchtfolge eingeführt.

10. Die meisten Bewässerungsgebiete entstanden im Einzugsbereich der Ströme Syr-Darja und Amu-Darja bzw. längs der großen Bewässerungskanäle (u. a. Karakum-Kanal). Um eine ausgeglichene Wasserversorgung zu erreichen wurden diese Flüsse bzw. Nebenflüsse im Oberlauf mehrfach aufgestaut (auch zur Gewinnung elektrischer Energie). Neben den beiden großen Strömen wird das Wasser weiterer Flüsse zur Bewässerung genutzt (in Kasachstan z. B. Zuflüsse des Balchaschsees). Gebietsweise können auch Grundwasservorräte erschlossen werden. Die Bewässerungsgebiete lagen zunächst ausschließlich in der Nähe dichter besiedelter Gebiete (z. B. Hungersteppe im Südwesten von Taschkent in Usbekistan), später dann (vor allem zur Ausweitung der Anbauflächen für Baumwolle) auch im Randbereich der Karakum- und Kysylkum-Wüste. Die Pläne, Wasser aus sibirischen Flüssen nach Mittelasien umzuleiten (auf der Karte im Lehrbuch noch projektiert), dürften sich nach dem Zusammenbruch der UdSSR wohl endgültig erledigt haben.

11. Für den Baumwollanbau sind vor allem Teilgebiete der Staaten Usbekistan und Turkmenistan von Bedeutung, dazu kommen noch Regionen in Tadschikistan, Kirgistan und Kasachstan, die aber weniger umfangreich sind. Nirgends auf der Erde gibt es eine derartige Konzentration des Baumwollanbaus wie in Mittelasien. Usbekistan wurde in sowjetischer Zeit systematisch zum Hauptlieferanten entwickelt. Durch Vergrößerung der Bewässerungsgebiete, Mechanisierung, Einsatz von Düngemitteln und Pestiziden konnten die Erträge in den letzten Jahrzehnten deutlich gesteigert werden. Zu Ertragseinbrüchen kam es allerdings in vielen Gebieten Ende der achtziger Jahre.

    Besonders intensiv wird nahe der dichter besiedelten Regionen bewässert, z. B. im Fergana-Becken und in den Räumen Taschkent, Samarkand und Buchara. Dort spielt neben der Baumwolle auch der Anbau von Nahrungsmitteln eine große Rolle. Dies gilt auch für die Hungersteppe, in der eine regelrechte Agrarkolonisation erfolgte. Für die neu entstandenen Staaten Mittelasiens spielt der Baumwollanbau nach wie vor eine große Rolle. Es wird jedoch versucht, von der Monokultur wegzukommen und ökologisch wie ökonomisch sinnvollere Nutzungen zu finden bzw. wiedereinzuführen.

12. Die Ausweitung der landwirtschaftlichen Nutzfläche, des Bewässerungsfeldbaus sowie die unter großem Aufwand an Düngemitteln und Pestiziden betriebenen Baumwollmonokulturen haben große Teile Mittelasiens zu ökologischen Notstandsgebieten gemacht. Durch unsachgemäße Bewässerungstechniken ohne entsprechende Entwässerung gingen der Landwirtschaft große Flächen durch Versalzung verloren. Erosionsschäden (von den Be- bzw. Entwässerungsfurchen ausgehend bzw. Windverwehungen auf abgeernteten Feldern) kamen hinzu. Geradezu katastrophale Ausmaße erreichen die Veränderungen im Wasserhaushalt der Region. Grundwasser sowie Oberflächenwasser sind durch Salz, Nitrate, Schwermetalle, Pestizide, Phenole und andere Gifte stark belastet. Die Zuflüsse des Aralsees werden so vollständig für Bewässerung, Trink- und Brauchwasser genutzt, dass dem Binnensee, der kaum Niederschläge erhält, kaum noch Wasser zugeführt wird; beide Flüsse versiegen vor dem erreichen des Aralsees. In den letzten 30 Jahren sank der Seespiegel kontinuierlich, der Salzgehalt nahm zu, die Uferlinie zog sich z. T. über 100 km zurück. Schifffahrt und Fischerei kamen weitgehend zum Erliegen. Vom ausgetrockneten ehemaligen Seeboden werden heute heftige Staubstürme entfacht, die Salz, Strontium, Fluor und andere Schadstoffe enthalten. Gesundheitliche Schäden in der Bevölkerung wurden vor allem aus Karakalpakien bekannt.

    Ob der Aralsee auf die Dauer wenigstens mit verkleinerter Wasserfläche erhalten werden kann, bleibt ungewiss. Die immensen Wasserverluste durch Verdunstung aus Bewässerungskanälen, Versickerung aus maroden Leitungen und Speicherbecken sowie unqualifizierte Bewässerungstechniken sind schon in der Sowjetzeit erkannt, aber nicht konsequent unterbunden worden. Insbesondere in Usbekistan wurden nach der Unabhängigkeit bereits erste Maßnahmen zur Verbesserung der hydrologischen Situation eingeleitet. Ob eine umfassende Sanierung aber überhaupt finanziert werden kann (ggf. mit internationaler Hilfe), muss abgewartet werden. Das hohe Bevölkerungswachstum in Mittelasien bedingt in den nächsten Jahrzehnten mit Sicherheit eine weiter steigende Nachfrage nach Wasser.

2.4 Die Zukunftsaussichten SB 87

1. Naturgeographische Probleme: Trockenheit im Süden, bei Bewässerung Gefahr der Bodenversalzung im mittleren und nördlichen Landesteil, z.T. Feuchteüberschuss, kurze Vegetationsperiode in großen Teilen des Ostens und Nordens, kontinentales Klima birgt in weiten Gebieten die Gefahr von späten Nachtfrösten im Frühjahr (Gefährdung der Aussaat) und frühen Herbstfrösten (Gefährdung der Ernte), große Teile des Landes haben ein für den Ackerbau, z.T. auch für die Viehzucht ungeeignetes Klima bzw. minderwertige Böden.
   Organisatorische Probleme: In der Sowjetzeit geringe Flexibilität durch Fünfjahrespläne (häufige Fehlplanungen), Schwierigkeiten bei der Versorgung mit Maschinen, Ersatzteilen etc., unzureichende Transport- und Lagerkapazitäten, geringe Motivation der Kolchos- und Sowchosbauern; diese Schwierigkeiten wirken noch heute nach und erschweren den Neubeginn nach marktwirtschaftlichen Prinzipien.
2. Eine spürbare Verbesserung der Situation in der Landwirtschaft kann kurzfristig nicht erwartet werden, weil die dafür notwendigen Investitionen weder vom Staat noch von privaten Landwirten aufgebracht werden können. Die Privatisierung erfordert von den Bauern großes Engagement: Aufnahme von Krediten, Beschaffung von Maschinen, Ersatzteilen etc. in Eigenregie, ebenso Vermarktung der Ernte, Verzicht auf geregeltes Einkommen, längere Arbeitszeit, Notwendigkeit des Erwerbs fachlicher Kenntnisse. Behinderungen durch die Führungen der alten Kolchosen und Sowchosen müssen überwunden werden. Nur wenigen Privatbauern ist es bisher gelungen, auch wirtschaftlichen Erfolg zu haben. Neben dem privaten Kleinbauerntum könnte ein Weg für den Bestand großer Kolchosen und Sowchosen darin bestehen, Kooperativen bzw. marktwirtschaftlich ausgerichtete Großbetriebe zu entwickeln.

3. Die Industrie SB 88–92

3.1 Das Rohstoffpotenzial SB 88

1. Auf dem Gebiet der ehemaligen UdSSR kommen Lagerstätten aller wichtigen Bodenschätze vor; z.T. sind die Vorkommen sehr reich und auch leicht zu gewinnen, vielfach befinden sie sich jedoch abgelegen (in der Arktis, in Sibirien und im Fernen Osten) und sind nur unter großem Kostenaufwand zu nutzen. Im Vergleich zu den meisten westlichen Industrienationen, die die meisten Rohstoffe einführen müssen, konnte die UdSSR ihren eigenen Bedarf fast vollständig decken und darüber hinaus Rohstoffe exportieren. Lediglich die USA verfügen unter den Industrienationen über eine ähnlich gute Rohstoffbasis, wobei die Selbstversorgung allerdings nicht in jedem Fall gegeben ist (u. a. best. Buntmetalle, Stahlveredler, Bauxit, Eisenerz).
   Durch den Zusammenbruch der UdSSR verlor Moskau den Zugriff auf einige wichtige Bodenschatzvorkommen (Ukraine, Kaukasus, Mittelasien). Die Rohstoffbasis Russlands ist jedoch nach wie vor ausgezeichnet.
2. Wichtige Standorte von Bodenschatzvorkommen auf dem Gebiet der GUS sind:
   Eisenerz. Ukraine, Russland (Kursker Magnetanomalie, verschiedene Standorte in Sibirien, Kola-Halbinsel), Kasachstan.
   Bauxit. Russland (Ural, Kola-Halbinsel), Kasachstan.
   Buntmetalle (einschließlich Stahlveredler). Russland (Ural, Kola-Halbinsel, Ferner Osten), Kasachstan und andere Staaten in Mittelasien, Ukraine, Kaukasusgebiet.
   Phosphate. Russland (Kola-Halbinsel), Kasachstan.
   Kalisalze. Weißrussland, Russland (Ural), Kasachstan.
   Steinkohle und Braunkohle. Ukraine/Russland (Donez-Becken), Russland (Moskauer Becken, Petschora-Becken, Kusnezker Becken, Kansk-Atschinsker Becken, Tunguska-Becken, Lena-Becken, Ferner Osten), Kasachstan.
   Erdöl und Erdgas. Russland (Westsibirien, Ostsibirien, Wolga-Ural-Gebiet), mittelasiatische Staaten (bes. Turkmenistan und Usbekistan), Kaukasusgebiet (bes. Aserbaidschan), Ukraine.

Die Zentren der Industrie liegen im europäischen Teil Russlands, in der Ukraine und in Weißrussland, z. T. auch im Kaukasusgebiet (u. a. Georgien). Der Industrie im Osten kommt demgegenüber weniger Bedeutung zu (Ausnahmen vor allem Kusnezker-Becken und Raum Irkutsk). Einige wichtige Industriezentren wurden nahe von Bodenschatzvorkommen errichtet (z.B. Donbass, Uralgebiet, Kusbass). Die weite Streuung der Bodenschatzvorkommen bedingt trotzdem ein hohes Transportaufkommen, das großenteils von der Eisenbahn übernommen wird. Für Erdöl und Erdgas besteht ein umfangreiches Pipelinenetz.

3.2 Die Schwerpunkte der industriellen Entwicklung **SB 89**

1. Wichtigste Ziele des ersten Fünfjahrplans waren: Umgestaltung der gesamten Wirtschaft im Sinne des Sozialismus (Auflösung kapitalistischer Strukturen, vor allem auch in der Landwirtschaft), Streben nach wirtschaftlicher Unabhängigkeit, Aufbau der Schwerindustrie als Voraussetzung für die Entwicklung des Landes, Verbesserung der Infrastruktur.
   Die Industrialisierung sollte also zu wirtschaftlicher Stabilität, technologischem Fortschritt sowie höchstmöglicher Autarkie beitragen und das Kernstück der neuen Gesellschaftsordnung bilden. Bemerkenswert ist, dass die Schwerindustrie vorwiegend als Grundlage für die Investitionsgüterindustrie und für die Waffenproduktion gesehen wird; die Erzeugung von Konsumgütern wird dagegen nicht erwähnt. Diese Gewichtung zu Ungunsten von Verbrauchsgütern für die Bevölkerung (in der Aufbauphase nach der Revolution durchaus verständlich) sollte sich bis zu den letzten Fünfjahrplänen der UdSSR nicht wesentlich ändern.
2. In der ehemaligen UdSSR bestanden fünf Schwerindustriezentren. Drei davon liegen heute in Russland, die beiden anderen gehören zwar noch zur GUS, sind jedoch durch ihre Lage in der Ukraine (Südlicher Hüttenbezirk) bzw. in Kasachstan (Karaganda) der direkten Kontrolle Moskaus entzogen. Im Südlichen Hüttenbezirk wird die Situation noch dadurch kompliziert, dass die meisten Produktionsstätten zwar in der Ukraine liegen, einige aber auch jenseits der neuen Grenze in Russland (Raum Rostow).
   Die Verteilung der Bodenschätze (vor allem Kohle, Eisenerz und Stahlveredler) bedingt großräumige Verflechtungen, die mit einem hohen Transportaufkommen verbunden sind. So beträgt die Entfernung zwischen dem Uralgebiet und Karaganda etwa 1000 km, die zwischen dem Moskauer Industriegebiet (Zentrum) und dem Petschora-Becken etwa 2000 km. Eine ähnliche Entfernung ist zwischen dem Ural und dem Kusbass zurückzulegen.
3. Aufgrund des Vorkommens von Steinkohle, Eisenerz, Mangan (als Stahlveredler) und Kalk auf relativ engem Raum sind die Voraussetzungen für den Aufbau der Schwerindustrie im Südlichen Hüttenbezirk günstig. Obwohl auch dort noch Transportwege bis zu 600 km zurückzulegen sind, nimmt das Verbundsystem zwischen den einzelnen Standorten nicht die Dimensionen ein wie z. B. zwischen Ural und Kusbass. Als günstig kann weiterhin die relative Nähe zu den europäischen Zentren der ehemaligen UdSSR mit ihren weiterverarbeitenden Industriebetrieben angesehen werden (Entfernung vom Donezbecken nach Kiew ca. 450 km, nach Moskau ca. 700 km). Da der Südliche Hüttenbezirk heute fast vollständig auf urkrainischen Gebiet liegt und dort auch diverse weiterverarbeitende Betriebe bestehen, verfügt der neue Staat Ukraine über ein voll ausgestattetes Industriegebiet.
   Das Moskauer Industriegebiet ist sehr vielfältig strukturiert. Ein wesentliches Problem besteht in der Energieversorgung, da die Braunkohlen des Moskauers Beckens nur einen geringen Heizwert haben und unter hohen Kosten abgebaut werden müssen. Steinkohle für die Schwerindustrie muss z.T. aus dem 2000 km entfernten Petschorabecken in der Arktis herangebracht werden. Von zunehmender Bedeutung ist daher die Nutzung von elektrischem Strom (Elektrostahl), der u. a. aus Sibirien kommt. Das nahegelegene Eisenerzvorkommen der Kursker Magnetanomalie ist zwar sehr reich, jedoch schwer abzubauen. Aufgrund der Vielfalt der Verarbeitungsindustrien (u.a. Rüstungsindustrie, Maschinen- und Fahrzeugbau), die auf Eisen und Stahl bzw. Halbfertigprodukte angewiesen sind, ist der Standort „Zentrum" der Schwerindustrie trotz der gegebenen Nachteile gerechtfertigt.

Der Hüttenkomplex Ural wurde erst in den dreißiger Jahren auf der Basis mehrerer Eisenerzvorkommen aufgebaut (u. a. Magnitogorsk als Beispiel sozialistischer Planung). Heute sind die Erzvorkommen weitgehend erschöpft; Eisenerz muss z. T., ebenso wie Kohle, aus Kasachstan bzw. aus Sibirien herangebracht werden. Trotzdem ist das Industriegebiet weiterhin leistungsfähig und produziert auch preisgünstig, weil die Betriebe über eine relativ moderne Technologie verfügen und der Raum inzwischen über eine umfangreiche verarbeitende Industrie verfügt. Zudem können im Uralgebiet eine Reihe weiterer Rohstoffe abgebaut und weiterverarbeitet werden (Stahlveredler, im Süden auch Erdöl und Erdgas: Zweites Baku).
Der Hüttenkomplex Sibirien zwischen Kusbass und Angara ist noch nicht voll ausgebaut. Er dient der industriellen Erschließung und weiteren Besiedlung Südsibiriens entlang der Transsib. Die Rohstoffgrundlage ist besonders im Raum des Kusnezker Becken günstig.
Der Raum um Kustanai und Karaganda war lange Zeit lediglich Rohstofflieferant für das Uralgebiet. Für den neuen Staat Kasachstan bedeutet der jetzt bestehende Hüttenstandort bei Karaganda ein Industriezentrum, das mit binnenländischen Rohstoffen produzieren kann, zumal Kasachstan auch über die nötigen Stahlveredler verfügt. Für die industrielle Entwicklung Kasachstans kann dieser Standort an Bedeutung gewinnen, wenn es gelingt, weiterverarbeitende Industrien anzusiedeln.

4. Das Kombinat bzw. der Territoriale Produktionskomplex (TPK) Saporoschje gilt als Musterbeispiel eines komplexen wirtschaftlichen Verbundes auf engem Raum. Durch horizontale und vertikale Verflechtung der Einzelbetriebe können Rohstoffe, Nebenprodukte (z. B. Verbindungen, die in der chemischen Industrie weiterverwertet werden können) und Produktionsabfälle (z. B. Hochofen- und Koksgase, Schrott) sinnvoll genutzt werden. Ein wesentlicher Standortfaktor ist die Verfügbarkeit von Hydroenergie; der elektrische Strom wird in allen verarbeitenden Betrieben benötigt. Im Gegensatz zu vielen TPK im Osten der ehemaligen UdSSR, die noch vorwiegend auf die Förderung und Aufbereitung von Rohstoffen konzentriert sind, gibt es in Saporoschje einen Verbund von Betrieben von der Energiebereitstellung über die Rohstoffaufbereitung (u. a. Aluminiumgewinnung) bis zur Produktion von Halbfertig- und Fertigwaren (u. a. metallurgisches Werk, Schiffsbau, Porzellanwerk).

5. Der Konzeption eines TPK liegt die Vorstellung von einer in sich möglichst geschlossenen Wirtschaftsregion zugrunde. Dabei geht es im Osten vorwiegend um die Erschließung und Besiedlung neuer Räume, im Westen und Süden um die Weiterentwicklung bestehender Industriegebiete.
Basierend auf einer ausreichenden Energie- und Rohstoffbasis (von möglichst überregionaler Bedeutung) sollen Industriekomplexe (sog. „Industrieknoten") aufgebaut werden, in denen die vorhandenen Ressourcen möglichst bis zu Endprodukten weiterverarbeitet werden sollen. Die Betriebe der einzelnen Industrieknoten sollen möglichst aufeinander aufbauen bzw. kooperieren können. Voraussetzung für eine solche Entwicklung sind im Osten die Schaffung der notwendigen Infrastruktur einschließlich der Heranführung von Arbeitskräften sowie der Bau von Städten. Wo möglich, soll auch die Landwirtschaft zur Versorgung der Bevölkerung des TPK entwickelt werden.

6. Als Beispiel mag der TPK Bratsk/Ust-Ilimsk dienen, da dieses Beispiel in vielen Atlanten durch eine Spezialkarte gut dokumentiert ist. Wichtige Standortfaktoren sind: Vorkommen von Eisen- und Buntmetallerzen, große Waldflächen, günstige Voraussetzungen für die Nutzung von Hydroenergie (Angara).
Zunächst wurde die Angara aufgestaut; der Bratsker Stausee hat etwa die zehnfache Fläche des Bodensees; die Kraftwerkskapazität entspricht etwa der Hälfte der gesamten Stromerzeugung Österreichs. Ein weiteres Wasserkraftwerk entstand bei Ust-Ilimsk. Hauptabnehmer des Stroms von Bratsk ist ein Aluminiumwerk, das als größtes der Welt gilt. Neben Bratsk entwickelten sich zwei weitere Industrieknoten um Ust-Ilimsk und um Schelesnogorsk; ein weiterer um Rudnogorsk ist noch im Aufbau. Schwerpunkte der Industrie sind Holzverarbeitung, Aufbereitung der Eisenerzvorkommen und Metallverarbeitung. Die Bauwirtschaft spielt in den noch ständig wachsenden Städten eine wichtige Rolle.

Trotz vieler Fehleinschätzungen in der Planungs- und Aufbauphase kann die Errichtung dieses TPK insgesamt als weitgehend gelungen bezeichnet werden, da die meisten einer TPK-Konzeption zugrunde liegenden Ziele realisiert werden konnten.

7. Kleinere Betriebe und Dienstleistungsunternehmen begannen bereits kurz nach dem Zusammenbruch der UdSSR erfolgreich zu arbeiten. Die meisten Großbetriebe sind jedoch noch vollständig in Staatsbesitz. Es fehlt vor allem an Kapital, Managementwissen und moderner Technologie. Die gesetzlichen Rahmenbedingungen (u. a. Eigentumsrecht, Arbeitsrecht, Steuerrecht, Bestimmungen zum Kapitelmarkt) sind noch unzureichend für den reibungslosen Aufbau einer Marktwirtschaft. In einem Staat, der jahrzehntelang den Kapitalismus verteufelt hat, kann ein radikaler Wandel in der Denkweise nicht über Nacht erwartet werden; Gewinnstreben muss vielfach erst „salonfähig" werden. Altkommunistische Seilschaften in einflussreichen Positionen behindern teilweise die Umgestaltung.
Die neuen Grenzen erschweren den wirtschaftlichen Aufschwung zusätzlich. Dies gilt weniger für Russland, als für die meisten übrigen Nachfolgestaaten der UdSSR. Selbst in der GUS sorgen verschiedene Währungen, nationalstaatlicher Eigennutz, überzogene Preisforderung für Exportgüter und als Folge davon Zahlungsrückstände für Versorgungsengpässe und wirtschaftliches Chaos. Die Energieknappheit in der Ukraine, durch die weitgehende Abhängigkeit von Russland bei Erdöl und Erdgas verursacht, zeigt diese Misere beispielhaft. Insbesondere die kleinen Staaten haben große Schwierigkeiten, ihre oft stark auf die Bedürfnisse des ehemaligen UdSSR-Marktes spezialisierte Wirtschaft umzugestalten und neben der Versorgung der eigenen Bevölkerung Produkte zu entwickeln und zu produzieren, die auch auf dem Weltmarkt oder zumindest auf regionalen Märkten abgesetzt werden können. Am besten ist bisher Estland die Annäherung an den Weltmarkt (bzw. an die EU) gelungen.

4. Die Erschließung Sibiriens SB 93–103

4.1 Westsibirien – Umwertung eines Raumes aufgrund von Energierohstoffen SB 93–97

1. Die Erdöl- und Erdgasförderung der UdSSR stieg nach dem 2. Weltkrieg rapide an (bei Erdgas erst ab ca. 1960); seit dem Zusammenbruch des Staates stagniert die Förderung oder ist sogar rückläufig. Während die Förderung zunächst vorwiegend in den südlichen Landesteilen (bes. Aserbaidschan: Baku) und im Wolga-Ural-Gebiet erfolgte, begann ab 1970 die Ausbeutung der sehr reichhaltigen Felder in Westsibirien. Sowohl bei Erdöl als auch bei Erdgas nimmt Westsibirien mit weit mehr als der Hälfte der Gesamtförderung die Spitzenposition ein.

2. Erdöl- und Erdgasgebiete kommen weit verstreut über das Gebiet der ehemaligen UdSSR vor. Wichtige Erdölgebiete sind: Westsibirien, Wolga-Ural-Gebiet, Kaukasusgebiet, Sachalin, Fergana-Becken. Große Erdgasvorkommen sind bekannt aus: Westsibirien, Wolga-Ural-Gebiet, Mittelasien (bes. Turkmenistan, Usbekistan) und dem Raum Jakutsk.
Die westsibirischen Felder liegen vorwiegend nördlich des 60. Breitenkreises, z.T. auch nördlich des Polarkreises. Als Verbindung zu den Hauptzentren der Industrie und den großen Städten, die alle mindestens 1000 km, meist noch bedeutend weiter, im Süden und Westen der Felder liegen, kommen ausschließlich Pipelines in Frage. Solche Leitungen bestehen zu den wichtigsten Zentren des Landes (z.T. auch bis ins Ausland, u. a. nach Westeuropa), sie befinden sich allerdings z.T. in katastrophalem Zustand.

3. Die Nutzung der reichen Erdöl- und Erdgasfelder erfolgt unter schwierigen Bedingungen. Das kontinentale Klima mit kurzen heißen Sommern und langen kalten Wintern stellt hohe Anforderungen an Material und Menschen. Im hohen Norden erschwert die Polarnacht die Arbeit zusätzlich. Im Frühjahr, wenn der Boden auftaut, versinken große Gebiete im Schlamm. Dies gilt nicht nur für den Norden mit Dauerfrostboden, sondern auch für die südlichen Gebiete, in denen sumpfige Niederungen mit nur geringem Abfluss vorherrschen. Schweres Gerät muss vorzugweise im Winter bewegt werden, wenn der Untergrund gefroren ist. Der Bau und die Unterhaltung von Verkehrswesen sind sehr kostspielig; dies gilt auch für die Pipelines.

4. Aufgrund der vorwiegend subarktischen bis arktischen Bedingungen sind die Ökosysteme im nördlichen Westsibirien als labil einzuschätzen. Vegetationszerstörungen durch Waldrodung bzw. Fahrzeugspuren in der Tundra führen zu oft jahrelang sichtbaren Schäden (u. a. besteht eine bedeutende Erosionsgefährdung). Auslaufendes Öl wird nur langsam abgebaut und belastet Boden sowie Gewässer langfristig. Das Abfackeln von Erdgas an den Ölfeldern ist nicht nur unwirtschaftlich, sondern trägt zur Luftverschmutzung und zum Waldsterben bei. Die ökologischen Schäden in Westsibirien sind immens. Die eingeborenen Rentierhirten und Fischer (Chanten und Mansen) wurden vielerorts aus ihren Wirtschaftsräumen vertrieben; teilweise mussten sie auch ihre angestammten Gebiete verlassen, weil ihre natürlichen Lebens- und Wirtschaftsgrundlagen durch die Förderung von Öl und Gas zerstört wurden.

5. Der Anteil der Exporterlöse aus Erdöl und Erdgas am Westexport betrug zwischen 1975 und 1989 immer zwischen 50 % und fast 80 %. Dies zeigt, dass sich die ehemalige UdSSR in ihrer Außenhandelsstruktur dem Westen gegenüber eher wie ein Entwicklungsland darstellt, nicht aber wie ein Industriestaat. Einige westliche Staaten in Europa (u. a. Deutschland, Österreich, Frankreich) decken ihren Erdgasbedarf zu einem beträchtlichen Teil über Importe aus Russland. Ein totaler Ausfall der russischen Lieferungen (der heute aufgrund des dringenden Bedarfs an Devisen in Russland noch weniger wahrscheinlich ist als zu Zeiten des kalten Krieges) hätte zwar keinen Zusammenbruch des westeuropäischen Energiemarktes verursacht, aber möglicherweise doch zu vorübergehenden Engpässen geführt. Eine Sonderstellung nimmt Finnland ein, das in seiner Energieversorgung vollständig von Russland abhängig ist. Dies ist durch die besondere geographische Lage und die speziellen Beziehungen zur ehemaligen UdSSR bedingt.

6. Veraltete Fördertechnik mit unzureichend gewartetem Gerät, verrottete Pipelines, hohe Kosten bei geringer Förderleistung und ähnliche Schwachpunkte erschweren die Nutzung der Öl- und Gasvorräte in den GUS-Staaten. Auch in dieser Branche gibt es wegen der fehlenden oder ständig wechselnden staatlichen Rahmenbedingungen Probleme bei der Zusammenarbeit mit ausländischen Firmen, die mit ihrem Know-how und ihrem Kapital zu einer Modernisierung und Leistungssteigerung der Anlagen beitragen könnten. Insbesondere für Russland, das einen großen Teil seiner Devisen auf dem Weltmarkt über das Öl- und Gasgeschäft verdient, aber auch für Aserbaidschan und einige mittelasiatische Staaten, nehmen Erdöl und Erdgas eine Schlüsselstellung in der Gesamtwirtschaft ein.

7. Der Territoriale Produktionskomplex ist mit 1,8 Millionen km^2 der größte in Russland und wegen der immensen Flächenausdehnung in mehrere TPK zweiter Ordnung bzw. Industrieknoten unterteilt (1. Region um Serginy, 2. Region um Chanty-Mansisk, 3. Region Tjumen-Tobolsk, 4. Region um Salechard, 5. Raum um Urengoj, 6. Region um Surgut, 7. Raum um Nishnewartowsk, 8. Raum um Kolpaschewo). Im Gegensatz zu den Zielen der TPK-Konzeption basiert die Nutzung bislang vorwiegend auf der Gewinnung von Rohstoffen (neben Öl und Gas vorwiegend Holz). Eine weiterverarbeitende Industrie besteht nur im Süden (bes. um Tjumen und Tomsk), wo derartige Standorte auch schon vor der Rohstofferschließung weiter im Norden bestanden. Im Südosten hat der TPK Anschluss an das bereits seit Jahrzehnten industrialisierte Kusnezker Becken. Verflechtungen zwischen den einzelnen Industrieknoten bzw. TPK 2. Ordnung bestehen in vertikaler Ebene noch kaum. Insofern ist Westsibirien ein Beispiel für einen noch im Aufbau befindlichen TPK.

4.2 Verkehrsorientierte Erschließung im Osten – die Baikal-Amur-Magistrale (BAM) SB 98

1. Die Bezeichnung „Jahrhundertbauwerk“ kann zunächst als übliche Propaganda bei der Ankündigung eines neuen Erschließungsprojektes verstanden werden. Sicher verdiente der Bau der Transsibirischen Eisenbahn zu Beginn des Jahrhunderts diese Charakterisierung eher, wenn man die damaligen beschränkten technischen Möglichkeiten bedenkt. Trotzdem stellte die Schaffung einer Bahnlinie in einem orographisch und klimatisch so schwierigen Raum wie der

BAM-Region eine große Leistung dar, vor allem bei Berücksichtigung der Bauzeit von nur zehn Jahren. Die Länge der BAM reicht größenordnungsmäßig fast an die der transkontinentalen Eisenbahn der USA heran (Länge dort ca. 4500–5000 km). Durch die neue Eisenbahn verkürzt sich die Bahnentfernung zwischen Europa und der Pazifikküste um 500 km verglichen mit der Strecke über die Transsib.

Der Einzugsbereich der BAM-Region ist mit 1,5 Millionen km^2 etwa viermal so groß wie Deutschland und umfasst etwa 7 % der Fläche der ehemaligen UdSSR. Dass ein derartiger Raum durch eine einzige Bahnlinie natürlich nur linienförmig bzw. in bestimmten Teilregionen erschlossen werden kann (z.T. durch weitere Stichbahnen), ist einleuchtend.

2. Zu nennen sind: Zahlreiche Gebirge und Flüsse sind zu queren (Bau von Tunneln und Brücken), Verlauf der Trasse in sehr unterschiedlichen Klimazonen (extrem kontinentales Klima bis zum Monsunklima an der Ostküste), Dauerfrostboden, Erdbebengefährdung, Gefahr von Erdrutschen und anderen Naturkatastrophen. Ein Großteil der Trasse verläuft durch ökologisch instabile oder nur wenig stabile Landschaften, in denen aufgrund der Eingriffe Veränderungen im System der Dauerfrostböden auftreten (u.a. Thermokarsterscheinungen) bzw. wegen der geringen Biomasseproduktivität Schäden an der Vegetation nur langsam regenerieren können. Erosionsprozesse und Erdrutsche sowie großräumige und langfristige Schäden in Taiga und Tundra sind die Folge.

3. Die BAM-Region liegt abseits aller Verdichtungsräume. Die Entfernung von Ust-Kut nach Moskau beträgt etwa 4500 km (Luftlinie), die nach Nowosibirsk immer noch knapp 1500 km. Die nächsten Räume mit einer dichteren Industriebasis sind die TPK Bratsk/Ust-Ilimsk und Komsomolsk sowie der Raum um Chabarowsk.

4. Aus wirtschaftlichen Gründen wäre der Bau der BAM seinerzeit nicht erforderlich gewesen, da die Bodenschätze, die in dieser Regionen gefunden werden, auch in anderen Landesteilen vorkommen. Andererseits kann die Bahnlinie als eine Investition in die Zukunft verstanden werden, denn sie erschließt die reichsten Kupferlagerstätten der Erde (bei Udokan), das Südjakutische Kohlebecken sowie reiche Vorkommen von Eisenerz, Buntmetallen und Stahlveredlern. Einige Flüsse eignen sich zur Wasserkraftnutzung. Als Rohstofflieferant wird die BAM-Region in Zukunft eine bedeutende Rolle spielen. Aufgrund der ungünstigen naturgeographischen Bedingungen ist aber nicht damit zu rechnen, dass es hier jemals eine stärkere Besiedlung geben wird. Zwar wurde eine Reihe von Siedlungen gegründet, und Tynda sowie einige andere Städte verzeichneten ein kräftiges Bevölkerungswachstum; die Fluktuation ist jedoch sehr hoch.

5. Der Abbau von Bodenschätzen hat erst in geringem Umfang begonnen; langfristige Planungen fehlen. Auch die Bereitschaft von westlichen Industriestaaten, in den Bergbau zu investieren, ist z.Z. gering. Die Industrialisierung des Raumes beschränkt sich noch auf wenige Zentren (z.B. Tynda, Komsomolsk). In größerem Umfang werden gegenwärtig eigentlich nur die riesigen Holzvorkommen genutzt. Diese dienen z.T. der Versorgung der Holzindustrie im TPK Bratsk/Ust-Ilimsk, in dessen direktem Einzugsgebiet die meisten Wälder bereits ausgeholzt sind. Zum anderen haben ausländische Firmen (bes. Japan und Südkorea) Einschlagsrechte erworben. Die Holznutzung erfolgt als Raubbau ohne Wiederaufforstung oder Rücksicht auf die labile Umwelt. Große Gebiete sind landwirtschaftlich überhaupt nicht nutzbar; im Bereich einiger größerer Ortschaften gibt es Erschließungsmaßnahmen. Eine Eigenversorgung der Bevölkerung wird aber auch in Zukunft nicht möglich sein. Der ursprüngliche Plan, entlang der Bahnlinie alle 60–100 km eine Siedlung anzulegen, hat sich als überzogen erwiesen. Einer der Gründe liegt darin, dass es zu teuer ist, für derartig viele kleine Siedlungen Energie und die übrigen notwendigen Infrastruktureinrichtungen bereitzustellen.

6. Es ist sicher nicht gerechtfertigt, die BAM insgesamt als Fehlplanung oder Fehlinvestition zu bezeichnen. Die Transsib ist stark überlastet und kann einen weiter steigenden Güterverkehr nicht mehr verkraften. Die militärischen Gründe, die mit den Ausschlag zum Bau der BAM gegeben haben mögen, sind in der heutigen Zeit einer vorsichtigen Annäherung an China nicht mehr maßgebend. Ob von der BAM tatsächlich eine entscheidende Entlastung der Transsib ausgehen kann und ob es gelingt, über diese Bahnstrecke den Containerverkehr zwischen Europa und

Ostasien in nennenswertem Umfang zu steigern, wird davon abhängen, inwieweit es gelingt, die Betriebssicherheit zu stabilisieren und zu verbessern: Dazu wären u. a. der Aufbau von weiteren Stationen und Reparaturstützpunkten, der zweigleisige Ausbau sowie die Anlage einer Versorgungsstraße längs der Trasse erforderlich. Ob dies von der russischen Regierung in absehbarer Zeit finanziert werden kann, darf allerdings bezweifelt werden.

4.3 Erschließung im Norden

SB 102–103

1. Nordsibirien und der Ferne Osten sind reich an Bodenschätzen. Dies gilt u. a. für die Kolyma-Region und die Tschuktschen-Halbinsel, wo u. a. sehr große Lagerstätten von Nichteisenerzen bekannt sind. Dieser abgelegene Raum ist allerdings geologisch noch unzureichend untersucht, sodass die Entdeckung weiterer Bodenschätze zu erwarten ist. Die wirtschaftliche Nutzung erfolgt allerdings z. Z. nur punktuell, da es an Verkehrswegen, Siedlungen und Arbeitskräften fehlt. Das Klima ist teilweise noch unwirtlicher als in anderen Regionen Sibiriens. Eine weitere Erschließung ist derzeit wegen der hohen Kosten nur dort zu erwarten, wo private Investitionen dies ermöglichen.
2. Aufgrund der hohen Erschließungskosten wird sich die Investitionsbereitschaft der Amerikaner nur auf sehr lohnende Projekte beschränken, wie dies das Beispiel des Goldbergbaus in der Magadan-Region zeigt. Eine Übernahme von russischem Know-how oder von Jointventures russischer Firmen in Richtung Alaska dürften die Ausnahme bleiben. Ob sich die russischen Partner gegenüber dem marktwirtschaftlichen Denken und Handeln der amerikanischen Konzerne genügend anpassungsfähig zeigen werden, bleibt abzuwarten. Intensive Kontakte und eine verstärkte Zusammenarbeit sind zwischen den Inuit beiderseits der Beringstraße zu erwarten, die nach Jahrzehnten der Trennung wieder möglich geworden ist.
3. In naher Zukunft wird es mit Sicherheit keine vom russischen Staat finanzierte neue große Eisenbahnlinie geben, weil es die gespannte Finanzlage nicht zulässt. Eine zweite Nordmagistrale von Salechard über Norilsk nach Magadan dürfte wohl keine Chance auf Realisierung haben, da die Kosten für den Bau und die Unterhaltung einer derart langen Strecke (fast 10 000 km) in keinem Verhältnis zum Nutzen in einer so abgelegenen und so dünn besiedelten Region stehen würden. Dies gilt auch schon für die Teilstrecken Salechard-Norilsk bzw. Jakutsk-Magadan. Der Bau von Stichbahnen (wie z. B. die Linie von der BAM nach Jakutsk) kann die bestehenden Siedlungsschwerpunkte an die Verkehrswege im Süden viel kostengünstiger anbinden. Für Standorte wie Norilsk und Magadan kommt trotz der schwierigen Eissituation in vielen Monaten des Jahres der Transport über Wasserwege eher in Frage. Die weiter südlich geplanten Strecken als Verlängerung der BAM nach Westen wären unter wirtschaftlichen Gesichtspunkten dann sinnvoll, wenn es gelänge, die Leistungsfähigkeit der BAM zu verbessern und deren Betriebssicherheit zu steigern. Wann sich die intensivere wirtschaftliche Nutzung des Nahen Nordens als notwendig und finanzierbar erweisen wird, ist z. Z. nicht abzusehen.

1. Einheit und Vielfalt – Grundlage der europäischen Integration SB 104–105

1. Die am Beispiel Belgiens dargelegte Sprachenvielfalt in Europa scheint über die Grenzen eines Landes hinaus zunächst nicht problematisch zu sein, innerhalb eines Landes kann es, wie dieses Beispiel zeigt, jedoch erhebliche Probleme geben.
Die beiden großen offiziellen Amtssprachen in Belgien sind Niederländisch und Französisch. Erst zwischen 1895 und 1898 wurde das Niederländische mit dem Französischen völlig gleichberechtigt. Die Sprachengrenze trennte das Niederländisch sprechende Flandern im Norden streng von dem Französisch sprechenden Wallonien im Süden des Landes. Eine derartig rigide Trennung führt natürlich zu einer zunehmenden Entfremdung der Bevölkerung, in diesem Fall der Flamen und Wallonen.
Dementsprechend kann sich auch kein Gefühl einer nationalen Gemeinschaft entwickeln; es existieren faktisch zwei Nationen, die heute nur noch durch den König als Sinnbild des Staates zusammengehalten werden.
Heute leben die Flamen und Wallonen zwar friedlich nebeneinander, in den sechziger Jahren hat es allerdings auch teilweise gewalttätige Auseinandersetzungen zwischen diesen beiden Volksgruppen gegeben, sodass zu befürchten ist, dass die Sprachenvielfalt in Europa – man denke nur an den Bürgerkrieg in Jugoslawien – zu einem ernstzunehmenden Hemmnis auf dem Weg zur europäischen Integration sein wird. Ein Anderssprachiger wird als Fremder angesehen und einem Fremden drohen Ausgrenzung und Ablehnung.

2. Europa wächst zusammen SB 106–109

1. Das eigentliche Zusammenwachsen der Länder Westeuropas begann mit der Gründung des Europarates 1949. Sein Ziel war die engere Zusammenarbeit in fast allen Bereichen um die Ideale und Grundsätze des gemeinsamen Erbes zu schützen. Ausgenommen war die Zusammenarbeit auf militärischem Gebiet.
Die Gründung des Europarates verhinderte jedoch nicht die verstärkte Spaltung Europas in West und Ost. Im Gegenteil: Die Ostblockstaaten schlossen sich 1949 im „Rat für gegenseitige Wirtschaftshilfe" (RGW/COMECON) zusammen. Somit zerbrach Europa in zwei sehr unterschiedliche Lager, der Ost-West-Konflikt bestimmte fortan immer deutlicher die politischen Strukturen Europas.
Um die Wirtschaftsstrukturen Westeuropas zu verbessern, die Zusammenarbeit zwischen den Ländern zu intensivieren und wirksamer werden zu lassen, als es mit den Mitteln, die der Europarat zur Verfügung stellen konnte, möglich war, wurde 1951 die Europäischen Gemeinschaft für Kohle und Stahl (EGKS/Montanunion) gegründet. Zwischen den Gründungsländern Frankreich, Italien, Benelux und Deutschland wurden fortan keine Zölle mehr auf Kohle und Stahl erhoben. Diese sechs Staaten der Montanunion unterzeichneten 1957 die Verträge über die Gründung der Europäischen Wirtschaftsgemeinschaft (EWG) und der Europäischen Atomgemeinschaft (EURATOM). In der Form der „Römischen Verträge" treten sie 1958 in Kraft und sind Grundlage der weiteren Integration Westeuropas.
Als Antwort auf diesen Zusammenhang wird von den Ländern Großbritannien, Irland, Norwegen, Österreich, Portugal, Schweden und Schweiz die Europäische Freihandelszone (EFTA) gegründet, der sich nachher noch Finnland und Island anschließen. Die EFTA bleibt in dieser Form jedoch nicht lange bestehen, denn 1973 verlassen Großbritannien, Dänemark und Irland diesen Zusammenschluss und werden in die Europäische Gemeinschaft (EG) aufgenommen, die 1965 aus dem Zusammenschluss von EWG und EURATOM entstanden war.

In den folgenden Jahren werden Griechenland (1981), Spanien (1986) und Portugal (1986) ebenfalls Mitglieder der EG und viele andere Länder stellen Anträge auf Aufnahme. Die EG und die restlichen EFTA-Staaten gründen 1991 den Europäischen Wirtschaftsraum (EWR) mit Ausnahme der Schweiz, die sich in einer Volksabstimmung dagegen ausspricht. In diesem EWR werden keine Zölle mehr erhoben. Ein entscheidender Schritt über die bis dahin vorangetriebene wirtschaftliche Integration hinaus waren die Verträge von Maastricht (1992) „Vertrag über die Europäische Union", die eine politische Union der EG-Staaten beabsichtigten. Seitdem wird die Bezeichnung „Europäische Union" (EU) verwendet, der am 1. 1. 1995 die Länder Österreich, Finnland und Schweden beigetreten sind.
Fast jedes Land Europas hat seine eigene Landessprache, in einigen Ländern wird mehr als eine offizielle Sprache anerkannt. Daneben gibt es in nahezu jedem europäischen Land eine oder auch mehrere Minderheiten, die eine andere als die offizielle Sprache sprechen. So leben z. B. Albanisch sprechende Gruppen in Italien, Deutsch sprechende Gruppen in Polen, Ungarn, Rumänien und Frankreich oder Griechisch sprechende Gruppen in Italien. Eine durch Gewalttätigkeiten bekannt gewordene Minderheit ist die Baskisch sprechende Gruppe in Spanien. Dieses sind nur Beispiele; die Verflechtungen der Sprachgebiete untereinander lassen sich noch sehr viel weiter dokumentieren.
Dass diese ethnische und sprachliche Vielfalt in Europa immense Probleme mit sich bringt, zeigen viele aktuelle Konflikte. Beispielhaft dafür stehen die Auseinandersetzungen im Baskenland, wo eine Gruppe von Extremisten versucht, durch terroristische Anschläge einen souveränen Staat der Basken zu errichten, losgelöst von Spanien und Frankreich.
Ähnliche Entwicklungen haben sich in Nordirland vollzogen. Die grausamste Eskalation dieser ethnischen und sprachlichen Konflikte geschieht im ehemaligen Jugoslawien, wo katholische Kroaten, orthodoxe Serben und moslemische Bosnier in einem blutigen Bürgerkrieg verwickelt sind.

2. Ein Vorschlag der EU-Kommission wird zur Stellungnahme in der ersten Lesung dem Europäischen Parlament (EP) zugeleitet. Parallel dazu wird er auch direkt dem Ministerrat zur ersten Lesung übergeben, der die Stellungnahme des EP registriert, aber nicht berücksichtigen muss. Der im Ministerrat gefundene gemeinsame Standpunkt (Beschluss mit qualifizierter Mehrheit) wird dem EP mitgeteilt, das in der zweiten Lesung mehrere Möglichkeiten während einer Frist von maximal vier Monaten hat.
Entweder es stimmt zu (dies ist der Fall bei ausdrücklicher Billigung oder keiner Äußerung), dann wird der Vorschlag in der zweiten Lesung des Rates bei qualifizierter Mehrheit angenommen; oder es lehnt ab, dann kann der Rat den Vorschlag in der zweiten Lesung nur bei Einstimmigkeit annehmen; oder aber das EP sieht Änderungen vor. Die Änderungen werden dann der EU-Kommission wieder vorgelegt, die bei einer Frist von einem Monat entweder die Vorschläge des EP übernehmen kann, dann nimmt der Ministerrat sie bei einer qualifizierten Mehrheit an oder er lehnt – dann allerdings bei Einstimmigkeit – ab.
Die Europäische Kommission kann die Vorschläge des EP auch ändern. Dann wird im Ministerrat bei qualifizierter Mehrheit der Vorschlag im Sinne der EU-Kommission angenommen und nur bei Einstimmigkeit dem des EP zugestimmt. Ein eigener Vorschlag aus dem Ministerrat wird ebenfalls nur bei Einstimmigkeit angenommen.
Wenn der Ministerrat sich in der zweiten Lesung während der Frist gar nicht äußert, gilt der Vorschlag als nicht angenommen.

3. Die EU-Kommission ist die „Regierung" der EG/EU, das ausführende Organ. Sie wird vom Wirtschafts- und Sozialausschuss und vom Europäischen Parlament (EP) beraten und kontrolliert. Sie leitet ihre Vorschläge dem Ministerrat zu, der auch als „Gesetzgeber" der EU bezeichnet wird und ebenfalls vom Wirtschafts- und Sozialausschuss beraten wird. An das EP ist der Ministerrat durch dessen Haushaltsbeschlüsse gebunden und er ist verpflichtet das EP vor seinen Entscheidungen anzuhören.
Dem Ministerrat übergeordnet ist der Europäische Rat, der aus den Regierungschefs der EU-Länder gebildet wird und Entscheidungen von grundsätzlicher Bedeutung fällt.

Der Europäische Gerichtshof agiert als „Wächter" der EG/EU-Verträge und achtet auf deren Einhaltung.
Das EP „darf" lediglich beraten, kritisieren und kontrollieren, aber nicht entscheiden oder gar Macht ausüben.
Auch die Wege eines Binnenmarktgesetzes durch die Instanzen, wie er in der Abbildung erläutert wird, zeigt, dass wesentliche Entscheidungen und Vorgaben zwischen der EU-Kommission und dem Ministerrat ausgehandelt werden. Änderungen durch das EP werden von der Kommission entweder übernommen oder wiederum geändert. Wenn sie geändert werden, reicht dafür die Bestätigung durch den Ministerrat mit qualifizierter Mehrheit. Um jedoch die Änderung des EP anzunehmen, bedarf es im Ministerrat der Einstimmigkeit.
Entscheidungen des EP können also fast nach Belieben des EU-Ministerrates und der EU-Kommission aufgehoben werden. Festzustellen ist demnach, dass das von den Bürgern der Europäischen Union frei gewählte Parlament noch lange nicht die Befugnisse besitzt, die von einem Parlament erwartet werden. Es besteht in der EU darum noch ein großes Demokratiedefizit.

4. Die EU ist ein Großraum mit erheblichen regionalen Disparitäten. Länder wie Irland, Portugal oder Griechenland sind im Vergleich zu anderen Mitgliedstaaten der EU noch sehr auf den primären Sektor ausgerichtet. Bis zu einem Fünftel der Erwerbstätigen arbeiteten 1995 in Griechenland in der Landwirtschaft und nur 55,5% waren im tertiären Sektor tätig. In Großbritannien dagegen arbeiteten 1995 im primären Sektor 2,1% und im tertiären Sektor 70,2 %. Diesen wenigen Zahlen lässt sich schon ein sehr unterschiedlicher Entwicklungsstand zwischen den reicheren Ländern der EU wie z.B. Frankreich, Großbritannien, Niederlande, Luxemburg, Deutschland, Dänemark und den ärmeren wie z.B. Spanien, Portugal, Griechenland entnehmen. Auch der Wert des BSP pro Kopf unterstreicht diese Disparitäten. Am höchsten ist er mit 37 900 US-$ 1995 in Luxemburg, am niedrigsten mit 8200 US-$ in Griechenland. Diese Unterschiede sind so groß, dass selbst bei der Berücksichtigung der unterschiedlichen Kaufkraft in beiden Ländern enorme Abweichungen zu erkennen sind.

5. Die Interessen der EU-Mitgliedstaaten weichen stark voneinander ab. Da in den wirtschaftlich leistungsfähigeren Ländern der Dienstleistungsbereich und der industrielle Bereich stark ausgeprägt sind, die Landwirtschaft volkswirtschaftlich aber eine untergeordnete Rolle spielt, sind diese Länder vor allem daran interessiert, ihre wirtschaftlichen Stärken weiter zu fördern.
Länder mit einem hohen Anteil von Erwerbstätigen in der Landwirtschaft versuchen dagegen, die EU für ihre Zwecke einzuspannen: Förderung und Stützung der Landwirtschaft. Vielen Entscheidungen in Brüssel, die für die Weiterentwicklung der EU von großer Wichtigkeit sind, werden sie nur ihre Zustimmung geben, wenn gleichzeitig Vorteile für ihre Landwirtschaft oder Fischerei (z.B. höhere Preise, größere Kontingente) eingeräumt werden.
Ferner werden sie versuchen, mit dem Hinweis auf ihre geringere wirtschaftliche Leistungsfähigkeit, im Bereich der Industrie Strukturhilfen von der EU, damit von den wohlhabenderen Ländern, zu erhalten um die eigene industrielle Entwicklung voranzutreiben. Das liegt im übrigen auch im Interesse der reicheren EU-Länder – wissen diese doch, dass ein Handel mit hoch entwickelten Ländern allemal lohnender ist.

6. Um einen europäischen Binnenmarkt zu verwirklichen, der trotz nationalstaatlicher Grenzen gleiche wirtschaftliche Grundlagen hat, sind zahlreiche, teilweise auch sehr aufwendige Angleichungsmaßnahmen notwendig.
Zunächst wäre hier die Steuerproblematik zu nennen. Da die Mehrwertsteuer große Bedeutung in der wirtschaftlichen Kooperation von Unternehmen hat, diese in der EG/EU aber zwischen Werten von 1 % und 38 % schwankt, ist die Harmonisierung dieser Steuer ein vordringliches Problem, soll es nicht zu erheblichen Wettbewerbsverzerrungen innerhalb des Europäischen Wirtschaftsraumes kommen.
Der europäische Kapitalmarkt muss sich ebenfalls ungehindert als Stabilisierungsmaßnahme für die gesamte Wirtschaft entwickeln können. Kapitalfluchtbewegungen, bei denen große Geldmengen in andere Länder fließen, sollen somit verhindert bzw. uninteressant gemacht wer-

den. Auf diesem Wege werden das europäische Währungssystem (EWS) gestärkt und der Weg zur europäischen Währungsunion geebnet.
Ein weiterer Punkt sind die ganz alltäglichen Normen, wie Steckdosen, Richtlinien zum Lebensmittelrecht, Sicherheitsvorschriften usw. Ein funktionierender Binnenmarkt kann nur dann aufgebaut werden, wenn auch diese Dinge einheitlich gestaltet sind.
Ebenfalls wichtig ist es, berufliche und auch schulische Qualifikationen, die in einem europäischen Land erworben wurden, in allen anderen anzuerkennen, da sie in jedem Fall eine bedeutsame Grundlage für eine funktionierende Wirtschaft sind.
Nicht zuletzt sind auch die Angleichungen im Dienstleistungsbereich wie Banken, Wertpapiermärkte, Versicherungen usw. von Bedeutung, da über sie ja eine Finanzierung und Absicherung der Unternehmen erfolgt.

7. Die erwarteten Entwicklungen, die mit der Verwirklichung des europäischen Binnenmarktes verbunden sein werden, werden in M8 sehr optimistisch eingeschätzt, was nicht verwundert, da sie vom Präsidenten der EG-Kommission in einem „Brief an die Deutschen“ vom 24. 6. 1988 vorgetragen werden. Hier ist die Rede von Wohlstand und neuen Arbeitsplätzen, von Wirtschaftswachstum und gesamteuropäischer Finanzierung, von größerem Wettbewerb, der den Verbrauchern zugute kommt, von Solidarität und Hilfeleistungen gegenüber der Dritten Welt.
Gleichzeitig wird von neuen Bildungsmöglichkeiten im Ausland, einer vielsprachigen Jugend in Europa, einer Agrarwirtschaft, die den Familienbetrieb fördert, und einer gemeinsamen Verstärkung des europäischen Umweltbewusstseins gesprochen.
Doch so lobenswert und nahezu genial der Plan von der Verwirklichung des europäischen Binnenmarktes, der Währungsunion und der politischen Union auch klingen mag, man darf nie die andere Seite, sprich die Befürchtungen kleinerer Länder oder Minderheiten, außer Acht lassen. So ist es zum Beispiel fraglich, ob der europäische Binnenmarkt für die neuen Bundesländer auch so viele wirtschaftliche Vorteile bringt, müssen sie sich doch sofort dem Wettbewerbsdruck aller EG-Länder stellen, obwohl sie mit der Umstellung auf marktwirtschaftliche Produktionsweisen schon genügend große Probleme haben. Ebenso berechtigt sind die Befürchtungen der Länder, die bisher gar nicht oder nur wenig binnenmarktorientiert gewirtschaftet haben. Tatsache ist auch, dass die transnationalen Konzerne, also die Großunternehmen mit internationalen Verflechtungen, die immer schon sehr binnen- oder weltmarktorientiert gehandelt haben, sich keinem so großen Druck ausgesetzt sehen wie mittelständische Unternehmen, die bisher nur Erfahrungen in der nationalen Wirtschaft gesammelt haben.
Abschließend lässt sich also festhalten, dass der europäische Binnenmarkt auf Dauer zwar mit Sicherheit auch weltpolitisch wichtig wird und auf jeden Fall auch wirtschaftlich wünschenswert ist, die auftauchenden Probleme aber auf keinen Fall unterschätzt werden dürfen.

8. **(Entfällt im Schulbuch ab Druck 1998)** Der Binnenmarkt der EG soll ein Wirtschaftsraum werden, in dem die nationalstaatlichen Grenzen erhalten bleiben, jedoch wirtschaftliche Grundlagen angeglichen werden und in jedem EG-Land gleiches Wirtschaftsrecht gilt. Kurz gesagt: Es soll ein Markt geschaffen werden, für den jedes Mitgliedsland die gleichen Voraussetzungen hat.
Als Europäischen Wirtschaftsraum (EWR) bezeichnet man zusammengenommen die EG-Staaten und die EFTA-Staaten mit Ausnahme der Schweiz. In diesem EWR sollen alle Zollgrenzen fallen, es soll also ein grenzenloser Markt vom Nordkap bis Sizilien geschaffen werden. Eine weitergehende Integration und rechtliche Angleichung der Länder des EWR, wie sie in der EG vorgesehen ist, wird nicht angestrebt.

9. **(Aufgabe 8 im Schulbuch ab Druck 1998)** Die zwölf Thesen aus dem „Brief an die Deutschen“ vom Präsidenten der EG-Kommission, J. Delors, aus dem Jahr 1988 enthalten einige Ansätze, die Realität sind, aber sie enthalten auch einige utopische Ansätze.
Unbestritten ist, dass der europäische Binnenmarkt der größte der westlichen Welt ist. Er hat sicherlich auch zum Wohlstand und zu zusätzlichen Arbeitsplätzen beigetragen. Das Warenangebot ist für den Verbraucher vielfältiger geworden und die Preise für die Waren sind wahrscheinlich auch nicht so stark gestiegen. Ferner sind große Geldsummen in die ärmeren Regionen des Südens zur Unterstützung und Entwicklung der Wirtschaft geflossen (seit 1990 in

großem Maße auch in die neuen Bundesländer!). Durch die Forschungsförderung der EG wurden Projekte verwirklicht und vorangetrieben, die die Möglichkeiten eines Landes überstiegen hätten (z. B. Ariane-Rakete, Airbus-Flugzeuge), aber für die Konkurrenzfähigkeit auf den Märkten von morgen überlebenswichtig sind. Diese Internationalisierung wird außerdem gefördert durch die Anerkennung von Schulabschlüssen und Diplomen in allen EG/EU-Ländern, wodurch den Jugendlichen größere Berufsaussichten ermöglicht werden.
Hier allerdings klingen die Thesen schon ein wenig utopisch: Diese zusätzlichen Möglichkeiten können erst dann genutzt werden, wenn auch die nötige sprachliche Kompetenz vorhanden ist; und hier davon zu sprechen, die europäische Jugend werde vielsprachig sein, hieße, einer Utopie verfallen zu sein. Auch von einem wachsenden Umweltbewusstsein mit entsprechender umweltfreundlicher Produktion zu reden, klingt angesichts der Realität wachsender Industrialisierung ohne die nötige Berücksichtigung umweltschonender Technologien (z. B. CO_2-Produktion!) wie eine Utopie. Das gilt in besonderer Weise für die Landwirtschaft in der bisher von der EG favorisierten und kritiklos subventionierten Form der Produktionsausweitung um jeden Preis.
Utopisch klingt auch die These von der Verpflichtung, die die EG/EU gegenüber der Dritten Welt habe und der sie durch Abkommen sowie Programme mit entsprechenden Hilfszusagen nachkomme. Die Wirklichkeit zeigt in den letzten Jahren eine Abnahme der Hilfen für die ärmsten Länder. Die Geldmittel für den Entwicklungsfonds der EG/EU werden eingeschränkt, und statt der multilateralen Hilfe wird in Zukunft die Entwicklungshilfe wieder verstärkt von den Ländern in eigener Kompetenz vergeben werden um somit der eigenen Wirtschaft leichter Aufträge aus Entwicklungshilfeprojekten zukommen lassen zu können.
Trotz aller utopischen Gedanken, die Delors in seinen Thesen vertritt, kann man nicht umhin der EG/EU eine ungebrochene, ja wachsende Attraktivität zuzubilligen, da viele außenstehende Länder in die EG/EU aufgenommen werden wollen – vor allem Staaten des ehemaligen Ostblocks. Der letzten These muss man uneingeschränkt zustimmen: Es gibt für die Europäische Gemeinschaft keine Alternative. Nur mit ihr können wir in Europa eine Zone der Freiheit, des Friedens und des Wohlstandes schaffen, die jahrhundertelange Kleinstaaterei hat über Europa nur Zerstörung und Verderben gebracht.

3. Der EG/EU-Agrarmarkt: Eine Belastung für die Gemeinschaft SB 110–112

1. Artikel 39 der Römischen Verträge wurde vor dem Hintergrund der in der Vergangenheit – besonders während und nach den beiden Weltkriegen – immer wiederkehrenden Probleme bei der Nahrungsmittelversorgung abgefasst; die darin festgelegten Zielsetzungen der Versorgungssicherheit für alle Verbraucher einerseits und der Sicherung der landwirtschaftlichen Einkommen anderseits werden dadurch verständlich; zugleich bildete der Agrarsektor den Bereich, für den supranationale Lösungen im Rahmen der EU als erste durchgeführt werden konnten; außerdem konnten sich regionale Produktionskostenvorteile im Rahmen eines gemeinsamen Marktes auf dem Agrarsektor am schnellsten durchsetzen.
Grundsätze der Marktordnung: Beseitigung von Handelsschranken für landwirtschaftliche Güter innerhalb der EU; Abschottung gegenüber den meist billigeren Weltmarktanbietern; Prinzip der finanziellen Solidarität der Mitgliedsländer.
Grundzüge der Preisgestaltung: Zur Sicherung der landwirtschaftlichen Einkommen und zur Anreizung der Produktion hohe EG-interne Preise, Strafen (Abschöpfungen) für Anbieter billiger Weltmarktprodukte, Subventionen für Exporte von Überschussprodukten aus der EU (Erstattungen) sowie Exportabgaben für EU-Exporteure von Nichtüberschussprodukten; interne Preisregulierung nach gemeinsamen Preisabsprachen über Stützkäufe und -verkäufe; Finanzierung des Agrarmarkts weitgehend eigenständig.
Nach M13 unter diesen Gesichtspunkten bisher gelungene Preisgestaltung, allerdings seit Beginn der 90er-Jahre erhebliche Preiseinbrüche (bedingt durch sukzessive Absenkung des Interventionspreises im Zuge der seit 1993/94 geltenden Neuregelungen des Agrarmarktes.

2. M15 zeigt die Ursachen für die zunehmende Produktion von Überschüssen innerhalb der EG, die letztlich nicht mehr zu finanzieren waren (Stützkäufe, Lagerung, verlustreiche Verkäufe oder Beseitigungen, zu hohe Exporterstattungen). Zugleich wurde in den 80er-Jahren zunehmend deutlich, dass der Strukturwandel nicht gebremst, sondern eher in Richtung auf noch größere, effektivere Betriebe mit immer größeren Belastungen für die Umwelt und die Produkte beschleunigt wurde.
3. Reformen des Agrarmarktes wurden zunächst dort angegangen, wo Produktionskontrollen möglich waren und worauf sich alle EG-Partner zunächst einigen konnten. Die Vorruhestandsregelungen, die Quotierung der Milchproduktion und Flächenstilllegungen brachten jedoch nicht immer den gewünschten Erfolg und zeigten zahlreiche negative Sekundäreffekte wie z. B. Einbrüche bei den Fleischpreisen, Stillegungen von Schlachthöfen, ausufernde Anträge auf Ausnahmegenehmigungen wegen kurz zuvor erfolgten Aufstockungen oder Spezialisierungen, letztendlich nur eine vorübergehende Produktionsverminderung und Entlastung der EG-Kassen. Ende der 80er-Jahre daher umfangreiche, v. a. die Produktion nicht weiter anreizende Senkungen der Preise für zahlreiche Agrarprodukte, die zunehmende Angleichung an das Weltmarktniveau, Verkürzung der Interventionszeiträume, Festlegung von Produktionshöchstmengen, Förderung umweltschonenderer Produktionsmethoden und direkte Einkommenshilfen für Landwirte für „Nichtproduktion"; außerdem wurden Haushaltsleitlinien verbindlich festgelegt, die nicht überschritten werden dürfen.
   Bei Beurteilung sind zu berücksichtigen (hier sollten auch die beiden Ergänzungstexte des Anhangs einbezogen werden): Verringerung der Produktionsmengen, zusätzliche nationale Ausgleichsprogramme für Einkommenseinbußen, nationale Interessen (z. B. des Getreideexporteurs Frankreich oder der auf dem Wein- und Ölmarkt konkurrierenden Mittelmeerländer), zunächst zögerliche Annäherung der Preise an Weltmarktniveau (spätestens mit Abschluss der GATT-Verhandlungen und der seit 1995 geltenden „Neuen Weltwirtschaftsordnung" war die EU gezwungen, massiv die Zölle zu senken und damit ihre Preisfestlegungen am Weltmarktniveau zu orientieren), zahlreiche Möglichkeiten des Subventionsschwindels, Entlastung von Flächen auf Kosten intensiverer Bewirtschaftung anderer, Verringerung der Einfuhr von Futtermitteln z. B. aus Entwicklungsländern, Einstellung „Nicht Geld für Nichtstun, sondern gerechte Preise" bei zahlreichen Bauern, Strukturwandel auch nicht nur durch Preisfestlegungen angereizt, sondern auch durch technischen, züchterischen und organisatorischen Fortschritt, Förderung umweltschonender Methoden, Abwanderung aus strukturschwachen Gebieten usw... Schon jetzt hat die neue Gemeinsame Agrarpolitik zu erkennbaren Einkommensdisparitäten geführt.

4. Problemfall Eisen- und Stahlindustrie — SB 113–115

1. Die Eisen- und Stahlindustrie der EG befindet sich seit langem in der Krise, gekennzeichnet einerseits durch regionale Produktionsrückgänge (im Durchschnitt konnte die EU ihre Stahlproduktion halten, M19), Betriebsstillegungen, Abbau von Beschäftigten, Spezialisierungen und Überkapazitäten bei schrumpfenden Absatzmärkten und immer mehr und billigeren Anbietern auf dem Weltmarkt, andererseits durch bestimmte Strategien der Krisenbewältigung und Maßnahmen zur ökonomischen und sozialen Abfederung des notwendigen Strukturwandels (Text).
2. M21 zeigt, dass – abgesehen von der nassen, aber arbeitskostenintensiven Hütte in Ijmuiden – die deutschen Standorte im Endeffekt weitaus ungünstiger produzieren als andere europäische Standorte, auch wenn billige Kokskohle aus Übersee eingesetzt würde. Besonders zu Buche schlagen bei den deutschen Standorten die hohen Energie-, Transport- und v. a. die Arbeitskosten, am schlechtesten gestellt ist dabei das ungünstig gelegene Völklingen. Der frühere Standortvorteil „auf der Kohle" ist offensichtlich nicht mehr entscheidend; alle nassen Hütten besitzen günstige Produktionsbedingungen; beste Produktionsbedingungen in peripher gelegenen Regionen wie Neapel oder Glasgow.
3. siehe Atlas

4. Probleme:
- Schrumpfende Absatzmärkte wegen Substitutionen und billigeren Konkurrenten, neuerdings auch aus Osteuropa, dessen Stahlindustrie als einer der wenigen Devisenbringer zumindest vorübergehend erhalten werden sollte;
- Stahlwerke, die aus regionalpolitischen Gründen erbaut wurden, können kaum stillgelegt werden;
- Umstrukturierung traditioneller Standorte mit häufig extrem ausgeprägter Monostruktur dauert lange, Zielsetzung oft umstritten; hohe soziale Folgekosten;
- Wettbewerbsverzerrungen durch nationale Subventionen (verboten, aber nahezu überall praktiziert);
- Kapazitätsauslastung, Spezialisierung und Entwicklungsstand der Werke innerhalb der EG sehr unterschiedlich;

mögliche Lösungsstrategien (Antworten können strukturiert werden in z.B. betriebliche, nationale und EG-weite Strategien):
- konsequente Verlagerung der Massenstahlproduktion in osteuropäische Billiglohnländer;
- Spezialisierung auf hochwertige Spezialstähle innerhalb der EG
- Erschließung neuer Absatzmärkte;
- völliger Verzicht auf EG-eigene Stahlproduktion durch sukzessives sozialverträgliches Stilllegen der Hütten und Förderung einer Wirtschaftsstruktur, die weniger krisenanfällig ist;
- Diversifizierung der Tätigkeitspalette der einzelnen Betriebe.

5. Die REGIO – Kooperation am Oberrhein: Ein Modell für Europa? SB 116–125

1. Natürliches Raumpotenzial umfasst Gunst- und Ungunsträume; drei Mittelgebirgsregionen, getrennt durch junges, gefällereiches Hochrheintal bzw. durch breite sandig-kiesige Niederterrasse der Oberrheinischen Tiefebene mit postglazial eingeschnittener, durch Rheinkorrektur und -regulierung weitgehend trockengelegter Auenlandschaft; mesozoische Bruchschollen i.w. an den Grabenrändern (Vorbergzonen) und zentral gelegene Vulkanruine des Kaiserstuhls; mit Ausnahme der Terrassen und der Aue weite Verbreitung von Löss bis etwa 350 m NN; Kiesbett des Rheins und seiner Nebenflüsse mit großen Grundwasservorräten, oberflächennah wegen Durchlässigkeit der Böden bzw. durch Grundwasserabsenkung im Zuge der Rheinkorrektur jedoch geringe Durchfeuchtung; gesetzmäßige Verteilung von Steigungsniederschlägen und Gebieten im Regenschatten; südliche Lage und Offenheit der Burgundischen Pforte ermöglichen ein teilweise submediterranes Klima in der Ebene mit dem wärmsten Ort Deutschlands (Ihringen am Kaiserstuhl); im Gegensatz dazu die submontanen Mittelgebirgsregionen, bioklimatisch schlechter gestellt, aber wertvoll wegen ihrer Wasservorräte, des Holzreichtums, des Erzreichtums (z. B. Silber, heute stillgelegt) und mit hohem Erholungswert; zahlreiche Thermalvorkommen, umfangreiche Kalilagerstätten im Elsass und Salzlager entlang des Hochrheins (Chemie!).

2. Verkehrsraum: Oberrheinebene durch Flachheit, Ausdehnung und Lage ideale Verkehrsachse aller Verkehrsträger (Bahn, Straßen, Flussschiffe); REGIO echter Knotenpunkt und Verteiler zugleich; allerdings alle Verkehrsträger noch nicht in vollem Umfang für Transit durch die REGIO und innerhalb der REGIO ausgebaut; Rheinseitenkanal zwischen Basel und Breisach weltgrößter betonierter Kanal; trinationaler Flughafen (Landebahn auf franz. Gebiet; wahlweise schweizerische oder französische Abfertigung; Anbindung deutscher Gemeinden über Bus-Shuttle); Hauptproblem der Gesamtinfrastruktur der REGIO ist jedoch die verschiedenen noch weitgehend national geregelten Kostenunterschiede sowie die durch die Grenzlage bedingte noch ungenügende Vernetzung der verschieden Infrastrukturen. Der 1996 abgeschlossene Staatsvertrag wird hier Fortschritte bringen.

Wirtschaftsraum: noch verbliebene Landwirtschaft weitgehend auf Sonderkulturen (Wein, Obst, Spargel, Gemüse, Saatgutproduktion v.a. Hybridmais usw.) bzw. Viehhaltung spezialisiert;

Forstwirtschaft bedeutend, jedoch in den letzten Jahren erhebliche Einbrüche (Holzüberangebot durch Waldsterben, Sturm- und Käferholz); Bergbau mit Ausnahme der elsässischen Kaligruben stillgelegt (auch hier Auslaufen des Bergbaus bis etwa 2005); Energiegewinnung v. a. durch Flusslaufkraftwerke mittlerer Leistung (ergänzt durch Pumpspeicher) sowie Atomkraftwerke in Fessenheim (F) bzw. entlang des Hochrheins (CH);

HINWEIS: In M30 sind die Farben gelb und rosa vertauscht!

Industriesektor erbringt in der Nordwestschweiz (NWCH) 1993 die vergleichsweise höchste Wertschöpfung, ist aber in allen drei Räumen um ca. 20 Prozentpunkte gestiegen; Textilindustrie (ursprünglich aufgebaut mit Schweizer Kapital in den gefällsreichen Mittelgebirgstälern) heute von untergeordneter Bedeutung; aus M 28–30 ebenfalls ersichtlich die hohe Bedeutung der Chemie als dem industriellen Zugpferd, exportorientiert und innovativ, des Nahrungsmittelsektors und des Maschinenbaus; höchste industrielle Wertschöpfung bei höchsten Personalkosten in der Schweiz; Oberelsass weniger als die Hälfte davon; bemerkenswert der vergleichsweise geringe Anteil der im Dienstleistungssektor Beschäftigten im Oberelsass;

Kulturraum: historisch gesehen Teil des Siedlungsgebiets der Alemannen, repräsentiert heute i. w. noch durch ähnliches Brauchtum, v. a. aber durch die alemannische Sprache; zahlreiche Parallelen in Hofformen, Ortsformen und -namen, grenzüberschreitende Tätigkeit früherer Künstler und Architekten, „Trias der Münster“ (M26, Straßburg, Freiburg, Basel).

3. NWCH im Vergleich führend bei Exportquoten, Wertschöpfung (und Personalkosten), Oberelsass in Mittelstellung und wie Südbaden mit einer weitaus stärker gestreuten Exportpalette, NWCH zwar noch mit höchster Zahl landwirtschaftlich Beschäftigter, insgesamt im Gewerbebereich dominiert von der Chemie sowie einem hohen Anteil von Dienstleistungen; Südbaden besitzt trotz der hohen Beschäftigtenzahl eine geringere Bruttowertschöpfung in der Industrie als z.B. die NWCH, mit ebenfalls einem starken Chemiesektor, aber einem insgesamt ausgeglicheneren Branchenmix. Das Oberelsass zeigt in der Steigerung der Wertschöpfung z. T. die stärksten Zuwächse.

Als Ganzes hat die REGIO auch im europäischen Vergleich duch ihre breitgestreute Industriestruktur (mit einigen großen Chemiebetrieben) eine relativ hohe Stabilität, die ergänzt wird durch den hohen (allerdings Mitte der 90er-Jahre deutlich absinkenden) Anteil des Fremdenverkehrs besonders in Südbaden bzw. den hohen Anteil des Kapitalgewerbes in der NWCH; relativ innovationsreiche und exportorientierte Branchen herrschen vor (Ausnahme Textilindustrie); allerdings ist die Vorhersage (M28) über die Entwicklung und das Verhältnis REGIO-BIP und EU-BIP nicht eingetroffen (Anhang); großes gut ausgebildetes Arbeitskräftepotenzial; gute Verkehrslage und günstige -anbindungen; hohe Sensibilität der Bevölkerung in ökologischen Fragestellungen.

4. Die Pendlerströme folgen v. a. den vorhandenen Arbeitsplätzen sowie den höheren Löhnen; größte Pendlerbewegungen derzeit in die Schweiz (nur ein festgelegtes Kontingent an Grenzgängern zugelassen), abgeschwächt nach Südbaden, kaum Berufspendler ins Oberelsass; bei Firmenverlagerungen bzw. -neugründungen wird vielfach das Elsass bevorzugt wegen der noch großen und billigeren Freiflächen (auch Gewerbeimmobilien) mit (nur teilweise) geringeren Auflagen, wegen den geringeren Einspruchmöglichkeiten der Bevölkerung, einem großen Arbeiterstamm mit geringerem Lohnkostenniveau; hinzu kommen Verlagerungen von Betrieben über die Grenzen hinweg, um jenseits präsent sein zu können; dies trifft v. a. auf Betriebe aus dem Nicht-EU Land Schweiz zu, denn der Handel und sonstige wirtschaftlichen Kontakte über die schweizer Grenze hinweg sind zum Teil immer für schweizer Firmen nachteilig (Anhang).

5. Von politischer Seite sind ein weiterer Ausbau der Gemeinsamkeiten und ein weiterer Abbau trennender Schranken oder Vorschriften (z. B. Handels-, Verkehrs- und Mobilitätsschranken) in dem bisherigen Grenzraum wünschenswert. Allerdings muss die Politik hierfür die weiteren notwendigen Rahmenbedingungen schaffen, sonst droht ein Stillstand oder gar Rückschritt bei der Kooperation bzw. in der wirtschaftlichen Entwicklung, da die Interessenkonflikte in der Region wegen der insgesamt dichten Besiedelung, der bereits erheblichen Umweltbelastung, der hohen Verkehrsbelastung, der verschärften Konkurrenzsituation innerhalb des Binnenmarkts

usw. eher zunehmen werden. Von wirtschaftlicher Seite sind ein weiterer Ausbau der Infrastruktur, die konsequente Ausnutzung lokaler Standortvorteile, eine höhere Akzeptanz der Bevölkerung für Um- und Ansiedlungen verschiedener Branchen sowie für technologische Neuerungen (z. B. Gentechnik) erstrebenswert.
Die Bürgerinitiativen hingegen befürchten trotz aller Erfolge in der Abwehr von stark umweltbelastenden Branchen oder Betrieben eine weitere Verschärfung der ökologischen Situation.

6. **Notwendigkeit:** Der Fall der Grenzen macht eine grenznahe Zusammenarbeit und Abstimmung eher erforderlich als die Gängelung durch eine entfernte Zentralmacht; der erreichte Mobilitätsgrad ist nur gemeinsam zu steuern, Belastungen von Wasser und Luft sind grenzüberschreitend; die innerregionalen Verflechtungen sind rascher und effektiver auszubauen als weiterreichende Verbindungen. **Chancen:** Bekanntschaft schafft Vertrautheit und dient unmittelbar der Friedenssicherung; nur in gegenseitiger Abstimmung ist eine etwa gleichwertige Entwicklung des Gesamttraums möglich; innerregionale Standortvorteile können besser genutzt werden; Bewegungsfreiheit des Einzelnen wird erhöht.
   Probleme: Vorurteile; Schaffung einer Vertrauensbasis; Formulierungen gemeinsamer Ziele und Wünsche; unterschiedliche Systeme bei Rechtsnormen, Vorschriften, Ausbildungsgängen usw. müssen erst angeglichen werden; jeweilige Grenzregion muss größeren Entscheidungsspielraum von der „Zentralmacht" erhalten; grenzüberschreitende Zusammenarbeit muss auf möglichst vielen Ebenen institutionalisiert werden; Mitsprache möglichst vieler gesellschaftlicher relevanter Gruppen muss gesichert werden; Schaffung einer gemeinsamen „Regio-Identität".
7. M39 zeigt die regionalen Wirkungsräume der am Oberrhein kooperierenden, in ihrem räumlichen Zuständigkeitsbereich sich z. T. überlappenden bi- oder trinationalen Institutionen; M41 zeigt den organisatorischen Aufbau der Kooperation: erkennbar eine hierarchische Struktur, mit Gremien unterschiedlicher Zuständigkeit und Bedeutung sowie informelle Zusammenschlüsse, die sich regelmäßig treffen und absprechen (z. B. Regionalplaner) und Arbeitsgemeinschaften wie die Arbeitsgemeinschaft der Gewählten (z. B. der Bürgermeister). Darüber hinaus gibt es gemeinsame oder vergleichbare Einrichtungen mit Vereinscharakter wie z. B. die sog. „REGIO-Gesellschaften", Zusammenarbeit bei der Ausbildung in Betrieben und Hochschulen, grenzüberschreitende Bürgerinitiativen und Medien (Presse, Radio, TV).
   Probleme: Bereitschaft zur Zusammenarbeit; Schaffung geeigneter Gremien mit klar abgegrenzten Aufgabenbereichen, ausreichender Ausstattung und Kompetenz; Reibungsverluste auf allen Ebenen; Verankerung der Notwendigkeit und der Tätigkeit der Kooperation im öffentlichen Bewusstsein auch ohne spektakuläre Aktionen oder Erfolge; unterschiedliche Mentalitäten; Sprachprobleme, die persönliche Kontakte erschweren. Einen wesentlichen Fortschritt hat der Staatsvertrag gebracht, der das Recht auf eine „kleine Außenpolitik" für Kommunen, Länder und Verbände festschreibt.
8. M40 betont die besondere Bedeutung persönlicher Kontakte, deren Entstehen und Pflege wesentlich durch institutionalisierte Gremien gefördert werden. In M42 wird im Kommentar zur Meldung über die nächsten gemeinsam geplanten Projekte am Oberrhein deutlich, dass die durch EFRE gestützten Projekte zwar wünschenswert und hilfreich sind, aber im Grunde doch nur den momentan kleinsten gemeinsamen Nenner darstellen und andere Dinge aus ökonomischen und ökologischen Gründen weitaus wichtiger und zukunftsweisender wären. Im Anhang zu M42 wird jedoch deutlich, dass die Interreg-Programme mit einer großen Projektvielfalt erfolgreich fortgeschrieben werden und im Anhang zu M40 wird das bereits Erreichte in einen weiteren historischen Rahmen eingebettet und nicht als Selbstverständlichkeit behandelt.
   Die von EFRE gestützten Projekte werden wahrscheinlich wenig ins Bewusstsein der Öffentlichkeit gelangen, vermutlich noch weniger jedoch bei der nachwachsenden Generation; diesen Schluss legen M43 und 44 nahe; die dargestellten Ergebnisse einer bei Jugendlichen durchgeführten Studie zeigen, dass das Wissen über den Nachbarn recht dürftig ist, Schwerpunkte nur bei stark freizeitorientiertem Allgemeinwissen festzustellen sind und dass die Identifikation mit supranationalen Einheiten wie Europa vergleichsweise gering ist, extrem gering sogar mit REGIO, Alemannischer Raum oder Dreyeckland.

Identifikation und Kenntnisse hängen eng zusammen, deshalb ist es folgerichtig, über ein verstärktes Sprachenangebot bereits vom Kindergarten an die Bereitschaft und die Fähigkeit zu fördern, sich mit dem Nachbarn zu beschäftigen. Zahlreiche echte oder auch nur vorgeschobene Argumente behindern dies jedoch immer wieder.
Mit „Basis" ist aber auch die grenzüberschreitende Zusammenarbeit gemeint, die nicht von den entfernten Regierungszentralen initiiert und gelenkt wird sowie der tägliche Umgang miteinander; in diesem Sinne bietet sich die REGIO mit der teils gemeinsamen, teils getrennten Geschichte, den vielen wirtschaftlichen und persönlichen Verflechtungen und dem Wissen, dass die Zukunft nur durch Zusammenarbeit gemeistert werden kann, tatsächlich als kleines „Europa-Modell" an.

6. Europa im Umbruch: Neue Grenzregionen entstehen SB 126–129

1. Gemeinsamkeiten: jeweils im nationalen Rahmen seit jeher periphere Räume; geringe endogene Wachstumsimpulse, wenig differenzierte Wirtschaftsstruktur, Wirtschaft in tief greifendem Strukturwandel, Niedergang der traditionellen Textilindustrie, erheblicher Nachholbedarf an Infrastruktur und Kooperationseinrichtungen; Sprachprobleme und Vorurteile; hohe ökologische Altlasten v. a. aus der Braunkohlegewinnung und -verfeuerung;
   Unterschiede: Kreis Zittau wurde „über Nacht" Außengrenze der EG und Gesamtdeutschlands und erhält damit die vergleichsweise besten Zugänge zu Fördermitteln; erhebliches soziales und wirtschaftliches Gefälle zwischen den Nachbarkreisen; polnische und tschechische Seite besonders attraktiv wegen der geringeren Produktionskosten; unterschiedlich schnelle Planungen und Entwicklungen; unterschiedliche Gültigkeit von z. B. Schadstoffgrenzen bei Emissionen.
2. Friedenssicherung durch gutnachbarliche Kontakte; Wiederherstellung historisch gewachsener, lange Zeit aber unterbrochener Beziehungen; wirtschaftliche und kulturelle Rekonstruktion der Region als Ganzes; gemeinsames Bemühen um mehr Wohlstand; Brückenkopf nach Osten wie nach Westen.
3. Probleme: gegenseitiges Kennenlernen, Umstrukturierung unter hohem Zeit- und Anpassungsdruck, Konkurrenzsituation innerhalb der Region, allochthone Einflüsse wie illegale Grenzgänger, Engagement der jeweiligen Zentralregierung, Dominanz der DM als Währung; unterschiedliche Lohn- und Preisniveaus, unterschiedliche Verfügbarkeit von Kapital und Know-how, hoher Erwartungsdruck usw.
   Möglichkeiten der Überwindung: Abbau der Sprachbarrieren, Förderung möglichst vieler personaler Kontakte auf möglichst vielen Ebenen, Aufbau gemeinsamer und grenzüberschreitender Institutionen und Projekte, z. B. in den Bereichen Wirtschaftsförderung, Regionalplanung, Infrastruktur, Bildung, Kultur, Umweltkontrolle usw.

7. Auf dem Weg zum neuen Europa SB 130–133

1. Nach dem CECHINI-Bericht ergibt sich aus der Aufhebung zahlreicher nichttarifärer Schranken, der freien Verlagerung von Kapital, Arbeitsplätzen und Wohnsitzen eine erhebliche Ausweitung der europäischen Wirtschaft, wobei der größere Markt für die einzelnen Produkte Unternehmen und Verbrauchern gleichermaßen zugute kommen soll (größere Stückzahlen, Ausnutzung regionaler Produktionskostenvorteile, geringere Preise, größere Auswahl, Entwicklungsanstoß für weitere Produkte). Das enorme Anwachsen der notwendigen Verkehrsströme bleibt hierbei zunächst unberücksichtigt.
   Den europäischen Markt für ein Einzelprodukt gibt es nur selten; zu groß sind die Unterschiede bei „nationalen Traditionen und Vorlieben", zu groß immer noch die Sprachhürden. Dem Verbraucher garantiert dies neben europaweit vertriebenen Produkten immer noch den Zugang zu regionalen Besonderheiten, wenn er sie stützt.

2. – Gefahr sich immer mehr verstärkender Ungleichgewichte (Wohlstand, soziale Sicherheit, usw.) zwischen einzelnen Regionen, Staaten oder der EU und europäischen Nicht-EG-Mitgliedern;
   - drohende Armutswanderungen;
   - grenzüberschreitende Umweltprobleme;
   - historische Verpflichtung zum Ausgleich und zur Wiedergutmachung;
   - starke ökonomische Konkurrenz von Japan und den USA;
   - immer wieder aufflammender Nationalismus, v.a. in den noch jungen Demokratien Osteuropas, Antisemitismus und autoritäre Tendenzen;
   - bereits existierende internationale Verflechtungen müssen weitergeführt werden;
   - Abrüstung und Sicherheitspolitik sind nur noch supranational praktikabel;
   - Einbindung aller Staaten, die sich als Teil Europas betrachten.
3. Kandidaten für eine Erweiterung der EU sind die EFTA-Staaten, die Staaten des ehemaligen COMECON, beide bereits mehr oder weniger mit der europäischen Wirtschaftsmacht EU assoziiert.
   Probleme bei einer weiteren Ausweitung der EU: umstritten, ob nicht zuerst die EG die politische Union vollenden sollte; Neuzugang von Partnern, die einer Zentralmacht in Brüssel wegen mangelnder demokratischer Kontrolle misstrauen, die mit anderen – z.B. den Mittelmeeranrainern – um wichtige Fördertöpfe ringen werden, die noch größere Probleme z.B. im Agrar-, Fischerei- oder Stahlsektor hervorrufen werden, die z.T. demokratisch, aber auch noch wenig gefestigt sind usw.
4. Bei der Stellungnahme sollten die seit der Drucklegung des Buchs erfolgten Entwicklungen in Europa mit berücksichtigt werden (Beispiele: Konflikt im ehemaligen Jugoslawien; Rassismus und Minderheitenschutz).

8. Die neue Völkerwanderung SB 134–135

1. Bei Stellungnahmen sollten materialgestützte Argumente, Argumente aus anderen Quellen sowie persönliche Meinungen klar getrennt dargestellt werden; außerdem sind neuere Entwicklungen zu berücksichtigen, besonders die Veränderung des bundesdeutschen Asylrechts (neue Grundgesetzartikel 16 und 16a, das Schengener Abkommen usw.). Die Glosse im Anhang zu M58 eignet sich als Einstieg in das Gesamtproblem.

Entwicklungsländer SB 136–225

Vorbemerkung

Das Kapitel zeigt raumwirksame Veränderungen in Entwicklungsländern in Abhängigkeit vom wirtschaftlichen und sozialen Wandel und von weltwirtschaftlichen Interessen. Eingeleitet wird es mit Ausführungen zur Problematisierung des Begriffs „Entwicklung" und zur Typisierung von Ländern unterschiedlichen sozio-ökonomischen Entwicklungsstandes.
Unter der programmatischen Überschrift „Eine Welt" wird das Verhältnis Industrieländer – Länder der Dritten Welt in ihrer gegenseitigen Abhängigkeit, die oft einseitig zu Lasten der Entwicklungsländer geht, dargestellt und politische Verantwortung eingefordert (SB 136–143).
Die drei Länderkapitel Mali, Indonesien, Brasilien (SB 144–225) bilden den Hauptteil. Die beiden ersten Kapitel sind thematisch strukturiert, während das Brasilienkapitel an der Leitidee der regionalen Disparitäten des Landes und den damit verbundenen Migrationen ausgerichtet ist und sich daher in drei regionale Teilabschnitte gliedert. Mit den drei Beispielen werden zugleich drei Kontinente repräsentiert. Die Ausrichtung der Kapitel ist thematisch-problemorientiert. Dabei tritt neben die themengeleitete Raumauswahl auch der idiographische Zugriff als zweite fachwissenschaftliche Arbeitsweise.

SB 136–137

Der Einstieg über die Karikatur erleichtert es, eine Diskussion in Gang zu bringen. Die Karikatur verdeutlicht zentrale Merkmale von Entwicklungs- und Industrieländern, die schlagwortartig in Opposition stehen: reich/arm, ohne Kinder/kinderreich, älter/jünger; Spiel mit der Bedeutung des Wortes Luxus.
Die Materialien nehmen die in der Karikatur angesprochenen Sachverhalte auf, quantifizieren und stellen erste Bezüge und Folgerungen (ökologische Dimension, Verantwortung in Industrie- und Entwicklungsländern) her.

Eine Welt? SB 138–143

1. Unter Einbeziehen der Karikatur ergeben sich folgende Merkmale:
Entwicklungsländer (EL): Ein hoher Anteil der Weltbevölkerung lebt in EL (ca. 76 %) und steigt weiter. Die Wirtschaftskraft ist gering: niedriger Anteil am BSP (17,3 %) und an der Industrieproduktion (11,9 %). Demographie: hohes Bevölkerungswachstum (1994: 2,1 %) und ein hoher Anteil von unter 15-jährigen (40 %); hohe Säuglingssterblichkeit und eine vergleichsweise geringe Lebenserwartung mit starken regionalen Unterschieden (besonders ungünstig ist Afrika südlich der Sahara mit einer durchschnittlichen Lebenserwartung von 50 Jahren). Ernährung: Niedriges Kalorienangebot, noch immer sterben jährlich 12,4 Mio. Kinder an Unterernährung und Krankheit. Sozialwesen: Niedrige Alphabetenquote, starke regionale Unterschiede (Afrika südlich der Sahara hat in einigen Staaten eine Netto-Einschulungsquote von nur 56 %).
Industrieländer (IL): Geringer Anteil an der Weltbevölkerung, hohes BSP bei hoher Industrieproduktion. Niedriges bzw. kein Bevölkerungswachstum, hoher Anteil über 15-jähriger, hohe Lebenserwartung, niedrige Säuglingssterblichkeit, hohes Kalorienangebot, gewonnen durch Veredelung von Grundnahrungsmitteln (Soja, Maniok, Getreide) durch Verfüttern; hohe Alphabetenquote.

Grundsätzliches zur Datenlage in EL: In vielen Entwicklungsländern sind die Statistiken noch immer lückenhaft, in ihrer Aussage manchmal sogar widersprüchlich. Der Weltentwicklungsbericht 1993 fasst diesbezüglich zusammen:

„... in vielen Entwicklungsländern ist die Statistik immer noch unzulänglich, die statistischen Verfahren, der Geltungsbereich sowie Praktiken und Definitionen weisen von Land zu Land große Unterschiede auf und Länder- wie Zeitvergleiche bringen komplexe technische Probleme mit sich, die nicht eindeutig gelöst werden können. Aus diesen Gründen sollten die Daten, obwohl sie aus als höchst kompetent angesehenen Quellen stammen, nur so aufgefasst werden, dass sie Trends anzeigen und wichtige Unterschiede zwischen Volkswirtschaften charakterisieren, statt ein genaues quantitatives Maß der Unterschiede zu bieten."

(Weltbank, Hrsg., UNO-Verlag Bonn, S. 357)

Von hier erklären sich Widersprüche bei statistischen Angaben.

2. Es handelt sich um gängige Darstellungen. Sie visualisieren und regionalisieren die Angaben zur Bevölkerungszahl und zur Wirtschaftskraft, woraus sich ein wirtschaftliches und soziales Nord-Süd-Gefälle ablesen lässt.
Bei der Auswertung der Karten ist zu beachten, dass eine Aussage nur für die bezeichneten Großräume im relativen Vergleich möglich ist. Bedenken sind hinsichtlich der Identifizierung von Wirtschaftskraft und BSP/BIP angebracht (vgl. Aufg. 5).

3. Erwartet wird anhand des Materials ein Benennen von Problembereichen, die z. T. aus der Sekundarstufe I bekannt sind und in den folgenden Raumbeispielen aufgegriffen und vertieft werden. Zu nennen sind:
Handelsbeziehungen:
Die Industrieländer sind Abnehmer von Rohstoffen aus den Entwicklungsländern. Die Preise für landwirtschaftliche und bergbauliche Produkte sind seit 1985 ständig gefallen, die Preise für Industrieprodukte, die von Entwicklungsländern vorrangig eingeführt werden, sind hingegen gestiegen (Weiteres hierzu vgl. SB 236–238). Im Agrarbereich erfolgt eine Veredelung in der Tierproduktion der IL durch Verfüttern von Grundnahrungsmitteln, die z.T. aus EL mit niedrigem Kalorienverbrauch, wenn nicht sogar aus Hungergebieten stammen (Text SB 136, z. B. Argentinien, Brasilien, Peru; Sahelstaaten).
Wohlstandsgefälle:
Das Wohlstandsgefälle zwischen IL und EL hat sich in den 80er-Jahren verstärkt. Allerdings sind große regionale Unterschiede in den EL zu beobachten: Wachstum des Pro-Kopf-Einkommens in Teilen von Asien und Südamerika, Verschlechterung in den meisten Staaten Afrikas südlich der Sahara, für die diese Zeit als „verlorenes Jahrzehnt" gilt (Text: Weltbank, SB 137).
Ökologie:
Deutlich wird das Problem des Bevölkerungswachstums unter ökologischen Gesichtspunkten (Klimaveränderung, Treibhauseffekt, SB 137, von Weizsäcker). Hier werden unterschiedliche Interessen in EL und IL angesprochen, aber auch die globale Abhängigkeit und damit die gemeinsame Verantwortung.

4. Begriffe und ihre Definitionen: siehe Text.
Zur Problematik des Begriffes „Entwicklungsland": Der Begriff steht in der Nachfolge wertbehafteter Begriffe (unterentwickelt – negatives Präfix). Die inhaltliche Klärung des Begriffes bleibt offen, er ist aus der Perspektive der IL gesehen (vgl. SB 240, Modernisierungstheorie). Die Voraussetzungen für eine Entwicklung, wie sie sich in den IL darstellt, sind in vielen EL nicht gegeben. Zunehmend wird auch das Ziel einer solchen Entwicklung unter Umweltgesichtspunkten als nicht wünschenswert (aus Sicht der IL) dargestellt. Der Begriff „Entwicklung" sollte mehr umfassen als materiellen Wohlstand (vgl. Text von W. Brandt, Stichworte: Würde, Sicherheit, Gerechtigkeit, Gleichheit).

5. M3 nennt gängige Schlüsselindikatoren zur Demographie, Ernährsituation, Wirtschaft und zum Sozialwesen. Diese Indikatoren werden allgemein anerkannt, aber sehr unterschiedlich gewichtet. Indikatoren zur Ökologie werden im Rahmen der Frage der „nachhaltigen Entwicklung" (sustainable development) z. Z. verstärkt diskutiert (vgl. SB S. 169 M50).

Zur Diskussion der Indikatoren.

Ein Indikator ist nicht nur eine statistische Maßeinheit für einen Tatbestand, sondern er „indiziert" i. d. R. mehrere Aspekte eines komplexen Zusammenhangs. Die „Lebenserwartung bei Geburt in Jahren" (M3) gibt direkt nur Auskunft über die durchschnittliche Lebenserwartung, indirekt aber auch über den Gesundheitszustand und damit über die ärztliche Versorgung und die Nahrungsmittelsituation sowie über allgemeine Lebensverhältnisse.

Probleme der Auswahl, Gewichtung und Vergleichbarkeit der Indikatoren ergeben sich u. a. aus Datenmangel, unterschiedlicher Vollständigkeit und Verlässlichkeit der Daten, unterschiedliche Erhebungsarten und verschiedene Zeitpunkte der Erhebung erschweren den Vergleich. Bei zusammenfassenden Kennzahlen setzen Auswahl und Gewichtung i. d. R. eine Theorie voraus, die nicht immer zu erkennen ist (vgl. SB 240 f.).

Zur Bedeutung und Gewichtung des BIP.

Das Bruttoinlandsprodukt bzw. das Bruttosozialprodukt sind als Wohlfahrtsindikatoren in Industrieländern bzw. als Indikator der wirtschaftlichen und sozialen Entwicklung in Entwicklungsländern umstritten. Folgende Bedenken werden erhoben:

Bei Staaten mit hoher Selbstversorgung handelt es sich um grobe Schätzungen. Der informelle Sektor (Subsistenzwirtschaft und die Überlebensstrategien der städtischen Armen), der in einigen EL bis zu zwei Drittel der Erwerbstätigen beschäftigt, vor allem Frauen und Kinder, bleibt unberücksichtigt (vgl. Indonesien, SB 193, M28; SB 194, M29).

Die in US-Dollar ausgedrückten Zahlen geben über die tatsächliche Kaufkraft nur bedingt Auskunft.

Ökologische Kosten werden nicht berücksichtigt: Der Raubbau am Regenwald und das Anlegen von exportorientierten Monokulturen können das Wachstum und das BSP des Landes steigern, sie haben aber zugleich oft negative Folgen für den sozialen Bereich der betroffenen Bevölkerung und können langfristig fatale ökologische und soziale Konsequenzen haben.

Der statistische Durchschnittswert wird den enormen Disparitäten in EL nicht gerecht (hoher Reichtum einer kleinen Minderheit/Armut der Masse der Bevölkerung; Gefälle zwischen Kern und Peripherie, zwischen Stadt und Land, zwischen Mann und Frau). Die Weltbank gewichtet neuerdings auf der Basis von Kaufkraft-Paritäten (KKP), vgl. Anhang im SB S. 451.

Lit.-Hinweis: D. Nohlen, F. Nuscheler, in: Handbuch der Dritten Welt, Bd. 1, 3. Aufl. 1993, S. 76ff.

6. Definitionen vgl. Text, SB 140.

Anhand der Materialien lassen sich den LLDC zuordnen:

Mali (M3): Das BSP liegt unter 473 US-Dollar, die Alphabetisierungsquote ist niedrig. Es arbeiten noch 84 % der Erwerbstätigen in der Landwirtschaft (5 % in der Industrie).

Tansania (M4): Das BSP liegt bei 120 US-Dollar, der Anteil der Erwerbstätigen im primären Sektor liegt bei 83 % (6 % in der Industrie).

Aufgrund unterschiedlicher Gewichtung der Indikatoren kommt es zu unterschiedlichen Einordnungen. Am Beispiel Bolivien (vgl. SB 252 – 255) ist eine Problematisierung der Einordnung möglich. Je nach Gewichtung der Faktoren schwankt die kategoriale Zuordnung zwischen „Schwellenland" (R. Koch, Bolivien als Entwicklungsland, geographie heute, 58/1988) und 5. Welt bzw. Entwicklungsland mit niedrigem Entwicklungsstand (4. Welt). Die UNO zählt Bolivien nicht zu den LLDC.

7. Die Daten zur Demographie, Ernährung und Wirtschaft weisen auf eine günstige Entwicklung hin. Das BSP pro Kopf der Bevölkerung und der Anteil von 33 % der in der Industrie Beschäftigen sind hoch, bleiben allerdings deutlich unter den Werten von IL. Dem entspricht, dass der Anteil der Erwerbstätigen in der Landwirtschaft mit 14 % noch recht hoch ist. Die Ernährlage ist gesichert. Die Lebenserwartung ist mit 72 Jahren hoch. Die Analphabetenquote ist niedrig: Das Bevölkerungswachstum ist kontrolliert, die Prognose ist günstig. Die gesellschaftliche, politische und soziale Entwicklung allerdings hat mit der wirtschaftlichen nicht Schritt gehalten. Demokratische Freiheiten und Beachtung der Menschenrechte werden von der politischen Opposition eingefordert. Zuordnungen sind mithilfe des Atlas (Erde – Entwicklungsstand) möglich.

8. Nigeria lag 1997 mit seiner Erdölförderung von 112,9 Mio. t an 11. Stelle der Weltförderung (Fischer Weltalmanach '99). Auf dem Erdöl, Erdgas aufbauende Industrien sind kaum entstanden (zwei Raffinerien für den Inlandbedarf, s. Atlas). Die Förderung hat extreme Ökoschäden hervorgerufen (zerstörte Pipelines, verseuchte Sümpfe). Die Minderheit des Volkes der Ogoni, die im Mündungsdelta des Niger leben, wurde/wird unterdrückt, um die Förderung zu sichern.
Noch immer arbeiten 45 % der Erwerbstätigen in der Landwirtschaft. Das BSP ist mit 260 US-Dollar sehr niedrig (ein LLDS-Wert), wobei zudem noch ein hoher Anteil an Subsistenzwirtschaft besteht.
Auch die hohe Analphabetenquote (43 %) und die Lebenserwartung (51 Jahre) sowie das hohe Bevölkerungswachstum (Verdoppelungszeit von 30 Jahren) kennzeichnen Nigeria als Entwicklungsland.
Hinzu kommen große räumliche, ethnische und soziale Disparitäten (Atlas). Es besteht eine ethnische Differenzierung in ca. 200 Gruppen und Stämme mit unterschiedlichen Sprachen. Hinzu tritt der religiöse Gegensatz zwischen den vorwiegend islamischen Stämmen im Norden und den meist christlichen Stämmen im Süden. Zwischen 1990 und 1997 forderten bewaffnete Auseinandersetzungen ca. 5000 Tote.
Die Bevölkerungsverteilung ist sehr unterschiedlich. Es finden sich hohe Dichtewerte im Süden an der Küste, vor allem in der Region Lagos, nach Norden nehmen die Dichtewerte ab. Die Städte wachsen unkontrolliert. Dies gilt vor allem für Lagos (1995: 6 Mio. Einwohner, vermutete Verdoppelung alle 10 Jahre, s. Atlas, squatter settlements). Lagos/Nigeria gelten als Modellfall für die Zentrum-Peripherie-Theorie. (1991 wurde Abuja in der Mitte des Landes zur Hauptstadt, um die räumlichen Disparitäten abzubauen. Abuja hat 1995 ca. 379 000 Einwohner.)
Zur gesellschaftlichen und politischen Situation.
Aufgrund der hohen Geburtenrate liegt der Anteil der unter 20-jährigen bei 50 % der Bevölkerung. Gesundheitsvorsorge, Ausbildung und vor allem das Schaffen neuer Arbeitsplätze sind Hauptprobleme. Hohe soziale Disparitäten: der kleinen städtischen Oberschicht mit europäischen Lebensformen steht die Masse der in den Dörfern und den Slums der Städte lebenden Bevölkerung gegenüber. 70 % der Bevölkerung gelten als arm. Politisch ist das Land instabil. Ansätze zur demokratischen Entwicklung (Mehrparteiensystem) wurden in den frühen 80er-Jahren durch Machtübernahme des Militärs zunächst unterbunden (1983). Seit 1992 gibt es ein Programm zur Rückkehr zur zivilen Herrschaft, das bisher nicht umgesetzt wurde. Die Hinrichtung von acht Oppositionellen, darunter der Dichter Ken Saro-Wiwa, der gegen die ökologische Zerstörung des Ogoni-Landes kämpfte, hat das Land 1995 politisch isoliert und führte zur Suspendierung der Mitgliedschaft im Commonwealth. 1996 Waffenembargo der EU.

9. (Bis SB-Druck 1997) **Ecuador** verzeichnet, wie alle erdölexportierenden Staaten, hohe Einnahmen im Außenhandel. Das geringe BSP (1020 US-Dollar) weist auf ungerechte Verteilung und soziale Disparitäten hin. Auch die räumlichen Disparitäten sind stark ausgeprägt zwischen Costa (Tiefland), Sierra (Hochland der Anden) und Oriente (kaum erschlossenes Waldtiefland im Osten) einerseits sowie zwischen den ländlichen Regionen (Ausnahme: das Becken von Ambato) und den städtischen Verdichtungsräumen um Quito und Guayaquil andererseits. Die Lebenserwartung ist mit 66 Jahren im oberen Mittelbereich. Die Analphabetenquote ist für ein EL gering. Nur ein Drittel der Erwerbstätigen ist in der Landwirtschaft tätig, 14 % arbeiten in der Industrie. Das Bevölkerungswachstum ist mit 2,7 % im Jahr hoch. Wirtschaftlich steht Ecuador somit auf der Stufe zum Industrieland, die Sozialindikatoren verweisen auf ein Entwicklungsland.
(Ab SB-Druck 1998) **Venezuela** verzeichnet durch die Erdölexporte hohe Einnahmen im Außenhandel (vgl. Indonesien, SB 194 f.). Das vergleichsweise geringe BSP pro Einwohner (2760 US-Dollar) weist auf eine ungerechte Verteilung und soziale Disparitäten hin.
Die Lebenserwartung ist mit 72 Jahren im oberen Mittelbereich. Die Analphabetenquote ist gering. Nur 5 % der Erwerbstätigen sind in der Landwirtschaft tätig, 42 % arbeiten in der Industrie. Das Bevölkerungswachstum ist mit 2,5 % im Jahr hoch. Wirtschaftlich steht Venezuela somit auf der Stufe zum Industrieland. Es herrschen große Disparitäten zwischen der gut erschlossenen Küstenregion (Caracas, Cuidad Guayana, Maracaibo) und dem Hinterland (vgl. Atlas).

10. Aufgrund der binnenstaatlichen Lage ergeben sich zahlreiche Probleme und Abhängigkeiten. Transportprobleme erschweren die Teilnahme am Welthandel und erhöhen die Kosten für Importe und Exporte. Der Transitverkehr durch anderen Staaten bedingt zugleich eine politische Abhängigkeit. Binnenstaaten sind u. a.
- in Afrika: Mali, Burkina Faso, Niger, Tschad, Ruanda, Burundi, Sambia;
- in Asien: Afghanistan, Kasachstan, Mongolei, Nepal, Usbekistan;
- in Südamerika: Bolivien, Paraguay.

Ähnliche Probleme aufgrund ungünstiger geographischer Lage haben die „smal island developing states“. Sie wünschen eine Behandlung wie die LLDC Länder. Dieser Forderung wurde in der „Konvention von Lomé“ Rechnung getragen (zu den AKP-Staaten, s. SB 246 f.). Beispiele: Cook Islands, Fiji, Nauru, Samoa, Bahamas, Jamaica, Seychellen.

11. Die höher entwickelten Länder, Industrieländer liegen im Norden (Japan, die USA und Kanada, die Staaten Nordeuropas sowie die meisten Staaten in West- und Mitteleuropa. Ausnahmen sind Australien und Neuseeland). Die unterentwickelten Länder liegen in den Tropen und Subtropen (vgl. SB 137, rechts unten; s. Aufg. 2, SB 138).
Die Typisierung nach Bratzel/Müller findet sich weiterentwickelt in den meisten gängigen Schulatlanten.

12. Land A (Chile). Die geringe Analphabetenquote und die geringe Anzahl der in der Landwirtschaft Beschäftigten belegen eine fortgeschrittene Entwicklung. Das geringe BSP, der geringe Energieverbrauch belegen, dass es sich nicht um ein IL handelt. Dem entspricht die hohe Anzahl der Einwohner pro Arzt. Chile gilt als Schwellenland (s. M2; bei anderer Gewichtung der Faktoren ist auch die Einordnung als Industrieland mit hohem Entwicklungsstand zu finden: Diercke Weltatlas, 234, 1 Diskussion).
Land B (Portugal). Für eine fortgeschrittene Entwicklung sprechen das geringe Bevölkerungswachstum und die gute ärztliche Versorgung. Auffällig sind die recht hohe Analphabetenquote und der recht hohe Anteil der in der Landwirtschaft Beschäftigten. Portugal gilt als take-off-country (M2).
Land C (Belgien). Sämtliche Indikatoren verweisen auf ein höchst entwickeltes Industrieland.
Land D (Ecuador). Die Indikatoren verweisen auf ein typisches Schwellenland (s. Aufg. 8 u. 9).
Land E (Burkina Faso). Sämtliche Indikatoren verweisen auf ein Entwicklungsland der 5. Welt. Mit einem BSP von 300 US-Dollar und einer Analphabetenquote von 81 % gehört das Land zu den LLDC. Besondere Probleme ergeben sich aus der hohen Wachstumsrate der Bevölkerung und dem hohen Anteil der unter 15-jährigen (hohe Investitionen in die Bereiche Gesundheit und Ausbildung sind/wären notwendig; Arbeitsplätze sind für die Heranwachsenden zu schaffen). Ein sehr hoher Anteil der Erwerbstätigen arbeitet in der Landwirtschaft, meist in der Subsistenzwirtschaft (90 %!). Da andererseits nur 10 % der Gesamtfläche landwirtschaftlich genutzt wird, lässt sich auf einen hohen Anteil an Ödland/Wüste schließen.
Die ärztliche Versorgung ist völlig unzureichend. Die ethnische Gliederung verweist auf einen Vielvölkerstaat, womit sich die Frage nach der nationalen Identität stellt.

Mali — SB 144–177

Mit Mali wird ein Entwicklungsland der so genannten 5. Welt vorgestellt (SB 140). Neben der Darstellung des natürlichen Entwicklungspotenzials des Landes wird ein historischer Rückblick unternommen. Historische, sozioökonomische und geoökologische Faktorenkomplexe werden zur Erklärung der Situation des Landes in gleicher Weise herangezogen (vgl. SB 144, M2/Aufg. 2). Auf diese Weise soll einer geodeterministischen Vorstellung entgegengewirkt werden. Im Sinne einer politischen Bildung werden so ein Verständnis für die heutige Situation des Landes vermittelt und die Verantwortung der europäischen Staaten eingefordert.

1. Reichtum und Elend **SB 144–149**

1. Sämtliche Indikatoren weisen Mali als Entwicklungsland aus, LLDC, MSAC, LLC.
   Ökonomische Indikatoren. Das BSP liegt mit 260 US-Dollar je Einwohner deutlich unter dem Grenzwert (vgl. SB 140). Der Anteil der Industrieproduktion am BIP liegt bei nur 17 %, 84 % der Erwerbstätigen arbeiten in der Landwirtschaft (hoher Anteil an Substistenzwirtschaft). Die wichtigsten Ausfuhrgüter sind Rohstoffe, besonders Baumwolle und Lebendvieh. Das Außenhandelsdefizit besteht seit 1970. Es ist hoch (680 Mio. US-Dollar 1984), die Tendenz ist insgesamt steigend. Die Verschuldung ist entsprechend hoch. 1995 ist die Auslandsverschuldung auf 3060 Mio. US-Dollar gestiegen).
   Soziale und demographische Indikatoren. Das Land hat eine hohe Analphabetenrate (69 %). Mangelernährung (weniger als 30 Gramm tierisches Eiweiß, 2318 kcal pro Kopf pro Tag; vgl. SB 141, M3; SB 145, M3) und eine unzureichende ärztliche Versorgung (ein Arzt für mehr als 10 000 Einwohner) bedingen die hohe Säuglingssterblichkeit (11,7 %) und die niedrige Lebenserwartung (47 Jahre). Aufgrund der extrem hohen Geburtenziffer von 4,9 % ergibt sich ein hohes Bevölkerungswachstum von 2,8 % (Sterbeziffer 1,8 %).
   Spezifische Probleme des Landes ergeben sich aus der Lage des Landes und seiner Geschichte. Das Staatsgebiet erstreckt sich von der Oberguineaschwelle bis in die zentrale Sahara zwischen 10° N und 25° N sowie zwischen 4° W und 12° W. Die Gesamtfläche umfasst 1 240 000 km^2 (etwa dreieinhalbmal so groß wie Deutschland). Infolge der großen Nord-Süd-Ausdehnung hat Mali Anteil an mehreren Klimazonen.
   Das natürliche Potenzial Malis ist gering.
   Klima und Vegetation schränken die Möglichkeiten der Agrarproduktion ein. Etwa zwei Drittel des Landes, im Norden und in der Mitte, sind Wüste. Begünstigt für die Agrarproduktion sind der Süden aufgrund der Regenzeit sowie der Nigerbogen in der Mitte des Landes sowie die Regionen am Senegal und seinen Zubringern.
   Mali besitzt kaum Bodenschätze. Abgebaut werden vor allem Gold, Steinsalz und Phosphate. Auffällig ist der Mangel an energetischen Rohstoffen.
   Die Verkehrslage ist ungünstig, LLC. Bis Dakar und Abidjan, den beiden Hauptexporthäfen, sind es jeweils zirka 1000 km. Zum geographisch nächst gelegenen Hafen Conakry ist die Anbindung unzureichend. Die Verkehrserschließung im Inneren des Landes ist ebenfalls unzureichend.
   Mali ist eine ethnologische Kontaktzone (M1). Im Norden leben hellhäutige araboberbische Viehzüchter (Nomaden, Halbnomaden), im Süden negroide, sesshafte Bauern. Die Stämme sprechen verschiedene Sprachen, sodass die Sprache der ehemaligen Kolonialmacht Frankreich Amtssprache wurde (M4).
2. Mali besitzt Modellcharakter für die Darstellung und Erklärung von Strukturen der Unterentwicklung. Dabei stehen gleichrangig zwei Faktorenkomplexe im Vordergrund: die Analyse des (begrenzten) räumlichen Potenzials und die historische Entwicklung, die, miteinander verflochten, die Situation des Landes bestimmen.

Ein Kontinent wird entdeckt **SB 146**

3. Wirtschaftliche Grundlage war der Transsaharahandel, vor allem mit Gold und Salz (M5).
4. Zur Beschreibung s. M7, Text SB 146 f.
   Die Schätzungen über die Menschenverluste, die Afrika durch den Sklavenhandel erlitt, gehen weit auseinander. Sie schwanken zwischen 6 und 40 Millionen. Die begründetste Berechnung liegt bei 10 Millionen (Barth, a. a. O., S. 16).
   Die Wirtschafts- und Gesellschaftsstrukturen in den betroffenen Gebieten wurden zerstört. Nach der kolonialen Landnahme wurde die Wirtschaft nach den Bedürfnissen der europäischen „Mutterländer" ausgerichtet (für die USA vgl. SB 10 f., für Brasilien vgl. SB 210). Hauptaufgabe war es zunächst, billige Rohstoffe für die europäische Staaten bereitszustellen. So wurden Negersklaven als billige Arbeitskräfte in die Bergwerke und auf die Plantagen gebracht.

Folgen für Amerika: Zunahme des schwarzen Bevölkerungsanteils (SB 10 f., M2, M5), Aufbau einer Plantagenwirtschaft in den Südstaaten der USA und in Südamerika (Baumwolle, Tabak, Zuckerrohr u. a.), Kapitalzufuhr durch Export der Rohstoffe und des Rums.
Folgen für Afrika: Lähmung der Produktionskraft aufgrund der hohen Zahl der Sklaven, besonders, da vor allem junge Menschen zur Sklaverei gezwungen wurden. In dieser Zeit beginnen die Zerstörung der traditionellen Gesellschaftsstrukturen sowie der kulturelle und politische Niedergang (zunächst noch lokal begrenzt auf die Häfen und Handelsstützpunkte in Streulage an der Küste). Querverbindungen der Standorte untereinander gab es in dieser Zeit noch nicht, da die Erschließung des Hinterlandes unterblieb.
Folgen für Europa: Kapitalzufuhr; Einfuhr von billigen Rohstoffen aus den Kolonien und Aufbau von Manufakturen, später Aufbau der Industrie mit Massenproduktion, Export billig hergestellter Produkte in die EL mit neuer Kapitalzufuhr für die „Mutterländer".

Kolonialismus und die Folgen **SB 148**

5. Bis in das 17. Jahrhundert hinein errichteten die europäischen Nationen, Portugal, später auch England sowie in geringerem Maß Frankreich und die Niederlande, Stützpunkte für die Sicherung des Seewegs um Afrika herum. Mit der Etablierung von Handelsstützpunkten folgte ein Tauschhandel mit Elfenbein, Gold(staub), Palmöl und Pfeffer. Ein weiteres Eindringen in den Kontinent unterblieb, da große Reichtümer, etwa Gold, nicht vermutet wurden.
Hinzu traten naturräumliche Schwierigkeiten. Die afrikanische Küste bietet wenig Möglichkeiten, Häfen anzulegen, stellenweise Mangrovensümpfe sowie Korallenbänke. Zudem waren Vorstellungen von der Unwirtlichkeit des Landesinneren vorhanden (Wüsten bzw. tropischer Regenwald).

6. Folgende Phasen lassen sich unterscheiden:
- 15./16. Jahrhundert: Seeleute und Händler etablieren Versorgungs- und Handelsstützpunkte (s. Aufg. 4).
- 17.–18. Jahrhundert: Dreieckshandel, Ausbau der Handelsunternehmen an Küstenstandorten.
- Ende des 18. Jahrhunderts beginnt der Übergang der Stützpunkte französischer Kolonialgesellschaften in die direkte staatliche Kolonialherrschaft, da nur der Staat die bestehende Handelsposition sichern und Voraussetzung für die Ausweitung schaffen konnte. Bereits 1763 setzte die französische Regierung eine Gouvernementsverwaltung in Westafrika ein.
- 19. Jahrhundert: Die wirkliche Durchdringung, „Inwertsetzung" und handelspolitische Unterwerfung des Kontinents beginnt erst im 19. Jahrhundert, nachdem Forschungsreisende ihre Berichte veröffentlicht hatten (vgl. M9) und der Industrialisierungsprozess einen zunehmenden Rohstoffbedarf in Europa bewirkte.
  Die (auch militärische) Inbesitznahme Westafrikas wird vom kolonialen Kernland Senegal aus entlang der Achse Senegal-Niger vorangetrieben (s. M5). Es begann ein Wettlauf zwischen Großbritannien, das ein britisches Afrika vom Kap bis Kairo anstrebte, und Frankreich, das ein französisches Afrika vom Senegal nach Osten begründen wollte. Auf der Kongokonferenz 1884/85 in Berlin wurde der afrikanische Kontinent aufgeteilt (s. SB 148).

Folgen für Afrika:
- eine Grenzziehung ohne Berücksichtigung geographischer, wirtschaftlicher, ethnischer, sprachlicher, kultureller und religiöser Beziehungen;
- die Zerstörung gesellschaftlicher und kultureller Strukturen;
- die Zerstörung der traditionellen substistenzwirtschaftlichen und regionalspezifischen Produktionsformen zugunsten von exportorientierten Monokulturen. Den Interessen Frankreichs entsprechend wurden in Westafrika zunächst Erdnüsse, später auch Baumwolle angebaut. Dies führte wiederum zur produktionsmäßigen und finanziellen Abhängigkeit vom Mutterland. Das zum Teil hoch entwickelte Handwerk und Gewerbe in den Städten verkümmert aufgrund der Zufuhr billiger Massenprodukte aus dem Mutterland.

Folgen für das Mutterland waren durch die Einfuhr billiger Rohstoffe ein Kapitalgewinn und ein weiterer Ausbau der Industrie. Der Export der industriellen Massenprodukte und ihr Verkauf auf den kolonialen Märkten brachte neuen Kapitalgewinn.

Eine Graphik aus dem Jahr 1938 verdeutlicht den Kreislauf (Paul Kunße, Das Volksbuch unserer Kolonien, Leipzig 1938, S. 138):

Der Kreislauf der nationalen Wirtschaft zwischen Mutterland und Kolonien spart Devisen, erhöht unsere Unabhängigkeit vom Auslande und sichert deutschen Arbeitern Lohn und Brot

7. Ein wesentliches Instrument für die Unterwerfung und „Inwertsetzung“ war die Steuerpolitik. Durch die Kopfsteuer wurde die Geldwirtschaft eingeführt. Da die Steuer mit Bargeld (und nicht in Naturalien) bezahlt werden musste, waren die Afrikaner – zumindest in Teilbereichen – gezwungen, aus der Subsistenz- bzw. Tauschwirtschaft herauszutreten und sich an der Markt- und Geldwirtschaft zu beteiligen.

8. Die Staatsgrenze ist, vor allem im Norden, nachvollziehbar „mit dem Lineal gezogen“. Sie entspricht den Verwaltungsgrenzen, mit denen Frankreich 1920 Westafrika in Teilkolonien untergliederte. Die heutige Republik Mali entspricht dem damaligen Soudan français (s. M9). Aus dem Soudan français wurde zunächst die Republik Sudan, ein (teil)autonomes Territorium, das mit dem Senegal 1959 die Fédération Mali bildete. Diese zerfiel 1960. Wie die relevanten Karten in den gängigen Atlanten zeigen, trennen die Grenzen die geographischen, ethnischen, sprachlichen und wirtschaftlichen Beziehungen. So zerschneiden die Grenze gegen Burkina Faso das Stammesgebiet der Bobo, die Grenze gegen Niger das Stammesgebiet der Songhay. Alle Grenzen in der Wüste und im Wüstenrandbereich zerschneiden die traditionellen Wanderwege der Nomaden. Andererseits fügen die Grenzen sehr unterschiedliche Ethnien zusammen. Europide Völker, semitische, hamitische sowie Berbervölker leben im Norden, schwarzafrikanische Rassen im Süden; die Fulbe vereinigen äthiopide und negride Rassenmerkmale. Stämme mit islamischen, christlichen sowie animistischen Glaubensvorstellungen wurden in einem Staat

zusammengefasst. Im Norden wird vorwiegend Arabisch gesprochen (die Mauren und Tuareg sprechen Berbersprachen), im Zentrum und im Süden werden verschiedenen Dialekte des Bambara gesprochen; Ful, die Sprache der Fulbe, wird im Osten gesprochen. Amtssprache ist Französisch.
In den heutigen Verkehrsstrukturen sind die Interessen des Mutterlandes Frankreich noch erkennbar. Die einzige Bahnlinie des Landes, von Bamako nach Dakar, wurde zwischen 1881 und 1924 errichtet. Sie führt durch die für Frankreich wichtigen Anbaugebiete der Erdnuss und Baumwolle (s. M10).

9. Der hohe Anteil an Rohstoffexporten durch Einführung agrarischer Monokulturen wie Baumwolle und Erdnuss und der ausgewiesene Import von Fertigprodukten sowie Nahrungsmitteln sind Ergebnisse der kolonialen Umstrukturierung der Wirtschaft des Landes und bedingen das hohe Außenhandelsdefizit (680 Mio. US-Dollar 1994) mit.
Die Abhängigkeit Malis von den Industrienationen, von der Europäischen Union – und hier wiederum vor allem von der ehemaligen Kolonialmacht Frankreich – ist ein Beispiel für das Bestehen postkolonialer Strukturen und struktureller Dependenzen (zu Entwicklungstheorien, hier Dependenztheorie, vgl. SB 240, M21). Im Sinne der Dependenztheorie bedeutet die wirtschaftliche Situation Malis eine „Perpetuierung der Peripherfunktion", d. h. die Annahme, dass die Peripherie, das EL, durch die Eingliederung in den Weltmarkt unterentwickelt und zu eigenständigen Entwicklungen unfähig gemacht wurde).
Literaturhinweis: A. Boeckh, Entwicklungstheorien; Eine Rückschau, in: Nohlen, Nuscheler, Handbuch, I, a.a.O., S. 110 ff.).

10. Elemente der innerstaatlichen Heterogenität bilden vor allem die verschiedenen Ethnien mit ihren verschiedenen Sprachen sowie die verschiedenen Religionen mit den unterschiedlichen Wertesystemen, Traditionen und Kulturen. Dem Zusammenfassen in einem Staat haftet weitgehend Zufallscharakter an und schafft Integrationskonflikte (vgl. M33, Tuareg). Der Rückgriff auf den Namen Mali unterstellt historische Kontinuität jenseits der Kolonialgeschichte. So soll die Integration der verschiedenen Gruppen in den Staat erleichtert werden um auf diese Weise eine nationale Identität aufzubauen.

2. Bevölkerungsentwicklung und die Folgen — SB 150–153

Die Seiten ermöglichen ein induktives Erarbeiten der Grundlagen der Demographie.

1. Mali verzeichnet ein beständiges Bevölkerungswachstum von ca. 3,5 Mio. Einwohner 1960 auf 7 Mio. 1980 und 9,7 Mio. 1995. Seit 1976 ist die Bevölkerung somit um ein Fünftel gewachsen. Das durchschnittliche jährliche Wachstum betrug 1970–1980 2,1 %, stieg von 1980 bis 1990 auf 2,5 % und zwischen 1990 und 1995 auf 2,9 %. Das Wachstum soll bis zum Jahr 2000 auf 3,2 % anwachsen (Weltentwicklungsbericht 1998).
Die in M13 vorgestellte Prognose zeigt drei Varianten. Die niedrigste Variante geht von 19,4 Mio. Einwohnern im Jahr 2025 aus, die mittlere von 24,1 Mio, die hohe Variante von 25,0 Mio. Einwohnern. Die mittlere Variante gilt z. Z. als die wahrscheinlichste.

2. Dargestellt wird das gängige Vier-Phasen-Modell des demographischen Wandels.
Sterberate und Geburtenrate sind Messzahlen, die die Zahl der Lebendgeborenen bzw. Gestorbenen je 1000 Einwohner der Bevölkerung des betroffenen Gebietes in einem Zeitraum, i.d.R. einem Kalenderjahr, angeben.
Zur Beschreibung der Phasen:
Phase 1: Frühe stationäre Phase. Die Geburtenrate ist konstant hoch, die Sterberate ist hoch, aber starken Schwankungen unterworfen. Die Wachstumsrate ist niedrig oder bleibt konstant.
Phase 2: Frühe Wachstumsphase. Die Sterberate sinkt, die Geburtenrate bleibt gleich. Die Wachstumsziffer ist hoch bis sehr hoch, u. U. exponentielles Wachstum.

Phase 3: Späte Wachstumsphase. Die Sterberate sinkt nur noch wenig bzw. bleibt gleich. Die Geburtenrate fällt stark. Das Wachstum verlangsamt sich.

Phase 4: Späte stationäre Phase. Geburten- und Sterberate sind auf niedrigem Niveau nahezu angeglichen, wobei allerdings Schwankungen bei der Geburtenrate zu beobachten sind. Die Bevölkerungsentwicklung ist nahezu stationär.

3. Eine Bevölkerungsexplosion bzw. ein exponentielles Wachstum ergibt sich bei stark absinkender Sterberate bzw. gleichbleibender Geburtenrate.

4. Generatives Verhalten: Fortpflanzungsverhalten des Menschen. Es ist eingebunden in komplexe wirtschaftliche, soziale, kulturelle und religiöse Bedingungen.

Erläuterungen am Beispiel England/Wales.
Die frühe stationäre Phase entsprach der vorindustriellen Agrargesellschaft. Vorherrschend war die Großfamilie. Eine hohe Zahl von Kindern wurde von den Eltern angestrebt um Arbeitskräfte zu haben und um soziale Sicherheit im Alter zu erlangen.
Die frühe Wachstumsphase setzte ab etwa 1750 ein, d.h. mit Beginn der Industrialisierung, durch technische, hygienische und medizinische Fortschritte (Seuchenbekämpfung, Impfungen, Beginn der städtischen Kanalisierung u. a.) sowie durch Verbesserung der Ernährsituation. Die Geburtenrate blieb zunächst gleich aufgrund gleichbleibenden generativen Verhaltens, das den traditionellen Wertvorstellungen verhaftet blieb.
Die späte Wachstumsphase begann etwa 1880. Sie entsprach in England der vollzogenen Industrialisierung. Die Lebensbedingungen in der städtisch-industriellen Gesellschaft, mit z.B. kleinen Arbeiterwohnungen, führten zu veränderten Wertvorstellungen und zu einer Veränderung des generativen Verhaltens. Weitere Gründe sind die Emanzipation der Frau mit zunehmender Berufstätigkeit, steigendes Heiratsalter und damit die Abnahme der Kinderzahl pro Familie. Die Tendenz zur Kleinfamilie wird deutlich. Die Sozialversicherung übernimmt zunehmend die Altersversorgung.
Die späte stationäre Phase, in der sich neben England heute fast alle Industrienationen befinden, entspricht der spät- oder postindustriellen Wirtschaft.
In der ersten Phase schwankt das generative Verhalten wenig, da es durch weitgehend festgelegte und allgemein akzeptierte sowie praktizierte religiöse und moralische Vorstellungen bedingt und gesichert ist. Zugleich entspricht es den Bedürfnissen der wirtschaftlich unsicheren Situation der Eltern. Die Sterberate kann stark schwanken, da sie abhängig ist von äußeren Ereignisse wie Epidemien (Pest, Cholera) oder Kriegen, Naturkatastrophen; Missernten können Hunger und Tod bewirken.
In der vierten Phase bleiben die Ernährungssituation und das medizinische sowie hygienische Niveau konstant. Die Sterberate verändert sich daher nicht. Bewusste Familienplanung steuert die Geburtenrate und führt zu durchaus starken Schwankungen aufgrund politischer oder wirtschaftlicher Entwicklungen, wie in den 1990er-Jahren im Absinken der Geburtenrate in den neuen Bundesländern deutlich wurde.

5. Folge ist ein teilweise exponentielles Wachstum u. U. über längere Zeit. Für die soziale und ökonomische Entwicklung der EL bedeutet dies hohe Investitionen in die Bereiche Gesundheit und Ausbildung (Errichten von Krankenhäusern, Entbindungsstationen, Schulen). Hinzu tritt die Notwendigkeit neue Arbeitsplätze für die Heranwachsenden zu schaffen.
Für EL heißt dies, dass der hohe Kapitalaufwand für die genannten Investitionen bei oft negativer Handelsbilanz und Kapitalmangel, die bereits bestehende Verschuldung erhöht (Zahlen für Mali, s. M4).
Die Möglichkeit des Schaffens neuer Arbeitsplätze im Agrarbereich ist begrenzt, dies gilt nicht nur für die Sahelstaaten. Der Aufbau einer Industrie wird erschwert durch geringe Bodenschätze (Mali), Kapitalmangel sowie durch die gegebene Einbindung in das Weltwirtschaftssystem.

6. Mali befindet sich in der zweiten Phase des demographischen Wandels: Die Geburtenziffer liegt fast unverändert bei 50 ‰, die Sterbeziffer ist 1997 auf 22 ‰ gesunken. Die Wachstumsziffer beträgt somit 28 ‰ für 1997.

Zur Beschreibung des Aufbaus der Graphik M15: Die y-Achse zeigt die Geburtenziffer, die x-Achse die Sterbeziffer. Diagonal ist die Wachstumsziffer abzulesen.
Für Mali ergeben sich folgende Werte: Für 1965 lag die Geburtenziffer bei 51 ‰, die Sterbeziffer bei 28 ‰, die Wachstumsziffer betrug somit 23 ‰. Die Entwicklung bis 1993 zeigt deutliche Abnahme der Sterbeziffer auf 20 ‰ sowie einen leichten Rückgang der Geburtenziffer auf 50 ‰, womit die Wachstumsziffer auf 30 ‰ angestiegen ist. Entsprechend der Korrelationen lassen sich die Länder in die Phasen des demographischen Wachstums einordnen (vgl. die römischen Zahlen; Mali liegt in der zweiten Phase, s. o.).
Ein Vergleich verschiedener Staaten und ihre Stellung in den Phasen des demographischen Übergangs bietet sich an. Die Staaten Afrikas weisen ähnliche Entwicklungen wie Mali auf: Ein deutliches Sinken der Sterbeziffer bei gleichbleibendem bzw. geringem Sinken der Geburtenziffer führt zu einem starken Wachstum der Bevölkerung. Auffallend ist Äthiopien mit einer steigenden Geburtenrate und damit stark steigender Wachstumsziffer. Die lateinamerikanischen Staaten sind gekennzeichnet durch deutlich sinkende Geburtenziffern, die zu einem Sinken der Wachstumsziffern führen. Gleiches gilt verstärkt für China, dessen Geburtenziffer von 39 ‰ auf 20 ‰ gesenkt wurde und eine Wachstumsziffer von 14 ‰ bedeutet (rigorose staatliche Familienplanung, Ideal der Ein-Kind-Familie mit Sanktionen bei Mehr-Kinder-Familien). Auch für Indonesien ist ein deutliches Absinken der Geburtenziffer von 40 ‰ auf 25 ‰ zu erkennen aufgrund der intensiven Maßnahmen der Familienplanung (vgl. SB 189, M22). Die Wachstumsziffer konnte von 18 ‰ auf 15 ‰ gesenkt werden.
Die Industrieländer haben eine niedrige Geburten- und eine niedrige Sterbeziffer. Sie befinden sich in der vierten Phase des demographischen Modells. Russland weist ein negatives Wachstum auf.
Die Validität des Modells des demographischen Wandels wird allgemein unterstellt, die in M15 abzulesenden Entwicklungen bestätigen die Vermutung. Dabei sind für die Anwendung auf EL die in M17 aufgezählten Besonderheiten, die zu einem möglicherweise schneller als bei den IL verlaufenden Wandel führen können, zu erwarten.

7. Am Altersaufbau der Bevölkerung kann abgelesen werden, wie vergangene Bevölkerungsbewegungen den heutigen Altersaufbau beeinflussen und auf welche Weise heutige Altersstrukturen künftige Bevölkerungsbewegungen begründen.
Bei Alterspyramiden werden folgende Grundformen unterschieden:

1. Die Pyramidenform (Mali).
   Das hohe Bevölkerungswachstum führt dazu, dass jeder Neugeborenenjahrgang größer ist als der vorausgehende. So ergibt sich eine breite Basis mit rascher Verjüngung bei zunehmenden Altersstufen, d. h., es gibt, trotz des Absinkens der Sterberate, wenig alte Menschen, die Lebenserwartung ist gering, in Mali liegt sie bei 47 Jahren (s. M4). Der Anteil der Bevölkerung unter 20 Jahre ist hoch, er liegt in Mali bei 54 %. Diese Quote bedeutet für die ökonomische Situation der Landes ein Problem, da hohe Investitionen für den Auf- und Ausbau des Gesundheits- und Bildungswesens notwendig sind. Abzusehen ist der große Bedarf an neuen Arbeitsplätzen für die Heranwachsenden. Die Pyramidenform ist typisch für EL in der zweiten Phase des demographischen Wandels. Aufgrund des sogenannten „Trägheitsgesetzes der Bevölkerungsentwicklung" wächst die Bevölkerung auch bei stagnierender oder verminderter Geburtenziffer infolge der für eine weitere Vermehrung günstigen Altersstruktur noch über Jahrzehnte.
2. Glockenform (Taiwan, Volksrepublik China). Die Geburten- und die Sterbeziffern sind niedrig, das Durchschnittsalter liegt bei 73 Jahren, das Bevölkerungswachstum stagniert. Die Verteilung der drei Altersgruppen ist ausgewogen. Die notwendigen Investitionen für die nichterwerbstätigen Teile der Bevölkerung erscheinen problemlos.
3. Urnenform (Deutschland 1994)
   Die Geburtenrate nimmt ab, die Basis der Alterspyramide verkleinert sich. Die Bevölkerung bleibt nahezu konstant oder schrumpft (4. Phase des demographischen Wandels). Die früher höhere Geburtenziffer zeigt sich in der größeren Zahl der Jahrgänge im produktiven Alter.

Diese volkswirtschaftlich scheinbar günstige Aufteilung beinhaltet das Problem der Überalterung, eine Verschiebung des relativen Gewichtes der Altersklassen zugunsten der höheren Lebensalter ist für die Zukunft erkennbar. Damit treten Probleme bei der Finanzierbarkeit der Alterssicherung der zur Zeit Erwerbstätigen auf (Frage der Renten, der Kranken- und Pflegeversicherung).

8. Das Verhältnis der Hauptaltersgruppen in Mali 1995 (s. M18)
- unter 15 Jahre: 47 %;
- über 65 Jahre: 3 %;
- 15 bis 65 Jahre: 50 %.

Dieser Aufbau ist typisch für ein EL in der zweiten Phase des demographischen Wandels. In ähnlicher Situation befinden sich Tansania (vgl. SB 142, M4) und Bolivien (vgl. SB 252–255), während Indonesien „nur“ 33,5 % des Bevölkerungsanteils unter 15 Jahre besitzt (vgl. auch SB 150, M15, SB 189, M22: Familienplanung).

Deutschland, als typisches IL, verdeutlicht die Überalterung:
- unter 15 Jahre: 16 %;
- über 65 Jahre. 15 %
- 15 bis 65 Jahre: 69 %.

In der Projektion 2025 wird die Überalterung noch deutlicher; unter 15 Jahre: 15 %; über 65 Jahre: 26 %; 15 bis 65 Jahre: 59 %. Damit treten Probleme bei der Finanzierbarkeit der Alterssicherung der zur Zeit Erwerbstätigen auf (Rentenfrage, Frage der Kranken- und Pflegeversicherung).

Im Mali steigt die Wachstumsziffer weiter aufgrund der weiterhin hohen Geburtenziffer bei zugleich sinkender Sterbeziffer. Noch sind die Lebenserwartung gering (47 Jahre) und die Säuglingssterblichkeit hoch (11,7 %, M4) aufgrund der unzureichenden ärztlichen Versorgung und der Mangelernährung. Dies wiederum ist ein Grund für die hohe Geburtenrate: Bei hoher Säuglings- und Kindersterblichkeit erhöhen viele Kinder die Chance, dass einige überleben. Das niedrige Heiratsalter (s. M16; 15,7 Jahre bei Frauen) und die oft kurz aufeinanderfolgenden Geburten (in Westafrika 6,7 Kinder pro Frau; zum Vergleich: IL: 1,9; EL insgesamt: 3,7; Afrika: 5,1; Lateinamerika: 3,3; Ostasien: 2,1; nach: Weltentwicklungsbericht 1994) fördert diese Entwicklung. Die Investitionen in die Bereiche Gesundheit und Ausbildung halten nicht Schritt mit diesem Bevölkerungswachstum. Der bereits bestehende Mangel an Arbeitsplätzen für die Heranwachsenden wird größer.

Die geringe Alphabetisierung (70 % Analphabeten, signifikant benachteiligt sind auch hier die Frauen: 75 % Analphabeten) sowie der allgemeine Informationsmangel über Verhütung und Familienplanung erhöht die Geburtenrate (vgl. M16).

Zusammenfassend lässt sich für Mali festhalten, dass das hohe Bevölkerungswachstum den Entwicklungsfortschritt überholt und das geoökologische Potenzial zu überfordern droht. Daher werden seit 1990 demographische Faktoren, soweit es Tradition und Religion zulassen, in die staatliche Entwicklungsplanung mit einbezogen (M19).

9. Folgende Gründe sind zu nennen:
- Bei hoher Säuglings- und Kindersterblichkeit erhöhen viele Geburten die Chance, dass zumindest einige Kinder überleben. Sie vergrößern durch Kinderarbeit, in den Städten auch durch Betteln, das Familieneinkommen. Je höher die Anzahl der Kinder, desto größer ist in Agrargesellschaften die Sicherheit der Altersversorgung der Eltern.
- Die traditionellen islamischen Wertvorstellungen stehen der Familienplanung in Mali (vgl. dagegen Indonesien, SB 189, M22) ablehnend gegenüber.
- Die pro-natalistische Familienpolitik der Republik Mali, die auf der Einschätzung beruht, dass bei einer Dichte von 8 Einwohnern je km² (SB 145, M4) das Bevölkerungswachstum im Verhältnis zu den natürlichen Ressourcen tragbar sei. Obwohl inzwischen demographische Überlegungen bei der Entwicklungsplanung berücksichtigt werden (s. M19), ist deren Umsetzung in konkrete Maßnahmen (auch 1998) gering (s. M19).
- Das Ansehen der Frau wächst mit steigender Kinderzahl.

- Der Kinderwunsch von Frauen ist daher hoch: Gewünscht werden zwischen 4 und 5,7 Kindern (M19).
- Das niedrige Heiratsalter (15,7 Jahre bei Frauen; M16)
- Der Informationsmangel über Verhütung und Familienplanung.
- In manchen Kulturen erhöht der Wunsch nach einem überlebenden Sohn die Zahl der Kinder (Indien, bedingt China) und/oder eine hohe Kinderzahl gilt als Zeichen der Männlichkeit (Macho-Kulturen).

Im Unterrichtsgespräch sollte deutlich werden, dass Hauptursache für eine hohe Geburtenrate i. d. R. nicht religiöse oder traditionelle Motive sind, sondern eine grundlegende Mangelsituation.

10. Die genannten ökonomischen, religiösen und traditionellen Gründe bestimmen die Bevölkerungspolitik des Staates Mali. Trotz der grundsätzlichen Anerkennung der Notwendigkeit, demographische Faktoren bei der Entwicklungspolitik zu berücksichtigen, bleiben konkrete Maßnahmen noch weitgehend aus. Bei der Propagierung und Verteilung von Verhütungsmitteln, wie sie einige NGO/NRO (Nichtregierungsorganisationen, SB 243) vornehmen, leistet der Staat keine Hilfe. Weitere Details (Sterilisation, Abtreibung) s. M19. Die Erfolgsaussichten auf eine Senkung der Geburtenrate sind kurzfristig gering (s. Prognose, M13). Eine langfristige, nachhaltige ökonomische und soziale Entwicklung ist das wirksamste Verhütungsmittel, das einen demographischen Wandel einleiten kann.

3. Landwirtschaft SB 154–165

Die detaillierte Betrachtung der geoökologischen, besonders der klimatischen Grundlagen und der von ihnen bestimmten natürlichen Vegetation (3.1) erlauben eine Einsicht in die traditionelle, angepasste nachhaltige Nutzung in diesem äußerst labilen Raum (3.2). In einem dritten Teil (3.3) wird die Umstrukturierung in der Agrarproduktion untersucht, die durch die Kolonialmacht Frankreich eingeleitet wurde. Nach der Unabhängigkeit der Republik Mali beibehaltene Produktionsstrukturen, das weitere Einbinden in den Welthandel und die Orientierung an Zielen und Werten der Industriegesellschaft und die sich daraus ergebender ökonomischen und ökologischen Folgen werden aufgezeigt (vgl. SB 144, M2, Aufg. 2: Methodendiskussion).

3.1 Voraussetzungen: Klima und Vegetation SB 154–155

1. Zur Lage und Größe der Republik Mali, s. SB 144, Aufg. 1.
Infolge der großen Nord-Süd-Ausdehnung hat Mali Anteil an mehreren Klimazonen.
Temperaturen: Aufgrund der Breitenkreislage besteht bei allen Stationen ein erkennbarer Unterschied zwischen Januar und Juli (Tessalit: 20 °C–28 °C: Jahreszeitenklima im Gegensatz zu den inneren Tropen). Bei den äquatornäheren Stationen fällt mit Einsetzen der Regenzeit die Temperatur, da Bewölkung, Niederschlag und Verdunstung am Boden die Temperaturen verringern; Sikasso: Januar 22 °C, Maximum im April: 30 °C, dann Temperaturabnahme aufgrund der Regenzeit bis 23 °C Minimum mit erneutem Anstieg gegen Ende der Regenzeit. Die Niederschläge nehmen von Süden nach Norden ab durch die Verlagerung der ITC, die in den Sommermonaten die Niederschläge bringt. Es handelt sich nicht um eine durchgehende Regenzeit, die tägliche Niederschläge bringt, sondern feuchte Perioden werden von niederschlagsfreien unterbrochen. Im südlichsten Landesteil erreichen die Niederschläge 1000 bis 1500 mm mit sechs bis vier humiden Monaten (Sikasso, Bamako). Im zentralen Teil des Landes bestimmen den Jahresrhythmus eine Regenzeit von Juni bis Oktober (Gao bei 16° N im Landesinnern besitzt noch zwei humide Monate), eine kühlere Trockenzeit von November bis Februar und eine heiße Trockenzeit von März an mit hoher potenzieller Verdunstung (über 2000 mm/Jahr). Nach Norden sinken die Niederschläge, die potenzielle Verdunstung steigt (s. Tessalit).

Entscheidender als die Menge ist die Variabilität der Niederschläge, die von Süden nach Norden zunimmt (s. M24). Festzuhalten ist das Wachsen der Variabilität bei Abnahme der Gesamtniederschläge von Süden nach Norden.
Erklärung (M23, Atlas). Im (Nord)Winter liegen Hochdruckgebiete über der Sahara, es weht ein trockener Nordost-Passat (Harmattan) in Westafrika. Im (Nord)Sommer bilden sich über der Sahara Hitzetiefs, zu denen feuchte tropische Luftmassen strömen. Die Lage der ITC verändert sich mit dem Stand der Sonne. Allerdings pendelt der nördliche Rand der ITC wellenförmig und stößt in verschiedenen Jahren unterschiedlich weit nach Norden vor, woraus sich feuchte Jahre (bei weitem und geschlossenem Aufbau) bzw. Dürrejahre (bei südlicher Lage und starkem Mäandrieren der Front) ergeben.
Zum Begriff „Dürrekatastrophe“: Hohe Variabilität der Niederschläge ist im Sahel die Regel, d. h., Zeiten mit anhaltender Wasserknappheit aufgrund ungenügender Niederschläge auch über mehrere Jahre sind natürlich und keine Katastrophe (im klassischen Sinn). Zu katastrophalen Folgen führt die unangepasste Nutzung, d. h. das Verlegen der Anbauzonen über die agronomische Trockengrenze und die Überweidung. (Weiteres s. SB 156–157, 166)

2. Die Vegetationszonen ergeben sich aus der Niederschlagsverteilung und der Dauer der Trockenzeit. Von Süden nach Norden folgen Feuchtsavanne, Trockensavanne mit dürreverträglichen Bäumen (bei fünf bis acht ariden Monaten), Dornbuschsavanne (acht bis zehn aride Monate), Halbwüste und Wüste. Durchbrochen wird diese Aufteilung durch den Fremdlingsfluss Niger.

3. Möglichkeiten der Agrarnutzung. Die Niederschlagsverteilung bestimmt die Möglichkeiten der Agrarnutzung mit zunehmender Intensität vom Norden (Wüste; stellenweise Oasenwirtschaft, z. T. Nomadismus) über die Dorn- und Trockensavannen (Weidewirtschaft, Trocken- bzw. Bewässerungsfeldbau im Einzugsbereich von Niger und Senegal) bis zur Feuchtsavanne.
Risiken und Probleme ergeben sich aus der hohen Variabilität der Niederschläge. Dabei ist nicht nur die Gesamtmenge der Niederschläge bestimmend für die Erträge, sondern auch deren Verteilung während der Regenzeit/Vegetationsperiode: Tritt eine zu lange trockene Periode während der Regenzeit auf, so besteht die Gefahr, dass die Pflanzen vertrocknen, zumal in dieser Zeit aufgrund des Sonnenstandes die potenzielle Verdunstung sehr hoch ist und die Böden verhärten können.

3.2 Traditionelle Wirtschaftsweise — SB 156–159

Ackerbau — SB 156

1. Die Landwirtschaft ist der bei weitem wichtigste Bereich der malischen Volkswirtschaft (79 % der Erwerbspersonen; 42 % des BIP, davon je ca. 20 % Grundnahrungsmittel und Viehwirtschaft; cash-crops, besonders Baumwolle, Erdnüsse und Gemüse machen nur etwa 3 % aus). Aus diesen Zahlen, die z. T. auf groben Schätzungen beruhen (vgl. M32), ergibt sich eine geringe Produktivität bei einem hohen Anteil von Subsistenzwirtschaft bzw. versteckter Arbeitslosigkeit: Auf einem Feld, das mit zwei Arbeitskräften zu bewirtschaften ist, arbeiten bis zu fünf Familienmitglieder.

2./3. Zu den naturräumlichen Voraussetzungen (s. SB 154, Aufg. 1 bis 3). Dargestellt werden im folgenden die agrarwirtschaftliche Eignung und die gegebene Bodennutzung im Zusammenhang.
Das Klima bestimmt die natürliche Vegetation (Ausnahme: die Flusssysteme von Niger und Senegal) und die Anbaumöglichkeiten.

- Im Norden Malis (vgl. M24, Timbuktu; M25 Tessalit) ist Wüste. Die landwirtschaftliche Nutzung bleibt auf die Oasen beschränkt: Gartenbau mit Stockwerkanbau (Dattelpalmen, Obst, Gemüse usw.); Haustiere (Ziegen, Schafe) werden wegen der Raumenge nur in geringem Maße gehalten. Periodische Weidewanderung der Nomaden. Kamelkarawanen sind, bis auf wenige Ausnahmen, z. B. die berühmte Salzkarawane von Timbuktu nach Taoudenni (Salzminen) verschwunden (zum Nomadismus SB 158–159).

- In der Dornsavanne (Station Gao, M25) fallen die Niederschläge von Mai bis Oktober. Wegen der hohen Temperaturen liegt die potenzielle Verdunstung bei bis zu 2400 mm, wodurch die Möglichkeit zur ackerbaulichen Nutzung stark eingeschränkt wird. Als agronomische Trockengrenze gilt in diesem Raum die 600 mm Isohyete. Nördlich von ihr wird regional gelegentlich, südlich von ihr wird regelmäßig eine Aussaat vorgenommen, die bei ungünstiger Niederschlagsverteilung zu wiederholen ist. Angebaut werden vor allem Sorghum, Erdnüsse und Bohnen. Das Ernterisiko ist hoch. Aufgrund des hohen Bevölkerungswachstums wurden die Anbauzonen zu weit nach Norden ausgedehnt. Sie liegen heute auch in den Bereichen der traditionellen Viehhaltung (Schafe, Ziegen, Rinder, Kamele). In diesen Gebieten traten während der Dürrejahre hohe Verluste an Tieren auf.
- In der Feuchtsavanne (Station Bamako, M25) finden sich durchschnittlich vier bis fünf humide Monate mit deutlicher Temperaturabsenkung. Die Jahresniederschläge liegen zwischen 700 mm im Norden und 1200 mm im Süden. Die Erntesicherheit ist hoch, das Anbauspektrum der Feldfrüchte erweitert sich: Erdnuss, Mais (bei größerer Trockenheit Hirse), im Osten auch Baumwolle.
- Eingelagert ist der Bereich des Fremdlingsflusses Niger, an dem Überflutungsanbau bzw. Bewässerungsanbau (Nassreis, Weizen, Gemüse) mit sommerlicher Zuwanderung der Herden (Transhumanz) besteht.
- Im Süden des Landes fallen in 8 bis 10 Monaten bis zu über 1400 mm Niederschlag (Station Sikasso, M25). Hier herrscht Feuchtsavanne vor mit günstigen Anbaubedingungen für Hirse (Sorghum), Gemüse (vor allem Bohnen) und Yams. Baumwolle wird wegen der hohen Feuchtigkeit kaum angebaut. Die Züchtung tsetsefreier Rassen ermöglichte Rinderhaltung.

Zur Zusammenfassung bietet sich eine tabellarische Übersicht an (Klima, Vegetationszonen, Nutzungssysteme und Ackerfrüchte, Risikopotenzial) .

4. Shifting cultivation: Wanderhackbau (s. Text SB 156).
   Aufgrund des Bevölkerungswachstums und der kollektiven Besitzverhältnisse werden die Brachezeiten verkürzt. Hinzu tritt das ökonomisch kurzfristig sinnvoll erscheinende Streben nach Risikominimierung durch Erweiterung des Anbaus in Ungunsträumen.
5. Aus den zu A 4 genannten Zusammenhängen ergibt sich bei den herrschenden klimatischen Bedingungen eine Übernutzung, die zur verstärkten Bodenerosion führt und damit die Desertifikationsgefahr erhöht.
6. Der Mangel an Energierohstoffen (vgl. SB 169, M49) und der Preisanstieg beim importierten Erdöl führten bzw. führen zu einem erhöhten Brennholzeinschlag, der durch das Bevölkerungswachstum verstärkt wird, womit die Desertifikationsgefahr weiter steigt.
7. Mit Ausnahme der Südsahara ist ein großer Teil Malis für Viehzucht gut geeignet, wobei, den klimatischen und vegetationsgeographischen Verhältnissen folgend, von Norden nach Süden die Tierhaltung intensiver wird. Im Süden findet sich stationäre Viehhaltung in Verbindung mit Ackerbau, seitdem die tsetseresistenten Rassen eingeführt wurden. Diese agro-pastoralen Systeme finden sich ebenfalls im Bereich des Nigerbogens. Im Norden herrscht extensive Viehwirtschaft der Nomaden und Halbnomaden. Bei über 300 mm Niederschlag wird oft zusätzlich Trockenfeldbau betrieben. In der feuchten Jahreszeit wandern die Nomaden nach Norden um kleinere, lokale Gunsträume zu nutzen. Die Rückwanderung erfolgt bei Beginn der Trockenheit. Die Herden weiden dann auf den abgeernteten Feldern und düngen sie.
   Im Nigerbinnendelta herrschen agro-pastorale Systeme mit dominierendem Feldbau. Nach Abfluss der Hochwasserschwelle (vgl. M35) werden Rinder aus allen Teilen des Landes zusammengetrieben und beweiden die trockengefallenen Überschwemmungsbereiche. Auf traditionell festgelegten Routen ziehen die Herden hinter dem abfließenden Wasser bis Gao, wo sich ein Großschlachthof befindet. Andere Herden ziehen weiter über die Landesgrenze nach Niger und Burkina Faso.
   Im Westen Malis findet man ebenfalls agro-pastorale Systeme mit Weidewanderungen im Bereich des Trockenfeldbaus zwischen Kayes und Bamako (hier liegt der zweite Großschlachthof des Landes). Diese Wanderungen sind ebenfalls teilweise grenzüberschreitend nach

Mauretanien (weniger nach Senegal aufgrund der eigenen Viehwirtschaft dieses Staates). Diese traditionelle Nutzung, die eine Symbiose der Sesshaften und der Nomaden darstellte, ist heute stark gefährdet und in Teilbereichen bereits aufgehoben.

8. Motive für die Aufstockung der Herden sind neben wirtschaftlichen Überlegungen bei den traditionellen Tierhaltern Gründe des Sozialprestiges, da dieses mit der Größe der Herden wächst. Dies gilt insbesondere für die Tuareg (s. M33).
Die Vermehrung des Tierbestandes ergibt sich zudem daraus, dass neue Halter (Staatsbeamte, städtische Geschäftsleute) neue Herden vor allem im Binnendelta halten.
Ermöglicht wurde die Aufstockung durch
- verbesserte veterinärmedizinische Betreuung (Impfungen gegen Seuchen);
- Anlegen von Tiefbrunnen mit ganzjähriger Wasserführung;
- Aufhebung der traditionellen Nutzungsrechte des Weidelandes,

die es neuen Bevölkerungsgruppen (Beamte, Kaufleute) ermöglichte, zusätzliche Herden zu halten.
Diese Aufstockung, bei gleichzeitiger Ausweitung der Ackerbauflächen, die die Weideflächen einschränkte, führte zur Überweidung weiter Gebiete. Vor allem im Bereich der Tiefbrunnen kam es zur Konzentration der Herden, verstärkt durch die Bestrebungen des Staates, die Nomaden sesshaft zu machen. Folgen waren das Fortschreiten der Desertifikation sowie massenhaftes Tiersterben in den Dürrejahren 1966, 1970, 1975, 1983–1985), wobei die meisten Tiere verhungerten (und nicht verdursteten, da die Tiefbrunnen weiterhin Wasser pumpten).

9. Die von der Kolonialmacht Frankreich gezogenen und von der Republik Mali übernommenen Grenzen zerschneiden die Wanderwege der Nomaden. Das Beibehalten der Wanderungen gilt der Regierung als Rechtsbruch, da die Nomaden sich den Pass-, Zoll- und Steuerbestimmungen entziehen. Politisch beurteilen die Regierungen der Sahara- und Sahelstaaten den Nomadismus als destabilisierend und versuchen daher ihn zu unterbinden. Zusätzlich wird argumentiert, dass nur so das Durchsetzen der Schulpflicht (und damit die Integration zumindest der nächsten Generation in den Staat) möglich sei.
Gegen das Sesshaftmachen sprechen ökonomische und ökologische Gründe. In feuchten Jahren nutzen die Nomaden die zerstreut in Wadis und an Gebirgsrändern liegenden Weideplätze. Bei Dürreperioden können sie schnell in feuchtere Gebiete ausweichen. So gilt heute vor allem der Halbnomadismus keineswegs als überholte Wirtschaftsform, sondern als geschickte Nutzung der Wüsten und Halbwüsten. Diese ist umso notwendiger, als im Süden das neue Ackerland die Wanderwege einschränkt. Zudem ergeben sich durch die Tiere der Nomaden eine Exportmöglichkeit (vgl. M32) sowie in Mali eine Ergänzung des Fleischangebotes und damit eine Verbesserung der Ernährsituation der Bevölkerung mit Eiweiß. Notwendig allerdings ist ein Bewusstseinswandel bei den Nomaden, die ihre Tiere als Wirtschaftsgut und nicht mehr vor allem als Prestigeobjekt ansehen müssen. Zugleich ist ihre Einbindung in die regionalen Märkte zu verbessern.
H. G. Mensching schreibt in einem Aufsatz mit dem programmatischen Titel „Leben am Rande der Sahara“ hierzu:
„Es ist nun zu fragen, ob in der nomadischen Wanderviehwirtschaft Maßnahmen ergriffen werden können, die die Gesamtsituation in dieser Zone verbessern helfen.
Oft wird die einfache Forderung nach Sesshaftmachen der Nomaden erhoben und als Allheilmittel angesehen. Das muss den Kenner dieser Zone bedenklich stimmen. Die Viehhaltung in der (nördlichen) Sahelzone wird auch weiterhin auf relativ weite Wanderungen angewiesen sein um keine allgemeine Überstockung auf festgelegten Arealen zu bewirken. Zudem sind die Weideareale bei der starken auch regionalen und lokalen Schwankung der Niederschläge von Jahr zu Jahr unterschiedlich im Grasbestand. Um alle natürlichen Gunstgebiete ausnutzen zu können bleiben größere Wanderungen unumgänglich. Dennoch wird es erforderlich sein, diese nomadische Viehwirtschaft stärker als bisher an gewisse Wirtschafts- und Marktzentren anzubinden. Um dieses zu erreichen, wird ein Teil der Stämme oder Fraktionen zeitweise an Siedlungen gebunden sein und dort einer Beschäftigung nachgehen müssen. Daher wird

die Förderung und Entwicklung solcher Marktorte eine wichtige Aufgabe sein müssen." (Köln, o. J.)

10. Zur Wirtschaftlichen Situation. Früher machten die nomadisierende Viehwirtschaft und der Transsaharahandel die Tuareg wohlhabend. Die hohe Mobilität machte sie unabhängig von staatlichen Autoritäten. Heute hat der Transsaharahandel mit Karawanen kaum noch Bedeutung, das Kamel ist durch den LKW ersetzt worden. Die Grenzüberschreitungen gelten als Rechtsbruch und werden verfolgt. Durch die Einschränkung der Mobilität ist den Tuareg die Wirtschaftsgrundlage entzogen worden. Die Maßnahmen zur Sesshaftmachung (Anlegen von Tiefbrunnen, Bereitstellen von Wohnhäusern) führte zur Konzentration der Herden, die zudem durch veterinärärztliche Maßnahmen wuchsen. Eine Integration in die lokalen und regionalen Märkte gelang nicht. Die Tuareg betrachten ihre Herden weiterhin weniger als Wirtschaftsgut denn als Prestigeobjekt. So kam es zur Überstockung an Tieren, die die Desertifikation verstärkten. In den Dürrezeiten verendeten Tausende von Tieren, sodass die wirtschaftliche Existenz vieler Tuareg heute gefährdet ist.
Politisch sind die Tuareg nahezu ohnmächtig. Ihre Versuche einen eigenen Staat zu schaffen scheiterten. Die Stämme entziehen sich weiterhin nach Möglichkeit der administrativen und steuerlichen Kontrolle. Sozial sind die Tuareg aufgrund ihrer Lebensweise weiterhin kaum integriert. Zusammen mit den wirtschaftlichen Schwierigkeiten führt dies zur Migration vor allem der jungen Männer in die städtischen Zentren und in die Erdöl- und Bergbaugebiete, in denen sie als ungelernte Arbeiter oft eine Existenz am Rande der Gesellschaft führen und sich politisch radikalisieren. Zur Entwicklung seit 1995 vgl. Anhang im SB S. 452.

11. Zusammenfassung. Vgl. M1; Atlas

3.3 Umstrukturierung in der Agrarproduktion SB 160–163

1. Die traditionelle Nutzung des Binnendeltas wird durch die Wasserführung des Flusses bestimmt (s. M35, Text).
Viehwirtschaft. Nach Abfluss des Hochwassers folgen die Rinderherden der Flutwelle. (ca. 1,5 Mio. Tiere, das sind ca. 25 % des Tierbestandes des Landes). Es handelte sich bis 1983 vor allem um nomadische und halbnomadische Stämme. Seit der Aufhebung der traditionellen Nutzungsrechte 1983 ziehen außerdem Herden von städtischen Geschäftsleuten, Ackerbauern und Beamten durch das Delta.
Ackerbau. Angebaut wird vor allem Nassreis im Überschwemmungsfeldbau. Die Erträge sind mit 700 bis 1000 kg/ha gering aufgrund unzureichender Bewässerung und schlechter Anbaumethoden (s. Text). Um die Versorgung der Bevölkerung mit dem Grundnahrungsmittel Reis zu verbessern, wurden neue Reisfelder erschlossen.
Fischfang. Früher fischten ausschließlich die Bozo. Sie lebten als Halbnomaden und folgten den Fischschwärmen. Heute fischen alle Stämme am Fluss mit zunehmend engeren Netzen, sodass wegen Überfischung der Fischfang an einigen Stellen bereits aufgegeben wurde.
Raumnutzungskonflikte ergeben sich bei Überlagerung verschiedener Nutzungen auf einer Fläche (vgl. M30). So kommt es durch die Ausweitung des Nassreisanbaus zu Konflikten zwischen Bauern und Viehhaltern. Ein weiterer Konflikt besteht zwischen den traditionellen Viehhaltern aus den Stämmen der Fulbe, Mauren und Tuareg und den neu hinzugekommenen Haltern. Ein weiterer Konflikt besteht zwischen den Bozo und der übrigen Bevölkerung am Fluss, die nunmehr auch fischt.

2. Die Interessen Frankreichs waren für die Gründung und Entwicklung des Office du Niger ausschlaggebend:
Der Baumwollanbau versorgte die Textilindustrie des Mutterlandes mit billigem Rohstoff. Die Erschließung von Neuland sollte den Bevölkerungsdruck in der Kolonie mildern und zusätzliche Nahrungsmittel bereitstellen um auf diese Weise zur „Pazifizierung" der Kolonie beizutragen. Eigentümer der Produktionsmittel war das Office, die Arbeiter bekamen Lohn.

Die angestrebten Ziele (Erschließung von 960 000 ha Neuland, Bau einer transkontinentalen Bahn von Abidjan nach Algier) waren unrealistisch und wurden nicht verwirklicht. Selbst die Umsiedlungsprojekte stießen auf große Schwierigkeiten. Mängel bei der Be- und Entwässerung behinderten den Baumwollanbau, Versalzungsprobleme traten auf. Das Transportproblem blieb ungelöst, das Office besitzt bis heute keinen Anschluss an das Bahnnetz.
Ab 1950 erfolgte eine Umorganisation. Land und Grundausstattung für die Agrarproduktion wurden an Siedler vergeben, der Canal du Sahel wurde verlängert, die Fläche des Bewässerungslandes vergrößert. Seit 1961 ist die Republik Mali Träger des Projektes.
Schrittweise wird seit 1982 ein Umbau vorgenommen, der das Office von einer Verwaltungsbehörde in ein Wirtschaftsunternehmen umwandeln soll. Eine Teilprivatisierung ist eingeleitet. IWF und Weltbank fördern das Projekt.
Zur gegenwärtigen Situation. Die ökonomische Situation der Bauern ist vergleichsweise gut. Von Seiten des Staates wird Hilfe geleistet (Bereitstellen von Land, Maschinen, Saatgut, Beratung usw., s. M36), dennoch stagniert die Bevölkerung bei 50 000, da traditionelle Bindungen eine Integration in das Delta oft verhindern. Die Infrastrukturen sind noch immer schlecht ausgebaut. Die Bewässerungsfläche konnte auf 100 000 ha ausgedehnt werden. Angebaut werden Reis und Zuckerrohr mit agroindustrieller Verarbeitung (s. Karte M37). Beide Produkte haben hohe Bedeutung; Reis als Grundnahrungsmittel, und Zuckerrohr, da es nur im Delta angebaut wird. Der projektierte Baumwollanbau ist, auch wenn die ökologischen Probleme gelöst werden, wirtschaftlich unsicher, da ein großer Teil der Ernte in den Export gehen wird und von den schwankenden Weltmarktpreisen abhängig ist.
Zusammenfassend stellt sich das Office du Niger als Beispiel eines agroindustriellen Großkomplexes mit hohen Produktionskosten und aufgeblähter Administration dar. Die Förderung durch IWF und Weltbank ist für Großprojekte dieser Art typisch (zu IWF und Weltbank, s. SB 244 f.).
Folgende Problembereiche zeichnen sich ab:
- agrarökologische Probleme: große Eingriffe in den Naturhaushalt, Bewirtschaftung als Monokulturen mit hohem Pestizid- und Herbizideinsatz, Versalzungsgefahr bei unzureichender Bewässerung;
- ökonomische Probleme: hohe Investitionen, somit hohe Kapitalbindung, die bei anderen Entwicklungsprojekten fehlt; bei Wiederaufnahme des Baumwollanbaus droht Abhängigkeit vom Weltmarktpreis.

3. Exportprodukte sind
- Erdnüsse, angebaut im Südwesten, vor allem an der Bahnlinie Dakar – Bamako (von Frankreich 1923 angelegt, s. M10) sowie im Süden, an der Grenze nach Guinea;
- Baumwolle, Schwerpunkt des Anbaus ist der Süden und Südosten an der Grenze zu Burkina Faso;
- Zuckerrohr ausschließlich im Binnendelta des Nigers (nur geringer Export, zumeist dient Zuckerrohr der Versorgung des heimischen Marktes);
- Tee (in den gängigen Atlanten noch nicht ausgewiesen, im Süden des Landes).

Angebaut wird in Monokulturen mit hohem Pestizid- und Herbizideinsatz mit den bekannten negativen Folgen für die Ökosysteme. Zugleich begünstigt der Anbau Erosionsprozesse. Dies zeigt sich vor allem bei den Erdnüssen. Der Rückgang der Produktion dieser cash-crops erklärt sich aus dem Rückgang des Bedarfs in den Industrieländern, ist aber zugleich auch ein Zeichen der Bodenerschöpfung und Desertifikation.

4. Entwicklung der Produktion. Starker Rückgang bei den Erdnüssen (Rückgang der Nachfrage in den IL, Bodenerschöpfung). Anstieg der Erntemenge bei Rohbaumwolle durch Ausweitung der Anbauflächen. Die Produktion von Baumwollsamen und Zuckerrohr steigt bis 1986, dann setzt ein leichter Rückgang ein. Die Dürreperiode 1983 bis 1985 hat sich bei diesen Produkten nur wenig ausgewirkt, das sie in klimatisch begünstigten Regionen bzw. im Binnendelta angebaut werden. Die Außenwirtschaft Malis ist monostrukturiert. Höchste Bedeutung hat die Baumwolle, die 1990 57 % der Exporteinnahmen deckt und fast 10 % der Anbaufläche des Landes beansprucht (M29). Der Anteil der Erdnüsse am Export macht wertmäßig nur noch 14 % aus (ca.

5 % der Anbaufläche). Das Zuckerrohr verbleibt meist im Binnenmarkt. Tabak- und Tee-Export liegen wertmäßig 1990 unter 0,5 Mio. US-Dollar.
Die Deviseneinnahmen von Mali sind somit stark vom Weltmarktpreis für Baumwolle abhängig. Dieser schwankt stark: 765 CFA-Francs/kg 1983/84–375 CFA-Francs/kg 1985/86). Der Weltmarkt bestimmt den Preis. Die bedeutendsten Ausfuhrländer sind die VR China, die USA, Indien, Pakistan und die zentralasiatischen GUS-Staaten. Hauptimporteure sind Japan, Südkorea, Hongkong und die EU-Staaten.
Der Weltmarktpreis, abhängig von Angebot und Nachfrage, kann stark schwanken. Gute Ernten erhöhen das Angebot und führen zu fallenden Weltmarktpreisen, während Naturkatastrophen, die zu Ernteausfall führen, oder erhöhter Eigenbedarf einiger Ausfuhrländer das Angebot vermindern und den Preis erhöhen. Nachfragerückgang aus konjunkturellen Gründen bei den Hauptabnehmern führen zu sinkenden Preisen.
Die seit 1983/84 sinkenden Weltmarktpreise, die von 1984 bis 1989 unter den Erzeugerpreisen lagen, führten zu einem Rückgang der Deviseneinnahmen (s. M14). Zugleich stiegen die Importe Malis auf über 500 Mio. US-Dollar. Der Anteil der Nahrungsmitteleinfuhr ist dabei starken Schwankungen unterworfen, da er von der Erntemenge, und das heißt von der Menge und Verteilung der Niederschläge, abhängig ist.
Während der Weltmarktpreis für Baumwolle zwischen 1983 und 1992 gefallen ist, ist der Preis für die wichtigen Importprodukte Malis gestiegen: ca. 270 % für Nahrungsmittel und fast 2000 % für Erdöl in den letzten 20 Jahren. Die Schere zwischen Einnahmen und Ausgaben öffnet sich immer mehr (s. M4; Terms of Trade s. SB 238) trotz des Anstiegs des Weltmarktpreises für Baumwolle in 1994/95. Um die Handelsbilanz grundlegend zu verbessern, müssten weitere Flächen mit cash-crops bestellt werden, was wiederum die Selbstversorgung mit Grundnahrungsmitteln reduziert und ökologisch negative Folgen beinhaltet. Da cash-crops in Monokultur und i. d. R. auf großen Flächen angebaut werden, besteht zudem die Gefahr, dass Kleinbauern von ihrem Land verdrängt und zu Landarbeitern werden.

5. Die Entwicklung des Außenhandels Malis unterliegt starken Schwankungen, die abhängig sind von der Höhe der Nahrungsmittel- und Erdölimporte sowie vom Weltmarktpreis für Baumwolle. Die Preise für die Importprodukte haben sich in den letzten 20 Jahren beständig erhöht, die Preise für agrarische Rohstoffe wie Baumwolle stagnierten oder fielen hingegen. Die Terms of Trade haben sich somit für Mali ungünstig entwickelt. Davon unberührt bleibt, dass bei günstigen Terms of Trade, d. h. bei hohen Baumwollpreisen, der Anbau von Baumwolle für den Staat und die Bauern profitabel sein kann.

6. Mali exportiert vor allem Rohstoffe (Baumwolle, Gold) in die IL (1990: 45 % in die EG-Staaten, davon 24 % Frankreich) und importiert Fertigprodukte sowie Nahrungsmittel vor allem aus den Staaten der EG (54 %, darin 23 % aus Frankreich, s. M4).
Diese Strukturen wurden in der Kolonialzeit angelegt (vgl. SB 148 f.) und nach der Unabhängigkeit nicht wesentlich verändert. Die Liberalisierung der Handelspolitik sowie die Beratung und Unterstützung durch IWF und Weltbank führen diese Wirtschaftsstruktur weiter fort (vgl. die geplante Wiederaufnahme des Baumwollanbaus im Binnendelta). Die Bemühungen um self-reliance, zur eigenständigen und an den Bedürfnissen der eigenen Gesellschaft orientierten Entwicklung, werden somit durch eine auf Exportkulturen ausgerichteten Wirtschaftspolitik konterkariert. Andererseits werden die Einbindung in den Weltmarkt und die internationale Zusammenarbeit gefördert (vgl. hierzu: Entwicklungsansatz IWF und Weltbank, SB 244 f., Lomé als Entwicklungsansatz der EG. SB 246 f.; allgemein: SB 230, M2, Freihandel).
Dennhardt/Pater (Hrsg., 1980. Entwicklung muss von unten kommen, Reinbek 1980, S. 63) schlagen folgendes Tafelbild vor:

Vor- und Nachteile der Exportproduktion

3.4 Entscheidungssituation der Bauern: Grundnahrungsmittel oder cash-crops? SB 164–165

1. Interesse des Staates Mali. Mali erstrebt einerseits die Selbstversorgung mit Grundnahrungsmitteln, andererseits einen möglichst hohen Devisenerwerb um die notwendigen Importe (Industriegüter, Erdöl u. a.) zu tätigen. Auf dem Weltmarkt hat zur Zeit vor allem Baumwolle Exportchancen. Der Staat ist daher an einer Ausweitung des Baumwollanbaus interessiert.
   Interesse der Industrieländer. Aus produktionstechnischen Gründen ist der Bedarf an langfaseriger Baumwolle hoch, die mit der Hand geerntet wird. Diese kommt vor allem aus Ländern mit niedrigem Lohnniveau.
2. Folgende Faktoren sind vom Kleinbauern zu berücksichtigen:
   - das geoökologische Potenzial seiner Fläche (das klimatische Risiko, Gunststandorte/Ungunststandorte kleinräumig);
   - die Gefahr von Krankheit und die Verantwortung für die Familie;
   - staatliche Vorgaben und Zwänge; die Steuerpflicht bedingt die Notwendigkeit, Geld zu erwirtschaften; steigende Preise für die (oft importierten) Produktionsmittel (Agrartechnik, Agrarchemie) und für notwendige Gebrauchsgüter; vorgegebene Aufkaufpreise für Baumwolle und Grundnahrungsmittel wie Hirse.

   Die Strategie der Bauern besteht darin, einer Risikominimierung den Vorzug vor dem Gewinnstreben zu geben (vgl. auch M28). So werden zunächst Grundnahrungsmittel angebaut, um u. U. auch eine mehrjährige Krise zu überstehen (Subsistenzbedarf) und, auf der Basis der Gegenseitigkeit, Hilfe im Rahmen der Großfamilie und Dorfgemeinschaft leisten zu können. Neben diesem traditionellen steht der moderne Sektor. Der marktwirtschaftliche Sektor bringt die Notwendigkeit mit sich, Bargeld zu erwirtschaften um Steuern zu bezahlen, Produktionsmittel zu erwerben oder Konsumwünsche zu befriedigen. Damit ergibt sich die Notwendigkeit des Anbaus von Marktprodukten. Der große Vorteil für den Staat besteht darin, dass der Subsistenzsektor die Sozialkosten übernimmt (Aufziehen der Kinder, Versorgung bei Krankheit und im Alter) und so die Kosten im modernen Sektor gering hält.

   In diesem Entscheidungsfeld verhält sich der Bauer wirtschaftlich vernünftig. Er sichert den familiären Eigenbedarf durch den Anbau von Grundnahrungsmitteln. Die „freien Spitzen" von Arbeit(szeit), Land (vgl. M28) und Kapital (für den Aufkauf von Saatgut und u. U. von agrarchemischen Mitteln) können für den Anbau von Hirse für den Binnenmarkt oder von Baumwolle für den Export genutzt werden. Die Hektarerträge sind nahezu identisch. Die staatlich festgelegten Aufkaufpreise für Baumwolle aber liegen deutlich über denen für Hirse (s. Tab. Agrarpreise 1971–1984), sodass das Einkommen pro Hektar beim Anbau von Baumwolle deutlich höher ist

(s. Tab. bäuerliches Einkommen/ha). Zwei weitere Faktoren sprechen für die Baumwolle. Einige Arbeiten auf dem Baumwollfeld können dann verrichtet werden, wenn auf den Hirsefeldern keine Arbeit anfällt. Die CFDT bietet einen guten Beratungsdienst, der hohe Hektarerträge sichert, und sie leistet eine Aufkaufgarantie, die es bei Hirse nicht gibt. So fällt die Entscheidung des Bauern für die Baumwolle. Zu den ökologischen Folgen vgl. SB 166–167.
Der auf Risikominimierung basierende Intensivanbau mit seinen oft langjährigen Monokulturen bei hohem Einsatz vor Agrarchemie führt zu einem großen Kulturlandverbrauch und erhöht die Desertifikationsgefahr (s. SB 156, M28; zur Desertifikation zusammenfassend SB 166-167).

4. Überbeanspruchung der Natur und Desertifikation SB 166–167

1. Zu den Begriffen M42. Hervorzuheben ist, dass Desertifikation infolge einer nicht angepassten Nutzung des Areals durch den Menschen hervorgerufen wird. Es handelt sich um eine man-made-desert. So geht gerade in Mali die Desertifikation nicht von den menschenarmen Wüsten aus, sondern setzt im Bereich der Tiefbrunnen an bzw. in den Anbauzonen jenseits der agronomischen Trockengrenze.
2. M43 stellt Ursachen und Ergebnisse der Desertifikation zusammen. Sowohl die Arbeit von Mensching (s. M42) als auch die von Ibrahim (M43) betonen dabei, dass Desertifikation „ein weltweites Problem der ökologischen Verwüstung der Trockengebiete der Erde“ (so der Untertitel der Arbeit von Mensching) ist.
Die Arbeit mit M43 bedeutet zunächst eine Zusammenfassung der Bedingungen des Ökosystems und der menschlichen Eingriffe (Überweidung und übermäßiger Anbau: steigende Viehkonzentration im Bereich der Tiefbrunnen; Ausweitung des Ackerbaus über die agronomische Trockengrenze hinaus, der zugleich die traditionellen Weidegebiete der Nomaden und Halbnomaden verkleinert und auch hier zur Überweidung führt. Versalzungsgefahr bei unsachgemäßer Bewässerung vor allem im Niger-Binnendelta. Abholzung aufgrund des Bevölkerungswachstums und der hohen Preise für Erdöl).
Die verschiedenen Erscheinungsformen der Desertifikation und die Degradation der Vegetation werden im rechten Teil von M43 zusammengestellt. Sie führen zur kontinuierlichen Verminderung der Weide- und Anbauflächen und damit zur Verminderung der Ernteerträge und des Weidepotenzials. Hieraus folgt eine Verminderung des Tragfähigkeitspotenzials. Zugleich wächst die Bevölkerung. Dies führt zur verstärkten Nutzung der verbliebenen Flächen durch z. B. noch intensivere Nutzung und Verkürzung der Brachezeit. Es werden noch mehr Felder in Grenzertragsräumen angelegt. All dies verstärkt die Desertifikation. Zugleich tritt eine selektive Migration auf. Jugendliche und junge Erwachsene verlassen die ländlichen Regionen und ziehen in die Städte oder verlassen die Republik Mali (s. M46). Folgen sind ein starkes Städtewachstum, das vor allem Bamako betrifft. Im Mittel wachsen die Städte z. Z. um 5 % pro Jahr, die Verdopplungszeit der Einwohner liegt z. Z. bei 14 Jahren. Auf dem Land entsteht u. U. Mangel an Arbeitskräften, was wiederum den Wunsch nach mehr Kindern fördert, um die Arbeit auf den ausgeweiteten Ackerflächen zu bewältigen. So verstärkt sich die Desertifikation selbst.
M45 verdeutlicht die Zusammenhänge. Das effektive Tragfähigkeitspotenzial ohne Desertifikation (rote Linie) schwankt aufgrund der hohen Variabilität der Niederschläge stark. Das mittlere Tragfähigkeitspotenzial ist eine approximative Einheit, deren Aussagewert für eine konkrete Situation gering ist (s. M44). Wegen des Bevölkerungswachstums übersteigt die Bevölkerungsentwicklung das mittlere sowie das effektive Tragfähigkeitspotenzial und überfordert damit das Ökosystem. Dies ist kurzfristig ohne Desertifikationserscheinungen möglich, bei längerer Überforderung tritt Desertifikation auf. Das effektive Tragfähigkeitspotenzial sinkt dramatisch aufgrund des Selbstverstärkungseffektes. Folge sind die angesprochenen Migrationen.
(Weiteres und Grundsätzliches zu den Migrationen s. M64.) Aufgrund der Allgemeingültigkeit der Aussagen von M43 und M45 bietet sich eine Ausweitung und Vertiefung des Problems zum Thema „Desertifikation weltweit“ an. In den gängigen Atlanten finden sich hierzu Karten.

5. Entwicklungsplanung SB 168–175

5.1 Produzierendes Gewerbe SB 168–169

1. Agrarische Rohstoffe sind Baumwolle, Erdnuss und Zuckerrohr. Felle und Häute gehen in die Lederindustrie. Das Land hat eine sehr geringe Ausstattung an mineralischen Bodenschätzen. Steinsalzvorkommen finden sich bei Taoudenni. Transportschwierigkeiten haben bisher den industriellen Abbau verhindert. Phosphate werden südlich von Gao abgebaut und für das Office du Niger benötigt. Vor allem im Westen, findet man Gold, das bisher handwerklich meist in Form von Goldwäscherei gewonnen wird. Die Prospektion der Mineralvorkommen hat erst Ende der 80er-Jahre intensiv begonnen. Bekannt, aber nicht erschlossen sind kleinere Vorkommen von Uran, Erdöl, Diamanten, Mangan, Bauxit, Phosphaten und verschiedene Buntmetalle. Die Vorkommen liegen in nicht erschlossenen Gebieten, sodass die Wirtschaftlichkeit in den meisten Fällen noch diskutiert wird. Ausgeweitet hat sich der Goldexport, seitdem ein Goldbergwerk in Kala, im Norden des Landes, in Betrieb genommen wurde. Die Produktion wird auf 700 kg pro Jahr geschätzt (1994). Es gibt nur geringe Energiereserven, sodass eine hohe Abhängigkeit von Importen von Erdöl und Erdölprodukten besteht. 1992 entfielen 30 % des wertmäßigen Imports, das sind 143 Mio. US-Dollar, auf den Brennstoffimport. Bei Bamako, Ségou und Mopti liegen größere Wärmekraftwerke, die mit importiertem Dieselöl betrieben werden. Staatliche Wasserkraftwerke sollen die notwendige Substitution vom Erdöl gewährleisten (vgl. SB 172–173).
   Die Verkehrslage und Erschließung in Mali sind ungünstig. Mali ist LLC. Diese Binnenstaatlichkeit begründet hohe Transportkosten und politische Rücksicht gegenüber den Anliegerstaaten. Folgende bedeutende Verbindungen zur Küste bestehen: die Eisenbahnlinie Bamako – Dakar; der Senegalfluss, schiffbar von Kaynes bis zur Mündung, zwischen August und Dezember; eine nur teilweise asphaltierte Straße nach Abidjan; die weitgehend unbefestigte Transsaharastraße nach Algier. Eine für LKW geeignete Straßenverbindung nach Dakar fehlt. Eine Eisenbahnverbindung zwischen Bamako und Guinea, die den Anschluss an den Hafen Konakry schafft, ist geplant. Die Realisierung dieses Projektes in naher Zukunft ist nicht wahrscheinlich.
   Die Einbindung in das internationale Luftverkehrsnetz ist gering. Der internationale Flughafen liegt bei Bamako. Weitere Flughäfen liegen bei Timbuktu, Gao und Kaynes. Daneben gibt es 40 kleinere Landepisten und „air strips“, die von dem halbstaatlichen Timbouctou Air Service und der privaten Fluggesellschaft Société des Transports Aériens angeflogen werden.
2. Aufgrund der begrenzten Rohstofflage und der ungünstigen Verkehrsstruktur bleibt der Aufbau einer Industrie schwierig. Die Bedeutung des sekundären Sektors ist gering. Die Verteilung der Erwerbstätigen und das BIP je Erwerbstätigen ergeben sich aus M4.
   Es handelt sich vor allem um Veredlungs- und Verarbeitungsbetriebe auf der Basis heimischer Agrarprodukte (s. M47. Standorte M49). Hergestellt werden einfache Konsumgüter für den Binnenmarkt. Bei den Privatbetrieben handelt es sich vorwiegend um Kleinbetriebe. Großbetriebe waren zunächst staatlich. Der Abbau der staatlich gelenkten Planwirtschaft, vorangetrieben unter dem Druck von IWF und Weltbank, hat eine Umstrukturierung eingeleitet.
   Die unregelmäßige Menge der Ernteerträge infolge der hohen Klimavariabilität wirkt sich stark auf die Nahrungsmittel verarbeitende Industrie aus; die Textilindustrie ist weniger betroffen, da der Rohstoff Baumwolle im klimatisch begünstigten Süden angebaut wird (vgl. SB 163, Aufg. 3). Nach guten Produktionsergebnissen in den Jahren 1984 und 1986 ergab sich für 1987 ein leichter Einbruch, der auf das schlechte Abschneiden der staatlichen Betriebe zurückgeführt wird. Da die Privatwirtschaft zunächst beachtliche Zuwachsraten zu verzeichnen hatte, ist die Regierung bestrebt, die Privatisierung weiter voranzutreiben. Großbetriebe stehen zum Verkauf oder sollen in halbstaatliche Betriebe umgewandelt werden, d. h., der Staat möchte sich durch eine (meist geringe) Kapital- und Gewinnbeteiligung ein Minimum an Mitspracherechten erhalten.
3. (Neue Aufgabe ab Druck 1998) „Sustainable Development“ bezeichnet eine Entwicklung, in der die Bedürfnisse der heutigen Generation befriedigt werden, ohne die Bedürfnisse kommender Generationen zu gefährden. Diese intergenerative Gerechtigkeitsnorm stellt die Basis dar: „Sustainable development is develüpment that meets the needs of present without compromising

the ability of future generations to meet their own needs“ (Brundtland-Bericht, S. 8). Es handelt sich um einen ganzheitlichen Ansatz, der das magische Dreieck von wirtschaftlichen und sozialen Ansprüchen sowie ökologischen Erfordernissen in einem Gleichgewicht halten will.
Die in M50 vorgestellten Beispiele erfüllen die Bedingungen für Nachhaltigkeit. Dies gilt ebenfalls für die Kleinstaudämme im Dogon-Land (s. M57). Deutsche Entwicklungspolitik und -hilfe folgen „dem Leitbild einer globalen nachhaltigen Entwicklung, die die Entfaltungsmöglichkeiten der heutigen Generation gewährleistet, ohne die Chancen künftiger Generationen einzuschränken“ (Bundesministerium für Wirtschaftliche Zusammenarbeit, Hrsg.: Journalistenhandbuch 1997/98, S. 16f.; vgl. Anhang im SB S. 457: Entwicklungspolitische Konzeption des BMZ).

4. (Aufgabe 3 bis Druck 1997) Gravierend schlecht bleibt die Energiesituation. Der Mangel an heimischen Energiereserven zwingt zur Einfuhr von Erdöl, das in den Wärmekraftwerken in elektrische Energie umgewandelt wird. Dieser Import stellt noch immer 70 % der gesamten elektrischen Energie bereit. Die hohen Erdöl- und Transportkosten sind eine wesentliche Ursache der Devisenverknappung und Verschuldung des Landes (vgl. Aufg. 1).
Staudammprojekten kommt daher besondere Bedeutung zu. Das Kraftwerk bei Sélingué ist seit 1981 in Betrieb und versorgt städtische Bereiche im Süden des Landes. Das Kraftwerk bei Manatali besitzt aufgrund finanzieller Schwierigkeiten noch keine Hochspannungsfernleitungen.
Aus der Größe des Landes ergibt sich ein Verteilungsproblem, das mit hohen Kosten verbunden ist. Ob und wie die Regionen Ségou, Mopti, Timbuktu und Gao mit Hydroenergie versorgt werden können, bleibt offen. Noch werden sie mit ölgefeuerten kleinen Thermokraftwerken versorgt.
In den ländlichen Regionen wird immer noch der häusliche Energiebedarf weitgehend durch Holz gedeckt, wodurch die Desertifikation beschleunigt wird. Hier setzen Maßnahmen der deutschen Entwicklungshilfe mit dem Einsatz von Biogas- und Photovoltaikanlagen an.

5. (Aufgabe 4 bis Druck 1997) Ölmühlen und Baumwollentkörnanlagen befinden sich im Erzeugergebiet (Gewichtsverlustmaterialien, vgl. SB 340, M18). Angeschlossen ist die Textilindustrie in Ségou, Sikasso und südlich von Bamako. Industrien der Lebensmittelverarbeitung und der Getränkeproduktion befinden sich in den meisten größeren Städten. Bei Bamako liegt eine größere Obstkonservenfabrik, die vorwiegend den Binnenmarkt bedient. Ein Großschlachthof befindet sich bei Bamako (Marktnähe) sowie bei Gao, am Ende der Weidewanderung der Herden durch die Überschwemmungsbereiche des Niger (vgl. SB 158). Ein Zementwerk liegt bei Kayes.
Die Binnenlage, die schlechte Verkehrsinfrastruktur und die unzureichende Energieversorgung erschweren einen weiteren Ausbau der Industrie.

6. (Aufgabe 5 bis Druck 1997) Von besonderer Wichtigkeit für den Aufbau der Industrie (sowie zur Einschränkung der Desertifikation und zum Abbau des Handelsdefizite) bleiben die Erzeugung und Verteilung der Energie. Ein wichtiger Baustein sind die beiden Großstaudämme bei Manantali und Sélingué, die aber, neben den finanziellen und logistischen, auch soziale und ökologische Problembereiche aufweisen (SB 172–173). Vor allem für die ländlichen Bereiche mit ihren unzureichenden Infrastrukturen sind die nachhaltigen Projekte von Biogas- und Sonnenenergieanlagen positiv zu beurteilen, die zudem schnell und kostengünstig zu errichten sowie mit wenig Wartungsarbeiten zu betreiben sind.
Der Ausbau der Infrastrukturen, vor allem auch der zu den Küsten führenden Verkehrslinien, bleibt eine weitere notwendige Zielsetzung. Auch hier ist das Manantali-Projekt, das den Senegalfluss ganzjährig für Schubschiffe befahrbar machen soll, von großer Bedeutung. Zum weiteren Ausbau des Verkehrsnetzes vgl. SB 170–171.
Der Abbau der Planwirtschaft hat in Teilbereichen erste Erfolge gebracht (M47, M48), noch immer aber erschwert die mangelhafte Energie- und Verkehrsinfrastruktur einen weiteren Ausbau und behindert Investitionen aus dem Ausland. Erste Erfolge werden in der Produktion beim Maschinenbau deutlich (s. M47), noch immer aber sind Privatinvestitionen aus dem Ausland nicht im erhofften Maß erfolgt und Produktionsmengen stagnieren (Stand: 1998).
Ein Abbau der räumlichen Disparitäten durch Industrieansiedlung findet nicht statt. Noch immer sind zwei Drittel aller Industrieunternehmen im Großraum Bamako angesiedelt, da dort die Energie- und Verkehrsinfrastruktur am besten ist. Weitere Standorte sind um Sikasso und Ségou.

5.2 Verkehrserschließung SB 170–171

1. Die Verkehrserschließung des Landes ist unzureichend. Es gibt nur wenige befestigte Straßen, vor allem im Westen und Süden des Landes. Zum Teil sind sie äußerst schlecht unterhalten. Die nicht befestigten Straßen sind während der Regenzeit z.T. nur schwer passierbar, für LKW sind sie oft unbefahrbar. Auch in der Trockenzeit ist stellenweise der Verkehr aufgrund von Erosionsfurchen und tiefen LKW-Spuren schwierig. Im Osten des Landes gibt es nahezu keine Straßen. Auch wenn man die reinen Wüstengebiete nicht berücksichtigt, bleibt ein Mangel, da Städte wie Timbuktu oder Kidal nur über Pisten zu erreichen sind. Erschließung und der Abbau von Bodenschätzen (Salzminen bei Taoudenni, kleinere Vorkommen von Uran, Bauxit und Phosphaten) wird erschwert bzw. ist unmöglich.
   Die Bahn Bamako – Kayes – Dakar ist trotz Modernisierungsarbeiten, sowohl was die Strecke (Schmalspur, Eingleisigkeit, schadhafte Brücken) als auch was den Fahrzeugbestand betrifft, völlig überaltert und in ihrer Kapazität unzureichend. Der Bau der Bahnlinie nach Konakry, seit Jahren geplant, ist mittelfristig unwahrscheinlich. Wegen des gering ausgebauten Bahn- und Straßennetzes hat die Flussschifffahrt Bedeutung trotz ungünstiger Voraussetzungen (periodische Niederschläge, stark schwankende Wasserstände, s. M35, unzureichende Wehre in Nebenflüssen). Der Niger ist fünf Monate im Sommer von Bamako bis Gao für Lastkähne schiffbar. In der übrigen Zeit wird auf Flachbooten (Pirogen) mit geringer Ladekapazität transportiert. Der Senegal hat wesentlich geringere Bedeutung als Transportweg. Er soll aber nach endgültiger Inbetriebnahme des Manantali-Staudammes ganzjährig schiffbar werden und die Bahn entlasten. Kleinere Pirogen bedienen auch die Nebenflüsse. Der technische Zustand der Motorschiffe ist äußerst schlecht, ihr Bestand ist rückläufig, da sie nur periodisch eingesetzt werden können. Der Ausbau des innerstaatlichen Verkehrsnetzes hat absolute Priorität um die räumlichen Disparitäten abzubauen und um die wirtschaftliche Situation zu verbessern.
2. Die Straße Sévarér – Gao ist von hoher internationaler und nationaler Bedeutung. Sie stellt das Bindeglied der Transsaharapiste zwischen Algerien und Niger dar. Sie ermöglicht die Verbindung der Region Gao mit der Hauptstadt, womit es zirka 250 000 Menschen des ländlichen Raumes erleichtert wird, ihre Produkte in Bamako abzusetzen. Weitere Gründe für den Ausbau sind der Abbau räumlicher Disparitäten, schnelle Hilfe bei (Hunger-) Katastrophen sowie die Festigung der nationalen Einheit, da so die nördlichen Landesteile mit den südlichen besser verbunden werden.

5.3 Neue Strategien in der Agrarwirtschaft SB 172–175

1. Großstaudämme. *Vorteile:* Sie stellen ganzjährig recht zuverlässig Wasser für die Landwirtschaft zur Verfügung. Damit wird das Erschließen von Neuland ermöglicht (10 000 ha) und die Erntefläche wird durch Mehrfachanbau erweitert (20 000 ha). Dies bedeutet einen Beitrag zur Verbesserung der Selbstversorgung mit Nahrungsmitteln. Zugleich werden neue Flächen für cashcrops erschlossen, wodurch der Zufluss von Devisen erhöht wird. Ein weiterer wesentlicher Punkt ist die Verbesserung der Energieversorgung. Sie ist Voraussetzung für eine weitere Industrialisierung und eine Maßnahme gegen das Fortschreiten der Desertifikation, da Holz als Energieträger eingespart wird.
   Die Verbesserung der Schiffbarkeit vor allem des Senegals ist ein wesentlicher Beitrag zur Erhöhung der Transportkapazitäten und verbessert den Zugang zum Weltmarkt.
   Großstaudämme. *Nachteile:* Die geoökologischen Folgen für das Überschwemmungsgebiet des Niger sind noch weitgehend unbekannt, sie dürften aber erheblich sein. Zu erwarten sind Veränderungen im Wasser- und Grundwasserstand im Überschwemmungsgebiet sowie Veränderungen in der natürlichen Vegetation, die zur Aufhebung der traditionellen Nutzung führt. Am Manantali-Staudamm gingen ca. 10 000 Hektar Wald- und Buschland verloren und damit eines der letzten Ökoreservate des Landes mit ausgewiesener Fauna. Signifikant bei beiden Staudämmen in Mali ist bereits ein erhöhtes Auftreten von Malaria und Bilharziose. Die Trink-

wasserqualität hat sich massiv verschlechtert aufgrund faulender Pflanzen und des massenhaften Auftretens von Schwimmpflanzen wie Wasserhyazinthe und Wassersalat.
Am Sélinqué-Staudamm wurden 12 000 Bauern gegen ihren Widerstand umgesiedelt. Sie verloren ihr fruchtbares Land am Fluss, Ersatzland wurde nur bedingt zur Verfügung gestellt. Die neuen Äcker haben meist Lateritböden und liegen abseits des Flusses, sodass eine Nutzung des Flusswassers schwierig bzw. unmöglich ist. Viele der ehemaligen Bauern arbeiten heute auf den neuen Feldern am Fluss als Landarbeiter; andere sind arbeitslos oder in die Städte gezogen.
Am Niger hat sich das Fließverhalten verändert. Nassreisanbau und Fischfang sind stark beeinträchtigt. Höhergelegene Reisanbauflächen veröden. Der Fischfang ist stellenweise – auch durch Überfischung, (SB 160) – zusammengebrochen. Schleusen und Bewässerungskanäle müssen dem neuen Fließverhaltens des Nigers angepasst werden, wodurch erhebliche Kosten entstehen. Die hohen Kosten für die Großstaudämme belasten den Staatshaushalt jahrzehntelang und verhindern möglicherweise die Durchführung anderer Projekte. Zugleich wird durch die steigende Verschuldung die Abhängigkeit von den Industrieländern als Kapitalgeber erhöht. Eine Vielzahl von technischen und logistischen Problemen sind zur Zeit noch ungeklärt.
Am Sélinqué-Kraftwerk läuft oft nur eine Turbine, Manantali ist noch immer nicht an das Netz angeschlossen.
Kleinstaudämme. Beispiel für ein nachhaltiges Entwicklungsprojekt (vgl. M50). Die Kleinstaudämme sind ökologisch angepasst, verbessern die wirtschaftliche Situation der Dogon ohne die gewachsenen Sozialstrukturen anzugreifen.
Vorteile: Sie sind ökologisch angepasst und damit nachhaltig. Sie reaktivieren das Wissen der einheimischen Bevölkerung und beinhalten keine technischen sowie logistischen Probleme. Kulturland geht nicht verloren und Umsiedlungsaktionen finden nicht statt. Die Bewässerung und damit die Erntesicherheit auch bei Dürre sind für ein Jahr gegeben. So wird die Bereitstellung der Grundnahrungsmittel für die Dorfgemeinschaft ermöglicht. Überschüsse können auf den lokalen und regionalen Märkten verkauft werden. So erhalten die Kleinbauern Geld und die Landstädte werden besser mit kostengünstigen Nahrungsmitteln versorgt. Auf diese Weise werden Stämme wie die Dogon in die (Geld-)Wirtschaft (und damit in den Staat) integriert. Der Vorteil für die Dogon ist, dass sie bei mehrjähriger Dürre Grundnahrungsmittel kaufen können; der Vorteil für den Staat ist, dass die Dogon nun in der Lage sind, Steuern und Abgaben zu zahlen.
Anmerkung: Die gegen die Großstaudämme vorgebrachten Argumente gelten im Prinzip für alle Großstaudämme in ariden und semiariden Räumen (vgl. Sobradinho, SB 208 f.).
Ergänzung zum Manantali-Staudamm (Der Spiegel, 53/1992, S. 31f.):
„Das gigantische Projekt im westafrikanischen Länderdreieck Mauretanien, Mali und Senegal hat mit sinnvoller Entwicklungshilfe wenig zu tun. 1,3 Milliarden Mark sind schon verbuddelt, 220 Millionen davon kamen aus Bonn, den Rest steuerten Frankreich, die USA und Saudi-Arabien bei.
Die versprochenen Segnungen für die Menschen – „Beschäftigung und ein angemessenes Einkommen“ (Regierungsbulletin) – stellten sich jedoch nicht ein. Im Gegenteil: Tausende Bauern wurden verjagt, Wälder abgeholzt. Die Empfängerländer werden mit Folgelasten und Schulden wohl nie fertig.
Der Name des Projekts – Manantali – ist zum Synonym für verschwenderische Mammutprojekte der internationalen Entwicklungshilfe geworden. Immer wieder rieten Experten den westlichen Finanziers, das 1982 begonnene Vorhaben abzubrechen. Manantali ist ein Beispiel, wie Millionen westlicher Hilfe und arabischer Petrodollars versickern; wie deutsche, französische, amerikanische Bau- und Elektrokonzerne an Drittweltprojekten verdienen.
700 bis 800 Millionen Mark will die „internationale Gebergemeinschaft“ nun zusätzlich für Manantali aufbringen um dem aufgestauten Senegal-Fluss ein Kraftwerk beizugeben samt mehr als tausend Kilometer Stromleitungen in die Hauptstädte Dakar und Nuakschott …
So sollte die Region aus einem 500 km^2 großen See (etwa das Ausmaß des Bodensees) genug Wasser beziehen um „durch zwei Ernten pro Jahr von Nahrungsmitteleinfuhren auch in Trockenjahren unabhängig zu werden, ihre Wirtschaft gegen Krisen zu festigen“.

Schon 1986 erkannte der damalige Bonner Entwicklungshilfestaatssekretär Volkmar Köhler (CDU) die Fragwürdigkeit des Manantali-Planes. Die Inspektion eines anderen, ein Jahr zuvor in Mali hochgezogenen Dammes (Sélinqué) zeige ihm, so Köhler vor Ort, „wie unnötig Manantali ist“: Von vier Turbinen des Kraftwerks Sélinqué läuft meist nur eine, aus den 60000 Hektar künstlicher Bewässerungsfläche in den Hochglanzplänen sind tatsächlich nur ein paar unbedeutende Äcker geworden. Von 2000 Tonnen jährlichem Fischfang ist keine Rede mehr.
„Noch so'n Ding“, sagt der deutsche Emissär, „wäre pure Geldverschwendung.“
Zwei Jahre später stand „noch so'n Ding“ nordwestlich von Sélinqué: Manantali – zunächst nur eine Staumauer, ohne Anlagen, ohne Perspektiven.
Weltbank und deutsche Experten rieten zum Abbruch des Projekts. Doch die anderen Financiers, Saudi-Arabien und Kuwait, hielten dagegen. Sie suchten ein Monument ihrer Großzügigkeit und wollten es aus dem Erlös jener Ölpreise bezahlen, welche die kleinen afrikanischen Staaten in den Ruin treiben.
In dieser Zeit waren die eigentlichen Empfänger der Hilfe schon verjagt. Gegen massiven Widerstand wurden die etwa 12000 Bewohner des Überflutungsgebietes zwangsumgesiedelt.
Doch das neue, den Bauern zugeteilte Land („lateritische Böden“) erwies sich als minderwertig. Bei den Anrainern, „chronisch unter- und fehlernährten“ Menschen, breiteten sich Krankheiten aus, so eine Bonner Studie.
Der internationalen Entwicklungsbürokratie aber bot das Großprojekt willkommene Gründe für unzählige Folgeprojekte: Beratung, Bildung, Genossenschaften, medizinische Versorgung, Brunnenbohren, Bäumepflanzen.
Weil die Einheimischen aber an der Organisation ihrer Vertreibung nicht mitwirken wollten, musste das Projekt, so eine Auswertung für die staatliche Kreditanstalt für Wiederaufbau (KfW), „mehr und mehr zu Gunsten von Unternehmerarbeit“ umgeplant werden. Die Vertreibung verschlingt pro Kopf der betroffenen Bevölkerung 2300 US-Dollar: So viel verdient der Durchschnitts-Malier in neun Jahren, das Landvolk am Manantali kaum im ganzen Leben.
Die ökologischen Folgen des Manantali-Dammes wagen Fachleute noch nicht abzuschätzen. 10000 Hektar Wald gingen in der Wüstenrandregion verloren. Das Holz verrottete ungenutzt. „Eines der letzten Rückzugsgebiete der natürlichen Fauna Malis“ – so die KfW-Studie – werde womöglich durch die neue Straße zum Damm Opfer „der bereits jetzt bedrohlichen Wilderei“.
Dem See droht dauerhaft die Gefahr, durch faulende Pflanzen und Schwimmpflanzenteppiche umzukippen. Auch ohne solche Öko-Katastrophen ist das Senegal-Wasser nicht mehr genießbar. Das Trinkwasser für die Region muss jetzt teuer aufbereitet werden.
„Solche Projekte wie Manantali“, sagt der langjährige Westafrika-Spezialist in Sprangers Ressort, Josef Hansen, „würden wir heute hoffentlich nie mehr machen.“
Bewässerungslandwirtschaft, Fischfang, Schifffahrt – in allen Sektoren stehen den gigantischen Investitionen lächerliche Erträge gegenüber. Hansen: „Nie werden die afrikanischen Empfänger daraus die Zinsen für die geliehenen Millionen verdienen können.“
Strom soll das Vorhaben jetzt rentabel machen. In den Plänen klingt alles plausibel. Zwei Dieselkraftwerke in der westafrikanischen Metropole Dakar könnten durch preiswertere Wasserkraft ersetzt werden. Die deutschen Elektromultis freuen sich auf die Aufträge. Mauretaniens Hauptstadt Nuakschott hungere nach Strom, heißt es jetzt, und das malische Bamako sowieso.
Dass die zusätzlich nötigen 700 bis 800 Millionen Mark sich je amortisieren, ist völlig unwahrscheinlich. Nur wenige Einwohner wollen überhaupt ans Stromnetz angeschlossen werden.

2. Die bis 1981 staatlich gesteuerte Landwirtschaftspolitik (s. M9, Staatssozialismus) ist gescheitert. Das Bevölkerungswachstum und das Prinzip der Risikominimierung (M28, M41) führten dazu, dass Anbau über die agronomische Trockengrenze hinaus und auf Ungunststandorten betrieben wurde. Dies verstärkte die Desertifikation. Der staatlich festgelegte Aufkaufpreis für Grundnahrungsmittel und cash-crops führte dazu, dass bei freien Ressourcen von Land, Arbeit und Kapital über den notwendigen Subsistenzbedarf hinaus nicht weitere Grundnahrungsmittel, z.B. Hirse, angebaut wurden, sondern cash-crops, für die ein höherer Preis zu erzielen war (vgl. M41, z.B. 1979/80: 110 Mali Francs für 1 kg Baumwolle, 50 Mali Francs für ein kg Hirse). Im

Ergebnis bedeutete dies, dass die Selbstversorgung mit Nahrungsmitteln nicht erreicht wurde. Die Nahrungsmittelproduktion pro Kopf sank. Nahrungsmittel mussten importiert werden; 1974: 81 Tsd. t, 1980: 87 Tsd. t, 1992: 97 Tsd. t. Das Außenhandelsdefizit stieg, da über den Export von cash-crops nicht die erwarteten Devisen eingenommen wurden (Preisverfall für Erdnüsse, schwankende Baumwollpreise M39).

Der Kalorienverbrauch im langjährigen Durchschnitt liegt mit 8000 bis 10 000 kJ im Toleranzbereich (Erwachsene brauchen je nach Größe und Belastung 8000 bis 10 000 kJ), periodisch und regional aber treten bei Ernteausfall Hunger und Unterernährung auf. Aufgrund mangelnder Kaufkraft und fehlender Verkehrsinfrastruktur ist es nicht immer möglich, einen Ausgleich zwischen Gebieten mit Überschussproduktion und solchen mit Mangel herzustellen oder schnell Nahrungsmittelhilfen in betroffene Gebiete zu bringen. Insgesamt besteht Mangelernährung in allen Sahel-Staaten aufgrund der Einseitigkeit der Nahrung. Es fehlt vor allem an tierischem Eiweiß (s. M3). Permanent gewährte Nahrungsmittelhilfe ist kontraproduktiv, da durch sie notwendige längerfristige Maßnahmen zur Selbsthilfe sowie die Aktivierung der heimischen Landwirtschaft eher behindert werden und so die Abhängigkeit von Industrieländern, die zugleich die großen Nahrungsmittelexporteure sind wie die USA und die EU-Länder, verstärkt wird.

Viehwirtschaft. Die Ausdehnung des Ackerbaus nach Norden und die Versuche, Nomaden sesshaft zu machen, haben zur Konzentration der Herden auf kleine Flächen vor allem im Bereich der Tiefbrunnen geführt und die Desertifikation verstärkt (s. SB 158, Aufg. 9). Die Integration der Nomaden in die Wirtschaft/in den Binnenmarkt ist nur zum Teil gelungen. Bei den Herden zählt weiterhin aus Gründen des Sozialprestiges mehr die Zahl der Tiere als ihre Qualität. Eine Vermarktung findet nur begrenzt statt. Die Mangelernährung mit tierischem Eiweiß bleibt bestehen.

Cash-crops. Die Anbauflächen wurden ausgedehnt, die Menge der exportierten cash-crops ist gewachsen, aufgrund der rückläufigen oder stagnierenden Preise sind die Deviseneinnahmen für sie allerdings rückläufig (SB 163, Aufg. 6).

3. Die Staatsdefizite haben Maßnahmen zur Verbesserung der Haushaltskasse Anfang der 80er-Jahre notwendig gemacht. In Zusammenarbeit mit dem IWF, der Weltbank und den EU-Staaten wurden Wirtschaftsreformprogramme erarbeitet. Im Rahmen des Abbaus der staatlichen Planwirtschaft und der (Teil-) Liberalisierung der Märkte soll auch die Ernährungspolitik umstrukturiert werden. Die Maßnahmen und Ziele sind in M58 aufgelistet. Die Produktionsziele für die Erzeugung von Grundnahrungsmitteln (Hirse) wurden 1985 – 1987 erreicht, obwohl der Aufkaufpreis für Hirse nur geringfügig erhöht wurde. Die guten Ernteergebnisse sind vor allem den hohen Niederschlägen und nicht größeren Produktionsumstellungen zu verdanken. Es wurden vom Staat Markt- und Sicherheitsreserven angelegt (130 000 bzw. 58 000 t).

Die Bauern modernisierten ihre Produktionsmittel. Aufgrund der abermaligen guten Niederschläge 1986/87 wurde eine Rekordernte an Hirse eingebracht. Die Überschüsse konnten nur zum Teil vom Staat aufgekauft werden, da zu wenig Finanzmittel zur Verfügung standen. Verschlimmert wurde die Lage durch die vom Staat im Vorjahr georderten 94 000 t Getreideimporte sowie durch 300 000 t verspätet ausgelieferten Nahrungsmittelhilfen. So brach der Getreidemarkt zusammen.

Vergleicht man Ziele und vorliegende Ergebnisse, ist somit zu einem negativen Urteil zu kommen, wobei in der Begründung zu differenzieren ist zwischen den positiven Ansätzen und ihrer unvollkommenen Umsetzung (Unterlaufen der Maßnahmen durch die malische Regierung, fehlende Finanzmittel, fehlende Planung).

4. Einer der Hauptgründe für das Zusammenbrechen des Hirse-Marktes waren die hohen Niederschläge und damit extrem guten Ernteergebnisse in 1985/86 und 1986/87. Ein wie von der Regierung erwartetes schlechtes Erntejahr 1986/87 hätte zum Erfolg geführt. Aufgrund der hohen Niederschlagsvariabilität können eine Reihe von „guten“ wie auch eine Reihe von „schlechten“ Erntejahren aufeinander folgen. Um Dürrejahre zu überbrücken müssen, bei einer Beibehaltung der wirtschaftspolitischen Strategie, die Finanzmittel und Lagerkapazitäten erheblich erhöht werden.

5. Néré und Karité sind Marktfrüchte, aus denen Fette gewonnen werden. Von besonderer Bedeutung ist der wildwachsende Karité-Baum, aus dessen Nüssen Karité-„Butter“ und Seife hergestellt werden. Sammeln, Verarbeiten und Verkauf liegen in den Händen der Frauen und stellen für sie ein wesentliches Einkommen dar, aus dem Kleidung und Haushaltsgegenstände finanziert werden. Der Erlös aus dem Verkauf von Getreide und cash-crops geht an die Männer.

Ziele des Modells:

- nachhaltige, ökologische Nutzung des Ökosystems, um Desertifikation zu vermeiden;
- Förderung der Kleinbauern um die Selbstversorgung mit Grundnahrungsmitteln zu verbessern und, durch bessere Anbindung der Bauern an die regionalen und lokalen Märkte durch Verkauf der Überschüsse, eine allgemeine Hebung der Ernährsituation;
- Rationalisierung der Viehwirtschaft und ihre bessere Einbindung in den Markt, Abbau der Mangelernährung mit tierischem Eiweiß.

Maßnahmen:

- Rücknahme der Ackerbaugrenze,
- Reduzierung der Herdengröße, Stilllegung von Brunnen, um Überweidung zu verhindern,
- ein integriertes agroforstwirtschaftliches System mit Aufforstungsstreifen als Erosionsschutz gegen Passat und Harmattan und zur Brennholzversorgung. Die eingelagerten Felder werden mit Grundnahrungsmitteln (Selbstversorgung und Marktproduktion) sowie mit cash-crops bestellt. Auf diese Weise wird das Kaufkraftniveau der Kleinbauern gehoben.
- Anlage von Mischkulturen in Rotation mit Brache. Gründüngung dient der Bodenverbesserung, verkürzt die Brachezeit und reduziert die Erosionsgefahr.
- Ergänzend zu den Bodenbewirtschaftungsreformen muss eine Bodenbesitzreform stattfinden, die der Familie einen bleibenden Anspruch auf die Fläche sichert und so die Eigenverantwortung fördert (das Land gehört bisher im Nordsahel dem Stamm oder der Dorfgemeinschaft).
- Einschränkung der Nahrungsmittelhilfe (außer Katastrophenhilfe), da diese das Preisgefüge des Binnenmarktes stört und verhindert, dass Bauern über den Subsistenzbedarf hinaus Grundnahrungsmittel anbauen.

Das Modell ist somit nachhaltig im Sinne der in M50 gegebenen Definition (vgl. SB 169, Aufg. 3.)

6. Muss der Sahel ein Armenhaus bleiben? SB 176–177

1. Die Meinungen (M60) sind sehr unterschiedlich, sogar widersprüchlich. Sie reichen von „Mali bleibt auf Nahrungsmitteleinfuhren angewiesen“ (Länderbericht) bis „Mali könnte zu einer Kornkammer und zu einem Fleischlieferanten […] werden“ (GTZ). Eine mittlere Position bezieht Micheler (M60, c) mit der Ansicht, dass die Sahelregionen unter gewissen Voraussetzungen „sich auch in Krisenzeiten ohne Hilfe von außen ernähren […] können“. Zu den Voraussetzungen vgl. M59.
Festzuhalten bleibt, dass das Nutzungspotenzial im Sahel aufgrund der hohen Variabilität der Niederschläge begrenzt ist (M61, M62). Das hohe Bevölkerungswachstum, mit z. Z. mehr als 3 % pro Jahr, und die sich daraus z. T. ergebende unangepasste Agrarnutzung (Inkulturnahme neuer Flächen in traditioneller Weise, s. M28; Überweidung, s. SB 158) bergen die Gefahr einer raschen Degradierung oder Desertifikation. Weitere Problembereiche sind die Abwanderung aus den landwirtschaftlichen Produktionsgebieten und das Wachstum der Städte (M61, M64).
Andererseits sind Dürrezeiten meist regional begrenzt. Außerdem hat Mali Anteil an Trocken- und Feuchtsavannen, in denen die Bedingungen für die Agrarproduktion, auch für eine Überschussproduktion, günstig sind, sodass ein Austausch von Nahrungsmitteln bei Dürren und Hungerkatastrophen möglich ist. Eine fachgerechte Vorratshaltung, ein Ausbau der Verkehrswege und eine funktionierende Verteilung können, zusammen mit einer ökologisch angepassten Nutzung der Sahelgebiete, bei der Bewältigung von Krisenzeiten helfen.
Hinzu treten sollte eine stärkere Einbindung der Bauern in den lokalen und regionalen Markt, wie es z. B. mit den Dogon (M57) gelungen ist. Weiter anzustreben sind der Ausbau der verarbeitenden Industrie vor allem für landwirtschaftliche Produkte sowie eine Förderung des Hand-

werks und Kleingewerbes um gesamtwirtschaftliche Stabilität zu schaffen.
Bei der Umsetzung dieser Pläne ist Hilfe von außen, d.h. von den Industriestaaten, notwendig, die auch eine hohe Verantwortung für die gegenwärtige Situation Malis und der anderen Sahel-Staaten mittragen (SB 146–149). Großprojekte wie der Office du Niger oder das OMVS-Projekt (Organisation pour la Mise en Valeur du fleuve Sénégal) mit dem umstrittenen Manantali-Staudamm werden zunehmend unter ökologischen, ökonomischen und sozialen Gesichtspunkten kritisiert. Kleine, überschaubare, angepasste Entwicklungsprojekte, wie sie vor allem die NRO betreiben (Nichtregierungsorganisationen, s. SB 243; vgl. SB 196), stellen eine wirkliche Alternative dar. Sollte es nicht gelingen, der Bevölkerung langfristig ein Leben unter menschenwürdigen Bedingungen zu ermöglichen, ist eine internationale Migration in die Industriestaaten, in die Staaten der EU und hier vor allem zunächst nach Frankreich, zu erwarten.

2. Ursachen der Auswanderung: Zusammenfassung der ökonomischen, ökologischen und sozialen Faktoren. Als push-Faktoren sind zu nennen: Begrenztes Ökopotenzial, Dürren, Überbevölkerung, Arbeitslosigkeit, Armut, Hunger, im Einzelfall politische Verfolgung (Tuareg, s. M33). Zu den pull-Faktoren der Zielländer vgl. allgemein SB 264 f. sowie USA, S. 12.
Die Interessenlage in den Industrieländern ist unterschiedlich. Politische Maßnahmen zielen auf Eindämmung der illegalen Einwanderung. Die deutsche wie die europäische Wirtschaft aber brauchen Ausländer als Arbeitnehmer, als Konsumenten und Steuerzahler. Bevölkerungspolitisch wird, bei zunehmender Überalterung in den Industrieländern, (s. M22) ein positiver Effekt gesehen. Unzureichende Kenntnisse und Ausbildung sowie andere Wertvorstellungen erschweren die Integration. Zur Vertiefung: SB 264–265: Weltweite Wanderungen.

Indonesien SB 178–201

1. Völker und Kulturen SB 178–181

1. Die Bevölkerungsstruktur ist ethnisch und soziokulturell sehr unterschiedlich:
- 400 verschiedene Ethnien (andere Autoren zählen bis zu 600 Ethnien);
- etwa 250 Sprachen;
- verschiedene Religionen (Islam 90 %; Christen 6 %; Hindus 2 %, vor allem auf Bali; Buddhisten 1 %, Rest: Sonstige, z.T. Naturreligionen);
- große Unterschiede in den Entwicklungsstufen, von Sammlern und Jäger bis zu modernen, nach Nordamerika oder Australien orientierten Eliten in den Städten.

Folgende Unterteilung wird bei den Ethnien vorgenommen:
- Altvölker: Kleine Restgruppen in Rückzugsgebieten, z.B. die Orang Akit auf Sumatra, die Punan auf Kalimantan, die Eipo-Pygmäen im zentralen Bergland von Irian Jaya (Neuguinea). Diese Völker leben z.T. noch als Sammler und Jäger. Sie sind heute in ihrer Lebensweise und in ihrem Lebensraum bedroht (Abholzung des Regenwaldes, Transmigrasi, vgl. SB 186–188; Akkulturation, Missionierung).
- Protomalaien: Frühe Einwanderung aus dem südchinesischen Raum, z.B. die Batak auf Sumatra. Die Batak bilden die größte christliche Minderheit in Indonesien.
- Deuteromalaien: Jüngere Einwanderungswelle. Religion: Hinduismus auf Bali; Islam auf Java.
- Minderheiten: Chinesen, Europäer sowie indische und pakistanische Gruppen. Diese Gruppen sind für Handel, Gewerbe und das Bankwesen von hoher Bedeutung. Dies gilt vor allem für die Chinesen, die zwar weitgehend assimiliert sind, aber aufgrund der ökonomischen Konkurrenzsituation zum Teil auf Vorbehalte und Ablehnung stoßen.

Zu den Bildern in M2:

1. Danis im Baliem Tal in Irian Jaya. Die Danis betreiben noch heute weitgehend Subsistenzwirtschaft. Das Tragen des Penis-Köchers ist üblich. Die Frauen im Hintergrund haben Tragnetze, die um den Kopf geschlungen werden.

2. Batak-Mädchen beim Reisstampfen. Die Aufnahme stammt aus dem Gebiet des Toba-Sees (Sumatra).
3. Balinesen. Tempeltänzerin und Tempel.
4. Javaner. Lastenträger im Hafen von Jakarta. Stückgut wird meistens mit Trägern transportiert. Das Stäbchen in der linken Hand dient der Abrechnung. Pro Last erhält der Träger einen Stab. Aus der Anzahl der Stäbe ergibt sich der Lohn. Foto unten: Borobodur.
Aus diesen Disparitäten lassen sich folgende Problembereiche ableiten:
- Schwierigkeiten der Kommunikation, Sprachenfrage;
- Schwierigkeiten beim Zusammenwachsen und bei der Ausbildung einer nationalen Identität;
- Gefahr der Diskriminierung bestimmter Gruppen (Umgang mit den Altvölkern im Regenwald von Kalimantan und Neuguinea; Integration der Chinesen; militärische Unterdrückung vor allem auf Timor und in Irian Jaya).
- religiöse Toleranz anderen Glaubensgemeinschaften gegenüber;
- Frage der inneren Stabilität.

Zu diesen Problembereichen treten ausgeprägte räumliche und soziale Disparitäten zwischen dem Kernraum Java und den Außeninseln.

2. Versprachlichung von M3/Text
Im Staatswappen werden die fünf (Panca) moralischen Grundprinzinien (Sila) abgebildet. Es bringt den Willen zur nationalen Einheit unter Berücksichtigung der soziokulturellen Vielfalt zum Ausdruck.
Alle Staatsbediensteten müssen einen Kurs in Panca Sila besuchen.

3. Zu den Prinzipien vgl. M3.
Das Prinzip der nationalen Einheit besitzt Priorität. Humanität sowie Demokratie werden in Ost- und Südostasien anders verstanden als in Europa.
Staatsrechtlich ist Indonesien seit 1950 eine Präsidialrepublik. Allerdings besitzen das Militär und bestimmte Gruppen/Großfamilien hohen Einfluss in allen Bereichen. Das Demokratieverständnis ist anders als in Europa. Die Gruppe (und nicht das Individuum) steht im Zentrum. Harmonie wird bei Entscheidungen auf allen Ebenen angestrebt. Die politische Opposition ist schwach (Studenten, einige Intellektuelle; wenige Zeitungen, die z.T. nur unregelmäßig erscheinen). Regional formiert sich Widerstand gegen die Zentralgewalt, der von spontanen Unruhen bis zu organisierten militärischen Operationen reicht. Dies gilt vor allem für die Molukken, Irian Jaya (s. M6) und für Ost-Timor, eine ehemalige portugiesische Kolonie, die 1976 mit Gewalt von Indonesien besetzt wurde (ca. 1600 Tote) und in der ungefähr 1000 Guerilleros in der Unabhängigkeitsbewegung FRETELIN organisiert sind.
Prinzipien und Wirklichkeit
- Glaube an Gott. Die indonesische Verfassung garantiert Religionsfreiheit. Da Atheismus mit Kommunismus gleichgesetzt wird, dieser verboten ist und Kommunisten verfolgt werden, bekennt sich praktisch jeder Indonesier zu einer Religion. Die Religionen existieren nebeneinander.
- Das Prinzip der Nationalen Einheit ist noch nicht verwirklicht. Bemühungen der Regierung, es durchzusetzen, treten in Konflikt zu den Prinzipien Humanität und Demokratie.
- Humanität. Immer wiederkehrende Menschenrechtsverletzungen (M4,16) widersprechen diesem Prinzip.
- Demokratie. Demokratie (und Toleranz) sind in der Verfassung festgeschrieben. Es handelt sich aber um keine Demokratie im westlichen Sinne. Opposition und kritische Stimmen werden behindert. Allein im Jahr 1994 wurden drei oppositionelle Wochenzeitungen verboten. Grundrechte werden eingeschränkt. Die Selbstbestimmung von ethnischen Minderheiten wird unterbunden (Ost-Timor, Irian Jaya).
  Es handelt sich um eine so genannte „gelenkte Demokratie“, die für ein europäisches Verständnis autoritär, bürokratisch (z. T. auch korrupt) ist und vom Regierungsapparat – und bis Mai 1998 von Präsident Suharto – geleitet wird.
- Große soziale Disparitäten prägen das Land.

4. Aufgrund der großen Disparitäten ist eine Politik der nationalen Integration notwendig, vgl. die Wahl der Staatssprache Bahasa Indonesia. Das Prinzip der „unity in diversity“ soll dabei helfen. Tatsächlich aber besteht ein übergroßer Einfluss von Java und den Javanesen. Dieser Einfluss wächst weiter, z. B. durch die Umsiedelungsprogramme im Rahmen von Transmigrasi (SB 186–188). Wichtige politische und wirtschaftliche Entscheidungen werden in Java getroffen. In den Provinzen sind die leitenden Positionen in der Verwaltung und beim Militär meist von Javanern besetzt. So wird von Kritikern von einer Assimilation und Javanisierung gesprochen. Dies führt in einigen Regionen zu einer zunehmend ablehnenden Haltung den Javanern gegenüber.

2. Naturpotenzial und Bevölkerungsentwicklung SB 182–183

1. Zur Geotektonik s. Text, vgl. Atlas,
Klima: Indonesien liegt in den inneren Tropen, überwiegend südlich des Äquators. Es herrschen gleichmäßig hohe Temperaturen zwischen 25 °C und 27 °C. Die Luftfeuchtigkeit ist hoch, die Niederschläge sind meist reichlich. Große Teile von Sumatra, Kalimantan, den Molukken und von Irian Jaya sowie das westliche Java sind immerfeucht.
Die übrigen Regionen sind geprägt durch zwei Monsunzeiten, der „trockenen“, Mai bis September mit vorherrschend südlichen Winden, und der „feuchten“ von Oktober bis April mit vorherrschend nördlichen Winden. Eine weitere Differenzierung und Kleinkammerung ergibt sich durch das Relief. Je nach Höhenlage und Exposition zu den regenbringenden Winden können auf kurzen Entfernungen Niederschläge und Vegetation sehr unterschiedlich ausgeprägt sein.
Böden: Bestimmend für die Fruchtbarkeit sind die Gesteine und die aus ihnen gebildeten Böden sowie der Wasserhaushalt. Fruchtbar sind die alluvialen Schwemmlandböden und die Andosole (Teile von Sumatra, Java, Bali und einige kleinere östliche Inseln), unfruchtbar sind die Gebirgsböden und Latosole (Teile von Sumatra, große Teile auf Kalimantan und Sulawesi sowie in Irian Jaya).

2. Die Bevölkerung ist innerhalb des Archipels äußerst ungleichmäßig verteilt. Höchste Dichtewerte gibt es auf den zentralen Inseln Java, Bali und Mandura (im zentralen Teil von Java finden sich Extremwerte mit über 1000 Einwohnern/km^2). Auch Teile von Sumatra haben hohe Werte. Man findet i.d.R. in diesen Regionen fruchtbare Böden mit gutem Wasserhaushalt, z. B. auf Zentraljava. Geringe Dichtewerte haben die Außeninseln Kalimantan, Sulawesi sowie Irian Jaya mit weitgehend unfruchtbaren Böden.
Bevölkerungsentwicklung: Indonesien steht unter den Staaten der Erde nach der Einwohnerzahl an vierter Stelle (1996: 197 Mio.). Das durchschnittliche jährliche Wachstum betrug zwischen 1985 und 1990 1,8 % und zwischen 1990 und 1996 1,7 %. Realistische Schätzungen, z. B. der Weltbank, gehen von 1,6 % Wachstum bis zum Jahr 2005 aus.
Leicht sinkende Sterbeziffer seit 1965/70. Auch die Geburtenziffer sinkt seit 1965/70, sodass eine Einordnung in die dritte Phase des demographischen Verlaufsdiagramms gegeben ist (vgl. SB 151, M17). Dem entspricht, dass die Basis der Bevölkerungspyramide (0 bis 5 Jahre) deutlich unter den Werten der 5- bis 10-jährigen liegt. Die Vorausschätzungen der UN gehen von vier verschiedenen Annahmen aus (M10, Projektion A bis D). Als realistisch gelten Projektion C und D.
Seit 1960 zeichnet sich eine Land-Stadt-Wanderung ab, vor allem in die vier Millionenstädte des Landes, von denen drei auf Java liegen. Der Großraum Jakarta verzeichnet aufgrund der Hauptstadtfunktion besonders hohe Gewinne. Zu den Metropolisierungstendenzen s. SB 189 f.

3. Zu nennen sind die aus dem Bevölkerungswachstum sich ergebenden Probleme: Hohe Investitionen in die Bereiche Gesundheit und Ausbildung, Frage nach zukünftigen Arbeitsplätze für die Heranwachsenden. Probleme aus der Bevölkerungsverteilung: Die Disparitäten zwischen Java und den Außeninseln verstärken sich aufgrund des weiteren Wachstums der Bevölkerung Javas (demographisches Wachstum und Migrationsgewinne). In den Städten entstehen Squattersiedlungen mit den bekannten Schwierigkeiten. (Weiteres zur Verstädterung, s. Rio de Janeiro, SB 212–217; zur Situation der Frauen s. SB 193, M28)

3. Strategien und Entwicklungen SB 184–195

3.1 Intensive Landwirtschaft und „Grüne Revolution“ SB 184–185

1. Die Dominanz Javas ergibt sich zunächst bereits aus der Bevölkerungsverteilung. Die Insel umfasst nur 7 % der Fläche des Staates, auf ihr leben aber rund zwei Drittel der Bevölkerung. Hier finden sich die hochwertigen Böden, die zusammen mit den optimalen klimatischen Bedingungen die hohe Fruchtbarkeit bedingen. Wo immer es vom Relief und den Böden her möglich ist, wird Nassreis angebaut. Die Infrastruktur auf Java ist gut ausgebaut (vergleichsweise gutes Straßennetz, Eisenbahn). Java gehört zu den am dichtesten besiedelten Agrarräumen der Erde. Java war – und ist – der historische und kulturelle Kernraum des Landes (vgl. die Baudenkmale, z. B. den Borobodur) sowie Zentrum der Politik und Wirtschaft. Neben der Hauptstadt liegen zwei weitere Millionen-Städte, Surabaya und Bandung, auf der Insel.
2. Die Karte zeigt einen Ausschnitt aus Mitteljava.
Die West-Ost-Ausdehnung beträgt ca. 360 km, die maximale Nord-Süd-Ausdehnung ca. 200 km. Die Region ist überwiegend gebirgig. Zwischen zwei Hauptgebirgsketten im Norden und Süden mit Höhen bis 3 428 m (Slamet) ist ein Mittelgraben eingelagert. Vulkane ragen z. T. unmittelbar auf und bilden ein markantes Landschaftsbild.
Aufgrund der hohen Reliefenergie sind die Niederschläge regional sehr unterschiedlich (Lee-, Luvlagen). Grundsätzlich ist eine von Westen nach Osten länger werdende niederschlagsarme Zeit im Südwinter zu beobachten (s. M11).

Als Beispiel für die Niederschlagsverteilung in Mitteljava sei die Station Surakarta aufgeführt:

Lage: 7°45'S / 110°36'E	Höhe ü. NN 150 m													
J	**F**	**M**	**A**	**M**	**J**	**J**	**A**	**S**	**O**	**N**	**D**	**Jahr**	**Z**	
25,6	25,6	25,9	26,4	26,1	26,5	25,0	25,3	26,1	26,7	26,1	25,9	25,9	14	°C
307	287	239	185	119	79	33	36	33	91	203	236	1848	37	mm

(M. J. Müller, *Handbuch ausgewählter Klimastationen der Erde*, Trier 1996)

Da Java auf der instabilen Subduktionszone liegt (vgl. SB 183, Atlas), kommt es zu vulkanischen Aktivitäten. Den Risiken der Vulkanausbrüche steht die hohe Agrargunst gegenüber. Die Vulkane und ihre Schwemmkegel bzw. Schwemmebenen bieten im Regelfall gute, nährstoffreiche Böden mit sicherer Wasserversorgung. Besonders geeignet für den Nassreisanbau sind die nördliche alluviale Küstenniederung, die fruchtbaren Talzüge im Innern sowie die unteren, flach geneigten Hangabschnitte der Vulkane mit ihrem typischen Terrassenanbau.
Durch das hohe Bevölkerungswachstum steigt der Bedarf an Grundnahrungsmitteln, vor allem an Reis. Eine Ausweitung der Agrarfläche ist kaum noch möglich. Trockenreis, Maniok und Mais werden bereits in Ungunstlagen angebaut, Wald findet sich nur noch in höheren Lagen, z. B. an den Spitzen der Vulkankegel, wo Höhenlage und Relief keine Nutzung mehr ermöglichen (deutlich z. B. am Merapi zu erkennen). Zirka 75 % der Gesamtfläche Mitteljavas werden zum Feldbau genutzt, z. T. äußerst intensiv mit bis zu fünf Ernten in zwei Jahren bei Nassreis. Die in M12 in tieferen Lagen als Wald ausgewiesenen Areale dienen der Teakholzgewinnung (s. Atlas).
Für eine intensive Nassreisproduktion sind folgende Faktoren notwendig:
- bewässerungsfähige Böden;
- ein hinreichendes Wasserangebot, entweder durch gut unterhaltene technische Bewässerungsanlagen oder eine gute Hang- bzw. Quellbewässerung;
- Das Gebiet muss verkehrsmäßig gut erschlossen sein um die Auslieferung von Saatgut, Düngemitteln usw. sowie die Vermarktung des Produktes zu gewährleisten. Der Transport muss auch in der Regenzeit möglich bleiben.

Ein großer Anteil der Nassreisfläche befindet sich dort, wo günstige Bewässerungsmöglichkeiten, vor allem durch technische Bewässerungsanlagen und eine verkehrsgünstige Lage an den oder nahe der Hauptdurchgangsstraßen bzw. der Bahnlinien gegeben sind (nördliche Küstenebene mit den fruchtbaren Alluvialböden, in der Region Yogyakarta entlang der Hauptstraßen und der Bahnlinien, bei Kebumen und östlich von Purwokarto sowie entlang der Straße und der Bahn von Surakarta nach Madiun). Trockenfeldbau wird oft in weniger günstigen Lagen betrieben (Höhenlagen, schlechte Verkehrserschließung, für Nassreis ungeeignete Böden). Wird Trockenfeldbau in Gunstlagen betrieben, so handelt es sich um cash-crops (Erdnuss, Tabak, Zuckerrohr; Tee, Öl- und Kokospalmen, Teakholz. Vgl. Atlas).
In folgenden Gebieten soll der Anbau intensiviert werden durch eine Verbesserung der Bewässerungsanlagen:
- Östlich von Semarang im Bereich der Flüsse Lusi, Tunlang, Juana, Serang. Geplant ist der Bau von Rückhaltebecken, Reservoiren und Wasserverteilern.
- Südlich von Surakarta und Ponoropo;
- In der Region Magelang;
- Ein kleineres Projekt südlich von Yogyakarta.

Durch diese Projekte sollen Areale mit Trockenfeldbau bzw. niederschlagsabhängige Areale sowie Gebiete einfacher Überflutungsregelung intensiver agrarwirtschaftlich genutzt werden durch Mehrfachernten.

3. Das natürliche Wachstum der Bevölkerung und die Erbteilung führten zur Verkleinerung der Besitzgrößen. Bei mehr als der Hälfte der Bauern ist die Anbaufläche kleiner als 0,5 ha; nur 8 % haben 2 ha Land und mehr. Die Flächen werden vor allem mit Nassreismonokulturen bestellt, soweit es aufgrund der naturräumlichen Ausstattung möglich ist. Auf den Wällen, die die einzelnen Felder begrenzen, werden Taro und Gemüse angebaut. In den überfluteten Feldern werden Fische gehalten. Trotz dieser intensiven Nutzung reichen die Erträge oft kaum zur Subsistenz. Falls Überschüsse anfallen, werden sie auf den regionalen Märkten verkauft.

4. Es ist eine Produktionssteigerung bei der gesamten Nahrungsmittelerzeugung zwischen 1984 und 1992 zu erkennen. Bei Reis haben sich die Erntemengen verdoppelt. Trotz dieser Steigerung ist die Erntemenge je Einwohner aufgrund des Bevölkerungswachstums nur leicht gestiegen (115/1984 zu 136/1992, M15).
Eine Selbstversorgung mit dem Grundnahrungsmittel Reis konnte nicht erreicht werden. Die Steigerungen bei der Produktion beruhen weniger auf der Erschließung von Neuland (s. M12) als auf einer Steigerung der Hektarerträge (Reis 1975: 26,3 dt/ha, 1992: 43,0 dt/ha). Dies ist ein Ergebnis der Grünen Revolution und wird allgemein als Erfolg angesehen. Voraussetzung für diese Steigerung sind der Anbau von Hochleistungssorten (IR 8), die neben einer genau kalkulierten Wasserführung, den Einsatz von Mineraldünger (s. M15) und Schädlingsbekämpfungsmitteln (Fungizide, Insektizide und Herbizide) erfordert. Dies wiederum erfordert einen erhöhten Kapitalaufwand für Pumpen und Agrarchemie sowie einen erhöhten Informationsstand der Bauern um die Maßnahmen aufeinander abzustimmen. Damit ergeben sich die im Text und in M13 aufgelisteten Nachteile:
- Verstärkung regionaler Disparitäten, da die Grüne Revolution vor allem in den naturräumlich begünstigten Regionen auf Java und Bali Erfolge zeigt.
- Verstärkung sozialer Disparitäten: Großbauern, die über Kapital verfügen oder zu ihm Zugang haben, werden begünstigt. Kleinbauern geraten in wachsende Abhängigkeit und oft in die Verschuldung. Durch die erhöhte Mechanisierung gehen Arbeitsplätze verloren, die Landflucht verstärkt sich. Vor allem betroffen sind hier Landfrauen, vgl. M28.
- Ökologische Langzeitschäden durch Schädlings- und Unkrautbekämpfungsmittel wurden bereits nachgewiesen. Die Bewertung der Grünen Revolution ist umstritten. Zusammenfassend kann gesagt werden, dass Makroökonomen/Volkswirtschaftler i. d. R. aufgrund der Steigerung der Produktionsmengen zu einem positiven Ergebnis gelangen. Mikroökonomen und Sozialwissenschaftler gelangen aufgrund der negativen Begleiterscheinungen meist zu einem eher negativen Gesamturteil.

3.2 Transmigrasi und Familienplanung **SB 186–189**

1. Vgl. SB 182, Aufg. 2 und 3. Höchste Dichtewerte mit z. T. über 1000 Einwohner/km^2 in den Gunsträumen der zentralen Inseln Java, Madura und Bali mit steigender Tendenz aufgrund der demographischen Entwicklung und der Zuwanderung (vor allem auf Java). Geringe bis sehr geringe Dichtewerte z. T. unter 10 Einwohner/km^2 finden sich auf den Außeninseln, vor allem auf Kalimantan, Sulawesi sowie in ganz Irian Jaya.
Folgende Problembereiche sind zu nennen:
- Übervölkerung und zunehmend unangepasste Agrarnutzung auf den zentralen Inseln;
- Unzureichende Selbstversorgung mit Grundnahrungsmitteln;
- Wachsen der Arbeitslosigkeit und Armut;
- Dominanz der Insel Java in wirtschaftlicher, politischer und kultureller Hinsicht, die zu Migrationsgewinnen führt und die bestehenden räumlichen Disparitäten verstärkt;
- Die als destabilisierend empfundene politische Entwicklung auf den Außeninseln, die dem Ziel der „nation building" entgegenwirkt.

2. Zur Durchführung, s. Text M17. Zu den Zielen im Wandel der Zeit, s. Text M16, Fettdruck.
Aus den zu Aufgabe 1 genannten Problembereichen ergeben sich die Begründungen für die Transmigration.
Aufgrund der Bevölkerungsexplosion und der bestehenden Disparitäten scheint ein Umsiedelprogramm zum Zwecke des demographischen und regionalen Ausgleichs sowie für die Gewinnung neuer Agrarflächen und die Integration von ethnischen Minderheiten zunächst folgerichtig und sinnvoll. Aus diesen Überlegungen heraus hatten bereits die niederländischen Kolonialherren seit 1905 mit Umsiedelprogrammen begonnen.
1952 nahm die indonesische Regierung das Programm wieder auf. Das Hauptgebiet ist seit Jahren Sumatra (64 %). Gründe waren zunächst die Nähe zu Java und die vergleichsweise gut ausgebaute Infrastruktur. Da auf Sumatra Böden mit z. T. guter und mäßiger Fruchtbarkeit zu finden sind (s. M11), wurden relative Erfolge erzielt. Seit den 90er-Jahren wurden im Rahmen der Modifikation der Zielsetzung (Regionalentwicklung und Integration ethnischer Minderheiten) zunehmend Kalimantan (22 %), Sulawesi (10 %) und Irian Jaya (4 %) besiedelt.
Hauptunterschiede zwischen diesen Inseln und Java liegen in der Niederschlagsmenge und Verteilung, vor allem aber in der Bodenqualität. Die Böden in den tieferen Regionen Javas sind extrem fruchtbar. Es handelt sich um mineral- und humusreiche Andosole und um hochwertige alluviale Schwemmlandböden. Beide Böden besitzen in der Regel eine gute Wasserspeicherkapazität, sodass intensiver Nassreisanbau betrieben werden kann.
Die Böden auf Kalimantan, Sulawesi und Irian Jaya sind vorwiegend unfruchtbar (Gebirgsböden, Latosole) mit oft geringer Wasserspeicherkapazität.
Auf Sumatra haben sich aufgrund geeigneter Böden und der Verbesserung der Infrastruktur, vor allem durch den Ausbau des Trans-Sumatra-Highways, der die Insel von Norden nach Süden erschließt, einige Regionen vor allem im Süden gut entwickelt. Ähnliches gilt für Sulawesi (Raum Manado und Ujang Pandang). In den übrigen Räumen sind die Projekte der Agrarkolonisation weitgehend gescheitert. Die Ergebnisse der Landwirtschaft sind in den meisten Transmigrationsgebieten wegen der minderwertigen Böden unbefriedigend.
Hinzu tritt die schlechte Infrastruktur, die eine Vermarktung der Produkte erschwert, sowie die Unkenntnis der Bauern, die mit den Niederschlags- und Bodenverhältnissen und dem Nassreisanbau auf Java vertraut waren, aber die andersartigen Bedingungen auf den Außeninseln nicht hinreichend berücksichtigten. Der permanente Trockenfeldbau (Trockenreis, Mais, Maniok, Kohl u. a.) ohne oder mit zu kurzer Brache führt zu einem raschen Ertragsabfall und zu einer Versorgungslücke im dritten Jahr (M21). Es folgen Degradation der Böden, Erosion und meist neue Rodungen. So geht der tatsächliche Flächenverbrauch weit über den geplanten hinaus.
Dieser Prozess der Vernichtung des Regenwaldes ist oft mit einer Verarmung der Siedler verbunden. Zugleich schränkt dieser Raubbau die Lebensgrundlagen der Urbevölkerung zum Teil brutal ein.

In manchen Transmigrationsgebieten ist von einer „Javanisierung" zu sprechen. Dies ist z. B. für Südsumatra festzustellen, wo die Javaner mittlerweile die Mehrheit bilden. In anderen Zielregionen beträgt der Anteil der Transmigranten allerdings erst 5 % bis 15 % der Gesamtbevölkerung. Dennoch kommt es auch in diesen Gebieten zur Akkulturation und Zerstörung lokaler Kulturen, wie zur Zeit in vielen Regionen von Irian Jaya. Unter dem Gesichtspunkt der „nation building" ist dies durchaus gewollt. In Irian Jaya kommt es dabei zu Konflikten zwischen den einheimischen Papuas und den javanischen Umsiedlern, die zu bewaffneten Auseinandersetzungen führten und führen. Von einer Integration kann hier nicht gesprochen werden.
Beurteilung. Transmigrasi bleibt umstritten. Die Beurteilungen reichen von „a full success" (Regierung) bis „A desaster" (The Ecologist). Der teilweisen, z. T. auch nur erhofften oder kurzzeitigen Verbesserung der Lebenssituation von Millionen von Javanern und dem begrenzten Ausbau von Infrastrukturen stehen die Zerstörung der Regenwälder, Erosionsschäden, Missachtung der Kultur, Rechte und Würde der endemischen Bevölkerung sowie die hohen Kosten gegenüber. Bei einer regionalen Beurteilung ist für weite Teile Sulawesis und Kalimantans sowie für ganz Irian Jaya aufgrund der unzureichenden Böden und der ökologischen Schäden zu einem negativen Urteil zu kommen. Für Südsumatra hängt die Beurteilung von der Einschätzung der so genannten „Javanisierung" ab.
Abschließend aber stellt sich die Frage, ob eine andere Strategie nicht einen nachhaltigeren Erfolg erzielen könnte.

3. Das Programm zur Familienplanung setzt auf Überzeugungsarbeit (und nicht auf Zwang, wie z. B. in China).
Vgl. Foto: Auf Hinweisschildern, Denkmälern (Zwei-Kinder-Familie), auf Briefmarken und auf einem Geldstück wird für Familienplanung geworben.
Angeboten wird ein Bündel von Maßnahmen:
- Aufklärung, Gesundheitsvorsorge, kostenlose Verteilung von Verhütungsmitteln;
- Einbindung der religiösen Führer, auch des Islams, und der Dorfältesten;
- Zielgruppenorientierte Maßnahmen: Verschreibung der „Pille" an Mädchen unter 20 Jahre, Verabreichung von Gelbkörperpräparaten nach der ersten Geburt um für längere Zeit eine weitere Schwangerschaft zu verhindern, Rat zur Sterilisation nach dem zweiten Kind.

Ergebnisse. Die Geburtenziffer ist deutlich zurückgegangen (vgl. M7, M8). Anfang der 90er-Jahre wurde, nach Aussage von Regierungsvertretern, nahezu ein Nullwachstum erreicht (trotzdem wächst die Bevölkerung weiter aufgrund der Langzeitwirkung des generativen Verhaltens; vgl. Prognose M10, Text M46. Zur demographischen Veränderung allgemein vgl. SB 151, 153; Bevölkerungsdynamik und demographische Selbstbestimmung, s. SB 256–259).

4. Beide Programme setzen beim wichtigsten Problem des Landes an, der Bevölkerungsexplosion und der Übervölkerung der zentralen Inseln. Das Großprojekt Transmigrasi bringt eine Vielzahl von ökologischen, ökonomischen und sozialen Schwierigkeiten mit sich, der Erfolg ist zweifelhaft. Auch ein Rechenbeispiel mag dies verdeutlichen: Indonesien wuchs Ende der 80er-Jahre um fast 4 Mio. Menschen pro Jahr, also um mehr Menschen, als in 85 Jahren umgesiedelt wurden. Zwischen 1980 und 1984 während des bisherigen Höhepunktes des Umsiedlungsprozesses, wuchs die Bevölkerung von Java um 8,9 Mio. Menschen, umgesiedelt wurden in dieser Zeit 1,5 Mio. Trotz der zweifellos vorhandenen demographischen Entlastung der Insel ist eine Lösung des Problems des Bevölkerungsdrucks durch Transmigrasi nicht gegeben. Die Ergebnisse der Familienplanung hingegen sprechen für sich.

3.3 Emanzipation auf Indonesisch: Zur Stellung der Frau — SB 190–193

1. Die Materialien geben einen Überblick zur Stellung der Frau in den verschiedenen Ethnien, Religionen, Schichten und Räumen. Dabei ist vor allem in den urbanen Zentren der zentralen Inseln, zunehmend aber auch in einigen ländlichen Regionen, eine Emanzipation festzustellen. Es sollte auf M27 aufmerksam gemacht werden, wo deutlich wird, dass Frauen auf allen Inseln z. T. schwerste Arbeiten auf Baustellen (das Bild stammt aus Java) und im Straßenbau leisten. Bei

einigen Stämmen ist die Feldarbeit Aufgabe der Frauen (das Bild stammt aus Sumatra und zeigt eine von der Feldarbeit heimkehrende Batak-Frau). Die Aufgabe der Männer ist bzw. war das Roden der Flächen und deren Verteidigung (sowie oft das Ausrichten von Festen). Dies sind Aufgaben, die heute an Bedeutung verloren haben, sodass es in einigen Regionen zu einem Funktionsverlust der Männer gekommen ist. Neue Aufgaben, neue Arbeitsplätze wurden, etwa im Bereich der Nahrungsmittelverarbeitenden Industrie, nicht immer gefunden. Alkoholismus, aber auch hohe Selbstmordraten sind oft Folgen. Im Detail ist die Arbeitsteilung zwischen Frau und Mann regional sehr verschieden (vgl. z. B. M26, M28) bei den Stämmen und in den Regionen des Archipels.

Zu M23: Raden A. Kartini ist Symbolfigur der indonesischen Frauenbewegung. Die Texte beschreiben Probleme des Adels, der Oberschicht im 19. Jahrhundert. Die Forderungen von R. A. Kartini sind heute sozial allgemein akzeptiert, vgl. den 10 000-Rupienschein sowie den 21.4. als „Kartini-Tag".

Zu M25: Zwei Bilder aus der Mittelschicht.

Sylvia orientiert sich an westlichen, amerikanischen Vorstellungen (Arbeit, Freizeitverhalten, Sexualverhalten) und hat die finanziellen Mittel, diese auch umzusetzen. Sylvia wurde 1994 auf ihr Betreiben hin geschieden, was in Indonesien eher schwierig ist.

Bei Anna wird das Problem der arbeitslosen Jugendlichen/Heranwachsenden deutlich. Trotz ihrer guten Bildung findet sie keinen Ausbildungsplatz (vgl. SB 194). Anmerkung: Anna hat inzwischen einen Ausbildungs- und Arbeitsplatz bei der staatlichen Erdölfirma Pertamina. Seit 1993 ist sie verheiratet und hat einen Sohn. Sie wohnt mit ihrer Familie weiter bei ihren Eltern in engen Verhältnissen. Sie arbeitet heute im Personalbüro.

Zu M26: Die matrilineare Gesellschaftsstruktur sollte, da sie unseren Vorstellungen weitgehend fremd ist, genau durchgesprochen werden. Die Gesellschaft darf nicht als „Frauenherrschaft" verstanden werden, sondern sie bezieht sich in erster Linie auf das Erbrecht. Auch sind die Männer nicht unterdrückt, denn als Onkel oder Bruder der Frau haben sie Mitspracherecht. Die Rolle des Ehemanns ist allerdings anders als bei uns definiert. Dennoch (oder deswegen) ist bei jungen Männern eine erhöhte Mobilität festzustellen. Minankabau-Männer spielen heute im gesamten Archipel eine wichtige Rolle im wirtschaftlichen und kulturellen Leben und stellen auch zahlreiche Politiker. Verheiratet sind sie oft mit Frauen anderer Inseln.

Der Widerspruch zwischen matrilinearer Gesellschaft und islamischer Glaubenslehre (die auf einer eher patriarchalischen Gesellschaftsstruktur beruht) wurde bei den Minankabau nie zum Problem, da der Islam in Indonesien (bis auf die Region Aceh in Nordsumatra) nicht fundamentalistisch ist.

Mutterrechtliche Gesellschaften sind auf den Inseln im Pazifik nicht unüblich.

Bekannt und gut dokumentiert sind z. B. die Verhältnisse auf den Trobriand-Inseln in Papua-Neuguinea.

2. R. A. Kartini ist Symbolfigur. Zu ihrer Bedeutung s. M23, M24. Ein Vergleich ihrer Forderungen mit der sozialen und rechtlichen Situation heute bietet sich an.

– Freie Wahl des Ehepartners: Rechtlich verwirklicht, sozial heute in den urbanen Zentren möglich, auf den Außeninseln nicht immer gewährleistet.

– Schulerziehung: Es besteht Schulpflicht. Grundsätzlich besteht Schulgeldfreiheit. Für die Grundschule (6 Jahre, Einschulung im 6. bis 8. Lebensjahr) ist dieser Grundsatz verwirklicht. Die Analphabetenquote konnte so deutlich gesenkt werden (1971: 43 % der über 15-jährigen, 1995: 16 %); eine Benachteiligung der Frauen und Mädchen ist allerdings deutlich. 1971 waren 30,5 % der männlichen und 55,4 % der weiblichen Bevölkerung über 15 Jahre Analphabeten, 1995 sind 10 % der männlichen und 22 % der weiblichen Bevölkerung dieser Altersgruppe Analphabeten.

– Die wirtschaftliche Emanzipation ist von der soziokulturellen Situation stark abhängig (vgl. Minankabau).

– Die Vielehe wird bei islamischem Bekenntnis (eher selten aufgrund der hohen Kosten) und bei einigen Stämmen auf den Außeninseln noch praktiziert.

– Grenzen der Emanzipation: vgl. Texte M24 bis M28.

3. Aufgrund der Maßnahmen der Grünen Revolution gehen Arbeitsplätze für Frauen verloren, sei es, dass sie der Technisierung oder Mechanisierung zum Opfer fallen, sei es, dass Männer Arbeitsbereiche der Frauen übernehmen (Details M28). Neue Arbeitsplätze entstehen selten, etwa im Bereich der Aufbereitung und Weiterverarbeitung von Agrarprodukten (vgl. das Genossenschaftsprojekt auf Sumatra, M25). Wegen der Arbeitslosigkeit kommt es zur Migration junger Frauen in die Zentren, verstärkt vor allem nach Java mit unsicherer Zukunft.
4. Zusammenfassung und Diskussion der Ergebnisse der Aufgaben 1 bis 3.

3.4 Neue Arbeitsplätze braucht das Land — SB 194–199

1. Ein hoher Anteil der Beschäftigten (50 %) arbeitet noch in der Landwirtschaft. Der hier erwirtschaftete Anteil des BIP ist gering (17 %) und verweist auf den hohen Anteil an Subsistenzwirtschaft. Trotz der ausgezeichneten Rohstofflage (Nickel, Zinn, Bauxit, Kupfer, Erdöl, Erdgas, s. Text) ist der industrielle Sektor noch wenig ausgebaut, der Anteil der Beschäftigten beträgt nur 15 %. Auch 1994 werden noch Rohstoffe unverarbeitet exportiert (vgl. M30: mineralische Brennstoffe 26 % der Ausfuhr, Bergbauprodukte 8%). Der hohe Anteil von industriellen Gütern (52 %) beinhaltet u. a. Vorerzeugnisse und Halbfertigwaren, zu denen auch angearbeitete Agrarprodukte wie Kautschuk, Kokosöl und Rohkaffee gehören (11 %) sowie Textilien und Gewebe (13 %). 10 % der Güter sind industrielle Fertigerzeugnisse (Stand: Fischer Weltalmanach '97).
   Hauptproblem bleibt die Arbeitslosigkeit. Versteckte Arbeitslosigkeit, in offiziellen Darstellungen „Unterbeschäftigung" genannt, herrscht vor allem auf dem Land, wo häufig mehr Familienarbeitskräfte als notwendig die Parzellen bestellen. Auch der informelle Sektor, vor allem in den Städten, ist Auffangbecken für Erwerbssuchende (Straßenverkäufer, Garküchen, Rikschafahrer) und statistisch kaum zu erfassen. Als Arbeitslose werden vom indonesischen Statistischen Zentralamt Personen geführt, die weniger als eine Stunde in der Woche arbeiten. Aus dieser Vorgabe erklärt sich die günstige Arbeitslosenquote von 3 %. Die Zahl der faktisch Arbeitslosen 1996 wird auf 38 Mio. geschätzt. Im informellen Sektor verdient mehr als die Hälfte der Erwerbsbevölkerung ihren Unterhalt. Die Arbeitslosigkeit in den Städten betrifft vor allem junge, zum Teil gut ausgebildete Personen, die keinen Zugang zum Arbeitsmarkt finden. Auf dem Land sind durch zunehmende Mechanisierung und verstärkten Einsatz von Agrarchemie vor allem Arbeitsplätze für Frauen verlorengegangen (s. SB 185, 193).
2. Indonesien gilt als eines der rohstoffreichsten Länder der Erde. Obwohl nur ein Viertel des Landes geologisch erkundet ist, nimmt der Bergbau wirtschaftlich eine bedeutende Stellung ein.
   Bei Zinnerz nimmt Indonesien weltweit die vierte Stelle ein. Zinnbergbau und -schmelze sind auf den östlich vor Sumatra liegenden Inseln wie Bangka, Belitung und Singkep konzentriert. Der Zinnbergbau soll künftig auf die kostengünstigen Offshore-Standorte konzentriert werden.
   Kohle wird vor allem auf Sumatra sowie auf Sulawesi und Irian Jaya gefördert.
   Kupfer wird in Irian Jaya und Sulawesi gefunden.
   Das wichtigste Bergbau-Produkt ist Erdöl. Indonesien ist das einzige ostasiatische Mitglied der OPEC. Gefördert wird in vielen Teilen des Archipels, oft Offshore. Geologisch besser erforscht und erschlossen sind die westlichen Teile Indonesiens. Etwa die Hälfte des Erdöls stammt aus Sumatra, ferner aus Sulawesi, Java, Kalimantan und neuerdings aus Irian Jaya. Die Möglichkeiten der Förderung im Schelfbereich werden auch hier, wie beim Zinn, ausgeweitet werden.
   Erdgas wurde bei der Exploration neuer Lagerstätten gefunden. Es ist in den gängigen Atlanten meist noch nicht eingezeichnet. Erdgas findet man in Nord-Sumatra, auf Kalimantan (Offshore) und Irian Jaya. Indonesien ist 1994 der größte Lieferant von verflüssigtem Erdgas, das tiefgekühlt auf Spezialschiffen nach Japan, Korea und Singapur geliefert wird.
   Gold wird auf allen großen Außeninseln gefunden.
   Der Abbau ist bei fast allen Bergbauprodukten steigend (M33). Ein Rückgang ist zu verzeichnen bei Bauxit, Nickelerzen und Eisensanden. Nach dem Erschließen neuer Abbaugebiete wird erwartet, dass der Zinn- und Nickelerzabbau sowie die Förderung und Aufbereitung von Eisensanden wieder ansteigen werden.

Als agrarischer Rohstoff besitzt Holz große Bedeutung. Die indonesischen Wälder weisen den größten Anteil der tropischen Welt-Hartholzbestände auf. Der Regenwald macht noch immer zirka ein Drittel dieses Waldtyps weltweit aus. Der Staat besitzt, nach Brasilien, die weltweit zweitgrößte Waldfläche. Der Holzexport stellt eine wichtige Deviseneinnahmequelle des Landes dar. Der Holzeinschlag der Edelhölzer und Rodungen haben seit 1995 weiter zugenommen. Nur etwa ein Fünftel der Holzausfuhr wird bearbeitet exportiert. Hauptabnehmer sind Japan und die USA, der Export in die EU-Staaten war u. a. aufgrund von Boykottmaßnahmen rückläufig.
Zu den Größenordnungen. Konkrete Zahlen liegen nur für 1986 vor. Der gesamte Holzeinschlag belief sich auf 157,8 Mio. m^3, davon waren 156,5 Mio. m^3 (99,2 %) Laubhölzer. Der Einschlag diente zu 28,2 Mio. m^3 als Nutzholz und zu 129,6 Mio. m^3 (82,1 %) als Brennholz und zur Gewinnung von Holzkohle. Der Verlust durch (Brand-)Rodungen ist hierbei nicht berücksichtigt.

3. Mineralische Brennstoffe, d. h. Kohle und Erdöl, haben eine abnehmende Tendenz (1981: 82 %, 1994: 26 %). Ohne den Export von Erdöl und Erdölprodukten wäre die Außenhandelsbilanz aber weiterhin defizitär (M30).

4. Ziele: Schaffung neuer Arbeitsplätze, Aufbau einer (arbeitsintensiven) verarbeitenden Industrie, Diversifizierung der Ausfuhr (d. h. Abbau der Abhängigkeit von Erdöl-, Erdgasexporten), Entwicklung peripherer Räume, Abbau der Verschuldung.
Maßnahmen. Eine verarbeitende Industrie wurde aufgebaut um dem reinen Rohstoffexport entgegenzuwirken und Arbeitsplätze zu schaffen. Schwerpunkt ist dabei der Nicht-Erdöl, -Erdgasbereich um eine Diversifizierung zu erreichen. Neue Industriezentren wurden bevorzugt auf Außeninseln errichtet um das Zentrum-Peripheriegefälle abzubauen.
Ergebnisse. Erste Erfolge sind zu verzeichnen. Zwar haben mengenmäßig die Exporte von Erdöl und Erdgas weiter zugenommen und auch die Förderung von Kohle ist angestiegen (s. M33), die Exportstruktur aber hat sich zwischen1981 und 1994 positiv entwickelt. Die Struktur der Ausfuhr zeigt sich ausgewogener als in früheren Jahren.
Die Betriebe des verarbeitenden Gewerbes haben in allen Bereichen zugenommen (M31). An der Spitze liegt 1989 das Ernährungsgewerbe, gefolgt vom Leder-, Textil- und Bekleidungsgewerbe und der chemischen Industrie. Besonders hohe Steigerungsraten haben die chemische Industrie, die Metallerzeugung und Bearbeitung sowie die Holz verarbeitende Industrie.
Die Beschäftigten arbeiten vor allem im Ernährungsgewerbe (26 %), in der Leder- und Bekleidungsindustrie (24 %), in der chemischen Industrie sowie in der Holzbe- und verarbeitung (je ca. 15 %).
Die neu geschaffenen Arbeitsplätze (1975–1989: 1,4 Mio. Beschäftigungsplätze) halten nicht mit dem Bevölkerungswachstum Schritt, sodass die Zahl der registrierten Arbeitslosen trotz der neu geschaffenen Arbeitsplätze weiterhin steigt.
Auch in den 90er-Jahren verfolgt die indonesische Regierung ihre exportorientierte Wirtschaftspolitik weiter (M32, vgl. Anhang S. 453). Der Ausbau der Industrie verlangt hohe Investitionen, die z. T. durch Kredite finanziert werden. Die Abwertung der Rupiah haben die Wettbewerbsfähigkeit der Industrie zunächst günstig beeinflusst. Allerdings sanken seit 1996 die Exportüberschüsse. 1997/98 erfasste die Asien-Krise auch Indonesien. Der IWF gewährte einen 45 Mrd. US-Dollar Kredit, der mit starken wirtschaftlichen Auflagen verbunden war.
Die räumlichen Disparitäten und das Zentrum-Peripherie-Gefälle konnten trotz der neuen Industriezentren auf den Außeninseln nur geringfügig abgebaut werden. Noch immer konzentriert sich die wirtschaftliche Macht massiv in der Metropole Jakarta (M34: 60 % des in Umlauf befindlichen Geldes). Auch die räumliche Verteilung der Beschäftigten der verarbeitenden Industrie (1992) zeigt dieses Gefälle: Java, ca. 70 %, Sumatra ca. 10 %, Sulawesi 5 %, Borneo ca. 4 % der Beschäftigten. Zwar wuchs das durchschnittliche Pro-Kopf-Einkommen auf 980 US-Dollar im Jahr 1995, aber die sozialen Disparitäten haben sich eher verstärkt: 30 Mio. Indonesier leben unterhalb der Armutsgrenze.

5. Die eingeleiteten Entwicklungen brachten zunächst wirtschaftliche Erfolge. Indonesien hat ein Wachstum erlebt, das teilweise weit über dem vergleichbarer Länder Asiens lag (großer kleiner Tiger, vgl. M44). Die sozialen Disparitäten allerdings haben sich eher verschärft, da die Anzahl

der Arbeitslosen weiter gestiegen ist und die Kluft zwischen denen, die Arbeit haben und deren Einkommen stetig steigen, und den Arbeitslosen, die z. T. unterhalb der Armutsgrenze leben, sich vergrößert.
Dies entspricht nicht dem Ziel „Soziale Gerechtigkeit“ und bildet eine starke Herausforderung für die Zukunft des Landes. Diese Disparitäten waren mitverantwortlich für die Unruhen, die 1998 zum Sturz der Regierung führten (s. M4).

Entwicklungen im Agrarbereich **SB 196**

6. Die Anbaubedingungen im Hochland sind günstig. Das Klima ermöglicht Mehrfachernten (Tageszeitenklima der inneren Tropen, gemäßigte Temperaturen wegen der Höhenlage, ganzjährig humid). Die Böden (vgl. M. 11,2 , SB 183) sind zu Andosolen verwitterte Tuffe, die sehr fruchtbar sind. Wegen der Wasserdurchlässigkeit sind sie allerdings für den Nassreisanbau ungeeignet.
   Anmerkung: SB 178, M2/2 zeigt ein Batak-Mädchen der Toba-Batak; SB 192, M27/2 zeigt eine Karo-Batak Frau in der Nähe von Brastagi. Vermarktungsbedingungen. Aufgrund der Nähe zu der Millionenstadt Medan, dem Stadtstaat Singapur und zu den Städten Malaysias ist ein guter Markt vorhanden, aber die Batak nutzten ihre Chance lange Zeit zu wenig. Sie produzierten vor allem Gemüse, besonders Kohl und Früchte, für die lokalen und regionalen Märkte. Vertrieben wurden die Produkte durch chinesische Händlersyndikate, die hohe Gewinnspannen kalkulierten. Die Batak waren von ihnen stark abhängig.
7. Ziele: s. M35. Es handelt sich um ein Projekt, das den Erfordernissen einer „nachhaltigen Entwicklung“ entspricht (s. SB 169, M50) und von einer Nichtregierungsorganisation (NRO) durchgeführt wird.
   Begründung: Der Ausbau der exportorientierten Agrarproduktion dient der Diversifizierung des Exports und entspricht damit der Regierungspolitik (s. Vorseite). Es werden 400 neue Voll- bzw. Nebenarbeitsplätze geschaffen. Zugleich werden für die Verdichtungsräume des Landes, vor allem Medan und Jakarta, preisgünstige, nahrungsphysiologisch wertvolle Lebensmittel zur Verfügung gestellt. Vor allem die soziale Lage der Frauen, die in der Aufarbeitung arbeiten, wird verbessert und damit die Gefahr der Migration verringert. Damit wird auch ein kleiner Beitrag zur Minderung der räumlichen Disparitäten geleistet.
8. S. M35. 11 Dorfgemeinschaften haben sich zusammengeschlossen zu einer Zentralgenossenschaft, die die Produkte der Kleinbauern aufbereitet (Sortieren, Säubern, Verpacken) und unter einem Markennamen (North Sumatra, Highland Fresh) vermarktet. Zugleich beziehen die Dorfgenossenschaften über sie Pflanzenschutzmittel, Dünger u. a. zu günstigen Preisen. Die Bauern sind damit unabhängig von den chinesischen Syndikaten.
   Rechtsgrundlage des Gesamtprojektes ist ein Vertrag zwischen der Friedrich-Ebert-Stiftung und der Republik Indonesien. Die FES hat auch einen Teil der Anschubfinanzierung übernommen. Sie stellt zwei deutsche Mitarbeiter, die die Zentralgenossenschaft und die Dorfgemeinschaften beraten.
   Angebaut werden marktorientierte Produkte, wobei auf die Bedürfnisse der Auslandsmärkte stark Rücksicht genommen wird. Der Kohlanbau wurde zurückgenommen, dafür werden Tomaten, Paprika, Karotten, Erbsen und Lauch angebaut. Die Produktionsdiversifizierung vermindert das Vermarktungsrisiko. Die Zentralgenossenschaft kauft zu leicht über den auf Sumatra gezahlten Preisen in Barzahlung und übernimmt damit das Vermarktungsrisiko. Der hohe technische Standard (Fernschreiber, Telefon, Sprechfunk, Kühlcontainer) macht die Genossenschaft im Prinzip konkurrenzfähig auf den Auslandsmärkten.
   Hinweis: Zur Entwicklungspolitik der Bundesrepublik und zur Arbeit von NRO (Nichtregierungsorganisationen) vgl. SB 242–243, s. Anhang, S. 457.
9. Die angestrebten Ziele wurden insgesamt erreicht. Der Umsatz ist steigend (ca. 1 Mio. DM 1987). Das Problem der Genossenschaft sind die gestiegenen Transportkosten, die den Gewinn verringern bzw. zu Verlusten führen. Eine Verringerung der Frachtraten steht zu erwarten (Nachtflugtarif der Garuda). Hier wird allerdings ein weiteres, grundsätzliches Problem bei Entwick-

lungshilfeprojekten deutlich, die Agrarprodukte für den Weltmarkt produzieren: die von Entwicklungsexperten als verfehlt bezeichnete Agrarsubventionspolitik der Industriestaaten (USA, EU-Staaten, Japan – Reissubventionen –, Taiwan, Australien). Die hohen Exportsubventionen dieser Länder senken massiv den Weltmarktpreis und machen es Entwicklungsländern bei vielen Agrarprodukten unmöglich, einen angemessenen, den Kosten entsprechenden Marktpreis zu erzielen.
Weiteres hierzu s. SB 236 ff.; SB 246 ff., 248 ff.

10. Ziel der Maßnahmen ist die Erhöhung der Versorgung mit Grundnahrungsmitteln, vor allem mit Reis.
Anfang der 70er-Jahre:
– Entwicklung eines Kreditprogramms mit niedrigen Zinsen, vor allem zum Kauf von Mineraldünger;
– Anhebung des Reispreises;
– Aufbau eines landwirtschaftlichen Beratungssystems. Die Reiserzeugung stieg. Sie stieg auch, als in der zweiten Hälfte der 70er-Jahre die Kredite zurückgefahren wurden. Ausschlaggebend waren somit für die erhöhte Produktion die höheren Erzeugerpreise sowie das Beratungswesen. In der zweiten Hälfte der 70er- und Anfang der 80er-Jahre wurden zwei neue Regierungsprogramme aufgelegt:
– Förderung von kleinen Spareinlagen durch hohe Zinsen (15 % pro Jahr);
– Ausgabe von Darlehen zu 12 % Zinsen.
Finanziert wurden die Programme durch Subventionen des Finanzministeriums um eine Diversifizierung in landwirtschaftlichen Regionen zu ermöglichen. Da der Ölpreis sank, war die Regierung 1983 gezwungen, die Kreditsubvention aufzuheben.
– Die Darlehenzinsen stiegen auf über 20 %.
– Die Verzinsung der Einlagen blieb bei 15 %.
Da die Verzinsung über der Inflationsrate lag, stiegen die Spareinlagen weiter. Die Ausleihen für Kleinkredite konnten erhöht werden. Die dörflichen Zweigstellen der BRI (Bank Rayat Indonesia) erreichten die Rentabilitätsschwelle. Die Diversifizierung und Modernisierung der Agrarproduktion trug sich somit selbst, wie auch an den Rückzahlungen der Schuldner deutlich wird. Belegt wird damit, dass für die Erhöhung der Produktion von Nahrungsmitteln der Erzeugerpreis von entscheidender Bedeutung ist. Flankierende Maßnahmen wie Beratungsprogramme sind hilfreich. Kreditsubventionen können als Anschub sinnvoll sein, sie haben aber nicht die allein entscheidende Bedeutung. (Vgl. SB 164–165)

Tourismus — SB 198

11. Indonesien besitzt außergewöhnlich viele Attraktivitäten, die zudem meist leicht zu besuchen sind, da die Infrastruktur für ein Entwicklungsland zumindest im westlichen Teil des Archipels gut ausgebaut ist. Kunst und Kultur sind in den verschiedenen Regionen vielfältig, kunstgeschichtliche Bauwerke wie der Borobodur (vgl. Foto M2, 4 unten; M39) und andere Tempel vor allem auf Java und Bali, fremde Völker und Kulturen (s. M2), tropische Landschaften und herrliche Strände sind Anziehungspunkte.

12. Zwischen 1975 und 1995 hat sich die Zahl der Auslandsgäste mehr als verelffacht. Die meisten Gäste kamen 1991 aus Singapur, Japan, Malaysia, mit deutlichem Abstand, aus den USA und Großbritannien. Aus Deutschland kamen 3.9 % der Besucher. Die Zahl der Beherbergungsbetriebe hat sich zwischen 1975 und 1991 mehr als verdoppelt. Da es sich meist um große Hotelanlagen handelt, ist die Zahl der Zimmer und Betten noch stärker gestiegen. Die Deviseneinnahmen, die 1975 erst 400 Mio. US-Dollar ausmachten, sind 1995 auf 5210 Mio. gestiegen. Der staatlichen Zielsetzung entsprechend soll das Wachstum der Einnahmen durch den Tourismus in den nächsten Jahren noch erheblich gesteigert werden um die Abhängigkeit der Deviseneinnahmen vom Erdölexport weiter zu verringern.

13. Die Beurteilung des Ferntourismus sowie des Tourismus in die Länder der Dritten Welt ist äußerst umstritten. Zu fast jedem Pro-Argument gibt es ein Aber (und umgekehrt).
Die wichtigsten Pro-Argumente:
– Der Tourismus ist der zweitgrößte Devisenbringer für die Dritte Welt. Er beschäftigt ca. 50 Mio. Menschen, mit steigender Tendenz.
– Investitionen im Tourismus schaffen i.d.R. 1,5 bis 2,5 Arbeitsplätze pro Hotelbett. Hinzu kommen Beschäftigungseffekte in vorgelagerten Sektoren. Aber diese Arbeitsplätze sind oft schlecht bezahlt, manchmal saisonabhängig und oft entwürdigend, z. B. im Vergnügungsgewerbe.
– Kultur und Kunstgewerbe werden durch den Tourismus oft wiederbelebt – in Indonesien z. B. bei den viel besuchten Batak-Dörfern um den Toba-See und auf Bali und Java sowie bei den Torajas auf Sulawesi, aber dies führt oft zur Verdinglichung und (halbindustrieller) Massenproduktion. Stichwort „Ethnokitsch, Airportart".
– Die völkerverbindende Funktion des Tourismus wird durch Sprachbarrieren und unangepasstes Verhalten der Touristen oft verhindert. Vorurteile werden verstärkt. Tabu- und Normbrüche der Touristen sind gerade in Süd- und Südostasien aufgrund von Unkenntnis häufig (unangemessene Kleidung, unangemessenes Benehmen im Tempel und bei religiösen Festen; Nacktbaden, Zeigen der Fußsohlen beim Sitzen, Berühren des Kopfes , z. B. bei Kindern, sind in einigen Regionen Indonesiens erhebliche Tabuverletzungen).
– Multinationale Touristikunternehmen kontrollieren das Geschäft mit den Pauschalreisen und machen die großen Gewinne. Nur ca. ein Drittel der Einnahmen kommt dem Zielland zugute, vor allem im Erbringen von Dienstleistungen. Selbst im Bereich der Nahrungsmittel werden viele Produkte gerade auch in den Tropen importiert um den hygienischen und geschmacklichen Ansprüchen der Touristen (Japaner, Australier, Europäer, Amerikaner) zu entsprechen. Aber durch dieses Buchungsverfahren, das so hohe Abhängigkeiten schafft, ist die Auslastung der Hotels meistens gut (sie liegt in ganz Indonesien bei ca. 75 %).
– Durch den Massentourismus wächst die Kriminalität, die Prostitution und die weltweite Verbreitung von Aids.
– Die Anlage großer Hotelkomplexe bedeutet oft die Zwangsumsiedlung von Bauern und Fischern. Zugleich entstehen ökologische Probleme durch den hohen Wasserverbrauch und die oft ungeklärte Entsorgung des Wassers. Auch ökonomisch kann in semiariden und ariden Gebieten der hohe Wasserverbrauch den umliegenden Dörfern schaden, wenn Bewässerungsfeldbau betrieben wird.

14. Die Lage des Ferienzentrums scheint günstig. Nur wenige Menschen brauchten umgesiedelt zu werden. Die Nähe zu Denpasar ermöglichte einen schnellen und kostengünstigen Anschluss an vorhandene Infrastrukturen. Die Wasserversorgung ist im humiden Klimabereich unproblematisch, anders die Entsorgung: Die Abwässer gehen, grob vorgeklärt, in eine abseits der Badestrände gelegene Lagune. Die Arbeitsplatzbilanz ist positiv. Die Buchungen über internationale Fluglinien und Reisebüros ist ambivalent: Positiv ist die hohe Auslastung, negativ sind die hohen Provisionen und die Abhängigkeit.
Besonders umstritten sind Großprojekte wie auf Nusa Dua und Clubanlagen. Diese sind oft stark vom Umland abgegrenzt und zum Teil hoch gesichert (Zäune, Eingangskontrollen, Zugang für Einheimische nur als Angestellte bzw. in Begleitung eines Gastes). Dies ist diskriminierend für die Einheimischen. Aber auf diese Weise bleiben die Touristen weitgehend unter sich, Normbrüche und Tabuverletzungen unterbleiben weitgehend.

15. Die Steigerung des Tourismus führt
– zu einer Erhöhung und Diversifizierung der Deviseneinnahmen und damit zur Verringerung der Abhängigkeit von Erdöl/Erdgas;
– zu einer Zunahme an Arbeitsplätzen;
– im Rahmen der genannten Bedingungen zur Erschließung neuer Regionen östlich von Bali.
Zugleich entstehen, vor allem in den Zentren des Massen-Tourismus auf Bali und Java, die in M42 angesprochenen Probleme. Die Beurteilung liegt beim Schüler.

4. Auf einen Blick: Ergebnisses und Perspektiven SB 200–201

1. Wiederholung/Zusammenfassung

– Ethnische und räumliche Disparitäten/nationale Einheit: (vgl. SB 178–181) Transmigrasi und Entwicklungszentren auf den Außeninseln sollen diese Disparitäten abbauen. Es besteht aber weiterhin ein starkes Zentrum-Peripherie-Gefälle zwischen Java und den übrigen Teilen des Archipels im wirtschaftlichen, kulturellen, politischen und sozialen Bereich. Die Integration der verschiedenen Volksgruppen ist noch nicht gelungen.

– Soziale Disparitäten/Wirtschafts- und Sozialpolitik (M44, M45). Die Jahre bis 1996 sind gekennzeichnet durch ein starkes Wirtschaftswachstum, die soziale Disparitäten konnten aber nicht abgebaut werden, zum Teil haben sie sich verschärft.

– Entwicklungsplanung/Ökologie: Die Intensivierung der Argarproduktion (Grüne Revolution) und die weitere Rodung des tropischen Regenwaldes (Ausweitung der Agrarfläche/Transmigrasi, Ausbau der Holzindustrie, Rodungslizenzen für ausländische Firmen) bewirken ökologische Langzeitschäden.

– Handelsbeziehungen zu den Industrieländern: Indonesien ist weiterhin ein wichtiger Rohstofflieferant auf dem Weltmarkt. Hohe Kreditaufnahmen ermöglichten den Aufbau exportorientierter Industrien im Nicht-Erdöl-/Erdgasbereich. Die Ausfuhr wurde deutlich erhöht (vgl. M30) und diversifiziert. Durch den Ausbau des Tourismus wurden neue Deviseneinnahmen möglich.

2. Hauptziele der Entwicklung sind

– ein weiteres Senken der Geburtenrate und damit ein Verlangsamen des Bevölkerungswachstums durch Familienplanung;

– eine Erhöhung der Nahrungsmittelproduktion um die Versorgung mit Grundnahrungsmitteln zu verbessern;

– Schaffen neuer Arbeitsplätze vor allen im Nicht-Erdöl/Erdgas-Bereich; ein Schwerpunkt liegt in der Entwicklung der ländlichen Industrie;

– Abbau der Disparitäten, vor allem Abbau der räumlichen Disparitäten zwischen Java und den Außeninseln sowie der kulturellen und ethnischen Disparitäten mit dem Ziel, eine indonesische Nation zu bilden.

Diese Ziele sollen erreicht werden durch die Nutzung der „natürlichen Ressourcen“, d. h. vor allem durch Erschließen der Außeninseln (Transmigrasi und Bildung von Entwicklungsschwerpunkten). Dabei soll ein Drittel des Regenwaldes als Schutzwald erhalten werden, ein Drittel wird forstwirtschaftlich genutzt, ein Drittel wird in Siedlungs- und Ackerland umgewandelt.

– Ein weiteres Hauptziel ist die Verbesserung der Handelsbilanz durch eine Diversifizierung des Außenhandels. So wurde die Abhängigkeit vom Erdöl-/Erdgasexport weiter verringert. Dazu bemüht Indonesien sich eine verarbeitende Industrie im Nicht-Erdöl-, Nicht-Erdgas-Bereich aufzubauen. Auf diese Weise soll die Verschuldung reduziert werden.

Erkennbare Ergebnisse. Die Geburtenrate wurde verringert, das Bevölkerungswachstum verlangsamt sich (von 2,1 % auf 1,6 %, vgl. M22).

Die Diversifizierung der Wirtschaft und des Exportes wurden vorangetrieben. Zwischen 1981 und 1990 stieg die Ausfuhr der Nicht-Erdöl-Produkte. Der Anteil von mineralischen Brennstoffen am Export sank von 82 % (1981) auf 26 % (1994), s. M30.

Auch die Schuldenlast sinkt von ca. 40 % des Staatshaushalts 1988/89 auf ca. 30 % 1994/95.

Die vorliegenden Ergebnisse sind im Bereich der Bevölkerungspolitik und der Wirtschaft beachtlich.

Der Zusammenschluss der Staaten Südostasiens zu der Association of South East Asian Nations (ASEAN) soll die politische, wirtschaftliche und soziale Zusammenarbeit zwischen den Mitgliedstaaten stärken und auf lange Sicht Wohlstand garantieren. Anfang der 90er-Jahren war diese Ländergemeinschaft die Region mit dem weltweit höchsten Wirtschaftswachstum. 1997/98 machte die Asien-Krise diese positive Entwicklung zunächst zunichte.

Problembereiche.
– Die sozialen Probleme und Disparitäten haben sich in Indonesien verschärft. Die Arbeitslosigkeit ist hoch. Bei Jugendlichen zwischen 15 und 19 Jahren beträgt sie 40 %. Die Unterbeschäftigung wird 1998 auf 45 % aller Erwerbstätigen geschätzt.
– Die wirtschaftliche Liberalisierung hat nicht zur Entwicklung von bürgerlichen Freiheiten und zur Stärkung der Menschenrechte geführt. Auch 1997 gelten die in M5 geschilderten Bedingungen. Ethnische Minderheiten werden, u. a. durch Transmigrasi, bedroht. Die Konflikte auf Timor und in Irian Jaya bestehen weiter.
– Das Zentrum-Peripheriegefälle zwischen Java und den Außeninseln ist trotz der eingeleiteten Maßnahmen (Transmigrasi, Gründung von Entwicklungszentren auf den Außeninseln) weiterhin prägend.
– Die ökologischen Probleme wachsen. Weiterhin wird der tropische Regenwald stark gerodet. Bestehende Auflagen zur Wiederaufforstung werden oft umgangen. Waldbrände vernichteten 1997/98 große Areale auf Sumatra und Kalimantan.
Die Aufarbeitung der genannten sozialen, politischen und ökologischen Problembereiche bleibt die große Herausforderung an die Zukunft Indonesiens.

Brasilien SB 202–225

1. Ein Land großer Disparitäten SB 202–203

1. Mit 8,6 Mio. km² – das sind ca. 47 % der Fläche Südamerikas – ist Brasilien der weitaus größte Staat Südamerikas und zugleich das viertgrößte Staatswesen der Erde. Die Nord-Süd-Aus-

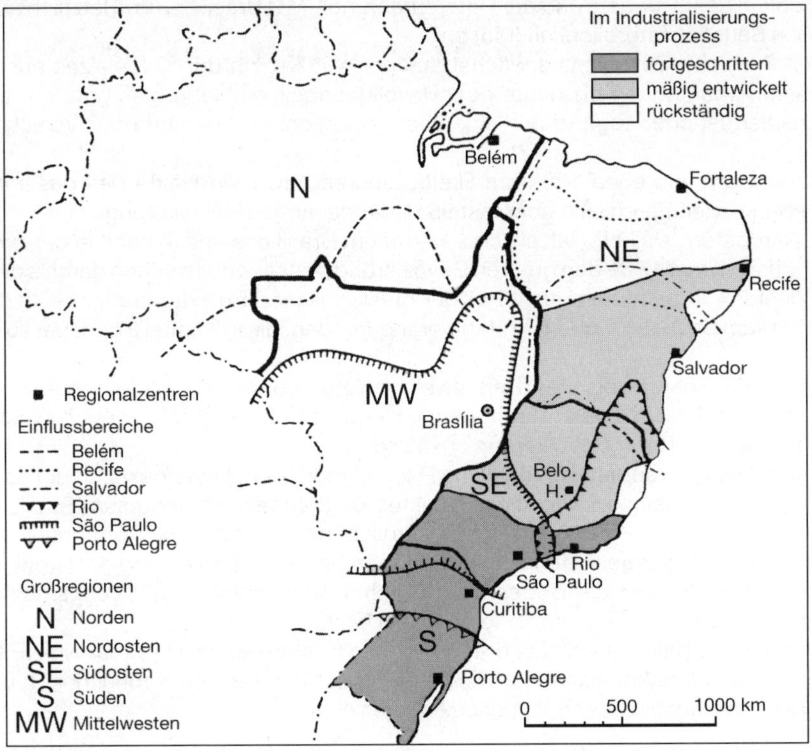

Die regionale Gliederung Brasiliens (aus: *Fischer Länderkunde: Lateinamerika*, hrsg. v. G. Sandner u. H.-A. Steger. Frankfurt 1973, S. 323)

dehnung beträgt mehr als 4000 km, maximale West-Ost-Ausdehnung etwa 3000 km. Das Territorium erstreckt sich über 37 Breitengrade und hat überwiegend Anteil an den tropischen Klima- und Vegetationszonen, doch ragt es im Südteil weit in die Subtropen hinein.
Etwa 75 % der 4,5 Mio. km^2 großen Fläche Amazoniens mit dem größten tropischen Regenwaldgebiet der Erde sind brasilianisches Staatsgebiet.
Die statistischen Angaben verdeutlichen die ökonomische Weltbedeutung Brasiliens, bedingt durch die führende Rolle in zahlreichen Wirtschaftsbranchen, vorrangig im Bereich des Primärsektors. Doch auch in der Fertigungsindustrie, vor allem in der Produktion von preisgünstigen Waffensystemen, Flugzeugen oder Kraftfahrzeugen u. a. steht Brasilien mit an der Weltspitze.
Der Entwicklung Brasiliens zu einem modernen Industriestaat steht ein überproportionales Bevölkerungswachstum entgegen. Die Gesamtbevölkerung hat sich seit 1872 innerhalb von 100 Jahren verzehnfacht. Der Zuwachs beschleunigte sich vor allem in den vergangenen Jahrzehnten; seit 1970 bis zum Jahre 1993 vergrößerte sich die Bevölkerung um 62 Mio. auf heute etwa 157 Mio. E. Noch immer beträgt die jährliche Zuwachsrate 2,6 %.

2. Zu den weiteren Kennzeichen Brasiliens, einem Staat von fast kontinentalem Ausmaß, gehören die extremen räumlichen und sozialökonomischen Kontraste.
M2 gibt die für die Mehrzahl der lateinamerikanischen Länder typische Grundbesitzstruktur wieder: 2,5 Mio. Kleinbauern können über lediglich 4,7 % der landwirtschaftlichen Nutzfläche verfügen, während ca. 88 000 Besitzer von Latifundien – das sind nur 2 % aller Landbesitzer – etwa 57 % der Agrarflächen kontrollieren. Die Effektivität der Landwirtschaft wird nicht zuletzt durch die extrem hohe Zahl von Minifundien mit einer Flächengröße unter 10 ha entscheidend beeinträchtigt, von denen eine Vielzahl die Grenze der Subsistenzmöglichkeit unterschreitet. Die primär auf „Cash-crop-Produkte“ ausgerichtete Landwirtschaft (M5) ist nicht in der Lage, das Land mit der notwendigen Menge von Grundnahrungsmitteln zu versorgen. Sie trägt damit erheblich zum Problem des „Hungers und der Unterernährung“ (M1) Brasiliens und letztlich auch zu der relativ hohen Säuglingssterblichkeit (M5) bei.
Eines der größten Probleme Brasiliens erwächst aus der seit Beginn der Kolonialzeit ausgeprägten räumlichen Disparität, die bis heute trotz Bevölkerungsverschiebungen größten Ausmaßes kaum gemildert ist oder sogar durch eine überproportionale Urbanität noch verschärft wurde.
Der östliche Küstensaum von etwa 1200 km Breite umgreift etwa die Hälfte des gesamten Staatsgebietes. Hier konzentrieren sich aber fast 95 % der gesamten Bevölkerung.
Die Großregion „Nordosten“ als kolonialzeitlicher Kernraum Brasiliens besaß noch in der zweiten Hälfte des 19. Jhs. mit fast 47 % den größten Bevölkerungsanteil, jedoch schon damals dicht gefolgt vom „Südosten“, in dem mehr als 40 % der brasilianischen Bevölkerung lebte. In den letzten Jahrzehnten kam es zu deutlichen Strukturveränderungen, die in Kapitel 2 genauer zu erläutern sind.
Der „Norden“ mitsamt seinen tropischen Regenwaldgebieten sowie der „Mittelwesten“ umfassen 64 % des brasilianischen Gesamtterritoriums, hier sind trotz eindrucksvoller Zuwachsraten nur wenig mehr als 12 % der Bevölkerung ansässig.
Im Vergleich mit Indonesien ergeben sich ähnliche Raumdisparitäten. Doch besitzt Indonesien eine ganz anders geartete physiogeographische Struktur. Zur kompakten Landmasse Brasiliens kontrastiert das in zahllose Inseln und Inselchen zergliederte indonesische Territorium. Die schon in der historischen Vergangenheit nachweisbar überaus dichte Besiedlung der Großinsel Java geht fast ausschließlich auf die Bodengunst durch vulkanisches Verwitterungsmaterial zurück, das mit wenigen Ausnahmen den anderen Inseln fehlt.
Die sozioökonomische „Kopflastigkeit“ des brasilianischen Küstensaums ist primär eine Folge der kolonialzeitlichen und postkolonialen Entwicklungszüge, die im ersten Kapitel nur zu umreißen, in den folgenden Kapiteln aber genauer zu eruieren sind.

2. Der Nordosten – Armut und Migration SB 204–209

1. Tabelle M7 und thematische Karte M8 sind gemeinsam zu betrachten. Die hier dargestellten demographischen Entwicklungszüge, die im ersten Kapitel (M4) bereits angesprochen waren, sind nun differenzierter zu erläutern und anschließend in Erfüllung der Aufg. 2 zu begründen.
Brasilien ist von einer hohen Migrationsdynamik der Bevölkerung gekennzeichnet. Die ländlichen Räume des Ostteils der Region Nordosten sowie die des industrialisierten Verdichtungsraumes „Südosten" haben in den letzten Jahrzehnten sehr hohe Bevölkerungsverluste zu Gunsten der Städte zu verzeichnen. Das Dreieck der Millionenstädte São Paulo, Belo Horizonte und Rio de Janeiro ist konkurrenzlos führend in der absoluten und relativen Bevölkerungszunahme.
Der „Nordosten" bietet ein differenzierteres Bild: Recife und Salvador do Bahia u. a. ziehen große Teile der Bevölkerung an, sodass hier die rurale Bevölkerung stagniert oder abnimmt. Anders im westlichen Teil des Nordostens. Hier ist die Wanderungsbilanz mehr oder weniger ausgeglichen, d. h., die Städte wie auch der ländliche Raum haben Zuwächse zu verzeichnen. Ähnliches gilt für die peripheren und bevölkerungsarmen Großregionen. Ausnahme bildet die neuerdings durch Zollerleichterungen wieder aufstrebende urbane Region der ehemaligen Kautschukmetropole Manaus.
Auch der „Süden" mit seinen agrarischen und agroindustriellen Großbetrieben zeigt eine auffällige Tendenz zur Verstädterung.
2. Die intraregionalen Migrationen, die sich besonders im „Nordosten" häufen, wie auch die überregionalen Wanderungsprozesse lassen sich fast ausschließlich auf die strukturellen wie auch sozioökonomischen Gegensätze der brasilianischen Regionen zueinander zurückführen.
Der Bevölkerungsdruck entsteht generell in den agrarischen Problemgebieten. Die wichtigsten Push-Faktoren sind die infrastrukturell unterversorgten Agrarräume, extreme Ungleichheit der Besitzverhältnisse, die Unterbezahlung der Landarbeiter und ein ungebremster Bevölkerungsanstieg u. a. (M6, M8).
Die industrialisierten Stadtzonen der Ostküste sowie der moderne, daher wirtschaftlich schwergewichtige „Südosten" mit seinen drei Metropolen und der urbanen und industriell hoch entwickelten Achse zwischen São Paulo und Rio de Janeiro wurden zum wichtigsten Auffangbecken der Landflüchtlinge (Pull-Faktor).
3. Der „Nordosten" entwickelte sich von der ehemals bedeutendsten Wirtschafts- und Siedlungsregion zum größten Problemraum Brasiliens. Völlig überholte Strukturen kolonialzeitlichen Ursprungs wie eine bipolare Besitzstruktur, extensiv produzierende Großbetriebe mit hohem Flächenanspruch, ein oft nur saisonal beschäftigtes, zudem weit unterbezahltes Landarbeiterpotenzial und schließlich eine fast sklavenähnliche Abhängigkeit der Plantagenarbeiter sind die wichtigsten Migrationsmotive.
Teile der Migranten wählen die urban geprägte Küstenzone des „Nordostens" und tragen damit erheblich zur Überbevölkerung und Marginalisierung der dortigen Stadtbevölkerung bei.
Für die überregionalen Wanderungsströme sind die Agglomerationsgebiete des „Südostens" wichtigstes Zielgebiet, gefolgt vom brasilianischen Hinterland. Besonders die Kolonisationsgebiete des amazonischen Regenwaldes werden trotz ihrer schnell degradierenden Böden immer mehr zu einer bedeutenden landwirtschaftlichen Reservefläche.
4. Insgesamt ist der „Nordosten" physiogeographisch benachteiligt (M9). Nur ein schmaler Küstenstreifen sowie die nordwestliche Peripherie als Übergangszone zum tropischen Regenwald sind vollhumid und erhalten zu allen Jahreszeiten ausreichend Niederschlag. Zum Inneren hin nimmt die Regenmenge deutlich ab, außerdem beeinträchtigen unregelmäßig wiederkehrende Dürreperioden, die oft mehrere Jahre andauern können, eine wirkungsvolle agrarische Nutzung und erhöhen zugleich die sozialökonomischen Spannungen (M10).
5. In Anpassung an das differenzierte Klima- und Vegetationsbild ist die agrarische Produktionspalette sehr vielseitig. Der humide Küstensaum wurde ursprüngliche von Zuckerrohrplantagen mitsamt ihren zwar arbeitsintensiven, aber altertümlichen Zuckermühlen beherrscht. Nach Verlagerung eines Teils der Zuckerrohrpflanzungen in den produktiveren „Südosten" entwickelte

sich das typische Nebeneinander von Latifundien mit Monostruktur und zahlreichen Klein- und Kleinstbetrieben mit Polystruktur. Die „Agreste", der Übergangsraum zwischen dem feuchten Küstentiefland und dem ariden Inneren („Sertao") wird einerseits noch stärker vom Kleinbesitz mit Baumwoll-, Kakao-, Tabak- und Sisalagavenanbau geprägt, andererseits sind Viehzuchtbetriebe verbreitet, die vorrangig der Fleisch- und Milchversorgung der Küstenstädte dienen. In den Sertao-Gebieten sind extensiv orientierte Viehgroßbetriebe („Fazendas") die weitaus dominante Form. Die Aridität und Dürreanfälligkeit des „Sertao" zwingt die Viehzüchter zur „Transhumanz". So werden die Rinderherden über weite Strecken in die feuchtere „Agreste" getrieben, wo u. a. die Stoppelfelder der kleinbäuerlichen Pächter als Weide genutzt werden (Verbundwirtschaft, s. M 10). Diese Verbundwirtschaft hat zu bröckeln begonnen, da die „Fazenderos" produktivere Grassorten einführten und zum anderen Besitzansprüche der Pächter bei einer zukünftigen Agrarreform fürchten.

Der „Meio Norte" mit seinen wieder höheren Niederschlägen ist neben einigen Reisanbaugebieten von der Sammelwirtschaft, beispielsweise der Wachs ausscheidenden Blätter der Carnaúba-Palme oder der ölhaltigen Babacú-Palme, bestimmt.

6. Der extreme Flächenbedarf der relativ gering produktiven Vieh- und Pflanzengroßbetriebe als dominierende Wirtschaftsform des „Nordostens" hat zu einer sich verstärkenden Landverknappung für die noch immer rasch wachsende Landbevölkerung aus Kleinbauern und „Squatter" geführt. Zum Existenzproblem der Minifundien tragen neben der oft unter Subsistenzniveau liegenden Flächengröße der Kapitalmangel, das Abhängigkeitsverhältnis zu Großbetrieben, der geringe Ausbildungsstand der Bevölkerung sowie die exzessive, oft Boden degradierende Produktionsform entscheidend bei.

Die inzwischen eingeleitete Agrarreform als Gegensteuerung beabsichtigte den entwicklungshemmenden Gegensatz Minifundium – Latifundium zu minimieren, damit zur politischen Entspannung beizutragen und eine der wichtigsten Aufgaben der brasilianischen Landwirtschaft zu unterstützen, nämlich die Versorgung der Bevölkerung mit Grundnahrungsmitteln sicherzustellen. Die Verteilung von bisher nicht oder nur extensiv genutzten Ländereien durch staatliche Behörden wurde halbherzig durchgeführt und betraf einen nur geringen Teil der Landbevölkerung. Die bereits 1959 gegründete Behörde „SUDENE" (Superintendénc do Desenvolvimento do Nordeste) versuchte, durch umfangreiche Strukturverbesserungen wie Diversifizierung der Anbauprodukte, verbesserte Agrartechniken, Ablösung von unproduktiven Subsistenzbetrieben durch moderne Agrargroßbetriebe, Einrichtung von bäuerlichen Genossenschaften und Verbesserung der Infrastruktur des Nordostens das „Armenhaus" Brasiliens zu aktivieren. Die bisherigen Rahmenbedingungen wie geringe Investitionsbereitschaft der Latifundien, deren Widerstand gegen Landenteignung sowie die Weigerung, die wirtschaftliche und politische Machtkonzentration aus der Hand zu geben, und schließlich der extrem niedrige Bildungsstand des größten Teils der Nordost-Bevölkerung lassen durchgreifende Reformen im Ansatz steckenbleiben.

7. Der Bau des Staudamms „Sobradinho" ist ein Teil der staatlichen Maßnahmen zur strukturellen Verbesserung der ökonomischen Schwächeräume Brasiliens. Mit dem Aufstau des ganzjährig Wasser führenden Rio Sao Francisco ließen sich beträchtliche Agrarflächen bewässern und somit klimatisch bedingtes geringwertiges Land optimal nutzen. Zusätzlich versorgt die in „Sobradinho" gewonnene Energie die expansiven Industrien der Nordostküste. Anstelle der im Raum ansässigen unproduktiven bäuerlichen Kleinbetriebe wurden hochtechnisierte, cash-crop-produzierende, agroindustrielle Großunternehmen angesiedelt.

Der Stausee von fast 400 km Länge löste jedoch eine Kette von Problemen aus:

Die zwangsweise Umsiedlung von fast 100 000 Landbewohnern aus ökonomisch und soziokulturell vertrauten Gebieten in Räume mit anderen agrarischen Rahmenbedingungen löste erneut Migrationen in die ohnehin überlasteten Städte aus.

Die überwiegend bäuerliche Bevölkerung musste ihre Selbstständigkeit aufgeben und als billige Arbeitskraft in den agrarischen Großbetrieben oder als Gelegenheitsarbeiter in den urbanen Gebieten tätig sein.

Ökologisch und ökonomisch traten erhebliche Negativfolgen auf: Die einfache Überflutung der vorhandenen Waldvegetation führte zu Fäulnisprozessen, zur Eutrophierung und schließlich zur Vernichtung der Wasserfauna, sodass die Uferbevölkerung den traditionellen Fischfang aufgeben musste. Auf den Bewässerungsflächen traten durch Versalzung irreparable Schäden auf.

3. Der Südosten – Industrie- und Bevölkerungsmagnet SB 210–217

3.1 Die wirtschaftliche Entwicklung SB 210

1. Brasiliens Wirtschaft und wirtschaftsräumliches Gefüge sind von drei unterschiedlichen Phasen bestimmt (M14):

1. Noch bis in die 30er-Jahre des 20. Jhs. überwogen typische koloniale Strukturen, d. h., das an agrarischen und mineralischen Rohstoffen sehr reiche Brasilien exportierte seine unverarbeiteten Produkte. Eisenerze und Rohkaffee erlangten die größte Bedeutung.
2. Ab 1930 stellte sich die brasilianische Wirtschaft zunehmend auf die industrielle Fertigung einheimischer Güter um. Trotzdem hielt der Zustrom hochwertiger Industriegüter aus dem Ausland im Tausch mit Rohstoffen unvermindert an. Die „Terms of Trade“ belasteten aufgrund von großen Preisschwankungen auf dem Rohstoffweltmarkt erheblich die brasilianische Zahlungsbilanz.
3. Mit der Öffnung Brasiliens für multinationale Industriekonzerne, die ihre Produktionsanlagen überwiegend im Gunstraum „Südosten“ errichteten, setzte einerseits die Modernisierung Brasiliens ein und verstärkte andererseits die ökonomische Disparität des Landes.
   Die Tab. M16 lässt erkennen, dass die Zahl der Industriebetriebe und der Belegschaftsmitglieder des „Südostens“ rückläufig ist. Dies deutet weniger auf den eventuellen Beginn der ökonomischen Schwächung der Großregion hin, sondern eher auf betriebsstrukturelle Neuerungen wie technische Investitionsbereitschaft und Arbeitsextensivität der Betriebe.

2. Der „Südosten“ ist die Region mit dem höchsten BIP Brasiliens. Hier befindet sich die Hälfte aller Industriebetriebe und Belegschaftsmitglieder. Außerhalb der Region konnten sich lediglich an der Nordostküste und im Bereich der amazonischen „Urwaldmetropolen“ Manaus und Belém nennenswerte Industriestandorte entwickeln.
Die rasche Industrialisierung des „Südostens“ auf ein Weltniveau vollzog sich auf der Basis reicher und hochwertiger Erzlagerstätten. So entwickelte sich zunächst die Eisen gewinnende und eisenschaffende Industrie, gefolgt von Grundstoff- und Zulieferindustrien. Das Agglomerationsdreieck São Paulo – Belo Horizonte – Rio de Janeiro ist besonders begünstigt wegen seines unerschöpflichen Arbeitskräftereservoirs und seiner unmittelbaren Absatzmöglichkeiten besonders von Produkten konsumorientierter Industrien.
Dem wirtschaftlichen Gewicht des „Südostens“ entsprechend konzentrieren sich hier die meisten Großkraftwerke Brasiliens. Der Bedarf an Energie ist so hoch, dass selbst in beträchtlicher Entfernung von den Verbraucherzentren Wasserkraftwerke errichtet wurden mit dem Risiko hoher Quantitätsverluste. Wichtigstes Beispiel ist „Itaipú“, das in jüngster Zeit fertig gestellte größte Wasserkraftwerk der Welt, das am Rio Paraná an der Grenze zu Paraguay, also etwa 900 km vom Zielgebiet São Paulo liegt.

3.2 Die Metropolen São Paulo und Rio de Janeiro SB 212–217

1. Die Megastadt São Paulo entwickelte sich zum beherrschenden Zentrum des hochindustrialisierten „Südostens“. Innerhalb eines Zeitraums von 35 Jahren expandierte die Stadtfläche um mehr als das Dreifache. Die Einwohnerzahl des Großraumes von São Paulo stieg von 2,5 Mio. auf heute etwa 20 Mio. Damit gehört diese Region zur „drittgrößten Bevölkerungsagglomeration der Welt“ (R. Wehrhahn, in: GR 46, 1994, H. 6), deren Wachstum von etwa 500 000 Menschen/a, vorwiegend aus der verarmten Region „Nordosten“, dramatisch beschleunigt wird.

Die ökonomische Lagegunst der Riesenstadt wird einmal durch die nahe atlantische Hafenstadt Santos, mit der São Paulo immer mehr verflochten wird, und durch das agrarisch hochwertige Umland mit seinen weltwirtschaftlich bedeutsamen Exportgütern wie Kaffee, Soja, Zuckerrohr und Zitrusfrüchte u. a. betont. Nicht zuletzt verdankt São Paulo seine beschleunigte industrielle Entwicklung und seine Bedeutung als wirtschaftlicher Motor Brasiliens den Einwanderungswellen hoch motivierter und gut ausgebildeter Menschen aus Europa und Asien.

2. Rio de Janeiro, die ehemalige Hauptstadt Brasiliens, weist ein ähnlich sozialräumliches Gliederungsprinzip auf wie die Nachbarmetropole São Paulo. Es ist zugleich typisch für sog. „Entwicklungsländer“: Die Wohnbereiche der Oberschicht und oberen Mittelschichten wie Copacabana, Ipanema und Leblon nehmen die Vorzugslagen in Strandnähe und abseits der Industrieareale ein. In jüngerer Zeit haben sich vereinzelte kleinere Feudalviertel am Rande der unter Naturschutz gestellten Waldflächen des Tijuca- und Corcovado-Massivs ausgebreitet. Die „grüne Lunge“ der Stadt schirmt die Villenviertel von den Industriegebieten des Nordostteils der Stadt und den hier ausgebreiteten Wohngebieten der Unterschichten ab. Diese nehmen den bei weitem größten Teil der bebauten Flächen ein. Insbesondere hat sich der Anteil der Elendsquartiere und ihrer Bewohner seit den 50er-Jahren mehr als verdoppelt. Heute werden etwa 3 Mio. Menschen und damit fast die Hälfte der gesamten Einwohner Rios den Unterschichten einschließlich den Favela-Bewohnern zugerechnet.
Die Lage der weltweit bekannten „Favelas“ ist nicht willkürlich. Sie wird von zwei Leitlinien bestimmt: Es sind zum einen Steilhänge (M22), schluchtenreiches Gelände oder sumpfige Areale, die für eine allgemeine Bebauung ungeeignet sind. Zum anderen spielt die Nähe von Verkehrsadern, Industriegebieten, gewerblichen und touristischen Zentren, vereinzelt auch von Luxusvierteln eine ausschlaggebende Rolle; denn hier befindet sich das größere Arbeitsplatzangebot, vor allem für Gelegenheitsarbeiten.

3. Der Anteil der Schwerstkriminalität hat in den Millionenstädten Brasiliens in erschreckendem Maße zugenommen. Im unmittelbaren Aufeinandertreffen vom Luxus moderner Geschäfts- und Verwaltungszentren, bewachter Wohngettos und Privatclubs der Oberschicht mit den Elendsvierteln und ihren unterernährten, medizinisch unterversorgten, mangelhaft ausgebildeten Bewohnern mitsamt den fast ausnahmslos arbeitslosen Jugendlichen entstehen soziale Spannungen von unkontrollierbarer Dynamik. Sie entladen sich durch Mord, Diebstahl und Prostitution. Auch der Drogenhandel findet in den Rechtsfreiräumen der Favelas günstige Refugien sowie Zentren für operative Einsätze und Verteilersysteme.

4. Favela-Siedlungen gelten nach allgemeinen Ansichten als planloses und improvisiertes Konglomerat von Hütten aus Abfallmaterial. Bei genauerer Betrachtung lassen sich physiognomisch unterschiedliche Ordnungsmerkmale erkennen. In der ersten Phase der Besetzung von städtischem und privatem Brachland durch Neuankömmlinge entstehen hastig errichtete „Wellblechhütten“, in einer zweiten Phase festere Behausungen, die je nach Einkommenslage ausbaufähig sind. Sie unterliegen dem in Lateinamerika üblichen schachbrettartigen Grundrissschema. In solch „fortentwickelten“ Favelas bestehen oft die Hauptachsen aus befestigten Wegen. Hier befinden sich in der Regel kommunale Wasserstellen.

5. Die überproportionale Ausbreitung der Favelas in Rio de Janeiro wie in anderen brasilianischen Großstädten ist zum zentralen Problem der Verwaltung und städtischen Planung geworden. Bereits in den 40er-Jahren wurde deutlich, dass mit der rigorosen Vertreibung und Vernichtung der Hüttenquartiere die unkontrollierte Zunahme der Migrantenströme nicht verhindert wurde. Auch die Schaffung billigen Wohnraums an der Stadtperipherie erwies sich als Fehlplanung. Die Mehrzahl der Bewohner war nicht in der Lage regelmäßige Miet- oder Abzahlungen zu leisten.
Auch behinderte die große Entfernung zu den Industrie-, Gewerbe- und feudalen Wohngebieten ganz erheblich die Möglichkeit von Gelegenheitsarbeiten.

4. Amazonien zwischen Tradition und Umbruch SB 218–223

1. Das Tiefland im Einzugsbereich des Amazonas und seiner Nebenflüsse umfasst einschließlich seiner Randgebirge eine Fläche von ca. 7 Mio. km^2. Hier befindet sich das größte Regenwaldgebiet der Erde. Allein 3/4 der Fläche gehört zum Staatsgebiet Brasiliens.
   Die Waldfläche Amazoniens, die nur an wenigen Stellen von Feuchtsavanne durchsetzt ist, lässt sich dank unterschiedlicher Regenmengen in Teilräume gliedern. So erhält beispielsweise Nordwestamazonien mit mehr als 3000 mm N/a die höchsten Regenmengen. In den zentralen Zonen fallen etwa 2500 mm N, sodass auch kurze Trockenzeiten auftreten. Das floristische Gefüge ist in Anpassung an Relief, Geologie und Bodenstruktur u. a. höchst differenzierbar, sodass Amazonien gelegentlich als pflanzliches Großmosaik bezeichnet wird. Die Artenvielfalt ist bekannt, aber wissenschaftlich erst im Ansatz erfasst. So wird die Zahl der Organismen nur geschätzt. Sie schwankt zwischen 3 und 30 Mio. Arten. 40–50 % aller biologischer Arten finden sich in tropischen Regenwäldern.
   Trotz dieses hohen Artenreichtums der Phytomasse erstaunt die geringe Zahl der für industrielle Zwecke verwendbaren Baumarten. Diese Tatsache setzt der Holznutzung enge ökologische und ökonomische Grenzen. Eine ökologisch angepasste und daher sinnvolle Nutzungsmöglichkeit ist die in Amazonien von indianischen Völkern schon immer praktizierte Sammelwirtschaft von Baumfrüchten, -fasern, Extrakten für medizinische Zwecke, Rinden etc. Bergbauliche Explorationen haben ergeben, dass Amazonien dank seiner Lage zwischen den alten kristallinen Sockeln des Guayana- und zentralbrasilianischen Schildes reich an mineralischen Ressourcen ist. Die Lagerstätten in den Gebirgsketten von Carajás mit vor allem Eisenerz, Kupfer- und Goldvorkommen zählen zu den bedeutendsten der Welt.
   Die Flussläufe des Amazonas und seiner riesigen Nebenarme sind noch immer Leitachsen des Transportes und lassen sich als wichtige Energieträger für die im Regenwald geplanten Industriestandorte nutzen.
2. Brasilien wird aufgrund seiner Flächengröße, Einwohnerzahl und seiner fast unerschöpflichen natürlichen Ressourcen als eine zukünftige Weltmacht mit einem bedeutenden politischen Einfluss angesehen. So gehört es zu den erklärten Zielen der brasilianischen Nationalpolitik, die räumlich-strukturelle und soziale Anomalie des Riesenstaates zu überwinden. Das kann sich nur über den Weg der Erschließung und Inwertsetzung der bevölkerungsarmen, vielfach unbesiedelten Binnenräume, insbesondere des an Rohstoffen reichen amazonischen Regenwaldes vollziehen.
3. Die Agrarkolonisation in staatlicher und auch privater Trägerschaft spielt in Amazonien flächenmäßig die größte Rolle. Zu Leitlinien der legalen Erschließung und illegalen Landbesitznahme wurden Fernstraßen, die abseits der von Hochwasser bedrohten Flussniederungen verlaufen und nicht allein dem Transport agrarischer und forstwirtschaftlicher Produkte, sondern auch dem mineralischer Rohstoffe dienen sollten. 1970 entstanden als wichtigste Achsen zunächst „Rodovia Transamazonica", gefolgt von Abzweigungen in Nord-Süd-Richtung.
   Die Entwicklungsstrategie der staatlichen Behörden war mehrpolig ausgerichtet.
   Nach dem Muster moderner Großviehhaltung im brasilianischen Süden wurden Projekte für Rindergroßbetriebe ins Leben gerufen. Steuerliche Anreize schufen die notwendige Investitionsbereitschaft auch branchenfremder industrieller Unternehmer. Die Großbetriebe (Mindestgröße etwa 15 000 ha – Maximalgröße etwa 60 000 ha) verfügen über eigene Schlachtereien und Produktionsstätten zur Weiterverarbeitung (Konserven, Gerbereien etc.).
   Zur Bewältigung des Problems der landlosen Squatter, vorrangig aus dem Nordosten, wurden längs der Fernstraßen kleine Siedlungszentren (Agrovila = Zentralort unterster Stufe; Agrópolis = Zentr. Ort mittl. Stufe; Rurópolis = Zentr. Ort oberster Stufe) unterschiedlicher Funktionsbedeutung und mit einer abgestuften Infrastruktur eingerichtet. Die Kolonisten konnten eigene Parzellen erwerben und in selbst gebauten oder von der Planungsbehörde erstellten Hütten wohnen.

Neben der „gelenkten Kolonisation“ kam es ebenfalls im Bereich der Straßenbauprojekte zur „wilden Landnahme“ durch Kleinbauern aus den agrarischen Schwächegebieten Brasiliens, die sich häufig durch Bodenspekulationen anlocken ließen.
Die größten Probleme des „Programms der nationalen Integration“, das den natürlichen Rahmenbedingungen und ökologischen Anforderungen angepasst sein sollte, sind:

- geringe Möglichkeit der Überwachung,
- die ineffektive Koordination der verschiedenen Planungsziele,
- Korruption und Machtmissbrauch privater Unternehmer und staatlicher Planungsbehörden,
- Aussichtslosigkeit, illegale Landbesitznahme zu verhindern.

4. Kapitalintensive und mit modernen Produktionsmittel ausgestattete Groß- und Mittelbetriebe mit Rinderhaltung auf Kunstweiden sowie Plantagenbetriebe auf edaphisch günstigen Standorten besitzen in der Regel von allen agrarischen Nutzungssystemen die besten Erfolgsaussichten. Für die Mehrzahl solcher Betriebe ergibt sich jedoch das Problem der großen Entfernung von den Verbrauchermärkten und Verarbeitungszentren, die vorwiegend an der Küste liegen.
Die geringste Wertschöpfung erzielen naturgemäß kleinbäuerliche Betriebe und „wilde“ Kolonisten. Sie sind mit modernen und ökologisch angepassten Produktionsmethoden wenig oder gar nicht vertraut. Auch leben viele Kolonisten in zu großer Distanz von ihren Anbauparzellen, die einem planerischen Gesamtkonzept unterliegen.
Der unvermindert anhaltende Bevölkerungsdruck vor allem aus dem „Nordosten“ führte zu einem überhasteten Vorrücken der agrarischen Pionierfronten in bislang intakte Regenwaldgebiete. Abseits der staatlichen Kontrollmöglichkeit entstanden Raumkonflikte zwischen illegalen Squatter-Siedlungen, Fazendas mit ihrem riesigen Flächenbedarf und schließlich Kautschukzapfern, Paranusssammlern und Holzfällern (Extraktionswirtschaft) mit ihren Ansprüchen an geschlossene Primärwaldbestände. Ein großes Heer von Goldgräbern, Diamantenwäschern, Schlangen- und Kaimanjägern verschärft zusätzlich den Interessenskonflikt. Gerd Kohlhepp (in: Amazonien, Köln 1987, S. 44) formuliert das Sozialproblem so: „Es vollzieht sich in Wirklichkeit ein Kampf aller gegen alle um Land. Dabei bilden sich natürlich auch auf verschiedensten Ebenen Interessenskoalitionen.“
M31 stellt einen weiteren, seit langem schwelenden Raumkonflikt dar. Amazonien ist im Laufe von Jahrhunderten zum Refugium überlebender Stämme von Tieflandindianern geworden. Mit der Ausbreitung großflächiger Erschließungskorridore hat sich die Gefahr des völligen Verlustes der kulturellen Identität und sogar der physischen Vernichtung dramatisch erhöht. Daran haben Nationalparks, Indianer-Reservate und staatliche und private Schutzdienste wenig geändert. Das Gewaltpotenzial der Kolonisten und Viehzüchter ist beträchtlich. Zahlreiche kleine Privatarmeen von Fazenderos sowie Killerkommandos setzten illegale Landnahme in indianischen Schutzgebieten durch.
Außerdem unterlaufen Landbesetzer („Intrusos“) das zur Schonung des Regenwaldes verordnete Rodungsverbot von 50 % der Planungs- und Betriebsflächen der Kolonisten; hier ist lediglich indianischer Wanderfeldbau zugelassen.
Die traditionellen Nutzungsformen der indianischen Völker und Sammelwirtschaftsformen haben bis in die jüngere Vergangenheit das ökologische Gerüst des amazonischen Regenwaldes nicht zu beeinträchtigen vermocht. Selbst der Kautschuk-Boom zwischen 1840 und 1910 führte zu kaum nennenswerten Schäden.
Erst die Erschließungsprojekte seit den 60er-Jahren mit ihrer enormen Sogwirkung auf landsuchende Kleinbauern sind Ursache der nachhaltigen Umwandlung beträchtlicher Regenwaldareale mit vorangehendem Flächenabbrennen.
Doch nicht allein die Großflächigkeit der Rodungen, sondern auch die Reduzierung der Brachezeit und schließlich die Umwandlung wertloser Ackerflächen in Rinderweiden führten zu irreversiblen Schäden. Das hochgradig empfindliche, in sich geschlossene Ökosystem des Regenwaldes, dessen edaphische Qualität in der Regel extrem gering ist, verträgt nur kleine Rodeinseln, wie sie im indianischen Landbau üblich sind.

Degradierung durch Bodenerosion und ungewolltes Einwandern bestimmter Grasarten verhindern die Regeneration selbst des artenarmen Sekundärwaldes und schließen eine Fortsetzung der ackerbaulichen und weidewirtschaftlichen Nutzung völlig aus.

5. Auf der Basis gigantischer Eisenerzlager von hoher Qualität – ihr Anteil beträgt mehr als die Hälfte des gesamten brasilianischen Vorkommens (M34) – und anderer weltwirtschaftlich bedeutender Erz- und Edelmetallvorkommen wurde Grande Carajás im amazonischen Staate Pará zu einer der größten Planungsregionen Brasiliens mit unterschiedlichen Funktionszielen ausgewählt. Es handelt sich um ein fast 900 000 km^2 großes Gebiet, das etwa der Fläche Frankreichs und der heutigen Bundesrepublik entspricht.

6. Zur industriellen Erschließung der Bergbau-Region „Serra dos Carajás" wurden umfangreiche infrastrukturelle Baumaßnahmen notwendig: Die Bahnstrecke „Serra dos Carajás" hat mehrere Aufgaben zu leisten: 1. Transport des Rohmaterials in das Verhüttungszentrum Marabá am Rio Tocantins mit seinem hydroelektrischen Großkraftwerk „Tucuruí". 2. Erztransport in die neu errichteten oder ausgebauten Atlantikhäfen mit ihren direkten Exportmöglichkeiten in die wichtigsten Industrieländer. 3. Versorgungsmöglichkeit der brasilianischen Südost-Region zum Teil auf dem kostengünstigen Seeweg.
Mithilfe von Stichstraßen wurde der Anschluss an das intrabrasilianische Fernstraßennetz erreicht. Mit dem Ausbau einiger Flussstrecken wie beispielsweise des Rio Araguaia und Rio Tocantins erweiterte sich der billige Massengütertransport.
Mit in die Planungskonzeption wurde der landwirtschaftliche Sektor, einschließlich der Agroindustrie mit dem Ziel der Regionalförderung einbezogen. Zur Versorgung der erwartungsgemäß schnell anwachsenden Bevölkerung von Industriearbeitern, Kolonisten, Arbeitskräften im tertiären Sektor und ihrer Siedlungen war ein gewisses Investitionsvolumen für die Erzeugung von Holzkohle, Düngemitteln, Baustoffen etc. notwendig (M35).
Neben der Inwertsetzung der Großregion „Norte" und seiner Teilregionen war die Erhöhung der staatlichen Deviseneinnahmen und zugleich die Reduzierung der brasilianischen Auslandsschulden das wichtigste Ziel des Megaprojekts „Grande Carajás".

7. Ähnlich den bekannten ökologischen Problemen und Umweltschäden durch die agrarischen Pionierfronten und das Stausee-Projekt „Sobradinho" bedeutete das Bergbauprojekt von G. Carajás einen tief greifenden Einbruch in die Primärwaldgebiete Amazoniens. Nicht allein die eigentlichen Abbaugebiete sind betroffen; ein weitaus größerer Teil der Waldflächen geht durch dynamisch wachsende Raumansprüche der infrastrukturellen Baumaßnahmen und den Holzeinschlag für die Produktion von Holzkohle für die Hüttenindustrie verloren (der jährliche Holzbedarf erfordert Nutzung einer etwa 15 000 km^2 großen Waldfläche).
Eine gewaltige soziale Konfliktsituation entstand, als nach der massenhaften Entlassung von Bauarbeitern nach Fertigstellung des Staudamms von Tucuruí die Mehrzahl in der Stadt blieb und den Arbeitsmarkt zusätzlich belastete. M36 lässt ein weiteres Sozialproblem erkennen: Das Projektgebiet ist Lebensraum zahlreicher, verstreut lebender indianischer Volksgruppen. Mit einer umfangreichen Umsiedlungsaktion versuchte die staatliche Gesellschaft „CVRD" dem Problem aus dem Wege zu gehen. Den Indianern wurden in Plandörfern neuer Wohnraum zur Verfügung gestellt. Die damit verbundene kulturelle Entwurzelung ist ein Schritt zur völligen „Akkulturation" und Integration in Formen der industriellen Gesellschaft. So liegt der Verdacht nahe, dass diese Entwicklung von der Bergbaugesellschaft beabsichtigt ist um die ehemals autarken indianischen Ethnien als eine lohnabhängige Arbeitergesellschaft zu integrieren.

8. Brasilien dürfte ein Hauptziel des Großprojekts, nämlich Ausbeutung der natürlichen Ressourcen und damit zugleich die Errichtung regionaler Entwicklungszentren in der amazonischen Großregion Norte, schon jetzt erreicht haben.
Die extrem hohen und langfristig ausgerichteten Investitionskosten machen jedoch einen schnellen Kapitalrückfluss erforderlich. Bei Eisenerz gilt jedoch wie bei allen weltmarktorientierten Rohstoffen das Risiko der Preisschwankungen. Schon seit vielen Jahren herrschen Dumpingpreise bei Roherzen und Stahlprodukten. Die damit entstehenden Verluste können trotz der Lieferverträge mit einigen Industrienationen kaum aufgefangen werden.

Auch intraregional wirft das Projekt vor allem soziale Probleme auf bzw. kann sie nicht lösen. Die auf den Arbeitsmarkt drängenden Bewohner der urbanen Zentren vermag ein Großprojekt mit seiner modernen Infrastruktur und Technologie kaum aufzunehmen.

5. Brasilien – ein Schwellenland? SB 224–225

1. Brasilien gehört nach seinen ökonomischen Indikatoren zu den führenden Exportnationen von Primärgütern und zu einem nicht unbeträchtlichen Teil von Produkten der Fertigungsindustrie. Fast 90 % des BSP werden im Sekundär- und Tertiärsektor erwirtschaftet. Die Zahl der Erwerbstätigen in der Industrie und im Dienstleistungssektor beläuft sich auf ca. 60 %. Der Anteil von etwa 40 % in der Landwirtschaft ist jedoch im Gegensatz zu führenden Industrienationen beträchtlich.
   Das brasilianische Investitionsvolumen zur Erschließung der ökonomisch passiven Binnenräume ist extrem hoch.
   Diesen typischen Merkmalen eines Industrielandes stehen zahlreiche Indikatoren eines Entwicklungslandes gegenüber: Die relativ hohe Säuglingssterblichkeit, eine unzureichende Versorgung der Bevölkerung mit Grundnahrungsmitteln und eine regional unterschiedliche medizinische Betreuung.
   Die Auslandsverschuldung ist trotz zeitweiliger Stagnation gigantisch.
   Trotz der staatlichen Bemühungen und ausländischen Hilfen konnte die Raumdisparität Brasiliens nicht einmal im Ansatz überwunden werden.
2. Durch Großprojekte wie etwa die Herstellung von Alkoholtreibstoff auf Zuckerrohrbasis (Proalcool-Programm), die Energiegewinnung durch hydroelektrische Großkraftwerke oder kombinierte Entwicklungsprojekte (Fernstraßenbau, Bergbau, Landwirtschaft/Agroindustrie und Wasserkraftwerke u. a.) in Amazonien nahmen die Staatsverschuldung und Auslandsverschuldung extreme Formen an.
   Die Folge sind Steigerung der ohnehin hohen Inflationsrate und Arbeitslosigkeit, vor allem in den ländlichen Bereichen. Die Folge ist Verarmung immer größerer Bevölkerungsteile.
   Hinderlich bei der Entwicklung ist nicht zuletzt der dirigistische Einfluss des Staates mit seiner „aufgeblähten" Bürokratie, der notwendige Aktivitäten der in der Regel kompetenteren Privatwirtschaft erschwert.
3. Der Großstaat Brasilien besitzt aufgrund seiner reichen natürlichen Ressourcen und seines relativ fortschrittlichen Entwicklungsstandes auf dem Agrar-, Industrie- und Energiesektor hervorragende Voraussetzungen für eine politische und ökonomische Weltmacht – ein vielfach erklärtes Ziel der brasilianischen Politik.
   Die lässt sich jedoch nur über den Weg einer Stabilisierung der von Preisstürzen auf dem Rohstoffmarkt und Inflation regelmäßig erschütterten Volkswirtschaft erreichen. Notwendig sind die Diversifizierung und Modernisierung der Industrie, die Förderung einer auf Versorgung der einheimischen Bevölkerung orientierten Landwirtschaft sowie ein rascher Abbau der krassen sozialen Gegensätze in der brasilianischen Gesellschaft.
   Im Bereich des Umweltschutzes trägt Brasilien eine globale Verantwortung. Nicht nur weitgreifende Vorschriften zur Schonung der tropischen Regenwälder, sondern vor allem ihre strikte Einhaltung sind unabdingbar. Besonders notwendig ist die Reduzierung von Mammutprojekten, die wirtschaftlich zweifelhaft, ökologisch und sozial unverantwortlich sind. Statt agroindustrieller Intensivnutzung könnte eine extraktive Sammelwirtschaft ihre Vorbildfunktion zur Rettung der Regenwälder erfüllen. Dies käme letztlich auch der brasilianischen Wirtschaft zugute.

Globale Beziehungen und Betrachtungsweisen SB 226–268

Weltwirtschaft und Entwicklungspolitik SB 228–239

1. Weltwirtschaft SB 228

1.1 Weltwirtschaft und Welthandel SB 228

1. Der Vergleich der Handelsströme in den Jahren 1963 und 1987 (M1) ist in zweierlei Hinsicht bemerkenswert. **A) Die quantitative Bewertung des transatlantischen, des transpazifischen und des euroafrikanisch-asiatischen Handels:** Für das Jahr 1963 ist die Dominanz des transatlantischen Handels auffallend. Welthandel bedeutet zu diesem Zeitpunkt Handel zwischen den Anrainerstaaten des Nordatlantiks, d. h. zwischen Nordamerika und Westeuropa. Auf diese westliche Hemisphäre entfallen knapp 60 % des Handels. Die Rahmenbedingungen für die sprunghaft ansteigende exportorientierte Industrieproduktion der westlichen Marktwirtschaften wurden durch die amerikanische Anschubinvestition in Form des Marshallplans (European Recovery Program" 1948–51) und die Gründung der EWG (1957) geschaffen. Das Motto lautete: „Wohlstandsmehrung durch internationale Arbeitsteilung".
Der transpazifische und der euroafrikanisch-asiatische Handel liegen selbst in ihrer Summe weit hinter dem transatlantischen. Die Gründe: Die sozialistischen Staatshandelsländer schotteten sich weitgehend vom Welthandel ab (Devisenmangel, Autarkiebestrebungen, Ideologie). Der Großteil der Entwicklungsländer war auf dem Weltmarkt kaum wettbewerbsfähig. Selbst die rohstoffreichen Entwicklungsländer fungierten nur als preiswerte Rohstofflieferanten für die boomenden Industrienationen in Westeuropa und Nordamerika.
Für den Zeitraum zwischen den Jahren 1963 und 1987 liegen gewaltige Wachstumssteigerungen der globalen Handelsströme insgesamt vor: In diesen 24 Jahren ist der transatlantische Handelsstrom um das 11-fache, der euroafrikanisch-asiatische um das 21-fache und der pazifische sogar um das 29-fache gestiegen.
Neben diesem beachtlichen Anstieg der angezeigten Welthandelsströme von 40 Mrd. US-$ auf 686 Mrd. US-$ stellt die räumliche Verlagerung des Handelsschwerpunktes in den pazifischen Raum die wichtigste Erkenntnis aus dem vorliegenden Kartenvergleich dar. Die Gründe für diese Verlagerung liegen in dem Erstarken der japanischen Exportindustrie (spätestens seit den siebziger Jahren), in der stärkeren Hinwendung des amerikanischen Handels in den pazifischen Raum seit Beginn der achtziger Jahre (der transpazifische Handel der USA liegt zu Beginn der 90er-Jahre um 40 % höher als der transatlantische; es wird angenommen, dass sich der transpazifische Handel gegenüber dem transatlantischen bis zur Jahrtausendwende verdoppeln wird) und den noch andauernden Exportoffensiven der süd- und ostasiatischen Schwellenländer auf die amerikanischen Märkte ebenfalls seit den achtziger Jahren. Zu den 20 führenden Welthandelsländern gehörten 1993 (bezogen auf ihren Export) die pazifischen Staaten Japan, Hongkong, VR China, Rep. China (Taiwan), Süd-Korea, Singapur und Australien und die am pazifischen als auch am atlantischen Handel beteiligten Staaten USA, Kanada, Russland. Unter ihnen befinden sich „Schwellenländer" mit zweistelligen Wachstumsraten.
B) Mit der räumlichen Verlagerung des Handelsschwerpunktes wird ein neues Weltbild entstehen: Die Verlagerung der Handelsströme zieht eine Veränderung des Weltbildes nach sich, in dessen Mittelpunkt die Ökonomien und Gesellschaften der ostasiatischen Anrainerstaaten des Pazifiks stehen. Der ungewohnte Kartenausschnitt zwingt uns Europäer zur

(wirtschafts-)geographischen Überprüfung unseres europazentrierten Weltbildes. Das kommende Jahrhundert wird ein pazifisches sein.

2. Trotz der raschen Globalisierung der Märkte ist eine intensive weltwirtschaftliche Verflechtung oder gar eine Weltbinnenwirtschaft aller Staaten noch nicht erreicht. Umstritten sowohl in der Politik als auch in der Wissenschaft ist der Weg dorthin, nämlich die Bildung von Wirtschaftsregionen wie dem Europäischen Wirtschaftsraum, die NAFTA und andere wirtschaftsräumliche Zusammenschlüsse in Asien und Südamerika. Sind sie Bausteine oder Stolpersteine auf dem Weg zur Weltbinnenwirtschaft?
Baustein: Der europäische Binnenmarkt (1993) zum Beispiel verspricht positive ökonomische Effekte (Steigerung des Bruttoinlandproduktes, neue Arbeitsplätze, Freisetzung von Investitionen usw.) durch den Abbau von Handelshemmnissen und Wettbewerbsverzerrungen in den einzelnen Mitgliedsstaaten.
Zu Stolpersteinen werden die regionalen Zusammenschlüsse aber dann, wenn die regionalen Märkte durch protektionistische Maßnahmen nach außen abgeschottet und zu „Festungen" ausgebaut werden. Eine Zersplitterung der Weltwirtschaft und damit die Gefahr von „Handelskriegen" zwischen den Wirtschaftsblöcken Nordamerika, Europa, Japan und anderswo wäre dann die Folge. Immerhin gibt es mehr als 23 unterschiedliche Handelsszonen auf der Erde. Außerdem würde bei langfristiger Abschottung die internationale Wettbewerbsfähigkeit der betreffenden Wirtschaftsregion in Frage gestellt werden.
Aber regionale Integration und offener Welthandel (s. GATT/WTO, S. 236.) müssen kein Gegensatz sein. Wenn die regionalen Zusammenschlüsse für den Welthandel offen bleiben, d. h., der Regionalismus durch den Multilaterismus (freier Zugang zu den Regionalmärkten) relativiert wird, fördert dies die internationale Wettbewerbsfähigkeit für die betreffende Wirtschaftsregion und beschleunigt eine intensive Handels- und Produktionsverflechtung zwischen den Regionen. Beides dient der erstrebten Weltbinnenwirtschaft und nicht zuletzt dem Weltfrieden.

3. Neben den in diesem Kapitel bzw. Kapitel 1.4 angebotenen Informationen empfiehlt sich die Benutzung von Nachschlagewerken (u. a. Fischer Weltalmanach), die jährlich eine aktuelle Darstellung des weltwirtschaftlichen Integrationsprozesses anbieten. Zu berücksichtigen sind dabei die unterschiedlichen Stufen der Integration. Während die Europäische Union über die wirtschaftliche Integration eine politische Union anstrebt, begnügen sich die meisten Zusammenschlüsse mit der Bildung einer Freihandelszone (z. B. NAFTA).

4. Die Auswirkungen der Preisschwankungen beim Rohöl stellen sich für Mali und Indonesien recht unterschiedlich dar:
Mali gehört zu den Entwicklungsländern, die über keine nennenswerten wirtschaftlich nutzbaren energetischen Ressourcen und speziell über keine Erdölvorkommen verfügen. Folglich belasten die sprunghaft gestiegenen Weltmarktpreisen für Erdöl von 1973 und 1979 besonders hart die Außenhandelsbilanz des Entwicklungslandes, zumal die Weltmarktpreise für exportierte Agrarprodukte (Erdnüsse, Baumwolle) in den letzten zwanzig Jahren unverändert geblieben sind.
Der Staat ist bestrebt, die Ölimporte durch Brennholz, Wasserkraft und Solarenergie zu substituieren, was beim Brennholz zur weiteren Desertifikation führt und bei den anderen Energiearten noch wenig effektiv ist. Das hohe Preisniveau beim Erdöl verhindert zudem eine durchgreifende Industrialisierung und Motorisierung des Landes.
Indonesien gehört als Erdölexporteur zur OPEC und kommt als rohstoffreiches Entwicklungsland in den Genuss der Ölpreissteigerungen, vorausgesetzt, dass die Kartellvereinbarungen von allen OPEC-Staaten eingehalten werden und Preiserhöhungen auf dem Weltmarkt durchsetzbar sind. Langfristiges Ziel der Regierung ist es, die hohe Weltmarktabhängigkeit vom Erdölexport zu lindern. Immerhin ist es Indonesien u. a. über die Einnahmen aus dem Erdölexport gelungen, seinen Nicht-Erdöl/-Nichtgassektor von 18,3 % (1981/82) auf 62,6 % (1991) auszubauen und mit den Erlösen die eigene Exportwirtschaft zu diversifizieren sowie weniger weltmarktabhängig zu gestalten. Im Gegensatz zum rohstoffarmen Mali ist der Außenhandel Indonesiens positiv.

1. Während sich das Modell des absoluten Kostenvorteils von selbst erklärt, verlangt dasjenige des komparativen Kostenvorteils einige rechnerische Operationen und Überlegungen (vgl. M2 und M3). Was veranlasst ein Land (hier Korea), das absolute Kostenvorteile bei seiner Warenproduktion aufweist, trotzdem mit einem ungünstiger anbietenden Partner (hier Deutschland) Handel zu treiben? Über die Berechnung der inländischen Kosten zeigt sich, dass die Gesamtkosten für Korea bei der Computer- und Maschinenherstellung 22 000 DM betragen, bei internationaler Arbeitsteilung mit Deutschland jedoch nur 20 000 DM. Noch größer sind die Kostenersparnisse für Deutschland (3000 DM). Für beide Handel treibende Staaten errechnet sich somit eine Kostenreduktion von 5000 DM.
2. **Vergleich der konkurrierenden Wirtschaftsordnungen.** Knappheit der Güter der Erde als Ausgangslage. Daraus resultiert: Notwendigkeit des Wirtschaftens. Wirtschaftsordnungen:
   - Marktwirtschaft
   - Zentrale Verwaltungswirtschaft

   Gemeinsames Ziel der Wirtschaftsordnungen:
   - optimale Bedürfnisbefriedigung und größtmöglicher Wohlstand

Kriterien:	Freihandel	Zentrale Verwaltungswirtschaft/ Planwirtschaft
Antriebskraft	– individueller Nutzen – Der Eigennutz fördert automatisch den Nutzen der Volkswirtschaft. Der Nutzen der einzelnen Volkswirtschaft kommt über den internationalen Handel der Weltwirtschaft zugute.	– kollektiver Nutzen – Kollektiver Nutzen hat absoluten Vorrang vor dem individuellen. Die Arbeitsteilung zwischen den zentral gelenkten Volkswirtschaften war weniger wirtschaftlich als politisch begründet (Hegemonie der ehemaligen UdSSR).
Verfügungsgewalt über die Produktionsmittel	– hat das Individuum auf der Basis des Privateigentums.	– hat das Kollektiv (Volkseigener Betrieb, Volkskommune, Staatsbetrieb).
Definition der Produktion und Distribution	– Der Markt reguliert über Angebot und Nachfrage den Preis und die Verteilung der Güter.	– Der Staat legt Preise, Löhne und Zinsen fest. Er lenkt durch Pläne und zentralistisch ausgerichtete Institutionen die gesamte Wirtschaft.
Rolle des Staates	– Der Staat hat in der freien Marktwirtschaft keine, in der sozialen Marktwirtschaft eine begrenzte Ordnungsfunktion (er sichert soziale und ökologische Mindestanforderungen).	– Der Staat beherrscht die Wirtschaft.
Produktionsstandort	– Der günstigste Standort ist dort, wo die Kosten am geringsten sind (vgl. absoluter und komparativer Kostenvorteil).	– Standorte werden weniger unter wirtschaftlichen als vielmehr unter gesellschaftlichen und staatlichen Gesichtspunkten entschieden.

wirtschaftliche Leistungsfähigkeit

– große wirtschaftliche Leistungsfähigkeit, da über den Eigennutz auch die gesellschaftlichen Bedürfnisse sehr schnell befriedigt werden können	– geringe wirtschaftliche Leistungsfähigkeit, die zwar Grundbedürfnisse einer Bevölkerung (China) abdeckt, aber den gehobenen Bedürfnissen einer stark arbeitsteiligen Industriegesellschaft nicht mehr gerecht wird (Bürokratisierung, Ressourcenverschwendung usw.).

1.3 Handelsgüter: Kapital und Know-how **SB 232**

1. Tabelle M7 thematisiert den Kapitalstrom deutscher Privatinvestitionen ins Ausland. Die Geldströme werden unterteilt nach Wirtschaftszweigen (Verarbeitendes Gewerbe und Dienstleistungen wie Kreditinstitute bzw. Beteiligungsgesellschaften. Letztere sind in M7 irrtümlicherweise dem Verarbeitenden Gewerbe untergeordnet worden.).
Die Tabelle verdeutlicht, dass die privaten Direktinvestitionen im Jahr 1989 zu 84 % in die westlichen Industrienationen gelenkt werden. Betrachtet man nun die Kapitalströme nach Zielländern bzw. deren Entwicklungsstadien, so fallen auf die Länder der EG und die USA ca. 68 % der gesamten Direktinvestitionen (EG: 40,8 %, USA: 27 %). Die Entwicklungsländer empfangen 9,8 %, wobei die Schwellenländer (Brasilien, Mexiko) bevorzugt bedient werden. Auf Afrika entfallen weniger als 0,4 %. Die Staatshandelsländer waren mit 0,2 % bis zum gesellschaftlichen und wirtschaftlichen Umbruch in Osteuropa für private Investitionen völlig unattraktiv. Mit dem Umbau der Planwirtschaft zur Marktwirtschaft wird sich diese Situation grundlegend ändern.
Die Erkenntnisse der Tabelle M7 sind deckungsgleich mit den Auslandsaktivitäten des Siemens-Konzerns (M6).
Dem unternehmerischen Auslandsengagement liegt grundsätzlich ein Bündel von Motiven zu Grunde. Als exportorientierte Industrienation legen deutsche, japanische und amerikanische Unternehmer Wert auf die Erschließung neuer Märkte oder Sicherung bereits bestehender durch den Ausbau ihres Services (Kundennähe). Dazu gehört auch die Gründung von Produktionsstätten auf sich neu formierenden Regionalmärkten wie der NAFTA oder des EG-Binnenmarktes um eventuellen protektionistischen Maßnahmen dieser wirtschaftlichen Zusammenschlüsse zuvorzukommen. Unter dem Geschichtspunkt der Kostensenkung werden Länder mit niedrigen Arbeits- und Transportkosten, niedrigen Steuern, geringeren Umweltauflagen und weniger Bürokratie bevorzugt. Um das Wechselkursrisiko zu mindern empfiehlt sich in Nähe der Absatzmärkte zu produzieren (z. B. USA), wie dies die absatzorientierten Branchen (Chemie, Fahrzeug- und Maschinenbau) auch tun (vgl. M7).
Neben den absatzorientierten Investitionen sind für die rohstoffarme Bundesrepublik noch die beschaffungsorientierten Direktinvestitionen von Bedeutung. Mithilfe dieser Investitionen im Ausland soll die sichere Versorgung der heimischen Industrie mit Rohstoffen (Erdöl, Erze) sichergestellt werden. Diese Art der Investition wird zunehmend für den Erwerb von Dienstleistungen (Ingenieurwissen, Software) angewandt.
Die bekannteste Form der Direktinvestition ist die „produktionsorientierte“: Um auf dem Markt konkurrenzfähig zu bleiben verlagert ein Unternehmen Teile seiner Produktion in Niedriglohnländer (z. B. Auto- oder Elektronikindustrie).
Aus dem geographische Verteilungsmuster der Direktinvestitionen lassen sich neben den Motiven auch die Rahmenbedingungen für Auslandsinvestitionen ableiten. Hierzu zählen neben dem Kaufkraftüberschuss auch die politische und rechtliche Sicherheit, soziale Stabilität sowie eine hoch entwickelte Infrastruktur des Empfängerlandes.

2. **Interessen eines deutschen Unternehmers, in einem Entwicklungsland zu investieren:**
   - Für beschaffungsorientierte Direktinvestitionen sind rohstoffreiche Entwicklungsländer von großem Interesse (Erdöl, Kohle aus Indonesien, Erze aus Brasilien, Softwaretechnologie aus Indien).
   - Produktionsorientierte Direktinvestitionen fließen in Niedriglohnländer, wenn bestimmte Produktionsstandards erfüllt sind. Dazu gehören eine gute Infrastruktur, ein verkehrsgünstiger Produktionsstandort, bereits vorqualifizierte Arbeitskräfte sowie politische, rechtliche und soziale Stabilität. Da die meisten Entwicklungsländer diese Kriterien nicht für ihr gesamtes Land erfüllen können, richten sie küstennahe Sonderwirtschaftszonen, Export- oder Freihandelszonen ein und werben mit besonders günstigen Konditionen (vgl. M5, M8, M9). Binnenstaaten haben nur geringe Chancen an produktionsorientierten Direktinvestitionen zu partizipieren.
   - Für absatzorientierte Direktinvestitionen kommen nur „Schwellenländer" in Frage, da diese über eine zunehmende Kaufkraft, eine ausreichende Infrastruktur und die notwendige politische, rechtliche und soziale Stabilität verfügen.

   Interessen der Regierung bzw. Bevölkerung eines Entwicklungslandes:
   Über Direktinvestitionen gelingt den Entwicklungsländern die Partizipation an den internationalen Kapital- und Know-how-Strömen (Technologie-Import von Patenten und Lizenzen). Diese schafft Arbeitsplätze, steuerliche Einnahmen, stimuliert die eigene Wirtschaft und ermöglicht den Anschluss an die Weltwirtschaft (vgl. Argumente für Multis, M10). Aus Sicht der Empfängerländer sind nicht so sehr „verlängerte Werkbänke" mit unsicheren Arbeitsplätzen, sondern solche Investitionen erwünscht, die einen hohen landesspezifischen Eigenanteil oder gar zu eigenen Produkten (VW-Käferproduktion in Mexiko) sowie Forschungs- und Entwicklungseinrichtungen führen.
3. Vgl. hierzu die „Argumente gegen Multis" (M10). Die Internationalisierung der Wirtschaft hat sicherlich auch eine „Verwestlichung" der einheimische Kultur und Tradition zur Folge. Westliche Konsumgewohnheiten (Essgewohnheiten, Bekleidung, Musik), Umgangsformen und Baustile werden in der ersten Phase der Adaption besonders von Jugendlichen als Inbegriff von Fortschritt kritiklos übernommen. Westliche Konsumgewohnheiten führen zu ökologischen Problemen (Müllberge), die für die Entwicklungsländer in dieser Phase nicht beherrschbar sind. Privilegien in den Sonderwirtschaftszonen (vgl. China) führen zu krassen Einkommensdisparitäten, höchst unterschiedlichen Entwicklungschancen im eigenen Land und lösen nur schwer kontrollierbare Migrationsströme vom Hinterland zur Küste aus. Mit sozialen, kulturellen und politischen Verwerfungen muss gerechnet werden.

1.4 Internationaler Handel: Nur Vorteile für alle? SB 236–239

1. Die Entwicklung des Welthandels zeigt seit 1960, dass sich die Anteile der einzelnen Ländergruppen in den letzten 20 Jahren nicht grundlegend verändert haben. Die häufig vorgebrachte Behauptung, dass der Welthandel immer mehr an den EL vorbeigeht, lässt sich so nicht verifizieren. Andererseits mussten Länder, die nur Rohstoffe oder Industriewaren mit hohem Rohstoffanteil anbieten, einen starken Rohstoff-Preisverfall bzw. Nachfragerückgang hinnehmen.
   Früher schützten die Handelsnationen ihre eigene Volkswirtschaft mit Zöllen. Nach den verschiedenen GATT-Runden spielen Zölle nur noch eine marginale Rolle; nach der Tokio-Runde (1973–1979) liegt der Abgabesatz für gewerbliche Güter im Industrieländer-Durchschnitt bei unter 3 %. Jedoch wurde der niedrige Zollschutz kompensiert durch raffiniert ausgeklügelte Systeme von nicht-tarifären Handelshemmnissen, die erheblich differenzierter und feinmaschiger in fast allen Wirtschftsbereichen eingerichtet worden sind. Sämtliche nicht-tarifären Handelshemmnisse zu erfassen, ist bisher noch nicht gelungen. Schutzmaßnahmen gegen Eifuhren, insbesondere aus EL sind oft durch bestimmte strukturelle oder konjunkturelle Problemlagen ausgelöst und gefördert worden. Diese gesamtwirtschaftlichen Problemlagen lassen sich zwar kurzfristig überdecken, eine Besserung der Wettbewerbslage bzw. Überwindung der

strukturellen Schwächen wird jedoch auf diesem Wege nicht erreicht. Fazit: Protektionismus ist teuer, vom Konsumenten zu tragen (finanziell und qualitativ) und volkswirtschaftlich unsinnig.

2. Vorbemerkung: In M28 geht der Text nach der letzten eckigen Klammer zu Ziffer 5 wie folgt weiter: „…, ohne zu Maßnahmen Zuflucht nehmen zu müssen, die dem nationalen oder internationalen Wohlstand schaden; […]"
Aufgrund des fortschreitenden Substitutionsverhaltens der industriellen Abnehmer, verstärkt durch weltweite Überschussproduktion und konjunkturelle Schwankungen, hat sich die Position von Rohstoff- und Agrarproduzenten auf den Weltmärkten weiter zusehends verschlechtert; mit steigendem Einkommen in den IL und NICs sinkt relativ die Nachfrage nach Nahrungsmitteln, der technische Fortschritt sorgt für Rohstoff sparende und Rohstoff substituierende Produktionsverfahren (technische Innovationen). Die monostrukturierten EL erleiden bei stetig fallenden Rohstoffpreisen weiterhin Einnahmeverluste und können aufgrund des Scheiterns von internationalen Rohstoffabkommen (vgl. SB S. 248) z. Z. nicht mit einer grundlegenden Erholung ihrer Erlöslage rechnen. Die Forderung nach einer neuen Weltwirtschaftsordnung wird verstärkt vorgetragen, jedoch bleiben die neuesten Konzepte einem dirigistisch-bürokratischen Modell verhaftet.

3. Vorbemerkung: Ab dem dritten Druck liegen für M19 aktualisierte Darstellungen vor.
Die Terms of Trade weisen auf die ökonomischen Ungleichgewichte im Welthandel hin und lassen die Verarmung der monostrukturierten EL deutlich werden. Die Abhängigkeit der EL vom Dollarkurs (als Bezugsgröße der Weltmarktlage und der Inflationsrate in den IL) lässt den EL oft kaum eine Chance der permanenten Verschuldung zu begegnen. Die Kreditwürdigkeit der einzelnen Staaten kann als Indikator gesehen werden, Kredite bei internationalen Organisationen oder Banken bewilligt zu bekommen, wobei neben den gesamtwirtschaftlichen Kriterien auch die der politischen Stabilität, Ruhe und Ordnung Berücksichtigung finden. In der Vergangenheit hatten Banken aus den IL große finanzielle Engagements in EL gewagt, ohne dass hinreichend geprüft wurde, ob diese Staaten überhaupt in Zukunft in der Lage sein würden den eingegangenen finanziellen Verpflichtungen nachzukommen. Preisverfall bei Rohstoffen, sinkender Dollarkurs und allgemeine wirtschaftliche Rezession in den IL ließen die finanzielle Dauerkrise in den EL deutlich werden, die die Bedienung ihrer Kredite (d. h. Zinszahlungen und Rückzahlungsleistungen) einstellten – d. h., sich als zahlungsunfähig erklärten – oder um neues Geld nachsuchten um die alten Kredite abzulösen. Dieser Teufelskreis von nicht mehr einbringbaren Krediten führte schließlich zum Zusammenbruch einzelner Geldinstitute (vor allem in den USA), die sich daraufhin mit den betreffenden europäischen Banken genötigt sahen, ein Sanierungskonzept zu entwickeln.

4. Der sog. „Brady-Plan" sieht einen Forderungsverzicht der Banken vor, vor allem für die EL, bei denen eine wirtschaftliche Erholung absehbar ist. Neben dem Forderungsverzicht finden eine Umwandlung der Kreditforderungen in handelbare Wertpapiere sowie eine erneute Kreditvergabe in Form von Schuldverschreibungen statt. Kritisch stehen Banken zu diesem Konzept, da aus ihrer Sicht die Bereitschaft Schulden zu bedienen abnehmen wird und die Begehrlichkeit wächst sich aufgrund der Anreize des Brady-Plans (weiter) zu verschulden. Es wird weiterhin nur einen Ausweg aus der Schuldenkrise geben, wenn die Schuldner sich grundlegend bemühen ihre Wirtschaft in Gang zu bekommen (wie dies beispielhaft im asiatisch-pazifischen Raum demonstriert wird) und auch nur, wenn die IL sich als faire Handelspartner verhalten, die ihre bestehenden Handelshemmnisse endgültig abbauen. Fachleute schätzen, dass die Schuldenkrise in diesem Jahrtausend nicht mehr zu bewältigen sein dürfte.

2. Theorien und Strategien SB 240–251

2.1 Entwicklungstheorien SB 240

1. **a)** Vergleich der theoretischen Ansätze:

Ursachen der Unterentwicklung

Modernisierungstheorie
- liegen in den EL selbst begründet; interne Defizite:
- traditionsgebundene Gesellschaft (Kastenwesen in Indien; Tribalismus in Afrika) statische Wirtschaftsformen (Subsistenzwirtschaft).

Dependenztheorie
- resultieren aus den kolonialen und neokolonialen Abhängigkeiten der Entwicklungsländer (EL) von den Industrieländern (IL):
- nicht interne Faktoren, sondern externe Dependenzen definieren Unterentwicklung (Kolonialismus, Weltmarkt).

Verflechtungsansatz
- liegt weder nur in internen noch nur in externen Bedingungen, sondern in beiden.

Unterentwicklung

Modernisierungstheorie
- wird als Vorstufe der Industrialisierung verstanden. Vgl. die vorindustrielle Zeit der heutigen IL an der Wende zum 19. Jh.;
- äußert sich im „Teufelskreislauf" der Armut.

Dependenztheorie
- äußert sich in immer schärfer werdenden Disparitäten zwischen den kapitalistischen Zentren und dem traditionsgebundenen Hinterland (Peripherie).

Verflechtungsansatz
- konkretisiert sich als komplexes Gefüge interner und externer Verflechtungen auf lokaler, regionaler und nationaler Ebene: Sowohl „Teufelskreislauf" der Armut als auch Disparität zwischen Zentrum und Peripherie.

Entwicklungsstrategie

Modernisierungstheorie
- Modernisierung der EL nach dem Vorbild der IL basierend auf dem Gedankengut des Wirtschaftsliberalismus;
- Aufholstrategie: Verarbeitung der Rohstoffe mittels moderner Technologie im EL;
- Big Push: Gründung moderner Industrie- und Handelszentren an der Küste. Von diesen „Brückenköpfen der Entwicklung" wird auch das rückständige Umland erfasst und in die Weltwirtschaft integriert (Sickereffekt).

Dependenztheorie
- basiert auf sozialistischen und nationalistischen Ideen:
- neue Weltwirtschaftsordnung;
- (zeitweise) Abkopplung vom Weltmarkt: Prinzip der Selbsthilfe (Self-Reliance)

Verflechtungsansatz
- basiert primär nicht auf vorformulierten westlich orientierten Denkmustern, sondern resultiert aus einer umfangreichen Analyse der Realität im EL. Gefragt sind Lösungen, die die Lebensbedingungen der Menschen unter Berücksichtigung ihres politischen, sozialen und kulturellen Umfeldes verbessern.
- Es gibt keine verbindliche globale Lösungsstrategie. Entwicklungsstrategien müssen für jede Situation neu definiert werden: Angepasste Entwicklung, Hilfe zur Selbsthilfe.

b) Bewertung des Verflechtungsansatzes:
Der Verflechtungsansatz muss als Ergebnis einer kritischen Auseinandersetzung mit Modernisierungstheorien der 50er- und 60er-Jahre sowie mit ihren Gegenpositionen, den Dependenztheorien aus den 70er-Jahren verstanden werden. Weder die Strategien der Modernisierungstheorien noch die der Dependenztheorien lösten nach Ansicht der Vertreter des Verflechtungsansatzes das Problem der Unterentwicklung in der Dritten Welt. Die Kritik an den Theorien und Strategien bezieht sich auf die ideologielastige Ableitung beider Theorien, die in ihrem Abstraktionsgrad, ihrem Absolutheitsanspruch und ihrer Monokausalität den höchst unterschiedlichen Realitäten der Entwicklungsländer nicht gerecht werden können. Zudem basieren sie auf europäischem Gedankengut und europäischen Wertmaßstäben, die den Entwicklungsländern übergestülpt wurden. Das Problem der Armut ist weder durch ökonomisches Wachstumsdenken gelöst worden noch durch Abkopplung vom Weltmarkt. Modernisierungsstrategien bleiben wirkungslos, wenn nicht die dadurch aufgeworfenen ökologischen und sozialen Fragen (gerechte Verteilung der Gewinne) gleichzeitig beantwortet werden. Dass Unterentwicklung gleich Abhängigkeit bedeutet, wie dies die Dependenztheoretiker behaupten, widerlegten die Schwellenländer und hier besonders die vier „ostasiatischen Tiger" und der „chinesische Drache" in seinen Sonderwirtschaftszonen, die trotz weltwirtschaftlicher Abhängigkeit selbstbewusst ein rasantes Wirtschaftswachstum demonstrieren.
Der Verflechtungsansatz stellt den Menschen in einer bestimmten Lebenssituation mit seinen potenziellen Handlungsmöglichkeiten in den Mittelpunkt seiner Betrachtung (Mikro-Ebene), ohne dabei die externen Strukturen der Makro-Ebene zu vernachlässigen.

Verflechtungen / Beziehungen zwischen Mikro-Ebene und Makro-Ebene

Makro-Ebene

National ⟷	**Mikro-Ebene**	⟷ **International**
Gesetzgebung	Naturräumliche Bedingungen und Potenziale (z. B. Klima, Boden, Wasserhaushalt, Vegetation, Bodennutzungseignung)	Weltmarktpreise
Steuern		Zölle
Planwirtschaft		nichttarifäre Handelshemmnisse
Marktwirtschaft	interne (lokale/regionale) sozial-ökonomische Bedingungen (Familie, Haushalt, Dorf, Region)	Exportbeschränkungen
Erzeuger-/Verbraucherpreise		politische Abhängigkeit
Agrar- und Strukturpolitik	Subsistenzproduktion – Marktproduktion (z. B. Soziale Schichtung, Besitzverteilung, Tradition, Bodennutzung)	
Bodenreform		

Aus: Engelhard, Karl: *Entwicklungspoltik im Unterricht.*
Lehrerband zur Schülerbroschüre „Welt im Wandel" mit Beiträgen von Claus D.Grupp und Heinz Schmitz. Köln 1992, 3. Auflage, S. 16

2. Materialangebote für die drei Entwicklungstheorien und ihre Strategien

Theorien und Strategien	Mali (S. 144 ff.)	Brasilien (S. 202 ff.)	Indonesien (S. 178 ff.)
Modernisierungstheorie			
– Rückständigkeit	M16–17, M19–22; M22, M27–28, M31, M47–48, M52	M1, M6, M22–27;	
– Modernisierungsstrategien, soziale und ökologische Folgen	M17, M36–37, M49–50, M53–54;	M1, M12–13, M19–21, M28, M30–34, M38–39, M42	M13, M15, M23–25, M28, M34, M42–43
Dependenztheorie			
– Außenbeziehung; Außenhandel; Verschuldung; Cash crops; Soziale und ökologische Folgen	M4, M32, M38–42, M45, M64;	M13–14, M29, M36–37, M40–42;	M4, M6, M30, M32–33, M39–42, M44–46;
– (Neo-) Kolonialismus	M5–12, M36–41, M53, M58;	M14, M38–39;	M4;
– innerstaatliche Disparitäten (Stadt-Land, Zentrum-Peripherie)	M1–8, M46, M64;	M3–4, M6, M10–11, M15,	M5–6, M9, M18–20, M34;
Verflechtungsansatz			
– (historische) Entwicklung	M2, M4, M5–12;	M2, M5, M14;	M4, M12;
– naturräumliche Ausstattung	Atlas, M23–26, M62;	M9, M34;	M11–12;
– Demographie/Ernährung	M3, M13–22, M46, M61, M64;	M7–8, M15, M24, M26;	M1–2, M7–11, M16–18, M21–22;
– traditionelle Wirtschaftsweisen/Ökologie	M1, M27–33, M41–45;		M1–2;
– angepasste Entwicklung	M53, M56–57, M59, M63;		M22, M35–37, M41, M46;

2.2 Die Entwicklungspolitik der Bundesrepublik Deutschland und der nicht staatlichen Organisationen SB 242

1. Motive und Interessenslagen bei der Vergabe von Entwicklungshilfen (M24 und M26):
   - **Außenpolitik:** In der Phase der Ost-West-Konfrontation war die Entwicklungspolitik eingebettet in die westliche containment policy (Truman-Doktrin, 1947), wonach nur solche Länder auf militärische und wirtschaftliche Hilfe hoffen konnten, die den Westen bei der Eindämmung des Kommunismus unterstützten. Entwicklungshilfe wurde gewährt unter militärstrategischen Gesichtspunkten mit dem Ziel, die westliche Hemisphäre zu sichern. Für die Bundesrepublik galt die Hallstein-Doktrin (1955–1969): Staaten, die die DDR völkerrechtlich anerkannten, mussten mit dem Abbruch der diplomatischen Beziehungen und mit der Einstellung wirtschaftlicher Hilfe rechnen. Mit zunehmender wirtschaftlicher Bedeutung der DDR erwies sich die Hallstein-Doktrin jedoch als Bumerang für die Bundesregierung. Außerdem stand nicht so sehr das Entwicklungsinteresse im Vordergrund, sondern die Frage der Anerkennung bzw. Nicht-Anerkennung, über die die Vergabe und nicht selten auch über die Höhe der Entwicklungshilfe entschied. Mit der Entspannungspolitik (ab 1969) verlor die Dominanz der Außenpolitik an Bedeutung. Seither wird Entwicklungshilfe als Beitrag zur globalen Friedenspolitik verstanden, d.h. Hilfe zur Selbsthilfe, Partnerschaft mit den Empfängerländern und Zurücknahme des staatlichen Einflusses.
   - **Friedenspolitik:** Die Beendigung des Ost-West-Gegensatzes (1990) erlaubt, die globalen Bedrohungspotenziale der Unterentwicklung stärker als bisher in den Mittelpunkt zu stellen. Das Bundesministerium für wirtschaftliche Zusammenarbeit und Entwicklung nennt hier
     den Anstieg der Weltbevölkerung,
     die Flüchtlings- und Wanderungsbewegungen,
     die fortschreitende Zerstörung der natürlichen Lebensgrundlagen,
     die zunehmend aufflammenden Bürgerkriege,
     die anhaltende Ausbreitung von AIDS sowie
     die internationale Kriminalität
     [Journalisten-Handbuch „Entwicklungspolitik 1995"; Hrsg: BMZ, Bonn 1995; S. 10]
   - **Außenwirtschaftspolitik:** Die exportorientierten Industrieländer stehen stets in der Versuchung Entwicklungshilfe als Instrument zur Schaffung neuer Absatzmärkte für ihre Industrieprodukte zu verstehen. Danach wird wirtschaftliche Hilfe nur dann gewährt, wenn der Empfänger sich verpflichtet, einen erheblichen Anteil der benötigten Güter und Dienstleistungen auch im Geberland zu kaufen: Entwicklungshilfe als Instrument der Exportförderung: „Entwicklungshilfe ist, wenn man andere Länder in die Lage versetzt bei uns zu kaufen." (Adolf Tegtmeier als Entwicklungshelfer). Neben der Exportförderung dient Entwicklungshilfe auch der Sicherung von deutschen Arbeitsplätzen: Entwicklungshilfe von heute schafft Arbeitsplätze von morgen. Beispiel: Der U-Bahn-Bau in Shanghai und Kanton unter Leitung deutscher Unternehmen (AEG-Daimler und Siemens AG) wird mit Entwicklungsgeldern unterstützt. Allgemein kann gesagt werden, dass der außenwirtschaftliche Druck auf die Entwicklungspolitik stets dann spürbar wird, wenn sich die eigene Wirtschaft in der Rezession befindet.
     Für die rohstoffarme Bundesrepublik liegt außerdem eine Bevorzugung solcher Entwicklungsländer nahe, die den Rohstoffbedarf der Industrienation garantieren (Entwicklungshilfe als Bestandteil der industriellen Vorsorgepolitik).
   - **Politik:** Dependenztheoretiker interpretieren Entwicklungshilfe im Sinne einer Wiedergutmachung. Daraus resultiert eine notwendige Entschädigung für Verluste, die die Dritte Welt in der Phase des Kolonialismus erlitten hat. Dieser historische Ausbeutungprozess setzt sich nach Meinung der marxistisch orientierten Dependenz-Theoretiker heute fort in seiner neokolonialistischen Form der unfairen Handelsstrukturen (u.a. „Terms of Trade", S. 238) zwischen den Industrie- und den Entwicklungsländern.
   - **Ethik:** Weltweite Solidarität mit denjenigen Menschen, die nicht in der Lage sind sich selbst zu helfen. Aus der Anerkennung des Prinzips der Solidarität resultiert die Verantwortung der

Industrieländer, die Armut in der Dritten Welt zu lindern, d.h., Hilfe zur Selbsthilfe zu leisten. Ethisches Ziel ist es, annähernd gleiche Lebensbedingungen auf der Erde zu schaffen.
Aus den unterschiedlichen Motiven und Interessenslagen können sich Interessenskonflikte ergeben zwischen:

- außenwirtschaftlichen Zielsetzungen der Industrieländer und dem in der Friedenspolitik anerkannten Prinzip der Hilfe zur Selbsthilfe. Beispiel: Der von der Europäischen Union subventionierte Rindfleischexport in die Länder der Sahelzone kann die mit europäischer Entwicklungshilfe aufgebaute und noch nicht konkurrenzfähige regionale Viehwirtschaft zerstören. Dabei geht es nicht nur um negative wirtschaftliche, sondern auch um soziale und ökologische Veränderungen (Verarmung der Hirten, Desertifikation; vgl. Viehwirtschaft in Mali S. 158);
- außenwirtschaftlichen Zielsetzungen der Industrieländer und dem in der Friedenspolitik anerkannten Prinzip der Menschenrechte.
  Im Journalisten-Handbuch „Entwicklungspolitik 1995“ (S. 11) werden die Beachtung der Menschenrechte, die Beteiligung der Bevölkerung an politischen Entscheidungen und die Rechtssicherheit als „Grundlagen der Zusammenarbeit“ sowie als „Notwendigkeiten entwicklungspolitischer Vergabekriterien“ formuliert.
  Beispiel China: Nach der blutigen Niederschlagung der Studentendemonstration in Peking im Juni 1989 hat der Bundestag noch im gleichen Monat die Entwicklungshilfe stark gedrosselt, jedoch bereits im Oktober 1990 seine Entscheidung dahingehend modifiziert, Neuvorhaben wieder zu unterstützen, wenn diese „unmittelbar der Bevölkerung bzw. dem Schutz und der Erhaltung der Umwelt dienen sowie zur Reform der chinesischen Wirtschaft beitragen“ (Journalisten-Handbuch 1995, S. 94).
  Der Bundestag geht in seinem Beschluss vom 10.12.1992 davon aus, dass die chinesische Führung die Wirtschaftsreformen und die Liberalisierung des Landes beibehält und diese auch auf Dauer zu politischen sowie gesellschaftlichen Reformen führen werden. China erhält für 1994 Hilfe im Wert von 236 Mio. DM. In Form einer Sonderzusage wurden zusätzlich 351 Mio. DM für das Vorhaben „U-Bahn Kanton“ bereitgestellt (Journalisten-Handbuch 1995, Seite 82).

2. Die Grundlinien der deutschen Entwicklungspolitik sind von der Bundesregierung im März 1986 beschlossen worden und haben unveränderte Gültigkeit. Einige Aspekte: Im Mittelpunkt stehen die Menschen in den Entwicklungsländern, nicht deren Regierungen und Institutionen. Hilfe soll die Menschen direkt erreichen und ihre Grundbedürfnisse sichern helfen. Dazu gehören der Kampf gegen Hunger und Armut, die Sicherung der elementaren Lebensvoraussetzungen (Grundbedürfnis-Strategie).

- Schaffung demokratischer Strukturen und gesellschaftlicher Vielfalt, Verwirklichung der Menschenrechte. Hier ist bei der Fülle der präsidialen und autoritären Herrschaftsformen in den Entwicklungsländern noch eine Menge Überzeugungsarbeit zu leisten, da die (städtischen) Eliten den Verlust ihrer Privilegien befürchten;
- Aufbau einer leistungsfähigen, regional angepassten Wirtschaft aus eigener Kraft, d.h. Stärkung privatwirtschaftlicher Strukturen;
- Integration der Entwicklungsländer in den Weltmarkt;
- Berücksichtigung der deutschen Ziele und Interessen, allerdings mit der Einschränkung, dass Entwicklung nicht von außen, sondern nur von den Menschen in den Entwicklungsländern definiert werden kann.

Als Schwerpunkte der Zusammenarbeit gelten

- Armutsbekämpfung durch Ernährungssicherung über den Aufbau privatwirtschaftlicher Strukturen und Gesundheitshilfen;
- Schutz der Umwelt und damit auch der Lebensgrundlagen der Menschen;
- Verbesserung der Energieversorgung unter ökologischen und ökonomischen Gesichtspunkten;
- Förderung der (Berufs-)Bildung als Schlüssel zur Armutsbekämpfung und zur Partizipation am politischen und gesellschaftlichen Leben;
- verstärkte Frauenförderung, Einbeziehung der Frau in alle Entwicklungsprozesse.

Zusammenfassen lassen sich die Grundlinien mit den Schlagworten:
- Grundbedürfnisstrategie (Menschenrechte, Einbeziehung unterpriviligierter Schichten in die Volkswirtschaft, Vermeidung politischer Konflikte durch Armutsbekämpfung);
- Hilfe zur Selbsthilfe (angepasste Entwicklung, angepasste Technologie) und Stärkung der Eigenverantwortung;
- Partizipation aller Staatsbürger an demokratisch legitimierten Entscheidungen und am gesellschaftlichen Leben auch gegen den Willen autoritärer Machthaber;
- Nachhaltigkeit als Effizienzgebot für die eingesetzten Mittel. „Nachhaltige Entwicklung ist eine Entwicklung, die den Bedürfnissen der heutigen Generation entspricht, ohne die Möglichkeiten künftiger Generationen zu gefährden, ihre eigenen Bedürfnisse zu befriedigen."

Brundtland-Bericht (1987), vorgelegt für die UNO von der norwegischen Ministerpräsidenten Gro Harlem Brundtland. Der Bericht bindet eine nachhaltige Entwicklung an eine ökologisch unbedenklichen Wirtschaftsentwicklung, was 1992 in Rio auf der Konferenz der Vereinten Nationen für Umwelt und Entwicklung allgemein anerkannt wurde. Der Text „Entwicklungspolitische Konzeption des BMZ" (S. 457) gibt Aufschluss über den hohen Stellenwert der Nachhaltigkeit in der deutschen Entwicklungspolitik („Leitbild einer globalen nachhaltigen Entwicklung"). Die Verwirklichung dieses Leitbildes wird an dem „produktiven Wirtschaftswachstum" (gemeint sind Fortschritte bei der Marktwirtschaft), an der „sozialen Gerechtigkeit" und der „ökologischen Nachhaltigkeit" gemessen und dies nicht nur in den Entwicklungsländern, sondern auch in den Industrienationen (Gedanke der Einen Welt).

Die Leistungen der Bundesrepublik Deutschland an Entwicklungsländer

Nach der Wiedervereinigung der Bundesrepublik Deutschland und dem Zusammenbruch der sowjetischen Vorherrschaft befürchteten besonders afrikanische Staaten einen Rückgang der Entwicklungshilfe.

Die öffentliche Entwicklungshilfe (ODA) betrug 1993: 11,505 Mrd. DM, was einem Anteil am Bruttosozialprodukt von 0,36 % entspricht.

Die Sonstigen öffentlichen Leistungen betrugen für 1993: 3,034 Mrd. DM. Die private Entwicklungshilfe weist den Betrag von 1,434 Mrd. DM aus und die privaten Leistungen zu marktüblichen Bedingungen liegen bei 9,449 Mrd. DM. Insgesamt betragen die Nettoauszahlungen für 1993: 25,422 Mrd. DM, was einem Anteil von 0,81 % des BSP entspricht. Vgl. dazu 1980: 19,308 Mrd. DM mit einem Anteil von 1,31 %. (Journalisten-Handbuch 1995; S. 48)

3. „Staatliche und private Entwicklungszusammenarbeit ergänzen sich. Bei vorrangigen Zielsetzungen besteht eine weitgehende Übereinstimmung. Die gilt z. B. für die Armutsorientierung der Entwicklungshilfe, stimmige – vor allem die Rechte und Freiheiten der Menschen sichernde – Rahmenbedingungen und eine mit den entwicklungspolitischen Zielen kohärente Gesamtpolitik.

Die Stärke der Nichtregierungsorganisationen liegt in ihrer Nähe zu armen, unterprivilegierten Bevölkerungsgruppen sowie in der Mobilisierung von Selbsthilfewillen und Eigeninitiative. Besondere Bedeutung kommt ihren Vorhaben zum Aufbau und zur Festigung entwicklungsfördernder Strukturen und Netzwerke im Süden zu“ (Journalisten-Handbuch 1995; S. 185).

Staatliche Entwicklungshilfe ist immer dann gefragt, wenn kapitalintensive und mit einem hohen technisch-organisatorischen Aufwand erforderliche Projekte anstehen, z. B. zur Verbesserung der Infrastruktur.

Andererseits erlauben die kirchlichen und politischen Nichtregierungsorganisationen (NRO) dem Staat, sich aus solchen Entwicklungsvorhaben zurückzuziehen, in denen außenwirtschaftliche oder außenpolitische Interessenskollisionen zu befürchten sind. Der Rückzug des Staates ist auch immer dann sinnvoll, wenn zeit- und personalintensive Projekte von Helfern der kirchlichen oder politischen Stiftungen kostengünstiger und unbürokratisch durchgeführt werden. Im Übrigen kann der Staat trotz der institutionellen Unabhängigkeit der NRO sicher sein, dass sich ihre Kritik an Entwicklungsmaßnahmen der Bundesregierung wegen ihrer finanziellen Unterstützung stets in Grenzen hält. Allerdings sind die NRO nicht unumstritten. Nicht selten leiden ihre unter hohem Erwartungsdruck stehenden Vorhaben an wenig professioneller Organisation und mangelnder Qualifikation ihrer ehrenamtlichen Mitarbeiter. Aufgrund der großen Anzahl der Organisationen und ihrer vielfältigen Programme sind ihre Entwicklungsdienste nur schwer kontrollierbar.

4. Die Karikatur problematisiert den Sinn der Entwicklungshilfe. Einerseits erfüllt die Wasserzapfstelle ihre Funktion, die Karawane mit Wasser zu versorgen, andererseits hat diese Art der Modernisierung die Oase als Biotop und Lebensgrundlage für Menschen, Tiere und Pflanzen total zerstört. Welche Entwicklungshilfe ist die richtige? Oder stimmt der Satz der radikalen Gegner einer Entwicklungshilfe: „Die beste Entwicklungshilfe ist keine Entwicklungshilfe; denn Entwicklungshilfe verhindert Entwicklung“?

Mali

Landwirtschaft:

- Umstrukturierung in der Agrarproduktion (S. 160–163), hier besonders das agrarindustrielle Projekt „Office du Niger“ (Entwicklungshilfe in der französischen Kolonialzeit, in der planwirtschaftlichen Phase nach der Unabhängigkeit und im Übergang zur privatwirtschaftlichen Verantwortung)
- Entscheidungssituation der Bauern: Grundnahrungsmittel und/oder cash-crops? (S. 164–165) Welche landwirtschaftliche Anbauform soll unterstützt werden? Material zu den ökologischen Folgen: M28, M40, M44 und M59.
- Neue Strategien in der Agrarwirtschaft (S. 172–173); Großstaudämme – Kleinstaudämme;

Entwicklungsplanung (S. 168–171):
Entwicklungshilfeprojekte bei der Energieversorgung (M49, M50, M63) und Verkehrserschließung (M52, M53).
Muss der Sahel ein Armenhaus bleiben?
Perspektiven zukünftiger Entwicklung (M63): Mali bleibt auf Entwicklungshilfe weiter angewiesen.

Indonesien
Landwirtschaft:
- Die „Grüne Revolution" (S. 184 f., M28): Nahrungsmittelsteigerung – soziale und ökologische Folgen;
- Entwicklung im Agrarbereich (S. 196–197): Kleinbauern produzieren für den Weltmarkt (M35)
- ein Entwicklungshilfeprojekt der Friedrich-Ebert-Stiftung.

Transmigration und Familienplanung (S. 186–189):
Abbau des Bevölkerungsdrucks – Abholzung des tropischen Regenwaldes, Verdrängung und „Javanisierung" der Urbevölkerung , Menschenrechtsproblematik;
Tourismus (S. 198–199):
Wirtschaftliche Impulse, Schaffung neuer Arbeitsplätze – negative soziokulturelle und ökologische Veränderungen;
Entwicklung allgemein (S. 200–201):
Wo soll Entwicklungshilfe ansetzen? Teilaspekte:
- Stabilisierung der Nahrungsmittelindustrie;
- Förderung exportfähiger landwirtschaftlicher Produkte;
- Aufbau einer arbeitsintensiven verarbeitenden Industrie;
- Abbau der Auslandsverschuldung;
- Abbau der sozialen Disparitäten;
- Stopp der ökologischen Krise im tropischen Regenwald;
- Einforderung der Menschenrechte.

2.3 Entwicklungsansatz IWF und Weltbank — SB 244

1. Spezifizierung der Fonds-Ziele Nr. 5. und 6 bei besonderer Gewichtung des allgemeinen Ziels des Wirtschaftswachstums (Ziel Nr. 2) unter einem wachstumsorientierten Strukturanpassungskonzept, das es dem Fonds erlaubt Einfluss auf die Struktur des Haushalts des betreffenden Mitgliedes zu nehmen und seine Maßnahmen zu evaluieren. Hierbei sind nur allzu oft die auch unter Ziel 2 genannten Ziele wie Erhalt des Beschäftigungsgrades, des Realeinkommens und Entwicklung des Produktionspotenzials zurückgestellt worden (vgl. IWF Musterland Ghana).

2. Folgen einer rein wachstumsorientierten Auflagenpolitik waren der Ausbau und Aufbau einer exportorientierten Agrarwirtschaft (vgl. Brasilien, SB, S. 208), oft trotz herrschenden Überangebots an Agrarrohstoffen auf den Weltmärkten, Vernachlässigung der Binnenmarktversorgung, Heranziehen der Regenwälder als Besicherung (Holz, Erz- und Erdöllager) und Siedlungsreserve zur Verhinderung weiterer sozialer Unruhepotenziale (vgl. Brasilien SB, S. 220). Hinzu kamen in jüngster Zeit noch die Auslagerung von umweltbelastenden Industrien aus den IL und die Verbringung von Giftmüll zur kostengünstigen Entsorgung.

3. Die Kluft zwischen Arm und Reich wird durch Auflagenpolitik des IWF ständig vergrößert und manifestiert sich in den wachsenden sozialen Disparitäten, die sich häufig gewaltsam entladen (vgl. SB, S. 215/6). Armut führt nicht selten in Lateinamerika zu Kriminalität, Gewalt und Mord und zur sozialen Ausgrenzung ganzer Gruppen (Jugendliche und Kinder), die als „Plage" der Gesellschaft interpretiert werden, andererseits aber Ausdruck der enormen Widersprüche in diesem EL sind. Die Städte sind – natürlich auch aus Mittelknappheit – nicht in der Lage diesem Problem Herr zu werden, zumal Zuwanderung und ausufernde Slum-Siedlungen hohe Aufwendungen erfordern, für die aber – auch unter dem Regime des IWF – kaum Mittel mehr vorhanden sind.

2.4 Lomé als Entwicklungsansatz der EG SB 246

1. Das STABEX-System dient zum Ausgleich von Exporterlösschwankungen der AKP-Staaten bei 46 landwirtschaftlichen Rohstoffen. Für die Beanspruchung von Beihilfen zur Exporterlösstabilisierung muss eine Abhängigkeits- und Auslöseschwelle (d. h. Erlösschwankung) von 6 % für die am wenigsten entwickelten Länder vorliegen; für Binnen- und Inselländer gelten 1,5 % (ab Lomé III [1985–1990]). Bezugsniveau zur Berechnung der Erlösschwankungen ist der Durchschnittserlös der vorangegangenen vier Jahre. Mali (Binnenland; s. o.) weist einen Exportanteil von weit über 1,5 % bei Baumwolle an den Gesamtexporten aus. In der Zeit von 1985/86 – 1989/90 bestand aufgrund der Erlösrückgänge bei Baumwolle auf dem Weltmarkt ein Anspruch auf Stabilisierungszahlung auf Antrag bei der EU.
2. Das Lomé-Abkommen weist folgende Schwerpunkte auf:
- zollfreie Einfuhr von AKP-Industrieprodukten
- STABEX
- SYSMIN
- Finanzhilfen
- Präferenzbehandlung für wenige entwickelte AKP-Länder
- Förderung der Süd-Süd-Kooperation
- Auftragsvergabe vorzugsweise an lokale Unternehmen

Kritische Wertung
- Export industrieller Güter aus den AKP-Ländern in die EU ist marginal (ca. 1 %);
- Trotz evidenter Vorzüge besteht die Gefahr einer Verstetigung struktureller Abhängigkeiten und Verzögerung von Diversifizierungsprozessen;
- Bei Erschöpfung der bereitgestellten EU-Mittel besteht keine Nachschussverpflichtung der EU;
- Ungleiche Verteilung EU-Zahlungen auf einige wenige AKP-Staaten; ab 1990 Verteilung der Mittel auf mehr Länder, wobei die Antragssteller weniger erhalten werden;
- Auszahlung der Mittel an Regierungen, aber nicht an die Produzenten; es fehlt eine Verwendungskontrolle;
- Privilegiensicherung der Altmitglieder und Gefahr der Entstehung einer Zweiklassen-Gesellschaft innerhalb der AKP-Staaten:

Beispiel Dominikanische Republik: Aufnahme als AKP-Land war nur möglich bei erzwungenem Verzicht auf die Vorteile des Zuckerprotokolls.

2.5 Neue Weltwirtschaftsordnung (NWWO) und Integriertes Rohstoffprogramm SB 248

1. Wesentliche Gründe für ein Scheitern von Rohstoffkartellen sind:
   - geringer Anteil des Kartells an der Weltproduktion und am Weltexport;
   - Abhängigkeit der Abnehmerländer von diesen Rohstoffen bei keinen oder nur geringen Substitutionsalternativen;
   - unzureichende Koordination und Kooperation der Kartellmitglieder;
   - weitgehende Immunität der Kartellmitglieder gegenüber potenziellen Gegenmaßnahmen der Abnehmerländer.
2. Die anhaltende Verschlechterung des Terms of Trade (tot) und die damit einhergehende wachsende Auslandsverschuldung der EL hatten zur Folge, dass die Forderung nach einer neuen Weltwirtschaftsordnung verabschiedet wurde. Dies betrifft drei zentrale Bereiche, nämlich die Einrichtung und Ausweitung institutioneller Gremien und Mitspracherechte, die Anerkennung der nationalen Souveränität, den Abbau der Vorrangstellung der IL und gleichzeitig Ausbau der Beziehungen der EL untereinander. Die meisten IL stehen diesen Forderungen sehr reserviert gegenüber, da sie dem Prinzip des freien Welthandels widersprechen; Maßnahmen wie das IRP sind kontraproduktiv gegenüber den Interessen der EL aufgrund der Inflationierung durch Preisgarantien (s. u.: Indexierung), Begünstigung einer kleineren Gruppe von rohstoffreichen EL zulas-

ten der ärmeren Länder und gleichzeitiger Aufblähung der Bürokratie durch neue Verwaltungseinrichtungen.

Kritik ist auch aus den EL gekommen, die keine grundlegende Veränderung der Disparitäten und Abhängigkeiten durch die NWWO erkennen können. Die vorgesehenen Maßnahmen bleiben auf institutionelle Kosmetik beschränkt und bringen der Masse der Bevölkerung wenig. Daher favorisieren diese Kritiker und Verfechter der Dependenztheorie Strategien der Self-Reliance bzw. Dissoziation (vgl. SB, S. 240).

M36. Quelle: nach: Borsdorf, A. Kurswissen Dritte Welt und Weltwirtschaft. Stuttgart 1988, S. 135

M 37. Quelle: nach: Borsdorf, A. a. a. O., S. 136 und Strahm, R. H. Warum sie so arm sind. Wuppertal 1985, 2. Aufl., S. 132.

3. Neue Weltwirtschaftsordnung (NWWO) aus Sicht der EL

Das Aktionsprogramm über die Errichtung einer NWWO (1974) betrifft folgende Bereiche:

I. Grundlegende Rohstoff- und Grundstoffprobleme im Rahmen von Handel und Entwicklung

Rohstoffe (siehe auch IRP)

(Förderung der Weiterverarbeitung von Rohstoffen in den Erzeugerländern und dadurch Erhöhung ihres Wertes; Billigung von Rohstoffkartellen)

Nahrungsmittel

(Hebung und Diversifizierung der Agrarproduktion der EL zur Deckung ihres Nahrungsbedarfs; Erhöhung der Finanzhilfen für die Entwicklung der Landwirtschaft; Verbesserung der bestehenden Nahrungsmittel-Hilfsprogramme)

Allgemeiner Handel

(Änderung der internationalen Arbeitsteilung um den EL einen größeren Anteil an der Weltindustrieproduktion zu sichern und es ihnen zu ermöglichen, ihren Bedarf zu decken; Abbau protektionistischer Maßnahmen; Zugang zu den Märkten der IL für Halb- und Fertigwaren aus den EL; Abschaffung von tarifären und nicht-tarifären Handelshemmnissen; Präferenzabkommen für EL im Handel und in anderen Bereichen)

Verkehr und Versicherungswesen

(Erhöhung der Beteiligung der EL am Seetransport, am Versicherungswesen sowie am Tourismus)

II. Weltwährungssysteme und Entwicklungsfinanzierung

(Berücksichtigung der Interessen der EL bei der Neuordnung des Weltwährungssystems; besserer Zugang der EL zu den Kapitalmärkten; mehr Mitbestimmung der EL in den internationalen Finanzorganisationen, besonders IWF, und Verzicht auf Detail-Kontrollen bei der Verwendung von Mitteln dieser Organisationen zu Sanierungsmaßnahmen; Steigerung der Finanzmittel für den Ausgleich der Zahlungsbilanz; Maßnahmen zum Schutz der EL gegen die Folgen der Inflation; neue Maßnahmen zur Milderung der Situation der Verschuldung; Verwirklichung der Entwicklungshilfeziele seitens der IL [0,7 % des BSP an öffentlicher Hilfe]; Anpassung und Erleichterung der Vergabebedingungen von Entwicklungshilfe; Erhöhung der Finanzmittel für die internationalen Entwicklungshilfeorganisationen)

III. Industrialisierung

(Steigerung der Investitionen im industriellen Sektor, um einen höheren Anteil der EL an der Weltindustrieproduktion zu erreichen [Lima-Ziel von 25 % bis zum Jahr 2000])

IV. Übertragung von Technologie

(Technologietransfer aus den IL zu Vorzugsbedingungen, d. h. Patente, Lizenzen, etc.; Förderung der Entwicklung angepasster Technologien für die EL; Sicherung der Kaufkraft der Einkünfte aus dem Energieexport; Entwicklung neuer Energiequellen)

V. Regelung und Kontrolle der Tätigkeit transnationaler Gesellschaften

(Regelung und Kontrolle der Tätigkeit transnationaler Konzerne [Verhaltenskodex])

VI. Charta der wirtschaftlichen Rechte und Pflichten der Staaten

VII. Förderung der Zusammenarbeit zwischen den Entwicklungsländern

VIII. Hilfe bei der Ausübung der ständigen Souveränität der Staaten über ihre natürlichen Hilfsquellen
(Verhinderung der Vergeudung natürlicher Ressourcen; angemessener Zugang der EL zu den Erträgen des Tiefseebergbaus [Seerechtskonferenz])

IX. Stärkung der Rolle der Vereinten Nationen bei der internationalen wirtschaftlichen Zusammenarbeit

X. Sonderprogramme

Zusammengestellt nach: Jonas, R. und Tietzel, M. (Hg.). Die Neuordnung der Weltwirtschaft. Bonn 1976, S. 218–232 und Nohlen, D. (Hg.). Lexikon Dritte Welt. Reinbek 1991, S. 490 ff.

Das im Zusammenhang mit der Forderung nach einer NWWO von der „Gruppe der 77" geforderte „Integrierte Rohstoffprogramm" (IRP) [UNCTAD IV, Nairobi 1976] sieht die Neuordnung der Rohstoffmärkte vor, und zwar durch

1. Stabilisierung der Rohstoffpreise auf einem Niveau, das lohnend und gerecht für die EL, fair für die IL ist (Indexierung der Rohstoffpreise: Anbindung der Rohstoffpreise an die Preisentwicklung der importierten Industrieprodukte);
2. Exporterlösstabilisierung (Einrichtung eines Fonds zur Finanzierung von Rohstofflagern (bufferstocks: Ausgleichslager) zur Preisstabilisierung;
3. Erweiterung der Rohstoffverarbeitung in den EL;
4. Verbesserung des Marktzugangs für unverarbeitete und weiterverarbeitete Rohstoffe der EL auf den Märkten der IL;
5. Verbesserung der Wettbewerbsfähigkeit der natürlichen Rohstoffe gegenüber synthetischen Ersatzprodukten;
6. Verbesserung der Absatz-, Verteilungs- und Transportsysteme für die Rohstoffe der EL;

Zusammengestellt und erweitert nach: Nohlen, D. (Hg.). Lexikon Dritte Welt. Reinbek 1991, S. 332.

Mit dem IRP streben die EL eine Dämpfung der Preisschwankungen, eine Anbindung der Rohstoffpreise an die allgemeine Inflation (Indexierung) und letztlich einen Ressourcentransfer zur Korrektur der internationalen Einkommensverteilung an.

Die Kritik aus Sicht der IL betrifft folgende Aspekte:

- Interventions- und Reglementierungsmaßnahmen schalten das Funktionieren des Marktes aus, indem z. B. die Wettbewerbssituation verfälscht wird;
- Die Indexierung der Preise von Rohstoffen leistet der Inflation Vorschub und führt bekanntermaßen zur Überproduktion
- Eine kleine Gruppe rohstoffreicher EL wird gegenüber der Mehrzahl anderer EL begünstigt, die stärker belastet werden
- Auch rohstoffreiche IL können von diesem Programm zusätzlich profitieren
- Bürokratie und Lagerhaltung verteuern Rohstoffe und Waren zu Lasten der Endverbraucher
- Reglementierungsmaßnahmen und Preisfestsetzungen erfolgen nach nicht-marktwirtschaftlichen Kriterien. Bei Fehlentscheidungen ist die Verantwortungs- und Haftungsfrage ungeklärt.
- Verfestigung der derzeitigen exportorientierten Produktionsstrukturen bei Vernachlässigung der Bemühungen um Diversifizierung und Überwindung monostruktureller Abhängigkeiten.

4. Die im April 1994 abgeschlossenen GATT-Verhandlungen der Uruguay-Runde führten zu Zugeständnissen bei allen Partnern, wenngleich auch nicht in dem gewünschten Maß.

Volkswirtschaftliche Ziele und Chancen:

- mehr Wettbewerb und Anpassungsdruck (Innovationsbereitschaft);
- Anreize und mehr Dynamik im Außenhandel.

Allgemeine Vereinbarungen

- 36 % Zollsenkung für alle GATT-Mitgliedsländer;
- Abbau von Mengenbeschränkungen;

– Eindämmung von Dumping-Praktiken und „freiwilligen Exportbeschränkungen";
– Liberalisierung des Weltagrarmarktes speziell der EU
– EU: Senkung der Exportpreisstützung (d.h. Exportsubventionierung) um 20 % bis zum Jahr 2000;
– Rahmenabkommen für den Handel mit Dienstleistungen;
– Ausklammerung der Problemfelder: See- und Luftfahrt, Telekommunikation, Finanzdienstleistungen, audiovisuelle Medien;
– Konzeption einer WTO (World Trade Organization), die das GATT ablösen soll.

5. Der Beitrag der deutschen Landwirtschaft zu Beschäftigung und Wachstum des Sozialproduktes liegt nur bei gut 2 %, in den übrigen EU-Volkswirtschaften etwas höher. Nicht absetzbare Überschüsse und Protektionismusstrategien kennzeichnen die Lage der Agrarwirtschaft in der EU. Will die EU weiterhin am internationalen Handel unter dem GATT partizipieren, müssen politische Entscheidungen getroffen werden, die nicht länger an parteipolitisches Kalküldenken gebunden sind, sondern langfristige Perspektiven aufzeigen, von denen die des EG-Kommissars MacSharry zumindest erwägenswert sind, d. h. Abbau der produktgebundenen Subventionen und Ersatz durch Direktbeihilfen.

Materialien zur selbständigen Erarbeitung: Bolivien **SB 252–255**

1. Die Materialien weisen Bolivien eindeutig als Entwicklungsland aus (M2, M3, M8, M9). Typische Kennzeichen sind u. a.: hohes Bevölkerungswachstum, hohe Säuglingssterblichkeit, geringere Lebenserwartung als in den Industrienationen, noch relativ hohe Analphabetenquote, Anteil der Landbevölkerung noch relativ hoch, geringes Bruttosozialprodukt pro Kopf, geringe bzw. zeitweise sogar negative Wachstumsrate des Bruttoinlandsprodukts, schwache Investitionstätigkeit, hoher Anteil an Beschäftigten in der Landwirtschaft, hohe Inflationsrate, relativ hohe Arbeitslosenquote, hohe Auslandsverschuldung; Export: vorwiegend Rohstoffe und Agrargüter; Import: vorwiegend Fertigprodukte (besonders Maschinen, Fahrzeuge, Erzeugnisse der chemischen Industrie, aber auch Nahrungsmittel).
Eine genauere Untersuchung des Materials zeigt allerdings, dass es im Verhältnis zu noch ärmeren Ländern (vor allem in Afrika) auch einige günstigere Entwicklungsmerkmale gibt. So war die Außenhandelsbilanz zwischen 1979 und 1989 meist positiv; der Anteil der in der Industrie Beschäftigten ist mit 20 % schon verhältnismäßig hoch. Die Einordnung Boliviens hinsichtlich seines Entwicklungsstandes ist nicht ganz eindeutig. Einige Merkmale weisen das Land der Gruppe der am wenigsten entwickelten Länder zu (z. B. Säuglingssterblichkeit, BSP pro Kopf, Anteil der Rohstoffe am Export). Andererseits lassen einige Daten auch eine günstigere Einordnung zu (z.B. Handelsbilanz, Analphabetenquote, Lebenserwartung). Der Weltentwicklungsbericht ordnet Bolivien noch den am wenigsten entwickelten Ländern zu (vgl. SB, S. 140/141, M2). Aufgrund seiner Binnenlage hat Bolivien besondere Entwicklungsnachteile (Landlocked Country). Innerhalb Südamerikas ist Bolivien der ärmste Staat.

2. Bolivien ist ein rohstoffreiches Land. Verschiedene Erze sowie Erdöl und Erdgas können in z. T. beträchtlichem Umfang gefördert werden (M1, M3, M4, M5, Atlas). Die Erzlagerstätten befinden sich allerdings vorwiegend in der unzugänglichen und nur dünn besiedelten Ostkordillere (M1, Atlas). Dort sind die Abbaubedingungen schwierig; hinzu kommen Verkehrsprobleme (s. u.). Von besonderer Bedeutung sind die Vorkommen an Erdöl, das vorwiegend für den eigenen Bedarf genutzt wird (nachlassende Ergiebigkeit der Felder) sowie die von Erdgas, das in zunehmendem Maße auch exportiert wird. Von den Bodenschätzen her hätte Bolivien gute Möglichkeiten zum Aufbau einer eigenen Industrie. Hemmend machen sich allerdings folgende naturgeographische Faktoren bemerkbar: Der Westteil des Landes liegt im schlecht zugänglichen Hochgebirge der Anden, teilweise über 4000 m hoch; der Norden und Osten hat Anteil am tropischen Regenwald und tropischen Feuchtsavannen und ist nur wenig erschlossen. Sowohl das Straßen- als auch das Eisenbahnnetz sind noch unzureichend entwickelt. Im Regenwaldgebiet sind viele Ortschaften nur durch das Flugzeug oder mit dem Schiff zu erreichen. Der Export von Rohstoffen und Fertigprodukten wird weiter dadurch erschwert, dass Bolivien als Binnenland keinen direkten Zugang zu einem Seehafen hat und seinen Fernhandel z. B. über Häfen in Chile abwickeln muss. Die Industrialisierung des Landes wird zudem dadurch behindert, dass die Finanzierung von Großprojekten und die Modernisierung des Bergbaus (u. a. wegen der bereits bestehenden hohen Verschuldung) nicht sichergestellt ist. Die ständig schwankenden Rohstoffpreise (M6) machen langfristige Kalkulationen unmöglich, Investitionen durch den Staat oder ausländische Unternehmer laufen nur schleppend. Trotzdem ist es in den letzten Jahren gelungen, den Anteil der Industrie am BIP auf immerhin 35 % zu steigern (M2).

3. Die Außenhandelsstruktur (M3) weist Bolivien als Land aus, dessen Exporte sich vorwiegend aus Rohstoffen (Erze, mineralische Brennstoffe, Nahrungsmittel und Gewürze) sowie NE-Metallen, die aus den heimischen Erzen geschmolzen werden, zusammensetzen. Von besonderer Bedeutung ist die Erzeugung von Zink, Blei, Zinn, Antimon und Silber (M4). Zinn und Zink gehören zu den wichtigsten Exportgütern Boliviens. Am Beispiel des Rohstoffs Zinn, zu dessen bedeutendsten Förderländern Bolivien gehört (M5), kann die Abhängigkeit vom Weltmarkt und vom Weltmarktpreis gut verdeutlicht werden. Sowohl die Nachfrage als auch der Preis sind großen Schwankungen unterworfen (M6). Der Preisverfall Mitte der achtziger Jahre traf das Land hart. Das Zinnabkommen, das den Förderländern eigentlich Ausgleichszahlungen bei fallendem Weltmarktpreis garantieren sollte, brach bereits nach einer kurzen Belastungsprobe zusammen (M6). Bolivien sah sich zudem einem zunehmenden Konkurrenzdruck seitens der billiger produzierenden Förderländer aus Ost- und Südostasien gegenüber (M5). Aufgrund der starken Rohstoffpreisschwankungen und der ständig wechselnden Nachfrage auf dem Weltmarkt unterliegen die Deviseneinkünfte ebenfalls großen Schwankungen. Der Schuldenabbau, Grundvoraussetzung für ein Gesunden der Staatsfinanzen, Investionen und eine verlässliche Wirtschaftsplanung sind unter solchen Bedingungen nur schwer möglich. Als Folge der Probleme im Bergbau mussten sogar Minen geschlossen und Bergleute entlassen werden (M7). Von der Importstruktur gehört Bolivien zu den Staaten, die vor allem Fertigwaren, aber auch Nahrungsmittel einkaufen müssen (M3). Im Vergleich zu anderen Entwicklungsländern hat Bolivien aber trotz der eigentlich ungünstigen Handelsstruktur in den meisten Jahren noch eine positive Handelsbilanz erreichen können (M3). Dies liegt vor allem daran, dass die Bevölkerung des Landes mit weniger als 10 Millionen Menschen viel geringer ist als in vielen anderen Entwicklungsländern und die Erlöse der umfangreichen Exporte daher pro Kopf der Bevölkerung relativ hoch sind, während sich der Umfang der Importe gleichzeitig in Grenzen hält.

Aktualisierung: Die nachstehenden Materialien ermöglichen eine Aktualisierung wichtiger Strukturdaten, sodass die Entwicklung bis in die Mitte der neunziger Jahre weiterverfolgt werden kann. Der Quellentext aus dem Fischer Weltalmanach '99 zeigt, dass sich die Lage für den Bergbau in Bolivien auch in der zweiten Hälfte der 90er-Jahre nicht entspannt hat, sondern durch die Ausweitung der Förderung in China und Indonesien, sowie durch das Recycling in den Industrieländern, verschärfen wird.

I. Strukturdaten (nach Fischer Weltalmanach '99)
(die neuen Daten beziehen sich auf das Jahr 1996):

Bevölkerung:	7 588 000	
Bevölkerungswachstum:	1990–1996	2,4 %
Geburten-/Sterberate:	3,5 % / 1 %	
Säuglingssterblichkeit:	7,1 %	
Städtische Bevölkerung:	61 %	
Bruttosozialprodukt (pro Kopf):	6302 Mio. US-$ (830 US-$)	

Anteil am BIP (1995)	
Landwirtschaft:	17%
Industrie:	31 %
Tertiärer Sektor:	52 %

Erwerbstätige (1996)	
Landwirtschaft:	44 %
Industrie:	12 %
Tertiärer Sektor:	44 %

Inflationsrate:	18,5 % (1985–1995)
Arbeitslosenquote (1995):	17,3 %
Auslandsverschuldung (1997):	5,4 Mrd. US-$
Terms of Trade (1980 = 100):	117 (1990)

Anmerkung: Die z. T. abweichenden Daten für den gleichen Zeitraum (bei gleicher Quelle wie SB S. 252, M2) zeigen, wie wenig verlässlich offizielle oder geschätzte Daten über Entwicklungsländer sind.

II. Außenhandel 1997 (nach Fischer Weltalmanach '99)

Import: 1550 Mio. US-$
Export: 1015 Mio. US-$

Importgüter: 40 % Kapitalgüter, 38 % Zwischenprodukte und Rohstoffe, 20 % Konsumgüter

Exportgüter: 16 % Zink, 9 % Gold, 13 % Soja, 7 % Zinn, 6 % Holz, 6 % Erdgas, 5 % Silber

III. Weltzinnförderung (nach Fischer Weltalmanach '96 und '99)

Land	1993	1995
1. VR China	46 000 t	54 000 t
2. Indonesien	28 500 t	46 000 t
3. Peru	13 700 t	22 000 t
4. Brasilien	25 900 t	19 000 t
5. Bolivien	18 600 t	14 000 t
6. Russland	11 200 t	9 000 t
7. Malaysia	10 400 t	6 000 t
Weltförderung insgesamt	181 700 t	195 000 t

IV. Zinnverbraucher und Entwicklung des Zinnpreises

Die größten Zinnverbraucher waren auch 1997/98 die USA, Japan und Deutschland, vor allem für Getränkedosen und andere Verpackungen (in Legierungen). Der Rückgang der Zinnpreise auf dem Weltmarkt von 1996 setzte sich 1997 fort. Der Verbrauch stagnierte, u. a. durch geringere Nachfrage aus Ostasien, während sich das Angebot durch erhöhte chinesische Exporte und Abbau der strategischen US-Lagerbestände vergrößerte. Außerdem spielt Recyclingware eine immer wichtigere Rolle (z. Zt. etwa 50 % des Bedarfs), sodass auch in den nächsten Jahren mit leichten Angebotsüberschüssen und eher sinkenden Preisen gerechnet wird. Die wichtigsten Förderländer sind zum Zweck der Preisstabilisierung in der Association of Tin Producing Countries (ATPC) zusammengeschlossen.

(nach: Fischer Weltalmanach '99, Sp. 1080)

Tragfähigkeit der Erde SB 256–268

1. Bevölkerungsdynamik und demographische Selbstbestimmung

1. Der Bevölkerungszuwachs wird in diesem Jahrzehnt ca. 1 Mrd. Menschen betragen; der Anteil Asiens wird bis zum Jahre 2025 auf 57 %, der Afrikas auf über 18 % und der Lateinamerikas auf fast 9 % angestiegen sein im Gegensatz zu den IL, deren Anteil auf fast 16 % zurückgeht; es scheint sich hier das Problem der Vergreisung der Bevölkerung bereits abzuzeichnen.
Auffällig ist das unterschiedliche Bevölkerungswachstum in IL und EL; hier fällt besonders das hohe Bevölkerungswachstum in Afrika (differenziert nach West- und Nordafrika) gegenüber dem deutlich geringeren im Nahen Osten und den langfristig rückläufigen in Ost/Südost-Asien mit seinen dynamischen Volkswirtschaften auf.
Entwicklungspolitisch problematisch ist das Bevölkerungswachstum in den Armutsregionen der Erde, die bei wachsender Bevölkerung insbesondere unter den Problemen Jugendarbeitslosigkeit und der Nicht-Finanzierbarkeit von Bildungsmaßnahmen für alle zu leiden haben. Kritisch wird sich die Arbeitsplatzsituation dann darstellen, wenn in weiten Teilen der EL weiterhin die Landflucht anhält, obwohl riesige Landflächen ungenutzt bleiben (vgl. Südamerika). Dennoch ist absehbar, dass die zur Verfügung stehenden Bodenreserven in vielen Ländern nicht ausreichen werden um alle Menschen zu ernähren. Extreme Beispiele von Erosion und Desertifikation lassen sich auf Haiti und in afrikanischen Ländern aufzeigen.
2. Hauptbetroffene des Bevölkerungswachstums sind weltweit die Frauen, deren Gebärfähigkeit und Arbeitsleistung die wichtigsten Statusmerkmale in den verschiedenen Kulturen sind. Bei der hohen physischen und psychischen Beanspruchung durch Feldarbeit oder Fabrikarbeit und rascher Kinderfolge (insbesondere in Afrika, Asien und im Nahen Osten) sind Unterernährung, Überbeanspruchung und geringe soziale Wertschätzung die schwerwiegendsten Probleme.
Maßnahmen der Familienplanung müssen, um wirksam zu werden, weiter bei verschiedenen Zielgruppen, nämlich Jugendlichen, Frauen neben traditionell Männern, ansetzen, indem Familienplanung entmystifiziert und enttabuisiert wird.
3. Seit den 70er-Jahren ist an die Stelle des Ressourcenproblems das Umweltproblem getreten. Durch die globale Umweltkrise ist die Bedeutung der Demographie wieder in das Blickfeld der wissenschaftlichen Diskussion gerückt. Angesichts der sich rapide verschlechternden Umweltqualität trotz technologischen Fortschrittsglaubens wird kein Weg daran vorbeiführen, Maßnahmen zu initiieren, die Verhaltensänderungen der Menschen bewirken und nicht nur eindimensional auf eine Verringerung der Kinderzahl abgestellt sind, sondern multidimensional z. B. auf Gesundheitswesen, Schulbesuch, Ausbildung, Erwerbstätigkeit der nachfolgenden Generation setzen; hinzu kommen die Änderung des Status der Frau, gerechtere Verteilung der Lasten zwischen Mann und Frau, Verfügbarkeit von Kontrazeption und Familienplanung, Kinderbetreuung und Berufstätigkeit der Mütter, insbesondere im nicht agrarischen Sektor, ökonomische Entwicklung und Alterssicherungssysteme. Die Motivation zur Familienplanung korreliert eng mit erfahrbaren Fortschritten der eigenen sozialen Situation. Solange aber ein Großteil der Menschen in der Dritten Welt von diesen Fortschritten ausgeschlossen sind bzw. durch Religion, Fundamentalismus und Tradition daran gehindert werden, wird sich dieser Entwicklungsprozess nicht oder nur sehr verlangsamt anregen lassen.
H. Birg. Der Konflikt zwischen Space Ethics und Lifeboat Ethics und die Verantwortung der Bevölkerungstheorie. In: Raumschiff oder Rettungsboot? – Globale Bevölkerungsentwicklung und ökologische Tragfähigkeit. Hg. Deutsche Gesellschaft für die Vereinten Nationen. Nr. 40. Bonn 1992, S. 1–17.
J. Schmid. Weltbevölkerung und die globale Umweltfrage. a. a. O., S. 18–27.
Zur Position H. Birgs:
Ökologische und demographische Hypothesen bilden seit den klassischen Bevölkerungstheorien des 18. Jh. eine Einheit mit ihren spez. ethischen Dimensionen. „Spaceship ethics

(K. E. Boulding) versus lifeboat ethics (G. Hardin)" kennzeichnet die gegenwärtige Auseinandersetzung miteinander unvereinbarer Ethik-Konzeptionen im Umfeld von Ökologie und Demographie.

In seinem kurzen Artikel The Economics of the Coming Spaceship Earth (In: Jarett, H. (ed.). Environmental Quality in a Growing Economy. Baltimore 1966, S. 9) erläutert Boulding den Sinn seiner „spaceship"-Metapher:

„The closed earth of the future requires economic principles which are somewhat different from those of the open earth of the past. For the sake of picturesqueness, I am tempted to call the open economy the ‚cowboy economy', the cowboy being symbolic of the illimitable plains and also associated with reckless, exploitative, romantic, and violent behaviour, which is characteristic of open societies. The closed economy of the future might similarly be called the ‚spaceman' economy, in which the earth has become a single spaceship, without unlimited reservoirs of anything, either for extraction or for pollution, and in which therefore, man must find his place in a cyclical ecological system which is capable of continuous reproduction of material form even though it cannot escape having inputs of energy. The difference between the two types of economy becomes most apparent in the attitude towards consumption."

„Man könnte auch von einer Zwangs-Interessengemeinschaft zwischen den verschiedenen Populationen der Welt sprechen. Der Begriff ‚Zwangs-Interessengemeinschaft' macht deutlich, dass die ‚spaceship ethics' als eine Folge der realen Problemlage entstanden sind, [...]" (S. 13).

Der Biologe G. Harding führt zur Kennzeichnung seiner eigenen ethischen Position die Metapher der „Lifeboat ethics" ein, die auf folgender Logik basiert:

„1. Bei unseren Handlungsweisen müssen die Interessen der nach uns kommenden Generationen berücksichtigt werden.
2. Weil die Armen zahlreicher sind und sich rascher vermehren als die Reichen, beeinträchtigen sie die Rechte künftiger Generationen stärker als die Reichen.
3. Folglich sind die ethischen Prinzipien am besten erfüllt, wenn nur die Reichen überleben.

Die Argumentation ist formal-logisch richtig, aber sie muss schon deshalb abgelehnt werden, weil sie auf der falschen Prämisse aufbaut, dass die Armen die Interessen künftiger Generationen stärker beeinträchtigen als die Reichen. Es ist genau umgekehrt: Obwohl die reichen Nationen (Industrieländer) nur etwa ein Viertel der Weltbevölkerung umfassen, produzieren und verbrauchen sie z. B. ca. 80 % der kommerziell erzeugten Energie. Wegen des höheren Energieverbrauchs emittieren die Industrieländer etwa die dreifache Menge des für den Treibhauseffekt verantwortlichen Kohlendioxids als die Entwicklungsländer, ähnlich ist der Unterschied beim Schwefeldioxid, das eine der Ursachen des Waldsterbens ist" (S. 14).

Zur Position Z. Schmids:

„Für die Nichtbeachtung oder Unterschätzung des Bevölkerungsdrucks gibt es einige Erklärungen. Bevölkerungsdruck manifestiert sich eigentlich immer räumlich (auf der lokalen Ebene) und wird daher gerne auf der globalen Ebene vernachlässigt. Sogar auf der nationalen Ebene unterschätzt man diesen Faktor, vor allem dann, wenn immer auf die noch unbesiedelten Landstriche verwiesen wird usw. Doch Bevölkerungsdruck und Umweltverschlechterung manifestieren sich nicht nur räumlich, sondern im Schichtungsgefüge, d. h. unter den Armen in den armen Gemeinden. Und es sind fast immer die Frauen, die die schlimmsten Auswirkungen zu ertragen haben. Die sozial schwachen Haushalte (low-income housholds) Afrikas, Asiens und Lateinamerikas sind sowohl Opfer von Umweltproblemen, wie sie sie gleichzeitig verschlimmern. In den Landregionen vieler Entwicklungsländer können sich arme Familien nur über Wasser halten, indem sie ihre natürliche Umwelt zerstören. In ihrem täglichen Kampf um Nahrung, Futter, Feuerholz und Wasser verwandeln sie rapide die örtlichen Ökosysteme, wahrscheinlich sogar irreparabel, und tragen so in einigen Fällen zur globalen Umweltveränderung bei ... (S. 22).

[...] Umweltverschmutzungen nehmen schon allein durch Bevölkerungszuwachs zu, auch wenn das Konsum- und Einkommensniveau gleichbleiben würde. Aus diesem Grunde würden auch nach einer Berechnung zwischen 1985 und 2025 die Entwicklungsländer 60 % mehr Abfall produzieren. Wenn nun die Durchschnittseinkommen von 750 Dollar auf 1500 Dollar ansteigen, dann bedeutet das 80 % mehr Abfall und würde den Gesamt-Anteil an der Gesamt-Abfallproduktion in der Welt von 25 auf 50 % ansteigen lassen. ... Das heißt, dass selbst geringe Anhebungen des Lebensstandards, wenn sie sich über ganz große Bevölkerungen hin verteilen, sich in ihren Umweltauswirkungen multiplizieren" (S. 23).

4. Traum bzw. Vision von einer schönen, neuen und gerechten Welt ohne Probleme, d.h. auch ohne Bevölkerungsprobleme, ist die Perspektive alternativer und klerikaler Gruppen. Aus deren Sicht kann sich nur eine bevölkerungsreiche, starke 3. Welt gegenüber den Industrieländern behaupten. Verfechter doktrinärer Positionen des ungezügelten Bevölkerungswachstums selbst unter Hintanstellung ihrer jahrzehntelang propagierten Ziele von Ökologie und Erhalt der Umwelt und ihrer begrenzten Ressourcen verabschieden sich somit aus einer ernstzunehmenden Diskussion. Das Festhalten an Imperialismuskonzepten vergangener entwicklungspolitischer Diskussionen und Theoriezirkel lässt es zu, die Behandlung des Themas Bevölkerungswachstum und Bevölkerungspolitik von klerikalen Positionen vereinnahmen zu lassen, wenn sich dann die Chance ergibt gemeinsam gegen einen vermeintlichen „chemischen Neokolonialismus" bzw. einen „Empfängnisregelungs-Imperialismus" wettern zu können.
Realistische Einschätzung von Ursache und Wirkung betreffend bemerken die Vertreter christlicher Lehre und Dogmen, dass ausgebliebene Agrarreformen usw. wesentlich für die Verbreitung städtischer und ländlicher Armut, Unterprivilegierung der Frau, Unterernährung, unzureichender Bildung und medizinischer Versorgung sind, allerdings ohne einmal klar und deutlich die fatale Rolle des Klerus insbesondere in den letzten Jahrzehnten und sein Eintreten für die Oligarchie der betreffenden Länder (selbst)kritisch zu hinterfragen.

5. Angesichts der Ergebnisse aus M1–M5 ist der Begriff „Geisterfahrer" (i.e. diejenigen, die in der Bevölkerungspolitik gezielt und bewusst gegen allgemein verbreitete Positionen auftreten) im übertragenen Sinn für die in M6 genannten Gruppen und Personen verständlich, wenn deren Standpunkte aufgelistet werden:

Skriver:
- „Unser Denken, die Unterentwicklung sei durch das Bevölkerungswachstum verursacht, ist selbst eine Katastrophe."

ASW:
- die Tragfähigkeit der EL (ohne China) beträgt 33 Mrd. Menschen unter vollständiger Ausnutzung sämtlicher Reserven.
- gezielte Uminterpretation des WPPA zur Förderung verantwortungsloser Fortpflanzung widerspricht somit nicht ökologischen, sozialen und demokratischen Prinzipien.
- Szenario eines bedrohten Weltfrieden aufgrund des imperialistischen Verhaltens des Nordens gegenüber dem Süden.
- Ausbeutung in der 3. Welt zur eigenen ideologischen Profilierung. In der bevölkerungspolitischen Debatte gilt Familienplanung als imperialistisches und neokolonialistisches Verhalten. Es steht damit im Widerspruch zur eigenen Position gegen Fremdbestimmung und Bevormundung.

Kirche(n):
- „Übernahme der bislang bekämpften Imperialismus-Weltsicht und Ideologie durch Umdefinition von Bevölkerungspolitik als Empfängnisregelungs-Imperialismus und chemischen Neokolonialismus."
- Weltbank: Problem der abnehmenden Unterstützungsbereitschaft in Dritte-Welt-Ländern bei Familienplanungsmaßnahmen.

UN:
- WPPA ist ein Plädoyer für die bewusste Familienplanung.

Dritte Welt:
- Die Realität in den Armutsgebieten hat stets zu Aufständen gegen die Oligarchie, gegen Armut, Elend und Unterentwicklung und zu hoher Geburtenzahl geführt. Erst allmählich und behutsam ist ein Umdenken unter ökologischen Prämissen erreichbar, wenn die selbst erfahrbare Verbesserung der sozialen Lage vermittelbar ist.

2. Hunger trotz Überflusses **SB 260–263**

Vorbemerkung

Unter dem Leitgedanken „Hunger trotz Überflusses“ werden durch die drei Spiegelstriche unterschiedliche inhaltliche Schwerpunkte gesetzt. Im Mittelpunkt stehen die Begriffe „wachsende Bevölkerung“, „Umnutzung landwirtschaftlicher Nutzflächen“, „Nahrungsmittelproduktion“ und „Umweltbelastung“ bzw. „-zerstörung“.

Wachsende Weltbevölkerung und landwirtschaftliche Nutzfläche (M7, M8)

Wie viel landwirtschaftliche Nutzfläche steht der Menschheit bei wachsender Bevölkerung zur Verfügung? (M7)

Die grüne Linie quantifiziert die für die Landwirtschaft potenziell kultivierbare Fläche global auf ca. 3,2 Mrd. Hektar. Diese Summe schließt auch solche Flächen mit ein, die nach heutigem Stand nur mit viel zu hohem Kapitalaufwand (Bewässerung, Rodung, Düngung) und daher nicht rentabel bewirtschaftet werden können. Setzt man gleichbleibende klimatische Bedingungen voraus, ist die potenziell weltweit zur Verfügung stehende Nutzfläche eine limitierende Größe (Fortsetzung als gestrichelte grüne Linie), von der allerdings die tatsächlich nutzbare landwirtschaftliche Fläche (ca. 770 Mio. Hektar) immer stärker nach unten abweicht (durchgezogene grüne Linie); denn mehr Menschen brauchen immer mehr Landfläche für außerlandwirtschaftliche Nutzungen. Zwar kann durch Produktivitätssteigerung auf einer immer knapper werdenden landwirtschaftlichen Nutzfläche der Zeitpunkt der Landknappheit und damit einer Ernährungskrise herausgeschoben, aber nicht verhindert werden. Selbst dann nicht, wenn die wachsende Bevölkerung rein theoretisch auf Städtebau und andere außerlandwirtschaftliche Flächenbeanspruchungen verzichten würde und die weltweit zur Verfügung stehende Nutzfläche mit hohem Kapitalaufwand kultivieren würde. Das Gegenteil ist der Fall: Durch Umnutzung wird „die Ackerfläche pro Kopf bis zum Jahre 2025 in Afrika um etwa 60 % abnehmen, in Asien um rund 30 %“. Der Schnittpunkt der beiden Linien würde sich nur um wenige Jahrzehnte verschieben. Als Beispiele für die Inanspruchnahme von Grenzertragsböden und Risikoböden sei hier auf die Landwirtschaft im Sahel (Mali, S. 156–158, S. 166–167 und S. 176) und im tropischen Regenwald (Indonesien S. 186–189 und Brasilien S. 220) verwiesen.

Im Bericht des Club of Rome (M7) und in der 1798 von Thomas Robert Malthus (1766–1834) veröffentlichten Verelendungstheorie (M8) wird das Bevölkerungswachstum als die eigentliche Ursache für den Hunger dargestellt, d.h., wenn das Bevölkerungswachstum höher ist als das wirtschaftliche Wachstum, führt dies zur Verelendung. Dabei wird allerdings außer Acht gelassen, dass sich das generative Verhalten der Menschen unter verbesserten Lebensbedingungen und Zukunftsperspektiven auch ändert. Die Entwicklungsgeschichte der Industrieländer sowie einiger ost- und südostasiatischer Schwellenländer belegt dies. Vgl. dazu die „Theorie des demographischen Übergangs“ auf den Seiten 151 und 153.

Produktivitätssteigerung und Umweltzerstörung (M8, M10, M13)

In den sechziger Jahren griffen Agrartechniker in das Wettrennen „Nahrungsmittelproduktion contra Bevölkerungswachstum“ durch die „Grüne Revolution“ massiv ein.

Wenn das Bevölkerungswachstum nicht gebremst und die Landwirtschaft nicht ohne weiteres auf Grenzertragsflächen ausgeweitet werden konnte, so musste die Agrarproduktion in den Entwicklungsländern erheblich intensiviert werden durch Mechanisierung, durch ertragreichere Sorten, durch mehr Kunstdünger und Pflanzenschutzeinsatz. Den Erfolgen in Ost- und Südasien (die Reisproduktion stieg seit Mitte der fünfziger Jahre bis Mitte der achtziger um das Zweieinhalbfache schneller als die Bevölkerung), stehen zu geringe Wachstumsraten in Afrika südlich der Sahara gegenüber (2 % pro Jahr i.G. zu einem 3,3%igen Bevölkerungswachstum). Viel gravierender aber waren die sozialen und ökologischen Folgen dieser Art der Produktivitätssteigerung (S. 185 und S. 193). Die Welternährungsorganisation (FAO) – einst glühende Verfechterin der „Grünen Revolution“ – vertritt seit 1987 mit Erfolg die Integrated Pest Managementô-Strategie, die den integrierten Pflanzenschutz propagiert, d.h. den sinnvollen Einsatz von Pflanzenschutzmitteln im Rahmen des

Ökosystems. Aber auch dieser gezielte Chemie-Einsatz ist für die afrikanischen Bauern zu teuer mit der Folge, dass ihre Böden immer stärker ausgelaugt und schließlich aufgegeben werden. Selbst wenn sie über genügend Kaufkraft verfügen würden, wie lange lässt sich die Spirale „Bevölkerungswachstum – neue Getreidesorten – mehr Chemie-Einsatz“ drehen ohne dabei die Umwelt nachhaltig zu schädigen?
Produktivitätssteigerung und Umweltzerstörung stellen sich aber nicht nur als ein Problem der Entwicklungsländer dar. In den hoch industrialisierten Staaten hat dieses Problem allerdings einen anderen Hintergrund. Hier geht es primär nicht um die Versorgung der Bevölkerung mit Grundnahrungsmitteln (Bewältigung des Hungers), sondern um eine immer kostengünstigere Versorgung der Bevölkerung mit einem möglichst vielfältigen Angebot (hochwertige Nahrungsmittelveredlung, geschmackliche Vielfalt). Überdüngung und Überbeanspruchung des geoökologischen Systems führen einerseits zum Überfluss an preiswerten Nahrungsmitteln, andererseits setzen sie der Fisch-, Land- und Viehwirtschaft immer stärker ökologisch bedingte Grenzen. Vgl. dazu USA S.18 und S. 55. Global betrachtet führt eine nicht umweltverträgliche Landwirtschaft zur Veränderung des Klimas, zur Zerstörung der Böden, zur Ungenießbarkeit des Wassers und damit letztlich zur Vernichtung unserer Lebensgrundlagen (M13).

Das Verteilungsproblem (M11–M13)
Armutsbekämpfung nur aus dem Blickwinkel des Bevölkerungswachstums (M7–M8) zu sehen, verkennt, dass die Globalisierung der Wirtschaft durch internationale Arbeitsteilung und Handel auch in den Entwicklungsländern zu erheblichen Wohlstandsgewinnen in den letzten Jahrzehnten geführt hat (S. 228), denen andererseits aber auch zunehmende Verarmung gegenübersteht. Das Beispiel aus Indien (M11) und die „Schwellenländer“ Ostasiens belegen einerseits erfolgreiche unternehmerischen Aktivitäten mit erheblichen Kapitalkonzentrationen in Singapur und Hongkong, andererseits bittere Armut bei solchen Bevölkerungsteilen, die an der internationalen Arbeitsteilung nicht partizipieren können. Solche sozialen Disparitäten auf nationaler wie auch auf internationaler Ebene können schnell zu politisch nicht mehr kalkulierbaren Problemen führen.
Dem reichsten Fünftel der Weltbevölkerung, das über 83 % des Welteinkommens verfügt, steht eine ebenso große Zahl von Armen mit einem Anteil von 1,5 % gegenüber. Das Armutsproblem stellt sich schärfer als je zuvor als ein Problem der mangelnden Kaufkraft und der ungerechten Verteilung dar. Für den Agrarsektor resultieren daraus zentrale Fragen wie
Wer verfügt über die landwirtschaftliche Nutzfläche?
Welche Produkte werden angebaut und wohin geliefert?
Wer profitiert von den Exporterlösen und wo werden diese reinvestiert?
Wer profitiert von der weltweiten Nahrungs- und Genussmittelproduktion und wer sind die Verlierer?

2. Neben Hunger gefährdet vor allem Überfluss die Lebensgrundlagen der Menschheit. Im Mittelpunkt der Kritik steht das quantitative Wirtschaftswachstum, das auf kurzfristiger Gewinnmaximierung und Konsumdeckung basiert, ohne dabei die ökologischen Kosten zu berücksichtigen. Dieses Wohlstandsmodell der westlichen Industriestaaten, das von einigen Entwicklungsländern kopiert wird, zeigt immer deutlicher seine Schattenseiten:
Die rücksichtslose Ausbeutung der Erde durch einen verschwenderischen Verbrauch von endlichen Ressourcen und die dadurch bedingten Zerstörungen von Ökosystemen.
Die mit dem hohen Konsum anfallenden Abfallmengen, die nicht rentabel in den Produktions- bzw. Naturkreislauf zurückgeführt werden können und damit zu einer gesundheitlichen Gefährdung der Menschheit beitragen (die jetzigen Deponien als zukünftige Altlasten). Der Müll-Export („Müll-Tourismus“) erweist sich als eine gefährliche Scheinlösung, da Umweltschäden grenzenlos wirksam werden und so auch die Verursacher wieder erreichen.
Bei der Zielsetzung, allen Menschen den Zugang zum gleichen Wohlstand zu ermöglichen, erweist sich das westliche Wohlstandsmodell bei rapide wachsender Bevölkerung als nicht zukunftsverträglich. Die Erde würde in kurzer Zeit kollabieren. Um einen globalen ökologischen Infarkt zu verhindern ist ein qualitatives Wirtschaftswachstum vonnöten, das auch die Um-

weltschäden kostenmäßig berücksichtigt und zu umweltverträglichem Wirtschaften anhält. „Die Preise müssen die volle wirtschaftliche und ökologische Wahrheit sagen“, wie es Ernst U. von Weizsäcker formuliert.

3. Weltweite Wanderungen

SB 264–265

1. Die zweite Hälfte des 20. Jahrhunderts ist durch weltweite Wanderungsbewegungen in einem bisher unbekannten Ausmaße gekennzeichnet. Sie sind als Ausdruck ungelöster globaler Probleme zu verstehen, die ihrerseits den Weltfrieden bedrohen können. Als Wohlstand bedrohende „Völkerwanderung“ und „Asylantenflut“ werden die Migrationen in den Medien dargestellt.

Explosion der Flüchtlingszahlen

Anzahl der offiziellen Flüchtlinge in der Welt, nach Regionen 1976 – 1997

Total: 1976=2772000; 1984=10506300; 1992=18998777; 1997=11975500

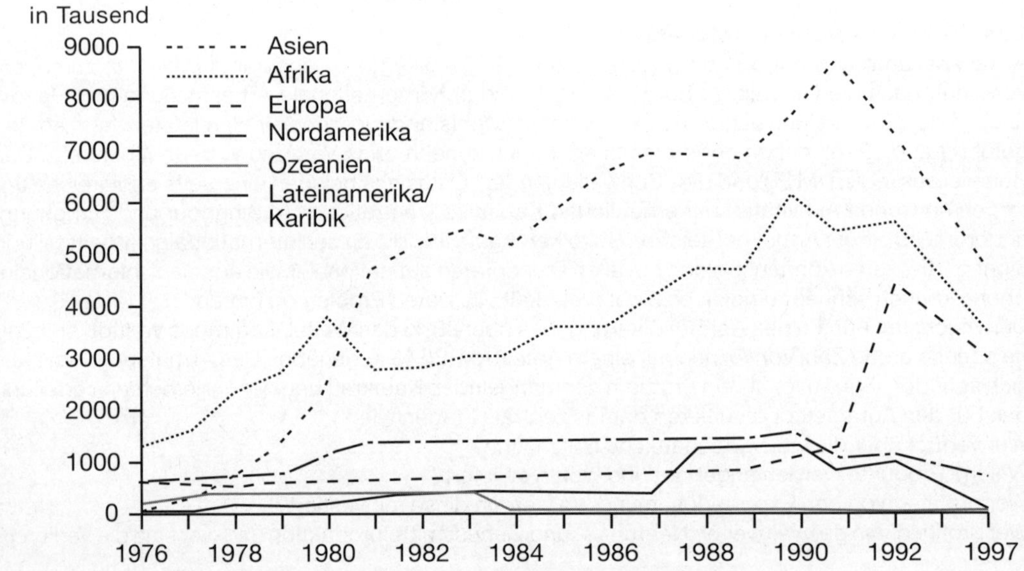

Quelle: UNHCR – Jahresstatistiken

Aus: Hauchler, Ingomar (Hg.): *Globale Trends 93/94. Daten zur Weltentwicklung.* Frankfurt 1993, S. 122; aktualisiert nach: http://www.unhcr.ch/refworld/refbib/refstat/1998/98tab01.htm

Definition der Wanderungsbewegungen:
Es liegt in der Komplexität der Wanderungsbewegungen und ihrer Ursachen begründet, dass sie weder begrifflich noch zahlenmäßig exakt erfasst sind, sodass wir auf Schätzungen angewiesen sind.
Innerstaatliche Wanderungsbewegungen, die als Binnenwanderung vom Land in die Stadt im engen Zusammenhang mit der rasanten Verstädterung in den Entwicklungsländern gesehen werden muss. „In den Entwicklungsländern lebten 1950 rund 17 % der Menschen in Städten …, Ende der 90er-Jahre werden es 40 % sein. Die Wanderung aus benachteiligten Regionen in vermeintlich attraktive Großstädte des Landes kann die Vorstufe für grenzüberschreitende Migration sein“ (Mali S. 167, M46). Die Zahl derjenigen, die sich in den 80er-Jahren zur Landflucht entschlossen, wird auf 400 Mio. bis 1 Mrd. geschätzt.

Flüchtlinge werden nach der Genfer Flüchtlingskonvention (1951) diejenigen Personen bezeichnet, „die aus wohl begründeter Furcht vor Verfolgung wegen ihrer Rasse, Religion, Nationalität, Zugehörigkeit zu einer sozialen Gruppe oder wegen ihrer politischen Überzeugung sich außerhalb des Landes befinden, dessen Staatsangehörigkeit sie besitzen ..."
Neben dieser Gruppe der Asylberechtigten sind Kriegsflüchtlinge und Flüchtlinge vor inneren Unruhen aus der europäischen Flüchtlingskonvention ausgeschlossen und lediglich aus humanitären Gründen, aber zahlenmäßig begrenzt (Kontingentflüchtlinge) geduldet. Nach Angaben des UN-Flüchtlingskommissars (UNHCR) stieg die Zahl der Flüchtlinge im Zeitraum von 1980 bis 1993 von 8,2 auf 19,7 Mio. an, wobei Afrika und Asien die größten Kontingente stellt.
Intern Vertriebene (displaced people). Hierbei handelt es sich um Personen, die von einer Region des Landes in eine andere aufgrund eines Bürgerkrieges vertrieben wurden, ohne dass sie die Staatsgrenze überschritten haben. Diese Binnenflüchtlinge unterliegen nicht dem Mandat der UNHCR und sind nur schwer erfassbar. Ihre Zahl wird auf 18–24 Mio. geschätzt. Beispiele: Sudan und Südafrika, Mosambik, Äthiopien, Afghanistan und Indonesien (S. 181, M6).
Arbeitsmigranten. Ebenfalls sehr schwer quantifizierbar ist die Gruppe der Arbeitsmigranten, hier die der „illegalen" oder nichtregistrierten. Zusammen mit den legalen wird ihre Zahl auf 100 bis 200 Mio. Migranten geschätzt. Bevorzugte Zielregionnen sind Westeuropa (S. 134f.), die USA (S. 10ff.), aber auch die Golfstaaten, die asiatischen Schwellenländer, einige westafrikanischen Staaten sowie Südafrika. Die Ursache für diese Art der Migration ist das Wohlstandsgefälle zwischen Herkunfts- und Zielland. Die Migrationen sind besonders stark, wenn die Wohlstandsregionen direkt an die Regionen mit niedrigem Lebensstandard grenzen. Hier kommt es auch zu erheblichen saisonalen grenzüberschreitenden (il)legalen Wanderungen (USA-Mittelamerika und Westeuropa-Ostmitteleuropa).
Umweltflüchtlinge. Umweltkatastrophen und Umweltzerstörungen zwingen Menschen ihre Heimat zu verlassen: Dürrekatastrophen und Desertifikation in Afrika, Überschwemmungen in Bangladesch, nukleare Verseuchung im Gebiet von Tschernobyl, Umweltzerstörung durch Bevölkerungswachstum, hier vor allem Degradierung der Böden. Die Ursachen der Umweltflucht kommen sowohl auf der Nord- wie auf der Südhalbkugel vor.

Die Motive der Migranten können höchst unterschiedlicher Natur sein:
- politische Ursachen (Menschenrechtsverletzungen, Bürgerkriege)
- Bedrohung von ethnischen Minderheiten (ehem. Jugoslawien)
- wachsende Umweltprobleme (Wasserknappheit, Bodenerosion)
- wirtschaftliche Not: Verelendung als schärfste Form oder nur die Perspektive auf ein besseres Leben („Wirtschaftsflüchtlinge", die vorwiegend aus der Mittelschicht des Herkunftslandes stammen).

Da man davon ausgehen kann, dass niemand seine Heimat grundlos aufgibt, muss zunächst ein bestimmter Migrationsdruck im Herkunftsland vorhanden sein, der sich häufig aus mehreren der genannten Ursachen zusammensetzt, bevor es zu einer Wanderungsentscheidung kommt.
Formulierungen wie „Asylantenschwemme" und „Flüchtlingsflut" lassen den Eindruck entstehen, dass Europa die größte Last der Zuwanderung zu tragen habe. Die Materialien M17, M18 und M21 belegen, dass die räumliche Verteilung der Migrationen vor allem in der Dritten Welt stattfindet. Nur ca. 3–5 % der Flüchtlinge aus der Dritten Welt gehen nach Westeuropa. Dies gilt sowohl für die absoluten Zahlen als auch für das Verhältnis Flüchtling zur Gesamtbevölkerung.

Fluchtgründe

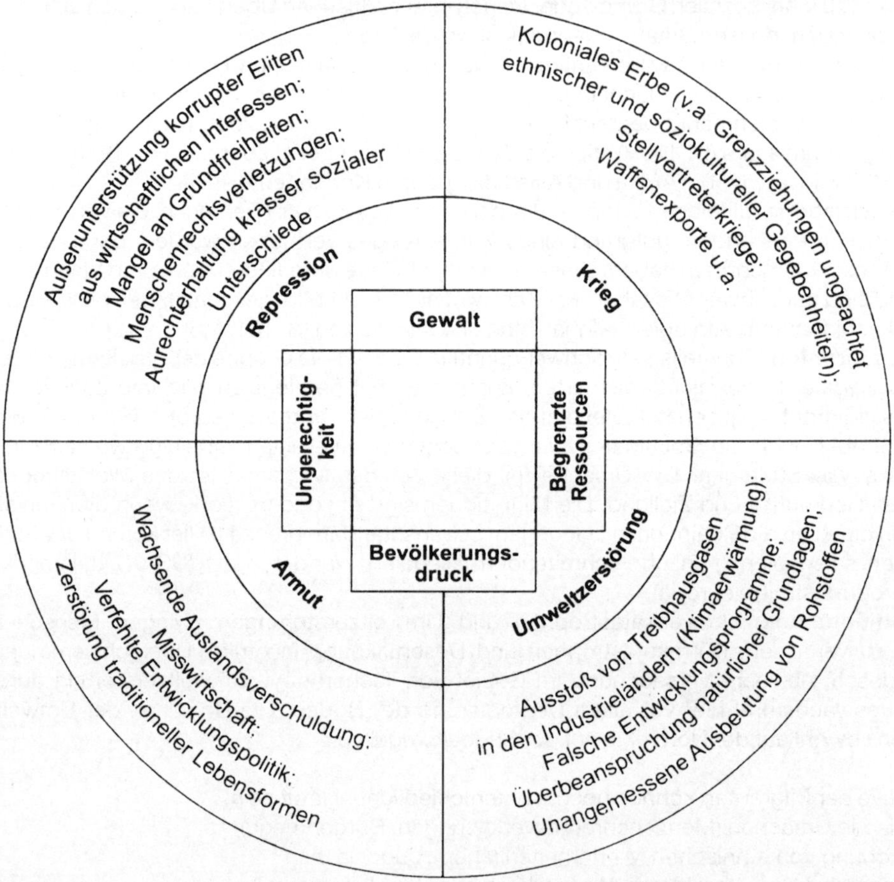

Schaubild: Fluchtgründe von W.Schoop
In: Misereor (Hg.): *Werkheft „Flüchtlinge – Prüfstein weltweiter Solidarität"*. Aachen 1994, S. 4

2. Wohlstand kommt zu den Armen oder die Armen kommen zum Wohlstand
Die Globalisierung der Wirtschaft durch internationale Arbeitsteilung hat zu einem rapiden Wohlstandsgewinn geführt, dem aber eine zunehmende Verarmung national wie international gegenübersteht. Es gilt, dieses Wohlstandsgefälle zwischen Nord und Süd, zwischen Ost und West, aber auch innerhalb der genannten Großregionen sozialverträglich zu verringern.
Die Option „Wohlstand kommt zu den Armen" kann verwirklicht werden über die Bildung wirtschaftlicher Großregionen wie NAFTA (Integration Mexikos, S. 228) oder EU (Integration der Mittelmeerstaaten und zukünftige Öffnung nach Osten, S. 126ff.). Wo es noch nicht zu solchen Wirtschaftsblöcken gekommen ist, gelten Direktinvestitionen als eine allerdings nicht unumstrittene Methode, benachteiligte Regionen weltwirtschaftlich zu integrieren (S. 232ff.). Darüber hinaus sollten die weltwirtschaftlichen Strukturen gerechter gestaltet werden (S. 236–239 und 248–251). Doch wenn bestimmte unverzichtbare politische Voraussetzungen nicht gegeben sind, werden wirtschaftliche Maßnahmen langfristig unwirksam bleiben. Unverzichtbar sind der Friede und die Anerkennung der Menschenrechte als Bedingungen für eine nachhaltige Entwicklung. Vgl. dazu die Entwicklungspolitik der Bundesrepublik Deutschland S. 242f.

Die Option „Die Armen kommen zum Wohlstand“ ist nicht grundsätzlich abzulehnen, wenn man bedenkt, dass die wohlhabenden Industrieländer aufgrund ihres ungünstigen Bevölkerungsaufbaus (S. 153) im eigenen Interesse auf eine – wenn auch begrenzte – Zuwanderung angewiesen waren und zukünftig auch sein werden (für Deutschland S. 265 (M20) für Europa S. 134f. und für die USA S. 10ff.).

Diese staatlich gesteuerte Arbeitsmigration (Anwerbestopp für die Bundesrepublik 1973) brachte den Industrieländern die notwendigen Arbeitskräfte für ihr wirtschaftliches Wachstum und damit Wohlstandssicherung bzw. -mehrung. Für die Herkunftsländer bedeutete die offizielle Entsendung von Arbeitskräften eine Entspannung auf dem Arbeitsmarkt und notwendige Devisen in Form der Heimatüberweisungen. Bedenklich hingegen ist der Verlust an Humankapital (brain drain), die Überalterung der dörflichen Bevölkerung und die Aufgabe der Landwirtschaft mit der Folge der Bodenerosion und Versteppung in den mediterranen Abgaberegionen.
Mit „Asylantenstrom“ und „Völkerwanderung“ ist aber eine unkontrollierbare Masseneinwanderung gemeint, die das sozialstaatliche Gefüge bzw. den sozialen Frieden in den Industrienationen gefährden kann. Diese Art der (illegalen) Einwanderung sollte verhindert werden, indem die Lebensbedingungen der Herkunftsländer denjenigen der Zielländer angeglichen werden (s. Wohlstand kommt zu den Armen).

4. Globale Strategie SB 266–267

1. Es ist das Verdienst der Wissenschaftler und Wirtschaftler des Clubs of Rome, sich erstmalig mit existenziellen Problemen der Menschheit, vor allem mit deren komplizierten Wechselbeziehungen beschäftigt zu haben. Ziel war und ist es, zuverlässige Prognosen für die zukünftige Entwicklung der Menschheit zu gewinnen um mittels grundlegender Verhaltensänderungen eine drohende Katastrophe abzuwenden.
Aus der Fülle der in ihrem Buch „Die Grenzen der Menschheit“ (1972) angebotenen Diagramme sind hier zwei ausgewählt worden. Ein drittes Schaubild befindet sich auf der Seite 260 und thematisiert den Teilaspekt „Bevölkerungswachstum und landwirtschaftlich nutzbares Land“.
Weltmodell 1 steht unter der Fragestellung, wohin das Raumschiff Erde steuert, wenn das Bevölkerungs- und Wirtschaftswachstum anhält auf der Basis der mehr oder weniger sicheren Daten von 1900 bis 1970. Die Hochrechnung der Werte von 1970 bis 2100 kommt zu dem alarmierenden Ergebnis, dass die Wachstumsgrenzen auf der Erde bereits im nächsten Jahrzehnt erreicht sein werden. Der Kollaps der Erde ist bei Fortschreibung der zur Zeit bekannten Bedingungen unvermeidlich. Bei anhaltendem exponentiellem Bevölkerungswachstum, bei entsprechender Nahrungsmittelproduktion und der Industrieproduktion werden die Rohstoffvorräte bereits zu Beginn des 21. Jahrhunderts nicht mehr ausreichend zur Verfügung stehen. Trotzdem steigt die Bevölkerung und mit ihr parallel die Umweltverschmutzung aufgrund zeitlicher Verzögerungsfaktoren weiter an (Altersaufbau, soziale Anpassung) und erreicht nach der Mitte des kommenden Jahrhunderts ihren Maximalpunkt. Mangelnde Rohstoffvorräte und der dadurch verursachte Kollaps aller drei Wirtschaftssektoren (Landwirtschaft, Industrie, Dienstleistungen) reduzieren die Tragfähigkeit der Erde einschneidend: Die Sterberate wird weit höher als die Geburtenrate ausfallen. Kriege und Epidemien sind – wie die Autoren betonen – in dieser Hochrechnung nicht berücksichtigt worden. Da aber bei solch fundamentalen Veränderungen auch mit kriegerischen Auseinandersetzungen gerechnet werden muss, wird der Zeitpunkt der rückläufigen Entwicklung noch früher eintreten.
Modell 2 bietet einen Ausweg aus der drohenden Katastrophe an: die Begrenzung des Wirtschafts- und Bevölkerungswachstums. Das Modell 2 strebt einen Gleichgewichtszustand an, d.h. mit stabiler Bevölkerungszahl (Geburtenrate gleich Sterberate) und gleich bleibendem Kapital (Investitionsrate gleich der Kapitalabnutzungsrate). Das bei der Industrieproduktion ein-

gesparte Kapital dient der Nahrungsmittelerzeugung, d.h. der Verbesserung und Erhaltung landwirtschaftlicher Böden sowie der Rückführung organischer Abfälle in den Nahrungskreislauf, womit die Umwelt entlastet wird. Außerdem verlangsamt der Kapitalabzug die Ausbeutung der Rohstoffe. Durch Veränderung der Wertmaßstäbe (von der Konsum- und Wegwerfgesellschaft zur Dienstleistungsgesellschaft mit Schwerpunkt Erziehungs- und Gesundheitswesen) könnten die Rohstoffvorräte ebenfalls verlängert und die Umweltproblematik entschärft werden. Als Ausgleich zum Kapitalabzug erhält die Industrieproduktion neue Qualitätsstandards. Die Produkte müssen eine möglichst lange Lebensdauer aufweisen, sie müssen wieder verwertbar und reparaturfreundlich sein. Diese Merkmale garantieren einen geringen Rohstoffverbrauch, hohe Beschäftigung und geringe Umweltbelastung.
Allerdings machen die Autoren keine Aussagen, wie der Gleichgewichtszustand politisch erreicht werden kann. Die politische und ökonomische Neustrukturierung unserer Gesellschaft bedarf eines völlig neuen Bewusstseins und eines breiten gesellschaftlichen Konsens.
Die globale Revolution
Der erste Bericht des Clubs of Rome „Grenzen des Wachstums“ (1972/73) basiert auf mathematischen Modellen des Massechusetts Institute of Technology (MIT). Die Reduktion des Weltsystems auf mathematische Formeln und Kurven provozierte diejenigen Kritiker, die immaterielle Wertfaktoren aus den politischen, sozialen und kulturellen Lebensbereichen nicht berücksichtigt sahen. Der Bericht des Club of Rome von 1991 verzichtet bewusst auf mathematische Modelle, beschränkt sich auf die Verbalisierung der katastrophalen Menschheitsentwicklung und hofft mittels normativer Kräfte und neuer Visionen die Menschheit vor dem Untergang zu retten.
Mit der Begriffsprägung „Weltproblematik“ (1968) beschreibt der Club of Rome „das dichte und ungeordnete Konglomerat untereinander verknüpfter und miteinander in Wechselwirkung stehender Schwierigkeiten und Probleme, die gemeinsam die Lage der Menschheit bestimmen“ (S. 7). Nach einer jahrzehntelangen Analyse und Bewertung der Weltproblematik kommen die Verfasser zu der Überzeugung, dass das Ausmaß dieser weltweiten Krisensituation zu einer globalen Revolution führen wird, die alles Bisherige in Frage stellen wird. Im Mittelpunkt steht der Mensch als Verursacher und Opfer der Weltproblematik. Um nicht Opfer der Weltproblematik zu werden muss die Menschheit ihr vom Egoismus geprägtes Verhalten grundlegend ändern: Solidarität mit den Armen, friedliches Miteinander statt Krieg, lebensfreundliches Umweltverhalten, sinnvolle Lebensführung und verantwortungsbewusstes Regieren sind unverzichtbare Elemente der globalen Vision, die die neue globale Gesellschaft bestimmen sollen.

2. Die Materialien M 23 – M 25 bieten positive Beispiele für dringend notwendige Verhaltensänderungen. Im Mittelpunkt stehen nicht nur das nationale Wohl, sondern das Wohl der Weltgesellschaft, nicht die eigene Wohlstandsmehrung auf Kosten einer weit entfernt liegenden Umwelt (Stauseeprojekt Sobradinho S. 208ff. und Amazonien S. 218ff.), sondern eine globale Umweltverantwortung. Gefragt sind transnationale Solidarität (M23) und internationale Verantwortung (M25) im Sinne einer Weltgesellschaft mit dem Bewusstsein, in „Einer Welt“ zu leben.

Literaturhinweise

Journalisten-Handbuch Entwicklungspolitik 1995, hrsg. v. BMZ Bonn 1995

Journalisten-Handbuch a. a. O. 1995, S. 185

Müller, Henrik: *Der verlorene Kampf ums Essen.* In: Deutsches Allgemeines Sonntagsblatt, Nr. 45 vom 8. 11. 1991

s. Müller a. a. O.

Weizsäcker, Ernst U. von: *Erdpolitik. Ökologische Realpolitik an der Schwelle zum Jahrhundert der Umwelt.* Frankfurt 1990, S. 142ff.

Die Definition folgt u. a. dem Beitrag Stephan Klingebiel: *Entwicklungszusammenarbeit und die Flüchtlings- und Migrationsproblematik.* Aus Politik und Zeitgeschichte. Beilage zur Wochenzeitung *Das Parlament* H.20/1994, S.18

Adelmann, Karin: *Völkerwanderung wohin?* DRITTE WELT PRESSE Nr. 1 – 1993, S. 8

Hauchler, Ingomar (Hg.): *Globale Trends 93/94. Daten zur Weltentwicklung.* Frankfurt 1993, S. 122

Hauchler a. a. O., S. 126

Hauchler a. a. O., S. 18

Stadtgeographie und Raumordnung SB 269–404

Stadtentwicklung SB 272–283

1. Räumliche, politische und wirtschaftliche Grundlagen SB 273

1. **Elemente der Stadt:**
   Gebäude (Wohngebäude, Arbeitsstätten, repräsentative Gebäude);
   Straßen (Boulevards, Avenuen, Gassen, Stadtautobahnen);
   Plätze (Marktplatz, Kirchplatz);
   Städtisches Grün (Parks, Alleen, repräsentative Gärten, Straßenrandbepflanzung).
   Funktionen der Stadt:
   Schutzfunktion (Schutz vor Feinden); Lebensraum (Wohnung als Individualraum); Wirtschaftsraum (Arbeit in Produktion, Handel und Verwaltung); Bildungsraum (Ausbildung in Schule, Handwerk, Industrie, Universität, Weiter- und kulturelle Bildung in Bibliotheken, Theater usw.); Kommunikationsraum (wirtschaftliche, soziale und kulturelle Treffpunkte); Repräsentationsraum (politische Versammlungen, Aufmärsche, Regierungs-, Herrschersitz); Verkehrsraum (die Stadt bindet und lenkt Verkehrsströme).
2. **Ereignisse:**
   Naturkatastrophen, Kriege und Feuer zerstören; Machtwechsel führen zu neuen politischen und ökonomischen Zielsetzungen, zu Niedergang oder Aufschwung; Erfindungen führen zu wirtschaftlichem Fortschritt und höherem Lebensstandard.
   Maßnahmen:
   Befestigung von Städten und Wiederaufbau unter meist ungünstigen ökonomischen Rahmenbedingungen haben physiognomische Veränderungen zur Folge; wirtschaftliche Arbeitsteilung und Spezialisierung führen zur Trennung zwischen Wohn- und Arbeitsplatz und verursachen Verkehr; Modernisierung führt zu physiognomischer und funktionaler Erneuerung.

3. Die topographische und geographische Lage von Städten SB 276

1. Städte mit den Endungen: -furt, -fürth, ford (Furt = Flussübergang) sowie -brück(en) und -bruck weisen auf die Lage am Fluss mit Übergangsfunktion (geographische Lage) hin: Frankfurt, Erfurt, Schweinfurt, Klagenfurt, Saarbrücken, Osnabrück, Innsbruck. Städte mit Endungen wie -berg und -burg lassen auf die Lage an oder auf einem Berg sowie auf die Schutzfunktion einer (Wasser-)Burg schließen (topographische Lage): Heidelberg, Würzburg, Regensburg, Freiburg, Salzburg, Straßburg, Magdeburg.
2. Die globale Verteilung zeigt Konzentrationen in großen Tallandschaften (Ganges, Nil, Huang He, Jangtsekiang, Po). Gunstfaktoren sind hier insbesondere fruchtbare Böden und gute Verkehrsverbindungen. Weitere Konzentrationsräume bilden die Küstenebenen (Ostküste USA, Maghreb, Elfenbein- und Goldküste, Malabar- und Koromandelküste, China, Japan). Neben Relief und Klima bildet die Verkehrsgunst – besonders hinsichtlich des Fernhandels – einen wesentlichen Standortfaktor.
3. Der Hellweg verläuft am Nordrand des Rheinischen Schiefergebirges. Im Mittelalter verband er die westeuropäischen Handelszentren (Flandern: Brügge, Gent, Brüssel, Antwerpen) mit bedeutenden nord- und osteuropäischen Städten (Hansestädte: Hamburg, Lübeck, Danzig, Magdeburg, Berlin, Breslau) und ermöglichte z. B. der Freien Reichsstadt Dortmund die Entwicklung zu einer blühenden Handelsstadt in einem ansonsten agrarischen Gunstraum (Börde). Die

übrigen Hellweg-Städte Duisburg, Mülheim, Essen (mächtige Abtei) blieben dagegen überregional unbedeutend; sie erfuhren erst mit Beginn des Kohlebergbaus und der Industrialisierung ihren Aufschwung.

4. Passau: Spornlage (Schutzlage), günstige Verkehrslage durch das Zusammentreffen zweier Flüsse, Übergangsfunktion;
Arnsberg: Lage auf einem von der Ruhr gebildeten Mäandersporn (Schutzlage);
Amöneburg: Hügellage (Akropolislage, Schutz vor Feinden), günstige Verkehrslage in der versumpften Ohm-Niederung.

4. Europäische Städte von ihren Anfängen bis zur Gegenwart SB 278

1. **Römerzeit:**
Fast quadratische Anlage, von einer Stadtmauer umgeben; schachbrettförmige Grundrissstruktur, gitterförmiges Straßennetz mit zentralem Platz; Ausfallstraßen von Gräberfeldern gesäumt; Rheinübergang zum Kastell Deutz; Seitenarm des Rheins (geschützter Hafen); römische Anlage, geplant.
um 900:
Die innerhalb der Befestigung bebaute Fläche ist um mehr als die Hälfte geschrumpft; unregelmäßige Grundrissstruktur; Sakralbauten in der Stadt und im Bereich ehemaliger Gräberfelder; Verfall nach dem Ende der Römerherrschaft in politisch instabilen Zeiten.
um 1100:
Auffüllung der ursprünglichen Stadtfläche und Erweiterung durch ummauerte Vorstädte im N, W und S entlang der wichtigsten Ausfallstraßen; zahlreiche Sakralbauten unterstreichen die Rolle der Kirche in der Entwicklung der Stadt.
um 1200:
Erneute Stadterweiterung; vor der Stadt gelegene Kleinsiedlungen und Kirchen werden einbezogen; der Straßengrundriss im römischen Teil ist unregelmäßig und kleingliedrig, in den neuen Stadtteilen großzügiger. Neue Befestigung mit Mauer, Wassergraben und Ringstraße; Besiedlung des Ostufers.
2. **Grundrissstrukturen:**
Befestigungsring/Stadtmauer; unregelmäßiges Straßennetz, z.T. enge, verwinkelte Gassen bei gewachsenen Städten, bei geplanten Gründungen Straßengrundriss regelmäßig, rechtwinklig; Marktplatz, Kirchplatz.
Bebauung/Aufrissstrukturen:
Burg, Kirchen, Klöster, Rathaus, Zunfthaus, Markthallen, Wohnviertel mit sozialer bzw. beruflicher Differenzierung.
Politische Rolle:
Städte erringen mit der Übertragung von Rechten wie Markt-, Münz-, Zoll- und Stapelrecht sowie eigener Gerichtsbarkeit und dem Recht Waffen zu tragen, ein großes Maß an Unabhängigkeit von kirchlichen und weltlichen Fürsten. Einige Städte können sich ganz aus der Abhängigkeit lösen und werden Freie Reichsstädte. Eine wesentliche Errungenschaft für den Bürger ist die Aufhebung der Leibeigenschaft nach einem Jahr Ansässigkeit in der Stadt. Das Rathaus ist Ausdruck der eigenständigen Verwaltung.
Wirtschaftliche Aspekte:
Zünfte und Gilden organisieren und regeln das Wirtschaftsleben; viele Städte in geographisch günstiger Lage entwickeln sich zu bedeutenden Handelsstädten (z.B. Hansestädte). Ihr Reichtum spiegelt sich u.a. in den Patrizierhäusern wider, die den Marktplatz umsäumen.

3. Vergleichsmerkmale	Karlsruhe	Turin	Münster
Grundriss	geplant, fürstliche Neugründung	geplant, römische Gründung, Entwicklungsphasen	unregelmäßig, gewachsen, kirchliche Gründung
Straßennetz	großzügig, radial, Ringstraße, im Zentrum das Schloss	quadratisch, ohne geographische Mitte	kreisförmig, im Zentrum der Dom, im W strukturelle Neuausrichtung auf das Schloss
Wehrtechnik	Garnison (stehendes Heer)	aufwendig mit Zitadelle, Befestigungsring mit Bastionen	ehemaliger Befestigungsring mit Bastionen erkennbar
Bebauung	großzügige Blockstruktur	kleingliedrige Blockstruktur durch räumliche Beschränkung	uneinheitliche Struktur, Wohnviertel (vgl. mittelalterliche Stadt)

Merkmale absolutistischer Städte:
Residenz- und Garnisonsstädte; Vaubansche Befestigungsanlagen (Zitadelle, Bastion), stehendes Heer, Kasernen, Exerzierplatz, Parade-, Triumph- und Prachtstraßen; Blockbebauung mit vier- bis fünfstöckigen Häusern.

4. **Strukturelemente von Industriestädten:**
Blockbebauung mit enger Verschachtelung von Nebengebäuden in den Innenhöfen, Verdichtung im Wohnbereich, Verzahnung von Wohnfunktion und Gewerbe. Fabrik als neues bauliches Element, Bahnlinie und Bahnhof als neue Verkehrselemente; Industrieviertel; Arbeiterwohnviertel und Villenviertel als Ausdruck sozialer Differenzierung.

Soziale und ökonomische Rahmenbedingungen:
Eine Welle neuer Erfindungen führt im 19. Jh. zu rasantem technischem Fortschritt, der seinen Ausdruck in der Entstehung von Gewerbe- und Industriebetrieben in den Städten findet. Getragen wird die Entwicklung von kapitalkräftigen Unternehmern und Banken, deren vorrangiges Ziel u.a. die Kapitalvermehrung ist. Das Arbeitsplatzangebot kann nur durch enormen Zuzug von Außen gedeckt werden. Die zwangsläufig entstehende Wohnungsnot ruft Kapitalgeber und Spekulanten auf den Plan, die sich mit Wohnungsbau und Vermietung zu äußerst schlechten Bedingungen an der Not bereichern. Weder im Arbeits- noch im Wohnbereich wird dem Wohlergehen der Arbeiterschaft besondere Aufmerksamkeit gewidmet, bis sich schließlich Politiker und Sozialkritiker für die Verbesserung ihrer Lebens- und Arbeitsbedingungen einsetzen.

5. **Die Gartenstadtidee** stellt eine Reaktion auf den sozialen und wirtschaftlichen Notstand der Stadtbevölkerung zur Zeit der Industrialisierung dar. Die Gartenstadt (Land-Stadt) soll so gestaltet sein, dass sie die Vorteile des städtischen und des ländlichen Lebensraumes unter Ausschluss der Nachteile auf sich vereinigt.
Die Gartenstadt soll eine Neugründung in nicht zu großer Entfernung (50 km) von der nächsten größeren Stadt (Zentralstadt) sein. Die Einwohnerzahl soll sich mit 58 000 (Zentralstadt) bzw. 32 000 (Gartenstadt) in einer überschaubaren Größenordnung bewegen. Die beiden Städte sollen durch einen breiten Grüngürtel voneinander getrennt und über ein öffentliches Verkehrsnetz miteinander verbunden sein. Gegebenenfalls sind mehrere Gartenstädte untereinander verbunden.
Im Zentrum befinden sich kommunikative bzw. öffentliche Einrichtungen und der Versorgungsbereich; durch Radialstraßen ist er aus allen Stadtteilen gut zu erreichen. Eine große Ringstraße trennt diesen Bereich von den Nachbarschaften, die mit eigenen sozialen Einrichtungen ausge-

stattet das Entstehen von Gemeinschaftsgefühl ermöglichen sollen. Am Stadtrand liegen Industriegebiete (Arbeitsplätze), Schrebergärten (Erholung, Selbstversorgung) und landwirtschaftliche Nutzflächen (Versorgung).

6. **Crawley:**
   Prinzipien moderner Stadtplanung sind erkennbar: Nachbarschaftsprinzip; Wohnquartiere mit Nachbarschaftszentrum, sozialen und kulturellen Einrichtungen, Grün- und Freizeitanlagen und Zielverkehr. Funktionstrennung: Wohnen, Arbeiten (Industriezone), Versorgung (Town Center), Erholung (Parks, Golf, Seen), Verkehr (Crawley Ave teilweise durch Grünzug von Wohngebieten getrennt). Hierarchisierung der Fahrstraßen; gute Erreichbarkeit bzw. Anbindung an London durch überregionales Verkehrssystem.
   Peine:
   Der Kartenausschnitt ist von Industrieanlagen beherrscht (Gründungsaspekt). Die Wohngebiete nördl. und südl. des Stahlwerkes wirken geschlossen (Straßenführung); es fehlt ihnen jedoch die für Nachbarschaften typische Ausstattung; die Versorgungsmöglichkeiten sind auf das (alte) Zentrum beschränkt. Gartenflächen durchziehen die Wohngebiete, öffentliche Grünflächen sind dagegen rar (ländliches Umfeld). Kulturelle und sportliche Freizeiteinrichtungen sind über das Stadtgebiet verteilt. Peine verfügt über gute Verkehrsverbindungen nach Hannover und Braunschweig.
7. **Römerzeit:** geplante Anlagen mit Schutzfunktion (Heerlager, Kolonialstädte).
   Mittelalter: Auf- und Ausbau z.T. verfallener römischer Siedlungen; Keimzellen neuer Städte: Bischofssitz, Kloster, Burg; aber auch geplante Neugründungen (vgl. Lübeck, Zähringerstädte in Süddeutschland).
   Absolutismus/ Barock: Neugründung und Überformung von Städten nach den Vorstellungen der absoluten Fürsten; Machtdemonstration und höfisches Leben prägen wesentliche Züge der Stadt.
   Industrialisierung: radikale physiognomische und funktionale Umgestaltung der Städte durch Verdichtung und Erweiterung, neue Produktionstechniken und -strukturen und Verkehrsachsen.
   20. Jh.: Bau von neuen Städten und Großwohnsiedlungen im Umfeld von Großstädten; vor dem Hintergrund der sinkenden Lebensqualität in den Kernbereichen (Stadtflucht) ist die Entwicklung auf eine Verbesserung des Lebensumfeldes gerichtet.

Düsseldorf – innere Differenzierung einer Stadt SB 284–303

1. Historische Entwicklung und Gliederung der Stadt Düsseldorf SB 284–288

1. **Mittelalter:** Trotz der Erweiterung (nach O u. S) bleibt Düsseldorf klein und im Schatten des Wirtschaftszentrums Köln unbedeutend.
   17.Jh.: Die Stadtfläche wird im N u. SW erweitert; Düsseldorf wird Residenzstadt und gewinnt politische und kulturelle Bedeutung.
   18.Jh.: Die Stadt wird im S planmäßig erweitert (Carlstadt), die kulturelle Funktion wird verstärkt.
   Jahrhundertwende 18./ 19.Jh.: Der Einfluss Napoleons hinterlässt seine Spuren im Grüngürtel, der durch Hofgarten, Kö, Schwanenspiegel und Spee's Graben gebildet wird. Düsseldorf erhält einen bis heute bestehenden funktionalen Schwerpunkt als Verwaltungsstadt.
   19.Jh.: Die Fläche wächst nach S (Friedrichstadt), O und N, bis schließlich bestehende Siedlungen eingebunden werden. Industrie wird angesiedelt (Oberbilk), Düsseldorf wird Industrie- und Messestadt. Der tertiäre Sektor gewinnt durch die Ansiedlung von Konzern- und Werksverwaltungen an Bedeutung.
   20.Jh.: durch die Ernennung zur Hauptstadt von NRW und die Nähe zum Ballungsraum Ruhrgebiet verlagert sich der funktionale Schwerpunkt Düsseldorfs in den tertiären Sektor.

2. Es empfiehlt sich, eine Grundrissfolie anzufertigen und die Phasen unter Hinweis auf die Ergebnisse in SB S. 278–283 und die Fotos (M3) erläutern zu lassen.
3. Die Industrialisierung bewirkt einen räumlichen und physiognomischen Wandel in Form von Erweiterungs- und Verdichtungsprozessen. Neue Bauelemente und Verkehrsstrukturen prägen das Bild; ein enormes Bevölkerungswachstum (Verdoppelung zwischen etwa 1875–1900 sowie 1900–1912) stellt die Träger der kommunalen Versorgung vor schwierige Aufgaben. Der Stadtkern erfährt allmählich einen funktionalen Wandel (Tertiärfunktionen verdrängen Wohnfunktion; vgl. Königsallee).

2. Funktionale Gliederung der Stadt Düsseldorf SB 289–295

1. Das Zentrum des Kerngebietes ist die City (Altstadt, Karlstadt, Stadtmitte); zusammen mit Unterbilk, Friedrichstadt und Pempelfort bildet sie die Innenstadt. An der Stadtfläche hat diese einen Anteil von 8 % (City 3 %), an der Bevölkerung 18 % (City 3 %).
   Die angrenzenden Stadtteile bilden den geschlossenen Innenstadtring, der jeweils 26 % der Fläche und der Einwohner umfasst. Mit insgesamt 44 % der Bevölkerung sind diese beiden Zonen dicht besiedelt. Die innere Peripherie und die übrigen Stadtteile vereinigen auf einer Fläche von 66 % „nur" 56 % der Düsseldorfer, wobei von einem Gefälle zur Peripherie ausgegangen werden kann.
   In den 70er- und 80er-Jahren ist die Einwohnerzahl insgesamt rückläufig. Der Rückgang fällt in der City (34 %) und in der Innenstadt (ohne City 27 %) überdurchschnittlich aus (17 %); auch die Stadtteile des Innenstadtringes haben hohe Verluste zu verzeichnen (Flingern N 28 %, Bilk 23 %, Golzheim 19 %; Zahlen nicht im SB verzeichnet).
2. 1987 gibt es ca. 411 Tsd. Beschäftigte im sekundären (25 %) und tertiären (75 %) Sektor. Allein die City vereinigt auf sich 20,5 % (Innenstadt insgesamt 34 %); die Beschäftigungsentwicklung zeigt dort seit 1970 z.T. deutlich rückläufige Tendenzen. Im Innenstadtring arbeitet knapp ein Drittel aller Beschäftigten. Mit Ausnahme von Flingern, Oberbilk und Derendorf (Abbau industrieller Arbeitsplätze) sind dort z.T. erhebliche Zuwächse zu verzeichnen, die sich aus dem Ausbau und der Verlagerung tertiärer Beschäftigung ergeben.
3. **City:** sie verzeichnet mit durchschnittlich 244 Arbeitsplätzen je ha die höchste Beschäftigtendichte, mit 406 Arbeitsplätzen je 100 Einw. die höchste Beschäftigtenquote (Ausnahme Hafen). Dominanz der Arbeitsfunktion. Der Beschäftigungsschwerpunkt liegt im Bereich der Dienstleistung (Kreditinstitute und Versicherungsgewerbe) und beim Handel.
   Innenstadt ohne City: die Beschäftigtendichte liegt im Schnitt bei 126 je ha, wobei der Wert von Friedrichstadt die Größenordnung der City erreicht; die Beschäftigtenquote beträgt im Schnitt 91 Arbeitsplätze je 100 Einw. und unterstreicht die Bedeutung der Wohnfunktion (Funktionsmischung). Die meisten Arbeitsplätze bietet das Versicherungsgewerbe vor Kreditinstituten und Handel.
   Innenstadtring: über die höchste Beschäftigtendichte (74) und Beschäftigtenquote (186) verfügt Golzheim. Es stellt neben dem Hafen eine Ausnahme in dieser Zone dar. Golzheim hatte in der Zeit von 1970–1987 den höchsten Zuwachs an Arbeitsplätzen. Die meisten Beschäftigten arbeiten im Handel, nur unwesentlich weniger im produzierenden Gewerbe und bei Versicherungen. Flingern und Oberbilk bilden die Hauptstandorte der Industrie und verzeichneten 1970–1987 die größten Arbeitsplatzverluste.
4. Die Stadtmitte verfügt mit Abstand über die höchste Beschäftigtendichte und -quote. Sie vereinigt auf sich die Hälfte der Arbeitsplätze in Kreditinstituten und im Reinigungs- und Abfallgewerbe. In sechs weiteren Branchen konzentriert sich noch mindestens ein Fünftel der Arbeitsplätze in diesem zentralen Stadtteil.
5. **Physiognomische Merkmale:** mehrgeschossige Gebäude, hohe Gebäude- und Geschäftsdichte, geschlossene Schaufensterfronten, differenziertes Angebot, Standortgemeinschaften, Leuchtreklame, Fußgängerzonen, Einkaufspassagen.

Funktionale Merkmale: Konzentration des tertiären Sektors, Funktionskonzentrationen (Einzelhandel, Banken, Regierung, Großhandel), hohe Bodenpreise und Mieten, eingeschränkte Wohnfunktion, Tagbevölkerung größer als Nachtbevölkerung, hohe Verkehrsdichte.

6. **Citybildung:** Funktionswandel im Stadtkern als Folge der Industrialisierung; Wohnfunktion wird zunehmend durch Gewerbe- und Verwaltungsfunktion ersetzt. Maßgebend hierfür ist zum einen die abnehmende Wohnqualität durch Verdichtungs- und Konzentrationsprozesse, zum anderen die gewerbliche Nachfrage nach zentralen Verwaltungsstandorten.
   Ergebnisse: physiognomischer Wandel, Verteuerung der Flächen/Prestigeraum; Cityverödung (funktionale Verarmung, Entleerung des Zentrums nach Feierabend), Probleme beim fließenden und ruhenden Verkehr, Rushhour. Vielseitiges Dienstleistungs- und Versorgungsangebot, Fühlungsvorteile.
7. Die Auswahl der Blöcke ergibt sich im wesentlichen aus der durch Datenschutz z.T. stark eingeschränkten Informationsdichte. Die Blockdaten spiegeln die bereits erarbeiteten funktionalen Schwerpunkte wider: Dominanz der Tertiärfunktionen in der City, wobei sich nun lokale Schwerpunkte im Bereich Handel (Kö) und Dienstleistung (Block 20, 69) zeigen; Funktionsmischung in den angrenzenden Stadtteilen (Gewerbe und. zunehmende Wohnfunktion). Je größer die Distanz von den Hauptgeschäftsstraßen, desto bedeutsamer das Gewerbe und desto höher die Bevölkerungszahl (Block 34, 46).
8. Eine klare Cityabgrenzung müsste durch die Untersuchung einer Fülle von Strukturmerkmalen gesichert sein. Alle bekannten Konzepte entstanden unter Ausschluss (Murphy/Vance) bzw. Betonung von Kriterien. So ist z. B. für das Planungsamt der Stadt Düsseldorf die Gebäudestruktur ein vorrangiges Merkmal (langfristiges Ziel: Sicherung und Verstärkung der Wohnfunktion im historischen Stadtkern). Heutzutage setzt der Datenschutz der Analyse von Gebäudenutzungen Grenzen.
9. Der Anteil der Tertiärbeschäftigten hat von 1961–1987 auf 75 % zugenommen. Da die Arbeitsplätze großenteils in der Innenstadt/City angesiedelt sind, hat dies einen verstärkten Zustrom an Pendlern zur Folge, die zudem in wachsendem Maß mit dem Pkw kommen (Verkehrsprobleme). Die mit Dienstleistung u. a. belegten Gebäude erfahren einen Nutzungswandel: Vergrößerung der Verkehrsflächen (Eingangshallen, Treppenhäuser, Flure), Nebenflächen (Konferenzräume, Unterbringung der Technik/Elektronik) und des Repräsentationsraumes. Die Größe des einzelnen Arbeitsplatzes erreicht das Maß einer Kleinwohnung.
10. Das Verdichtungskonzept sieht vor Bahnhöfe und angrenzenden Raum im Gleisgürtel nahe der Innenstadt für die Ansiedlung von Arbeitsplätzen zu nutzen. Das Gelände befindet sich meist im Besitz der Stadt, des Landes NRW, der Bundesbahn und der Post und kann somit relativ problemlos einer neuen Nutzung zugeführt werden. Die Lage würde ein starkes Wachstum des Individualverkehrs verhindern. Die Schwerpunkte Wehrhahn (6), Zoo (7) und Derendorf (8) sollen durch Entwicklungsachsen mit dem Kerngebiet (Mk) verbunden werden. Kritiker bemängeln die angesichts der Wohnungsnot zu geringe Zahl der vorgesehenen Wohnungen und die einseitige funktionale Ausrichtung; sie befürchten, dass die Planung mehr Verkehr als erwartet erzeugt.

3. Die sozialräumliche Gliederung Düsseldorfs SB 296–303

1. **Altersaufbau:** die Entwicklung entspricht dem allgemeinen Trend der Alterung der Bevölkerung. Die größte Altersgruppe bilden bis 1919 die 15–30-Jährigen, danach die 30–50-Jährigen; seit 1939 rücken die 50–70-Jährigen an die zweite Stelle, 1987 verdrängen die über 70-Jährigen die 5–15-Jährigen von der vierten Position.
   Entsprechend ändert sich die Struktur der **Privathaushalte:** 1933/1946 dominieren die 2- und 3-Personenhaushalte, 1950/61 die 2- und 1-P-HH, seit 1970 bei steigender Tendenz die 1-P-HH, während die 2-P-HH stagnieren und die übrigen rückläufig sind.
   Wohnungsbelegung: Das Bild von 1950 (Nachkriegszeit) lässt sich nicht mit den Daten der Privathaushalte in Einklang bringen, da – Wohngelegenheiten und Notwohnungen mitgezählt

– mehrere Haushalte in einer Wohnung untergebracht sein können. 1987 ist eine Parallele zwischen der Größe der Privathaushalte und der Wohnungsbelegung sichtbar.

Sozialhilfeempfänger/Arbeitslose: Die Kurven spiegeln den Konjunkturverlauf wider: um 1930 Weltwirtschaftskrise, 1958–1972 Wirtschaftswunder/Vollbeschäftigung, seit Anfang der 70er-Jahre Arbeitsplatzverluste durch Krisen in einzelnen Branchen und Rationalisierungsmaßnahmen.

2. Aussagen abhängig von den gewählten Beispielen.

3. Der Stadtteil als Bezugseinheit lässt nur eine grobe Differenzierung z. B. im Sinne eines Gefälles Stadtkern–Kernstadt–Peripherie unter Berücksichtigung von Ausnahmen zu. Die Auffächerung nach Stimmbezirken ermöglicht dagegen detailliertere Aussagen. Hier kristallisieren sich zwei Achsen heraus (vom Kern nach NNO und SO), die z.T. den Standorten des Gewerbes folgen (021/022, 037, 061–064, 081/082).

4. Für die Lösung der Aufgabe empfiehlt sich Gruppenarbeit. Aufgeführt sind Blöcke, denen aufgrund ihrer vergleichsweise hohen Bewohnerzahl eine überwiegende Wohnfunktion zugeordnet werden kann. Ihre Daten stellen keine Sonderfälle dar. Da sie den Stimmbezirken nicht eindeutig zuzuordnen sind, lassen sich nur tendenzielle Aussagen machen. Zur Vertiefung können Aspekte der funktionalen Gliederung herangezogen werden.

Beispiele:

011 Altstadt, Block 20: Übereinstimmung bei Haushaltsgröße (mehr als zwei Drittel 1-P-HH) und Mietenstruktur (über DM 8,50/m^2); Abweichungen bei Bildungsstruktur (über zwei Drittel Hauptschulabsolventen) und Hilfeempfängern („nur“ 6 %). Erklärung: In der Altstadt wohnen viele Arbeitskräfte (Ledige/Ausländer, Angestellte), die in der dort sehr stark vertretenen Gastronomie tätig sind (vgl. dazu die Altersgruppierung). Die hohen Mieten erklären sich aus dem lukrativen Standort und der Sanierung historischer Gebäude.

012 Karlstadt, Block 18: Die Bevölkerungsstruktur zeichnet sich im Schnitt durch das junge Alter der Berufstätigen, durch hohen Bildungs- bzw. Ausbildungsstand und Lebensstandard aus. Man lebt überwiegend allein in relativ großen und teuren Wohnungen in einem wirtschaftlich und kulturell bedeutenden Stadtteil (vgl. M10).

021 Flingern-S, Block 08: Die Bevölkerung trägt die Züge eines Arbeiterwohnviertels. Typische Merkmale sind unterdurchschnittlicher Anteil der 1-P-HH, große Zahl der Kinder und Jugendlichen, hoher Ausländeranteil, niedrige Schulbildung, hoher Arbeiteranteil, große Zahl der Hilfeempfänger, kleine Wohnfläche pro Kopf und niedrige Mieten.

023 Düsseltal, Block 30: Die Altersstruktur der Bevölkerung ist gemischt; auffallend sind der geringe Ausländeranteil, das hohe Bildungsniveau, der große Anteil der Beamten und der geringe Prozentsatz der Hilfeempfänger. Die Wohnungen sind teuer, die Wohnfläche pro Kopf ist überdurchschnittlich groß. Die Daten sprechen für eine Familienstruktur mit mittlerem bis gehobenem Sozialstatus.

5. In den Faktoren Sozialstatus und Urbanismus (Ausprägung städtischer Lebensformen) ist jeweils eine große Zahl von korrelierenden Einzelmerkmalen gebündelt. Eine hohe Ausprägung des Faktors Sozialstatus ergibt sich z.B. für die Stadtteile Karlstadt, Stadtmitte und Düsseltal und bestätigt damit die Daten und Ergebnisse in Aufgabe 4. Gleiches gilt für die Bereiche mittlerer Ausprägung, z.B. Altstadt, Friedrichstadt, und niedrigerer Ausprägung, z. B. Flingern-S und Lierenfeld. Der Faktor Urbanismus ist logischerweise in den Stadtteilen der Innenstadt am stärksten, an der Peripherie am geringsten ausgeprägt. Der Grad der Ausprägung kann mit den Merkmalen 1-P-HH, Altersstruktur der Bevölkerung, Wohnungsversorgung und Mietenstruktur z. T. nachvollzogen werden.

6. Die Modelle zeigen eine stark generalisierende und klassifizierende Darstellung sozialer Raumstrukturen. Demnach haben die Bewohner zentraler Stadtteile (Altstadt, Karlstadt, Stadtmitte) ebenso wie die der nach N (Stockum, Lohausen, Kaiserswerth) und ONO (Grafenberg, Rath, Hubbelrath) anschließenden Stadtteile einen gehobenen Sozialstatus. Dies lässt sich am ehesten anhand der Stimmbezirkskarten nachvollziehen. Die Beispiele Ludenberg (073) und Rath (063) belegen den hohen Verallgemeinerungsgrad. Er wird ebenso in dem breiten Fächer deutlich, der den gesamten O und SO als Raum mit mittlerem bis niedrigem Sozialstatus ausweist. Die Generalisierung wird allerdings durch die doppelte Klassifizierung (mittel bis niedrig) verstärkt. Es ist zu bedenken, dass die Karten aus unterschiedlichen Jahren stammen. Das Modell des Urbanismus nimmt stärker die Ringstruktur der Kernstadt auf, wobei alle Stadtteile einschließlich des Innenstadtringes einen hohen (City) und mittleren Urbanismus aufweisen. Insgesamt zeigt sich ein Gefälle Zentrum – Peripherie.

7. Türken bilden die größte Gruppe ausländischer Bürger (11 962; Jugoslawen 11 302, Griechen 8183, Italiener 6 824, Japaner 3 692). Sie konzentrieren sich in Eller, Flingern-S, Friedrichstadt, Unterbilk, Bilk und Lierenfeld. Griechen leben hauptsächlich in der Friedrichstadt, in Bilk, Oberbilk und Rath. Industriestandorte und ältere Bausubstanz begründen dieses Verteilungsmuster. Aus den Karten ist aber auch zu schließen, dass diese Ausländergruppen ebenfalls in bevorzugteren Wohngegenden leben. Ganz anders ist die räumliche Verteilung der Japaner; sie konzentrieren sich in Stadtteilen mit gehobenem Sozialstatus: in Nieder- und Oberkassel und Düsseltal.

In den 60er-Jahren wurden Gastarbeiter angeworben, um den enormen Bedarf an Arbeitskräften zu decken. Sie haben sich inzwischen fest etabliert und sind aus vielen gewerblichen und sozialen Berufen nicht mehr wegzudenken. Als Konsumenten sichern sie Arbeitsplätze und Einkünfte in vielen Wirtschaftszweigen, und sie tragen mit ihrem Steueraufkommen zu den Einkünften des Staates wesentlich bei. Anders als die Südeuropäer arbeiten die Japaner durchweg in gehobeneren Positionen, wobei sie ihren Staat wirtschaftlich repräsentieren.

8. Garath ist offensichtlich nicht so gebaut worden, wie es geplant war. Zwar sind die vier Nachbarschaften mit eigenen öffentlichen Einrichtungen (Kindergarten, Schule, Kirche) zu erkennen; statt der trennenden Grünanlagen beherrscht eine dreigliedrige Verkehrsachse (Eisen- und Autobahn, Landstraße) das Bild. Zweifelsohne ist Garath damit gut an die Kernstadt angebunden, aber um den Preis einer lärmenden Trennlinie. Westlich des Bahnhofes liegt das zentrale Versorgungszentrum (ein Kaufhaus, einige kleinere Geschäfte, Restaurants und Kneipen). Die Bebauung wird von Wohnblöcken dominiert, kleinere Gärten und Grünstreifen lockern das Bild auf.

Die Bewohner sind Familien mit Kindern; sie weisen im Schnitt einen mittleren bis niedrigen Sozialstatus auf. Die Planung auf der „grünen Wiese“ hat eine gute Ausstattung mit Spiel- und Sportplätzen/-hallen ermöglicht. Die Versorgung mit öffentlichen Einrichtungen ist vergleichsweise gut; bei der medizinischen Versorgung ist zu bedenken, dass die Ärzte der zentral gelegenen Stadtteile (viele Fachärzte) einen überregionalen Einzugsbereich haben. Die Wanderungsbilanz lässt darauf schließen, dass das Wohngebiet von der Bevölkerung angenommen wird.

9. Gemeinsam ist allen Modellen der mehr oder weniger zentral gelegene Hauptgeschäftsbereich, der außerdem kulturelles und politisches Zentrum ist. Bei Burgess und Hoffmeier-Zlotnik schließt sich die Übergangszone oder „zone in transition“ an. Sie war in der Gründerzeit die Industriezone und ist dem Verfall und der Verslumung preisgegeben. Das soziale Milieu ist durch Armut, Kriminalität, ethnische Segregation, hohe Mobilität der Bevölkerung u. a. gekennzeichnet. Die danach folgende Arbeiterwohnzone (Einfamilienhäuser) entstand zur Jahrhundertwende und wurde von den ursprünglichen Bewohnern als Wohnstandort aufgegeben (Vermietung). Daran schließen sich die Einfamilienhausgebiete der Mittelschicht an (Bungalowsiedlungen der Oberschicht an der Peripherie). Die Modelle von Burgess und Hoyt sind monozentriert; Burgess, Hoyt und H.-Z. stellen sozialräumliche Verteilungsmuster dar, wobei Hoyt seine Erkenntnis von der sektoralen Anordnung und „Wanderung“ der teuren Wohnviertel auf Industrie- und Verkehrsflächen überträgt. Die Mehrkernmodelle von Harris/Ullmann und H.-Z. unterscheiden sich insofern, als H./U. die parallele Entwicklung funktionaler Kerne voraussetzen, wohingegen H.-Z. das Zusammenwachsen mehrerer Kerne zu Grunde legt.

10. Die Bezugsbasis der Modelle (nordamerikanische Stadt) erlaubt nur einen Vergleich von Einzelaspekten: zentral gelegener Geschäftsbereich, Neben- oder Subzentren, sektorale bzw. achsiale Anordnung der Industrie, räumliche Nähe von Industrie und Arbeiterwohnvierteln, sozialer Abstieg und Verfall der Bausubstanz in den citynahen Wohn- und Gewerbevierteln, Konzentration ethnischer Gruppen in den gründerzeitlichen Vierteln, Wohngebiete der Oberschicht an der Peripherie, Wohnvororte, Vorstädte.

11. Das Schema der heutigen lateinamerikanischen Stadt trägt wesentliche Züge des Modells von Hoyt: sektorale Strukturen für die Industrie und die angrenzenden Arbeiterwohnviertel und für das Wohngebiet der Oberschicht; Ringstruktur für die Verortung der Mittel- und Unterschicht. Das Modell von Burgess findet eine Parallele in der ringförmigen Darstellung sozialer Verdrängungsprozesse. Das Schema unterscheidet sich von den Modellen durch die Aufnahme jüngerer/aktueller Strukturen und Prozesse.

Stadtplanung SB 304–327

1. Bauleitplanung SB 304–307

1. Die Bauleitplanung ist ein auf der Ebene der Gemeinden angesiedeltes Organ, das die rechtmäßige Nutzung der vorhandenen Flächen regelt. Sie ist unterteilt in den Flächennutzungsplan (FNP) und den Bebauungsplan. Der FNP stellt die geplante Nutzung des Grund und Bodens dar und vermittelt zwischen den verschiedenen Ansprüchen nach ausreichend Fläche für Wohnen, Arbeiten, Versorgung, Verkehr, Kultur, Sport, Freizeit und Erholung einerseits sowie Umweltschutz, Landschaftspflege und Naturbewahrung andererseits. Er wird aufgestellt für einen größeren Raum wie ein komplettes Stadtgebiet (vgl. M3). Da der FNP nur die generelle Leitlinie zur Inanspruchnahme des Bodens darstellt, können aus ihm keine direkten Ansprüche abgeleitet werden – er hat insofern keine unmittelbare Bedeutung für den einzelnen Bürger. Beim Bebauungsplan, der kleinräumig ausgelegt ist (vgl. M4), ist dies anders. Hier wird in direktem Zugriff ein „Korsett" geschaffen, wie die bauliche und sonstige Nutzung zu erfolgen hat (vgl. Aufg. 4). Auf ihn aufbauend erfolgen, mit rechtlichen Ansprüchen und Absicherungen, die Fachplanungen wie z.B. Versorgung, Verkehr.

2. Wie M2 zu entnehmen ist, dauerte die Aufstellung des FNP in Dortmund 6 Jahre und lag zeitlich im Rahmen von ca. 5 Jahren, die für die Erstellung im Allg. angesetzt wird. Dieser relativ lange Zeitraum wird u. a. dadurch erreicht, dass die Erstellung aus einem Wechselspiel zwischen den einzelnen Interessen der Bürger und denen der Verwaltung (i. d. R. des Planungsamtes) erfolgt. Direkte Einflussnahme durch die Bürger ist an den in M2 mit „m" angedeuteten Planungsphasen möglich. In der Bürgeranhörung werden Ziele und Zwecke der Planung dargelegt, ihre Auswirkungen erläutert und mit den Bürgern erörtert. Diese können mit eigenen Vorstellungen an der Planung direkt teilnehmen. Die Verwaltung wertet die Ergebnisse der Bürgeranhörung aus und arbeitet sie nach Maßgabe der Möglichkeiten in den Entwurf des FNP ein. Während der Offenlegung des Planentwurfs werden die Bürger darüber in Kenntnis gesetzt, welche Anregungen aufgegriffen wurden und welche nicht. Darüber hinaus können während der öffentlichen Auslegung weitere Bedenken und Anregungen eingebracht werden, die die Verwaltung zu berücksichtigen hat. Außer an diesen beiden Stellen obliegt die Aufstellung des FNP der Verwaltung und dem Rat der Gemeinde, die die Bürger über den Gang der Entwicklung zu informieren haben.

3. Ausgehend vom Flächennutzungsplan M3 lassen sich zunächst die wesentlichen Grundmuster der Verteilung der Nutzflächen ermitteln. Das Kerngebiet liegt innerhalb des Wallringes. In einem ersten Ring schließt sich die innenstadtnahe Bebauung an, der in einem zweiten Ring die ehemals selbstständigen, heute dem Stadtgebiet eingemeindeten Vororte folgen. Zwischen diesen Ringen befinden sich ausgedehnte Industrie- und Gewerbeflächen mit Anschluss an das überregionale Verkehrsnetz (Wasser, Straße, Schiene). Außerhalb des zweiten Ringes überwiegen im Norden Landwirtschafts-, im Süden Forstwirtschaftsflächen.

Dortmund ist entstanden aus den Siedlungskernen der Städte Dortmund und Hörde sowie knapp 60 Dörfern und Werksarbeitersiedlungen. Zur Vermeidung der Landschaftszersiedlung wurde die Stadtentwicklung auf bestimmte Schwerpunkte konzentriert und im Siedlungsschwerpunktemodell veranschaulicht. Damit soll eine bestmögliche Versorgung der Bevölkerung, eine gute Bedienung mit dem schienengebundenen ÖPNV sowie eine optimale Auslastung öffentlicher Einrichtungen erreicht werden.

4. a) Beispielhaft kann im nordöstlichen Teil des Bebauungsplangebietes (Ecke Johannesstraße/Elisabethstraße) die Signatur erläutert werden:
MK: Unter der Abteilung „Mischgebiet – Kerngebiet" im Bebauungsplan sind Wohnen, (nicht störendes) Gewerbe, Versorgung und Kultur vorgesehen.

g: Es ist eine geschlossene Bauweise vorgeschrieben

GRZ 0,6: Angenommen, eine Parzelle hat eine Größe von 500 m^2. Dann darf eine Grundfläche von maximal 500 m^2 x 0,6 = 300 m^2 überbaut werden.

GFZ 2,4: Die in diesem Beispiel gedachte Grundstücksgröße von 500 m^2 ermöglicht es, dass 500 m^2 x 2,4 = 1200 m^2 Geschossfläche maximal entstehen dürfen.

V: Diese 1200 m^2 Geschossfläche dürften auf höchstens 5 Vollgeschosse verteilt werden.

b) Beispielhaft sei hier auf den Bebauungsplan verwiesen.
In einem reinen Wohngebiet soll ungestörtes Wohnen ermöglicht werden. Somit sind hier darüber hinaus nur Geschäfte zur Deckung des täglichen Bedarfs sowie kleine, das Wohnen nicht störende Handwerksbetriebe vorgesehen. Dazu in Abgrenzung werden im allgemeinen Wohngebiet zusätzlich z.B. stadtteilgebundene soziale und kulturelle Einrichtungen erlaubt. Trotzdem bleibt der Wohncharakter des Gebietes erhalten. Mit dem Maß der baulichen Nutzung lassen sich z.B. einheitliche Siedlungscharaktere verwirklichen, ebenso kann verhindert werden, dass das Gebiet mit zu viel Bebauung eine Versiegelung der Landschaft erfährt. In Mischgebieten wird eine verstärkte Nutzung durch Büro und Verwaltung ermöglicht, solange kein störender Einfluss auf die Wohnfunktion ausgeübt wird. Insbesondere lassen sich somit aus planerischer Sicht beispielsweise Dorfkerne mit ihrer typischen Mischnutzung erhalten. Gewerbe- und Industriegebiete sind auf die alleinige Nutzung durch gewerbliche Betriebe angelegt. Um die dafür notwendigen Flächen (Lager, Verwaltung usw.) bereitstellen zu können sind Grund- und Geschossflächenzahl teilweise doppelt so hoch wie in Wohngebieten. So sind 80 % der Grundstücksfläche bebaubar. Flächennutzungen, die sich nach dem Maß der baulichen Nutzungen nicht in das vorgegebene Schema einpassen lassen, sind als Sondergebiete ausgewiesen.

c) Das vorgegebene Sanierungsgebiet wird von Karlstal, Elisabethstraße, Johannesstraße und Schulstraße eingegrenzt, wobei an der Elisabethstraße mit dem Vinetaplatz ein zusätzlicher Bereich mit WC-Anlage zur Verfügung steht. Das Areal ist als Kerngebiet dem Mischgebiet zugeordnet. Vorgesehen ist eine Blockbebauung mit fünf bis sieben Vollgeschossen bei einer GFZ von 1,8 (im NO 2,4) sowie einer GRZ von 0,6. Im westlichen Teil ist ein sechsgeschossiges Parkhaus mit Tiefgarage mit insgesamt rund 500 Parkplätzen. Zudem sind ein gesetzlich vorgeschriebener Kinderspielplatz sowie ein weiterer Freizeit- und Spielbereich ausgewiesen.
Zur Visualisierung lässt sich das Luftbild M33 auf S. 326 heranziehen.

5. Die Bauleitplanung als Instrument der Stadtplanung hat sich in der Vergangenheit des Öfteren als Element erwiesen, das zur Monotonie und Einheitlichkeit von Stadtteilen und Dörfern beigetragen hat. Allzu enge Bauvorschriften ließen den Bauherrn kaum Chancen auf individuelle Baumaßnahmen. Auch die strikte Trennung der Daseinsgrundfunktionen ließ Viertel entstehen, die eine angemessene Funktionsmischung vermissen lassen.
Reine Schlafstädte einerseits ohne breit angelegte Diversifizierung der Funktionen Wohnen, Versorgen, Bilden, Arbeiten, abgeschlossene Gewerbegebiete andererseits mit Betrieben, die bürgernah einen besseren Standort hätten (z.B. kleine Handwerksbetriebe), sind die Folge enger Planungsvorschriften. Darüber hinaus hätte in vielen Städten die Ausweisung arbeitsplatzintensiver Bürostandorte am Stadtrand viele Verkehrsprobleme vermeiden können.
Mit dieser Aufgabe erhalten die Schüler die Möglichkeit, aus eigener Sicht die Problematik einer „am Schreibtisch" geplanten Stadtentwicklung aufzuzeigen. Es bietet sich an, sich von der

eigenen Gemeinde Flächennutzungsplan und einige Bebauungspläne zu besorgen und die Schüler damit arbeiten zu lassen. So lassen sich die Inhalte der Bauleitplanung am konkreten Beispiel gut verdeutlichen. Zusätzlich könnte beispielsweise in einem Unterrichtsgang die abstrakte Form des Bebauungsplan visualisiert werden.

2. Verkehrsplanung am Beispiel Dortmund SB 308–315

1. Dortmund, am Kreuzungspunkt zweier in Nord-Süd bzw. West-Ost-Richtung verlaufender Handelswege angelegt, konzentrierte sich bis in das 19. Jahrhundert hinein auf den Bereich innerhalb des Wallringes. Erst danach begann man mit der Auslagerung von Wohngebäuden in neu errichtete Viertel außerhalb des Wallringes. Die Funktion der Innenstadt wurde zunehmend durch den tertiären Sektor geprägt, was auch auf die Übernahme zentralörtlicher Funktionen für das Umland zurückzuführen ist. Nach der Zerstörung der Innenstadt im 2. Weltkrieg wurden im Citybereich neben dem Bau von Häusern für Handel und Bürotätigkeiten vor allem breite Straßen angelegt, die die Zugänglichkeit zu den oberzentralen Einrichtungen erleichtern. Die Anlage von Freiflächen sowie Verkehrseinrichtungen führte zu einem Mangel an Bauflächen, der durch die Errichtung von Hochhäusern begegnet wurde, die größtenteils tertiär und quartär genutzt werden. Diese bauliche Entwicklung schlägt sich in dem funktionalen Wandel des Innenstadtbereichs nieder. Die City, die im Wesentlichen durch den Wallring abgegrenzt wird, umfasst ca. 0,6 %, die Innenstadt, deren Abgrenzung in M3, S. 305 wiedergegeben ist, ca. 14,2 % der Gesamtfläche Dortmunds. Im Innenstadtbereich lebt gut 1/4 der Einwohner Dortmunds, der Anteil in der City ist aufgrund des hohen Anteils an Handels- und Dienstleistungsbetrieben naturgemäß gering: 12 % der Arbeitsstätten und knapp 1/4 aller Beschäftigten in diesem Sektor konzentrieren sich hier. Insgesamt sind über die Hälfte aller Beschäftigten im Innenstadt-Bereich tätig. Dies wird anhand M9 untermauert. Einzelhandel (vgl. M8), Verwaltung und Dienstleistung sind über dem gesamten City-Bereich verteilt, während eine Wohnfunktion fast nur im östlichen Randbereich nachgewiesen werden kann. Darüber hinaus ist die City Zentrum öffentlicher kultureller sowie Gastronomie- und Vergnügungseinrichtungen.
2. Anhand M7 und auch mithilfe einer ergänzenden Atlaskarte lässt sich ein grundlegender physiognomischer Wandel nachweisen. Während im Mittelalter durch die Wallanlage, bestehend aus Wassergräben und Stadtmauer, lediglich einige Stadttore führten, die die Verbindung des Umlandes mit der Stadt ermöglichten, ist dort heute fast deckungsgleich die die City umgebende Ringstraße („Wall“) nachzuweisen. Durch die Stadttore führten im Mittelalter die in Nord-Süd und West-Ost verlaufenden überregionalen Handelsstraßen; ansonsten waren entlang der Straßen und Gassen kleinere Wohnhäuser, Handels- und Gewerbebetriebe zu finden, die Gärten wurden ergänzt. Der Wiederaufbau der City führte zu einem System zweier Hauptachsen (Kampstr., Kleppingstr.) mit einigen ungeordnet sich ergänzenden Nebenstraßen. Das mittelalterliche Grundmuster der Hauptstraßen ist erhalten geblieben. Für den Autoverkehr gut geeignet ist die Ringstraße (grobe Verteilungsfunktion) mit der weiteren Erschließung über die Hauptachsen. Nachteilig machen sich die Nebenstraßen sowie der unzureichende Raum für Parkplatzflächen bemerkbar, insbesondere, wenn man den notwendigen Raum für die Anlieger berücksichtigt.
3. Dortmund ist mit einem Ring überregionaler Autobahnen verbunden: im Norden A2 Ruhrgebiet-Hannover, im Westen A45 Dortmund-Frankfurt, im Süden und Osten A1 Köln-Bremen. Des Weiteren durchqueren die B1 Duisburg-Ostwestfalen den Innenstadtbereich in west-östlicher Richtung, die B54 und B236 in nord-südlicher Richtung. Mithilfe dieses leistungsfähigen Straßengrundnetzes sind alle Teile der Innenstadt auf schnellem Wege erreichbar, sieht man von Behinderungen durch überhöhtes Verkehrsaufkommen ab. Durch weitere Straßen- und Autobahnneubauten ist vor allem das südöstlich gelegene Sauerland Ziel weiterer Verkehrsanbindungen. Dies fördert die Attraktivität des Innenstadt-, besonders des Citybereiches, der somit seinen oberzentralen Aufgaben hinsichtlich Behörden, Büros und Einkaufsmöglichkeiten gerecht werden kann.

Unterstützt wird dies durch die Lage des Hauptbahnhofes zentral am nördlichen Wallring mit fußläufiger Entfernung zum Zentrum. Da fast alle Siedlungsschwerpunkte 2. Stufe (bis auf Scharnhorst) durch S-Bahn bzw. Nahverkehr an den Hauptbahnhof angeschlossen sind, wird den motorisierten Verkehrsteilnehmern das Umsteigen auf Nahverkehrsmittel erleichtert. Darüber hinaus wird zur weiteren Verringerung des Individualverkehrs die Stadtbahn ausgebaut (vgl. M15, S. 312).

4. Betrachtet man die Pendlerströme Dortmunds, so übertrifft der Einpendlerstrom den der Auspendler erheblich. In diesem positiven Wanderungssaldo wird einerseits die oberzentrale Funktion für das Umland deutlich, andererseits lässt sich eine Abwanderung aus der Stadt in das Umland in der Vergangenheit ablesen. An den Einpendlern sind die Städte Lünen, Castrop-Rauxel, Schwerte, Bochum, Unna und Kamen mit jeweils über 5 % beteiligt. Bei den Auspendlern sind die Pendlerströme stärker konzentriert: Bochum mit fast 25 % Anteil dominiert aufgrund der Opel-Werke sowie der Ruhr-Universität, über 5 % Anteil besitzen auch die Städte Lünen, Witten, Essen, Hagen, Schwerte und Unna. Die Pendler profitieren dabei auch von den gut ausgebauten Verkehrswegen (B1/A40-Ruhrschnellweg, Autobahnring, ÖPNV; vgl. M3). Nahezu 3/4 aller Pendler benutzen dabei den Pkw; mit weitem Abstand folgen die schienengebundenen und sonstigen öffentlichen Verkehrsmittel. Die relative Bevorzugung des Busses gegenüber der Eisenbahn lässt sich darauf zurückführen, dass sich relativ mehr Personen im Nahbereich bewegen und mit dem Bus ein diversifizierteres Erreichen des Zieles möglich ist. Betrachtet man die Verteilung der Pendler auf die 10 Abteilungen der Wirtschaftssystematik, ist die Dominanz des Verarbeitenden Gewerbes bei den Ein- und Auspendlern bemerkenswert. Die zweitstärkste Gruppe stellen die Dienstleistungen dar. Mit über 40 % bei den Einpendlern und über 50 % bei den Auspendlern stellen beide Gruppen die Hauptzahl der Pendler. Während für die Auspendler das Opel-Werk in Bochum relevant ist, zeigt sich bei den Einpendlern die Bedeutung Dortmunds in den Bereichen Stahlerzeugung, Maschinenbau, daneben Elektrotechnik sowie im Dienstleistungssektor (oberzentrale Einrichtungen, Dienstleistungen von Unternehmen und freien Berufen).

5. Wesentlich zur Verkehrsproblematik trägt der Berufsverkehr bei. Dabei treten die Verkehrsspitzen zwischen 7 und 8 Uhr sowie zwischen 17 und 18 Uhr auf. Hauptverkehrsträger ist das Auto, über den morgens bis zu 17 %, abends bis zu 13 % des Verkehrsaufkommens abgewickelt wird. Der ÖPNV hat mittags eine weitere Spitze, was auf einen hohen Anteil an Schülern zurückzuführen ist. Arbeitsstelle, Wohnung (Schichtarbeit) sowie die Ausbildungsstätte machen mit Werten zwischen 9 und 10 % morgens das Hauptreiseziel aus, während die Reisequelle zu 13 % die Wohnung ist. Am Abend dominieren Arbeitsstätte und Wohnung (Schicht, abendliche Unternehmungen) als Reisequelle, während das Ziel „Wohnung" über 13 % der täglichen Fahrten ausmacht. Entsprechend ausgerichtet ist die Parkraumnachfrage: Eine hohe Parkraumnachfrage liegt zu Hause ganztägig bei erwerbstätigen Bewohnern, die ihr Auto nicht zur Fahrt zur Arbeitsstelle benutzen, sowie bei nicht erwerbstätigen Bewohnern vor. Analog zur reduzierten Parkraumnachfrage vor der eigenen Haustür steigt der Stellplatzbedarf an der Arbeitsstätte bei denen, die mit dem Pkw zur Arbeit fahren. Einkaufs- und Freizeitverkehr, aber auch privater Besuchsverkehr beanspruchen Parkplätze vor allem nachmittags, Liefer- und Serviceverkehr nur zwischen 6 und 20 Uhr zur Geschäftszeit. Insgesamt gesehen entstehen Parkplatzprobleme durch Erwerbstätige zu Hause und an der Arbeitsstelle, bei Benutzern von öffentlichen Verkehrsmitteln nur am Wohnort. Liegt dieser am Stadtrand, ist eine Parkraumnot nicht gegeben.

6. Die Position der SPD im Stadtrand zielt auf eine Verringerung des Autoverkehrs bei gleichzeitiger Stärkung des ÖPNV. Stichpunkte des Konzepts:
- Parkraumregulierung zu Gunsten von Anliegern und Lieferverkehr,
- Optimierte Verflechtung sowie Werbung für den ÖPNV,
- Anlage eines Radwegenetzes,
- Sperrung der City für den Autoverkehr bei besonderen Großveranstaltungen. Dagegen steht die Position der Wirtschaft. Sie berücksichtigt, dass gerade aus dem Umland viele Besucher mit den Auto anreisen und dabei überdurchschnittliche Umsatzzahlen erzielen. Die Bevorzugung

des ÖPNV zu Lasten des Individualverkehrs führe zu massiven Umsatzeinbrüchen. Stichpunkte des Konzepts:
- Bau von Wohnungen im Innenstadtbereich,
- Freier Zugang zur Innenstadt mit dem Auto ohne Verkehrsberuhigung,
- Ausbau attraktiver Parkmöglichkeiten.

Weitere Argumente pro und contra Auto könnten beispielsweise sein: schlechte Erschließung des Umlandes durch ÖPNV, Unabhängigkeit, Transporterleichterungen; Umweltbelastungen, Unfallträchtigkeit, Stadtbild.

7. Innerhalb des Wallringes sind Schwerpunkte von Nutzungen vorgesehen. Der Citybereich soll in Zukunft weitläufig als Einkaufszentrum dienen. Vor allem im östlichen Teil ufert diese Form der Nutzung weit nördlich und südlich des Hellweges aus und erlaubt eine weiträumige Einkaufslandschaft. Demgegenüber konzentrieren sich kulturelle Nutzungen auf eine N-S-Achse (Hansastr.; am südlichen Ende Stadttheater), Gastronomie im östlichen Bereich (Markt, Kleppingstr.), Wohnraum am westlichen sowie am östlichen Cityrand. Freiflächen oder noch bebaubare Flächen sind kaum noch vorhanden, sodass eine grundsätzlich andersartige Nutzung in den Nicht-Schwerpunktbereichen für die nahe Zukunft ausgeschlossen ist. Möglichkeiten der Verkehrserschließung bauen auf den Angaben aus Aufgabe 6 auf. Für den ÖPNV spricht: Die Lage des in M12 farblich blau unterlegten Hauptbahnhofs bietet ideale Voraussetzungen zur Förderung des Besucherverkehrs durch öffentliche Verkehrsmittel. S-Bahn und Nahverkehrszüge bieten Besuchern aus den Stadtteilen sowie aus dem Umland die Möglichkeit, auch ohne Auto zentrale Bereiche der City zu erschließen. Für den IV ist die zentrale Lage von Einkaufen, Kultur und Gastronomie von Vorteil. Wesentliche Wege lassen sich zusammenfassen und erleichtern so die Benutzung des Pkw, da die mühsame Parkraumsuche nur einmal anfällt. Daraus lässt sich erschließen, dass z. B. eine angemessene Parkraumgestellung mit einem funktionierenden Verkehrsleitsystem vor allem für auswärtige Besucher größere Vorteile bietet, da die Wohnfunktion auf wenige Bereiche nahe des Wallringes konzentriert ist.

8. Aus dem geschichtlichen Abriss lassen sich die Folgen für die Physiognomie der Stadt ableiten. Straßenverbreiterungen und -durchbrüche für vierspurige Schnellstraßen müssen Wohnhäuser weichen, Hochstraßen prägen das Bild vieler Städte. Der in den achtziger-Jahren im Zeichen der Rückbesinnung auf urbane Lebensqualitäten beginnende Rückbau der Verkehrseinrichtungen lässt aber die Fehler der vergangenen Jahrzehnte nicht rückgängig machen. Zudem ist seitens der politischen Entscheidungsträger nicht mit einer Abkehr von der Nutzung des Autos zu rechnen, sodass mit steigenden Problemen in der Stadt bei einer weiter zunehmenden Motorisierung zu rechnen ist.

Daran ändert auch nichts der Versuch, von Seiten der Planung autogerechte Städte zu konzipieren, denn diese sind auch nur auf eine begrenzte Verkehrsmenge ausgerichtet. Die Entwicklung der städtischen Räume hat in den letzten Jahrzehnten das Auto weitgehend notwendig gemacht. Die Funktionstrennung zwischen Wohnen an der Stadtperipherie sowie auch im weiteren Umland und Arbeiten im Stadtzentrum hat zum gewaltigen Pendleraufkommen geführt (Stichworte: Zielverkehr, Individualverkehr). Dem Text von Bahrdt lässt sich entnehmen, dass es weder eine autogerechte noch menschengerechte Stadt geben kann. Hier lässt sich beispielsweise anführen: Trabantenstädte, Einkaufszentren auf der grünen Wiese, kulturelle Angebote dagegen in der Innenstadt, ebenso wie Arbeitsplätze. Vernachlässigt wurde in den vergangenen Jahren der Ausbau öffentlicher Verkehrsmittel (ÖPNV), sodass im Modal Split der Anteil des IV mit über 80 % zu Buche schlägt. Um die Stadt der Zukunft lebenswert zu erhalten sind hier Verschiebungen der Anteile unerlässlich.

9. Eine Entlastung der Innenstadt vom Verkehr kann über eine Gestaltung des Straßenverkehrsraums, eine Verlagerung des individuellen Personenverkehrs vom Auto auf öffentliche Verkehrsmittel sowie über Stadtentwicklungsmaßnahmen erfolgen. Stichpunktartig könnte eine entsprechende Tabelle folgende Inhalte haben:

Gestaltung des Straßenraums: Verkehrsbündelung auf Einfallstraßen, Ausweisung von Wohnbereichen, Anlage von Fußgängerzonen, Parkraumbeschränkung, …

Modal Split: Eine Ausweitung des ÖPNV lässt das Verkehrsaufkommen des stark in der Diskussion befindlichen Autoverkehrs ermöglichen. Hierzu zählen auch neue Verkehrssysteme wie z. B. der Rufbus (vgl. S. 368). Stadtentwicklungsmaßnahmen: Innerstädtische Wohnnutzung, Ausgliederung und Konzentration von Arbeitsplätzen, citykonzentrierter Einzelhandel, polyzentrische Stadtstruktur, fußgängeradäquate Versorgung, ...
Für einen Zusammenhang der einzelnen Komponenten könnte eine Matrix aufgebaut werden, die vielleicht folgende Gestalt hat. Dabei lassen sich die durch Zahlen verifizierten Auswirkungen ebensogut durch textliche Ausführungen ersetzen.

10. Die City wird über mehrstreifige Radialstraßen mit den Außenbezirken verbunden. Eine Verteilerfunktion übernimmt dabei der Wallring, der, da es in der Planung keine die City durchquerenden Straßen mehr geben wird, den Verkehrsansprüchen entsprechend ausgebaut wird. Innerhalb des Wallrings gibt es ein System von Erschließungsstraßen, das die Anbindung der Parkhäuser und die Andienung der Geschäfte im Fußgängerbereich gewährleistet. Ein Parkleitsystem soll den Parkplatzsuchverkehr, der die Innenstädte stark belastet, eingeschränkt werden. Die Kapazität der Parkhäuser und Tiefgaragen macht ca. 45 % aller Stellplätze in der City aus, dazu kommen noch mit Entgelt zu benutzende Parkmöglichkeiten am Straßenrand (25 %) sowie private Stellplätze (30 % der insgesamt ca. 12 000 Stellplätze). von den Parkhäusern aus ist oftmals ein direkter Zugang zur innerstädtischen Fußgängerzone gewährleistet. Der Ausbau des Radwegenetzes ermöglicht einerseits fast durchgängig das gefahrlose Benutzen der Hauptverkehrsstraßen, andererseits wird für Radfahrer ein Durchqueren der City möglich bleiben. Eine W-O- sowie zwei N-S-Radwegachsen ermöglichen einen schnellen Zugriff zu Einkaufs-, Gastronomie- und Kulturschwerpunkten. Für die mit der Bahn anreisenden City-Besucher ist der Hauptbahnhof ein direkt zugänglicher Anlaufpunkt. Hier werden auch Verknüpfungen zur S-Bahn sowie zur Stadtbahn, die in der Innenstadt unterirdisch verläuft, hergestellt. Die Anlage der Haltepunkte ist so gewählt, dass die zentralen City-Bereiche in fußläufiger Entfernung schnell zu erreichen sind. Damit ist sichergestellt, dass den Autofahrern, die am Stadtrand das P & R-Angebot annehmen, trotzdem bequem die City erreichen können. Zusätzlich attraktiv gemacht werden soll das P & R-Konzept für Autofahrer durch erhöhte Parkplatzgebühren in der Innenstadt bzw. durch Parkraumbeschränkung, indem z. B. nur Anwohner mit entsprechenden Ausweisen am Straßenrand parken dürfen.

11. Die Beantwortung der Aufgabe soll aufbauend auf den Ergebnissen dieses Kapitels argumentativ erfolgen. Je nach Einstellung werden die Schüler für die Bevorzugung des IV oder des ÖPNV sein, wahrscheinlich wird eine angemessene Mischform zwischen beiden Systemen favorisiert werden.

3. Stadtsanierung in Kiel-Gaarden — SB 316–327

1. Gaarden lag vor den Toren der Stadt Kiel; seine Anbindung wurde durch politische Entscheidungen in die Wege geleitet (Kriegshafen, Werften). Industrialisierung und der Erste Weltkrieg begünstigten die weitere Entwicklung. Die parallel verlaufende Ansiedlung von Arbeitskräften für den Schiffsbau sowie von Gewerbe und Dienstleistung führten zu einer raschen Bebauung des Ostufers (Blockbebauung, ca. 5 Stockwerke, attraktive Fassaden, Hinterhofgewerbe etc.).

2. Für die Sanierung Gaardens sprechen zum einen Mängel in der Bausubstanz und damit einhergehende soziale Selektionsprozesse, zum anderen städtische Planungen, die eine Entlastung der Kieler Innenstadt vorsehen.

3. Von den 828 Grundstücken sind mangels Größe 50 % nicht bzw. nur mit Einschränkung bebaubar. Gebäudemängel zeigen sich zu 70 % in einem schlechten Erhaltungszustand, zu annähernd 60 % in der Baufälligkeit (diese dürfte sich hauptsächlich auf Nebengebäude beziehen) und zu 43 % bei der Dachkonstruktion. 40 % aller Gebäude zeigen schwere und sehr schwere Mängel, nur ein Fünftel ist ohne Mängel. Die Karte zeigt einen Teil des Sanierungsgebietes. Die „schiefen Häuser" an der Elisabethstraße sind als Gebäude mit sehr schweren Mängeln ausgewiesen. Aber auch außerhalb des SAG I zeigt der Gebäudezustand, dass eine

Sanierungsnotwendigkeit gegeben ist. Für eine sinnvolle Umgestaltung ist die Neuordnung der Grundstückssituation unvermeidlich.

4. Im Vergleich zu den Altstädten von Rendsburg und Bad Oldesloe wird die Gesamtgeschossfläche zu einem wesentlich geringeren Teil betrieblich genutzt. Die Bedingungen für eine gewerbliche Nutzung sind schlecht; es mangelt, nach Aussagen der Betroffenen, vor allem an räumlichen Ausdehnungsmöglichkeiten und Parkflächen; auch die bauliche Struktur wird häufiger beanstandet. Die Folge ist u.a., dass die Kundschaft von ca. 50 % der Gaardener Betriebe aus dem Stadtteil selbst kommt. Der Gewerbestandort Gaarden ist für Kunden jenseits des Ostufers nicht attraktiv genug.

5. 48,6 % der Wohnungen sind nicht mit Dusche oder Bad ausgestattet, 37,4 % haben kein WC in der Wohnung; etwa 70 % der Wohnungen werden mit Öfen beheizt, die meisten (ca. 60 %) mit Kohleöfen. Der Wohnkomfort liegt weit unter dem allgemeinen Standard. Als Erklärung hierfür kann die Besitzstruktur herangezogen werden. Viele Eigentümer dürften aufgrund ihres Berufes/Verdienstes kaum in der Lage sein, eine Modernisierung zu finanzieren; andere wohnen nicht in Gaarden und sind daher möglicherweise nicht an einer Verbesserung der Wohnqualität interessiert. Die Bevölkerungsstruktur ist entsprechend: Überwiegend Arbeiter, mehr als 50 % der Einkommen liegen unter 1000 DM (BRD 36 %), hoher Anteil an Rentnern, viele Einpersonenhaushalte (Rentner, Studenten). Je älter die Bewohner sind, desto stärker ist die Bindung an den Stadtteil. Gaarden trägt Züge einer Verslumung.

6. **Wohn- und Arbeitsverhältnisse/Sicherheit:**
Festgestellt wurden zu b) Mängel an Gebäuden, in Wohnungen, in Arbeitsstätten; zu e) nicht oder nur bedingt bebaubare Grundstücke, z.T. baufällige Nebengebäude; zu f) störende Gewerbebetriebe, Beeinträchtigung aus Straßenverkehr.
Funktionsfähigkeit des Gebietes:
zu a) mangelnde Parkmöglichkeiten, Beeinträchtigung aus Straßenverkehr; zu b) 50 % der Gaardener Gewerbebetriebe haben ihren Kundenkreis im Stadtteil selbst, nur wenige kommen von außerhalb. Die Betriebe haben unzureichende Ausdehnungsmöglichkeiten, die Bevölkerung verfügt zu einem großen Teil nur über eine geringe Kaufkraft.

7. Mangelhafte Grundstückssituation, aber große und ungenutzte Freiflächen in städtischem Eigentum im SAG I; Gefahr drohender Zustand von Gebäuden an der Elisabethstraße („schiefe Häuser"), Lücken in der Blockrandbebauung; einseitige Sozialstruktur der Bevölkerung; bauliche, räumliche und funktionale Standortnachteile für das Gewerbe; zu wenig Verkaufsfläche sowie zu schmales Versorgungs- und Dienstleistungsangebot hinsichtlich des von der Stadt gewünschten Funktionsüberschusses.

8. Neubau, Sanierung und Modernisierung von Gebäuden/Wohnungen; Einrichtung von Gewerbe- und Verkaufsflächen; Erweiterung des Arbeitsplatzangebotes; Neuordnung des Verkehrs (z.B. Parkplätze, Fußgängerbereiche); Ergänzung des Raumangebotes für Freizeitgestaltung.

9. **1972:** Die Blockfläche ist weitgehend überbaut; zentrales Element ist das Kaufhaus, von weiteren Läden umgeben; an der Elisabethstraße liegen das Hotel und ein Café, dahinter ein Freizeithaus.
1977: überwiegend Blockrandbebauung, im Zentrum Grün- und Spielfläche; an der Schulstraße liegen städtische Ämter, Sozialeinrichtungen (Mütterberatung, Familienfürsorge), Arztpraxen; an der Karlstraße ist Mischnutzung vorgesehen (Lager, Supermarkt, Gewerbeflächen); an der Elisabethstraße liegen weitere 17 Läden (u.a. Lederwaren, Bücher, Blumen, Bank, Bodenbeläge, Konditorei/Café und Textilien). Plan II ist funktional ausgewogener und stärker auf die Bedürfnisse der Einwohner ausgerichtet (wenngleich das Freizeitzentrum „geopfert" wurde).

10. Wichtigster Grund: konträre Auffassungen zwischen Stadtplanern, Sanierungsbeirat und Bürgerinitiative. Nach vielen öffentlichen Diskussionen hat der Sanierungsbeirat seine Vorstellungen weitgehend durchsetzen können.

11. Plan II (1977) zeigt, dass sich der Sanierungsbeirat – von Bürgern gewählte Interessenvertreter – offensichtlich mit konstruktiven Vorschlägen und Argumenten in vielen Punkten durchsetzen konnte. Von der Bürgerinitiative dagegen wird wenig überzeugende Kritik vorgetragen, sie basiert auf Vermutungen und pauschaler Ablehnung. Die Forderungen sind wenig konkret und im Ansatz unrealistisch, da finanzielle Aspekte ignoriert werden. Auch das emotionale Auftreten des Baurates lässt vermuten, dass es für den Hotelbau kaum überzeugende Argumente gibt; die Befürworter scheitern letztlich. Die ausführliche Diskussion ermöglicht zwar einerseits vielen Interessengruppen, ihre Anliegen einzubringen, andererseits zieht sich dadurch jedoch die Vorbereitung der Sanierung hin.

12. Aufgrund der vorhandenen Freiflächen konnte die Stadt neue Wohnungen bauen, bevor die ersten Bewohner umgesiedelt werden mussten – somit war gewährleistet, dass sie im Viertel oder sogar im gleichen Baublock bleiben konnten. Da die Wohnungen im Rahmen des sozialen Wohnungsbaus errichtet wurden, blieben die Mieten in einem erträglichen Rahmen.

13. **Flächensanierung:** Abriss der „schiefen Häuser" am Vinetaplatz;
Objektsanierung: Sanierungsbedarf im Baublock an Elisabeth-, Wikinger- und Stoschstraße;
Entkernung: im Baublock zwischen Vinetaplatz und Kaiserstraße (Innenhofverbauung mit Gewerbe).

14. Diese Art der Sanierung ist lediglich auf Gewinnmaximierung ausgerichtet. Alteingesessene verlieren ihre Wohnung, neue Mieter müssen trotz der Sanierung weiter mit Gemeinschaftstoiletten vorlieb nehmen. Die Wohnungsumwandlung führt zu einer einseitigen Mieterstruktur (Einpersonenhaushalte).

15. **Vor der Sanierung:** ungenutzte und ungepflegte Freiflächen mit und ohne Begrünung, Baulücken an der Elisabethstraße, schöne Häuserfassaden (Jugendstil).
Nach der Sanierung: geschlossener Baublock, im Zentrum Grünflächen, einseitige Bebauungsstruktur. Die Beurteilung des Gesamteindruckes ist letztlich Geschmackssache.

16. Der komplette Neubau nach Flächensanierung hat einen Zuwachs an Wohnungen mit zeitgemäßem Standard gebracht. Über die Anzahl der Wohnungseinheiten in den einzelnen Größenklassen nimmt der Bauträger Einfluss auf die Alters- und Sozialstruktur der Bewohner. Wohnungen mit spezieller Zweckbindung sind für Menschen mit besonderen Belastungen bzw. Randgruppen reserviert.

17. In der Vierzimmerwohnung wirkt alles ein wenig gedrängt. Bei einer 4-köpfigen Familie stünde im Schnitt jeder Person eine reine Wohnfläche von 13m^2 zur Verfügung (ohne Funktionsflächen Küche, Diele, Bad). Der kleinste Raum ist eines der Kinderzimmer; wo ist dort noch Platz zum Spielen? Dagegen sind Flur und Diele fast so groß wie das Wohnzimmer, ohne natürliche Lichtquelle aber kaum nutzbar. Da lebt es sich in der Altenwohnung (bei einer Belegung durch 2 Personen pro Kopf 19 m^2 reine Wohnfläche) schon wesentlich komfortabler. Das Wohnzimmer ist so groß wie in der 4-Zimmer-Wohnung, es gibt einen Essplatz und der Flur ist nicht unnötig groß. Im Vergleich ist die mehrköpfige Familie mit der großen Wohnung schlechter bedient.

18. Eines der vorrangigen Ziele war die Erhaltung der Funktionsfähigkeit des Wohn- und Gewerbestandortes Gaarden. Durch den Bau von 347 Wohnungen, die Bereitstellung von 5830 m^2 Gewerbefläche und den Bau eines Parkhauses ist man diesem Ziel recht nahe gekommen. Nicht erfüllt hat sich die Hoffnung, dass sich angesichts der Erneuerungsmaßnahmen Hausbesitzer im Umfeld dazu veranlasst fühlten, ihrerseits Modernisierungen und Wohnumfeldverbesserungen durchzuführen. Die organisatorische und finanzielle Aufgabe ist für den Einzelnen untragbar. Ebensowenig dürfte das zweite große Ziel, die Entlastung des Kieler Zentrums, erreicht worden sein. Offensichtlich versorgt sich die Gaardener Bevölkerung nun vermehrt im eigenen Stadtteil; dass aber ein Zustrom aus einem weiteren Kreis eingesetzt hätte, lässt sich aus den Äußerungen der Geschäftsleute nicht schließen.

19. Kiel-Gaarden hat beispielhaft gezeigt, dass alte Stadtteile den heutigen funktionalen Anforderungen nicht mehr genügen. Die ansässige Bevölkerung ist meist aus eigener Kraft weder finanziell noch organisatorisch in der Lage die Verhältnisse zu verbessern. Spekulantentum und Profitgier führen zu sozial ungerechten sowie inakzeptablen Lösungen. Schließlich liegt es im Interesse der Städte selbst Teilbereiche für ein funktionsfähiges Gefüge zu erhalten. Insofern wurden mit dem StBauFG eine sinnvolle gesetzliche Grundlage und ein Instrumentarium zur Abwicklung städtebaulicher Erneuerung geschaffen.

Raumordnung SB 328–343

1. Konzeption der Raumordnung SB 328–338

1. Langjährige Entwicklungen der regionalen Verteilung der Wohnungen, Arbeitsplätze, Infrastruktur und Bevölkerung spiegeln sich in der Klassifizierung der siedlungsstrukturellen Gebietstypen wider; ebenso werden Entwicklungsmöglichkeiten der Räume verdeutlicht. Bei der Abgrenzung der Regionen entsprechen die Raumordnungsregionen in weiten Teilen den Planungsregionen, die verbindlich in den Landesplanungen ausgewiesen sind. Dabei werden zur Klassifizierung herangezogen: Vorhandensein eines leistungsfähigen Siedlungszentrums mit guter Verkehrserreichbarkeit in der Region; Berücksichtigung wirtschafts-, sozial- und naturräumlicher Gegebenheiten und gewachsener Siedlungsverflechtungen, arbeitsräumlicher Verflechtungen sowie historischer Regionalgliederungen, Wahrung einer annähernden Flächen- und Einwohnerproportion der Regionen untereinander. Auf dem Gebiet der Bundesrepublik Deutschland lebten Anfang 1995 ca. 82 Mio. Einwohner auf einer Fläche von ca. 357 000 km^2. Aus der Karte werden zunächst die Verdichtungsräume in Deutschland ablesbar: Hannover, Hamburg, Bremen, Berlin, Halle, Leipzig, Dresden, Chemnitz/Zwickau, Nürnberg, München, Stuttgart, Saar, Rhein-Neckar, Rhein-Main, Rhein-Ruhr. Sie machen gut 1/4 der Fläche Deutschlands aus, in ihnen lebt gut die Hälfte der Bevölkerung. Eindrücke hierzu wie zum ländlichen Raum bieten die Fotos in M1. Große, zusammenhängende, ländlich geprägte Regionen findet man im Südosten bzw. Nordosten. Knapp 17 % der Einwohner Deutschlands leben hier auf über 1/3 der Fläche. Ebenfalls über 1/3 der Fläche nehmen die übrigen Räume ein, die als Regionen mit Verdichtungsansätzen klassifiziert werden und knapp 30 % Bevölkerungsanteil stellen.
2. Es bietet sich an, eine dreispaltige Tabelle anzulegen. Andere Möglichkeiten sind aber auch denkbar, vor allem eine Tabellierung nach Raumtypen.

Zur Vereinfachung lässt sich zusätzlich ein Klassifizierungssystem einführen:
++ stark zunehmend + zunehmend
0 konstant - abnehmend
— stark abnehmend

	Raumtyp	Kernstadt	Umland	ländlicher Raum
Bevölkerung		erst — jetzt ++	+	+
ärztliche Versorgung	Verd.-Raum: Verd.-Ansatz:	ziemlich 0 —	sehr hoch, - niedrig, -	hoch, - sehr niedrig, -
Investitions- zuweisungen	bis 1984 nach 1984	- +	- +	- +
Anteil der 0–15-Jährigen		niedrig, erst -, jetzt 0	-	-
Sozialhilfe- empfänger		hoch, +	+	+
Baulandpreise	Verd.-Raum: Verd.-Ansatz:	sehr hoch, + erst +, jetzt 0	0 niedrig, 0	0 niedrig, 0
	Raumtyp	altind.	ländl.	
Lohn in der Industrie	Verd.-Raum: ++, hoch Verd.-Ansatz: ++		++	 ++

Beschäftigte	Verd. Raum: erst —, jetzt +, hoch	erst —, jetzt 0	
15–65-Jährige	Verd.-Ansatz: erst —, jetzt +		erst —, jetzt +
Anteil Dienstleistung	Verd.-Raum: +	+	
	Verd.-Ansatz: +		+
Wanderung	Verd.-Raum: +*	—	
	Verd.-Ansatz: erst 0, jetzt -		++
Arbeitslose	Verd.-Raum: erst ++, jetzt -	erst ++, jetzt +, hoch	
	Verd.-Ansatz: erst ++, jetzt -		erst ++, jetzt -
Gering Qualifizierte	Verd.-Raum: —	—	
	Verd.-Ansatz: —		—

* in altindustrialisierten Räumen: —

3. Ausgewählt wurden mit der Raumordnungsregion (ROR) 62 ein strukturschwacher Raum, peripher mit der zentralen Stadt Weiden an der Grenze zur Tschechischen Republik gelegen, sowie mit der ROR 49 ein strukturstarker Raum mit dem Zentrum Stuttgart. Zum Vergleich sind die Durchschnittswerte für das Bundesgebiet angegeben. Unter einem strukturschwachen Raum versteht man allgemein eine (Planungs-)Region, in der die Infrastruktur (s. M2) nur wenig entwickelt ist. Gründe dafür sind z. B. eine Randlage, deren Standortfaktoren eine industrielle Entwicklung nicht begünstigt haben, mangelnde Rohstoffgrundlage, schlechte Verkehrsanbindungen, aber auch naturgeographische Faktoren wie z. B. eine Lage abseits von größeren Gewässern. Aus M5 lassen sich zeilenweise ablesen:
- geringe Bevölkerungsdichte,
- geringe Zuwanderung (bzw. Abwanderung),
- hoher Anteil Sozialhilfeempfänger (trifft auf ROR 62 nicht zu),
- wenige betriebliche Ausbildungsplätze (trifft auf ROR 62 nur bedingt zu),
- hoher Industriebesatz im sekundären Sektor,
- geringer Anteil an Industriebeschäftigten,
- unterentwickelter tertiärer Sektor,
- geringe berufliche Qualifizierung,
- geringe Zahl offener Stellen, mangelndes Arbeitsplatzangebot,
- hohe Arbeitslosenquote,
- hoher Anteil an Langzeitarbeitslosigkeit (trifft auf ROR 62 kaum zu),
- geringe Bruttowertschöpfung,
- geringe Steuereinnahmen,
- niedrige Baulandpreise,
- nicht flächendeckende Abwasserentsorgung,
- geringer Anschluss an Abfalldeponien (trifft auf ROR 62 nicht zu),
- geringe Siedlungsdichte.

Es ist zu beachten, dass durch die mangelnde wirtschaftliche Leistungsfähigkeit der neuen Länder der Vergleich der ROR 62 mit dem Bundesgebiet nicht immer zu schlüssigen Aussagen führt.

4. Bezug genommen werden kann auf die Benennung der Räume in Aufgabe 1.
Hannover: Ein Kernraum der Elektroindustrie und des Kraftfahrzeugbaus, zudem ein bedeutender internationaler Messestandort. Eine ausgesprochen günstige Verkehrsanbindung fördert die Erreichbarkeit des Oberzentrums. Wie in vielen Räumen Norddeutschlands ist auch hier ein deutlicher natürlicher Bevölkerungsrückgang zu verzeichnen, der durch eine positive Wanderungsbilanz nicht kompensiert werden kann.
Hamburg: Wie viele Kernräume weist auch Hamburg ein negatives natürliches, aber positives Wanderungssaldo auf. Die Reisezeitgraphik deutet eine gute Anbindung an das Umland an, wenn auch der nordöstliche Raum aufgrund des noch wenig erschlossenen Verkehrsnetzes eine Anfahrtzeit von mehr als 2 Stunden zur Folge hat. Hamburg gewinnt seine Wirtschaftskraft als

Hafenstandort, zudem spielen vor allem Metallverarbeitung, darüber hinaus auch Leicht-, chemische und Nahrungsmittelindustrie eine größere Rolle. Die räumliche Erweiterung des Industriestandorts erfolgt in neuerer Zeit längs der Elbe (Stade).
Bremen: Kennzeichnend sind Maschinen-, Schiffs- und Flugzeugbau, ebenso Elektro- und Nahrungsmittelindustrie. Insgesamt ist, wie auch im Stadtstaat Hamburg, der Anteil der Industriebeschäftigten eher unterdurchschnittlich. Auffällig ist, dass bei einer negativen Bevölkerungsentwicklung auch das Wanderungssaldo negativ ist, was auf einen Bedeutungsüberschuss Hamburgs hinweisen könnte. Problematisch ist der Schiffsbau, der nur durch massive Subventionen am Leben erhalten werden kann.
Berlin: Ins Gewicht fällt vor allem der bedeutende Wanderungsgewinn, der im Zuge der Hauptstadtfunktion noch weiter zunehmen dürfte. Teilweise lässt sich die Zuwanderung aus den im weiten Umland ablesbaren negativen Wanderungssalden festmachen, zum anderen führt auch der massive Zuzug ausländischer Arbeitnehmer zu diesem Effekt. Berlin ist vorrangig Standort von elektronischer, Maschinen- und Nahrungsmittelindustrie, wobei die gute bzw. im Ausbau befindliche Verkehrsanbindung sowie die Lage als Sprungbrett in die östlichen Nachbarstaaten Standortvorteile bieten.
Halle/Leipzig: Wichtiger Standort der chemischen Industrie und des Braunkohlenabbaus. Durch die Neustrukturierung und Neubewertung der Braunkohle z. Z. ein Wirtschaftsraum mit großen Problemen. Darüber hinaus spielt auch der Maschinenbau eine wesentliche Rolle, sodass diese Region zu denjenigen mit dem höchsten Anteil an Industriebeschäftigten in Deutschland zählt. Trotzdem ist auch hier eine negative Bevölkerungsentwicklung feststellbar.
Dresden: Auch Dresden gehört zu den bedeutenderen Abwanderungsregionen. Aufbauend auf Elektro-, feinmechanischer und Maschinenindustrie ist die Umstrukturierung der Wirtschaft wie in allen Teilen der ehem. DDR noch nicht abgeschlossen. An der Transitstrecke in die Tschechische Republik gelegen, werden hier vor allem Verkehrsprobleme auf nicht angepasst ausgebauten Verkehrswegen deutlich.
Chemnitz/Zwickau: In dieser Region dominieren vor allem die Textilindustrie und der Kraftfahrzeugbau. Diese Region zählt zu denen mit den höchsten Entleerungstendenzen, was sowohl auf negative natürliche als auch auf Wanderungssalden zurückzuführen ist. Entgegenwirkend ist z. B. der Bau des neuen VW-Werkes in Zwickau/Mosel, das der Region durch die Zulieferindustrie neue Arbeitsplätze verschafft.
Nürnberg: Zentrum der Elektronik- und Metall verarbeitenden Industrie. Durch die Lagegunst im Verkehrsnetz ist Nürnberg für Pendler aus dem weiteren Umland binnen 60 Minuten erreichbar. Wie in vielen ROR ist auch in Nürnberg das Wanderungssaldo positiv, was sich hier in einer positiven Bevölkerungsentwicklung niederschlägt. Die Agglomeration Nürnberg-Fürth-Erlangen hat als Folge des Niedergangs der Metallindustrie einen Strukturwandel zu erreichen.
Stuttgart: Ein Kernraum der Maschinenindustrie, insbesondere des Fahrzeugbaus. Als strukturstarker Raum in M5 ausgewiesen (ROR 49). Eine positive Bevölkerungsentwicklung wird sowohl durch natürliches Wachstum als auch durch Zuzug hervorgerufen. Ein überdurchschnittlicher Anteil an Industriebeschäftigten sowie eine gute Verkehrserschließung des direkten Umlandes unterstützen die Leistungskraft des Raumes.
München: Kraftfahrzeugbau, Flugzeugbau, Maschinenindustrie sowie auch Chemie und Bekleidung sind die traditionellen Wirtschaftszweige der Region. In den letzten Jahren ist München zusätzlich zu dem Zentrum der Mikroelektronik in Deutschland aufgestiegen. Ein positives Bevölkerungssaldo, hauptsächlich durch einen starken Zuzug hervorgerufen, prägt die Region. Der geringe Anteil an Industriebeschäftigten macht die Umstrukturierung deutlich.
Saar: Das Saarrevier gehört zu den Räumen, die einer starken Veränderung der Wirtschaftsstruktur unterworfen sind. Bisher waren der Bergbau und die Stahlherstellung dominant. Der Bedeutungsverlust dieses altindustrialisierten Raumes wird auch deutlich in der Bevölkerungsentwicklung. Die Ferne zu den größeren Agglomerationsräumen macht sich zusätzlich nachteilig bemerkbar. Eine überdurchschnittliche Arbeitslosigkeit ist die konsequente Folge des Strukturwandels.

Rhein-Neckar: Ein Zentrum der chemischen Industrie (BASF), zusätzlich Maschinen- und Elektroindustrie. Der Raum gehört zu den Wachstumsregionen in Deutschland (Bevölkerungswachstum, unterdurchschnittlicher Anteil an Industriebeschäftigten).
Rhein-Main: Wie der Raum Rhein-Neckar gehört auch diese Region zu den Wachstumszentren in Deutschland. Vorwiegend tertiäre Nutzung, z. B. Banken/Verwaltungen in Frankfurt, zusätzlich auch der Flughafen als Arbeitgeber, lässt den Anteil der Industriebeschäftigten unter dem Durchschnitt bleiben. Das sehr umfangreiche Verkehrsnetz lässt schnelle Verbindungen sowohl in die Peripherie als auch zu den anderen Agglomerationen zu. Neben den Dienstleistungen sind auch Chemie, Fahrzeugbau, Maschinenbau und Elektroindustrie dominant.
Rhein-Ruhr: Diese altindustrialisierte Region wandelt sich von der Montanindustrie hin zu modernen Technologien. Technologiezentren in der Nähe von Universitäten bilden Standbeine bei der wirtschaftlichen Umstrukturierung. Trotzdem werden hier die höchsten Arbeitslosenzahlen im Westen Deutschlands erreicht. Zudem ist eine negative Bevölkerungsentwicklung auch hinsichtlich der Wanderungen zu verzeichnen.

5. Die Veränderung der Bevölkerungszahl setzt sich zusammen aus natürlichen Veränderungen und Wanderungsbewegungen. Regionen mit wachsender Bevölkerungszahl findet man im Nordwesten, im gesamten Süden sowie im Nordosten Deutschlands. Gebiete mit gleichzeitigem Geburtenüberschuss sowie Wanderungsgewinnen finden sich fast ausschließlich in Baden-Württemberg und Bayern. Darüber hinaus existieren Regionen, bei denen der Geburtenüberschuss die Abwanderungen kompensieren konnte, vor allem in Mecklenburg-Vorpommern. Häufiger übertrafen die Wanderungsgewinne den Sterbeüberschuss. Dies ist insbesondere in den Verdichtungsräumen Süddeutschlands nachweisbar. Räumliche Unterschiede im natürlichen Bevölkerungswachstum lassen sich in zwei Dimensionen nachweisen. In den Verdichtungsräumen werden unterdurchschnittlich viele Kinder geboren, in den ländlichen bzw. weniger verdichteten Räumen mehr. Hohe Geburtenraten konzentrieren sich im wesentlichen auf den Norden und Nordosten Deutschlands. In den alten Bundesländern haben hoch verdichtete Räume eher Wanderungsgewinne, ländliche, insbesondere peripher gelegene, eher Wanderungsverluste. Wegen der günstigen Arbeitsmarktsituation gab es in Süddeutschland vorwiegend Wanderungsgewinne. In den neuen Bundesländern hat nur Berlin Wanderungsgewinne aufzuzeigen, während die übrigen Regionen überwiegend Abwanderungsgebiete sind.

6. Ziel der Raumordnung ist es, über die optimale Verteilung verschiedener Raumnutzungen eine bestmögliche Raumgestaltung und -entwicklung zu erhalten. Allerdings können verschiedene Nutzungen zu erheblichen Konflikten innerhalb eines Raumes führen, die zu lösen sind:

- Wirtschaftsförderung:
  Es sollen Industrieanlagen sowie Dienstleistungsunternehmen angesiedelt und vergrößert werden um Arbeitsplätze zu sichern bzw. neue zu schaffen.
- Wohnraum:
  Neue Arbeitsplätze erfordern in der Regel neuen Wohnraum, da Arbeitskräfte zuwandern.
- Infrastruktur:
  Für neue Arbeitsplätze müssen neue Bildungs-, Kultur- und Freizeiteinrichtungen geschaffen werden; teilweise ist eine Kapazitätserweiterung der Ver- und Entsorgung nötig.
- Umwelt:
  Das Genannte hat Eingriffe in die Natur zur Folge und steht damit im Gegensatz zur Umwelterhaltung.

Aufgabe der Raumordnung ist es nun, dass diese Teilbereiche untereinander abgestimmt werden und eine ungeordnete Entwicklung vermieden wird. Auch die einzelnen Teilräume untereinander müssen auf gleichwertige Lebensbedingungen ausgerichtet werden, entsprechend sind gezielte Förderprogramme notwendig.
Stichworte zu den Grundsätzen der Raumordnung:

1. Verhältnis Verdichtungs- und ländlicher Raum
2. Aufbau einer ausgewogenen Infrastruktur
3. Förderung strukturschwacher Gebiete

4. Förderung der Grenzregionen
5. Umweltbedingungen in Verdichtungsräumen
6. Strukturelle Entwicklung des ländlichen Raums
7. Aufgaben der Land- und Forstwirtschaft
8. Schonung der Umwelt
9. Sicherung der Gewinnung von Rohstoffen

7. Naturgemäß können die Anforderungen des Raumordnungsgesetzes bisher noch nicht auf die neuen Bundesländer übertragen werden, da der Zeitraum der Verwirklichung der Grundsätze mehrere Jahre, wenn nicht sogar Jahrzehnte in Anspruch nehmen wird. Bei der Betrachtung der alten Bundesländer sind allerdings Ansätze zur Verwirklichung des ROG nachweisbar: Ausgehend von den vorhandenen natürlichen Ressourcen wird in strukturschwachen Gebieten (z. B. Oberpfalz, Lüchow-Dannenberg) über Fördermittel eine ausreichende Grundversorgung mit Arbeitsplätzen versucht zu erreichen. Trotzdem ist unübersehbar, dass eine erfolgreiche Industrieansiedlung nicht überall gelingt. Autobahnen, Eisenbahnstrecken sowie Schifffahrtskanäle erschließen Verdichtungs- und flächenhaft ländliche Räume; es ist allerdings nicht zu übersehen, dass viele grenznahe Räume Reisezeiten von über 2 Stunden zu den größeren Agglomerationen aufweisen.

8. Da die Bundesrepublik Deutschland ein föderaler Staat ist, sind die Träger der Raumordnung auf den verschiedenen Ebenen angesiedelt.
Bund: Für die Erfüllung staatlicher Aufgaben sind prinzipiell die Länder zuständig. Da die Raumordnung jedoch nicht an den Ländergrenzen Halt machen kann, hat der Bund insbesondere die Grundzüge der Organisation und der inhaltlichen Leitvorstellungen festzulegen. Weiterhin hat er Programme, Planungen und Maßnahmen der Länder sowie die des Bundes abzustimmen. Hierzu zählen der Bundesverkehrswegeplan und Gesetze zum Umweltschutz.
Land: Die Landesplanung dient vor allem der Darstellung grundsätzlicher Vorstellungen über die gewünschte Entwicklung des Landesgebietes, die aber noch nicht auf konkrete Flächen bezogen sein müssen. Die individuelle Raumausgestaltung obliegt weitgehend den Regionen und Kommunen. Die Ministerkonferenz für Raumordnung, denen die Bundesminister für Raumordnung, Bauwesen und Städtebau sowie die für die Landesplanung zuständigen Landesminister angehören, ist das Bindeglied, das grundsätzliche Fragen bearbeitet, die über die Landesgrenzen hinausgehen.
Region: Die Planung auf mittlerer Ebene stellt das wesentliche Verbindungsglied zwischen überörtlichen Entwicklungsvorstellungen und der konkreten Umsetzung auf Gemeindeebene dar, ist allerdings nur selten parzellenscharf dargestellt. Somit kommt ihr die Aufgabe zu, zwischen der Umsetzung raumplanerischer Leitvorstellungen und den Problemen vor Ort zu vermitteln. In den alten Bundesländern gibt es dabei verschiedene Umsetzungsformen; von der staatlichen Wahrnehmung der Aufgaben (so in Schleswig-Holstein) bis hin zu rein kommunal verfassten Formen (z. B. in Baden-Württemberg).
Gemeinde: Im Rahmen der kommunalen Selbstverwaltungshoheit werden hier die raumordnerischen Leitvorstellungen konkret umgesetzt. Zentrales Instrument ist dazu die Bauleitung, in der die Ziele der Raumordnung und Landesplanung berücksichtigt werden müssen.

9.
- Zentrale-Orte-Konzepte: vgl. S. 342, M20
- Konzept der Entwicklungsschwerpunkte und -achsen, punkt-axiales Konzept: vgl. S. 335, M11
- Konzept der Vorranggebiete

10. Mit dem Landesentwicklungsplan (LEP) I/II liegen in NRW für die Landesentwicklung bedeutsame grundsätzliche Überlegungen zu Grunde:
- Verdichtung von Wohnungen und Arbeitsstätten mit dem Ziel, gerechte Wohn-, Arbeits- und Versorgungsbedingungen zu schaffen,
- Ausbau einer der angestrebten Raum- und Siedlungsstruktur entsprechenden Infrastruktur,
- Entwicklung der Teilräume mit dem Ziel einer auf die Gesamtentwicklung des Landes ausgerichteten räumlich-funktionalen Arbeitsteilung.

Die Entwicklung geht aus von einer zentralörtlichen Gliederung und leitet daraus ein System von Entwicklungsschwerpunkten und -achsen ab.
Entwicklungsschwerpunkte sind Räume, in denen die Standortvoraussetzungen für eine Konzentration von Wohnungen und Arbeitsstätten in Verbindung mit zentralörtlichen Einrichtungen gegeben sind. Entwicklungsschwerpunkte sind mindestens Mittelzentren, die über das Grundangebot von Gütern und Dienstleistungen hinaus industrielle und gewerbliche Arbeitsplätze in ausreichender Anzahl anbieten. Dafür sind die notwendigen personellen und infrastrukturellen Voraussetzungen zu schaffen. Da sie deckungsgleich mit Ober- und Mittelzentren sind, wird ein landesweit flächendeckendes System erreicht. Entwicklungsachsen verbinden durch qualitativ angemessene Verkehrsverbindungen die Entwicklungsschwerpunkte.
Die Entwicklungsachsen
- 1. Ordnung umfassen mindestens eine Straße und Eisenbahnlinie für den großräumigen Schnellverkehr zwischen Oberzentren und Verdichtungsgebieten innerhalb des Landes sowie außerhalb der Landesgrenze,
- 2. Ordnung verbinden Mittelzentren untereinander bzw. mit Oberzentren durch überregionale Straßen und Schienenstrecken,
- 3. Ordnung werden nur durch regionale Straßenverbindungen hergestellt; Grundzentren werden mit Mittelzentren bis 50 000 Einwohner sowie Oberzentren verbunden.

Anhand geeigneter Atlaskarten zum Verkehr lassen sich die Ziele überprüfen bzw. bestätigen.

11. Ausgehend von den Grundsätzen der Raumordnung und der historischen Siedlungs- und Industrieentwicklung mit dem Ruhrgebiet als Kernraum ist das ausgewogene Verhältnis zwischen Verdichtungs- und ländlichem Raum zu überprüfen. Mit der Ausweisung solitärer Verdichtungsräume sowie einer geeigneten Anzahl von Mittelzentren wird versucht eine angemessene Aufwertung der ländlichen Zonen durch Anbindung an diese Entwicklungsschwerpunkte (z.B.: Kleve, Rheine, Arnsberg) zu erreichen. Damit einher geht der Ausbau der Infrastruktur, wenn auch die Vernachlässigung des schienengebundenen Verkehrs längs der Entwicklungsachsen 3. Ordnung der Schonung der Umwelt entgegensteht. Die Aufwertung des ländlichen Raumes erfolgt über die ausgewiesenen kleinen Mittelzentren sowie z. B. über den Ausbau der Verkehrswege wie über die infrastrukturelle Ausstattung der Grundzentren; diese sind gleichmäßig über die Fläche verteilt. Ausnahmen finden sich im wenig besiedelten Südosten, wo ein Mangel an Grundzentren festzustellen ist. Die im ROG vorgesehenen Ziele zur Umwelt und Rohstoffsicherung lassen sich aus dem LEP nicht überprüfen; aus geeigneten Atlaskarten lässt sich z. B. die Reduzierung der negativen Umwelteinflüsse wie auch die Ausweitung land- und forstwirtschaftlicher Elemente im Verdichtungsraum nachweisen. Andererseits steht gerade der Braunkohlentagebau im Streit mit Forderungen die Umwelt zu schonen.

12. Wirtschaftsstarke und strukturschwache Regionen sind in fast allen Regionen Deutschlands vorzufinden. Fasst man sie zusammen, lassen sich drei Kategorien von Problemräumen erkennen: 1) Das Gebiet der neuen Länder sowie Ost-Berlin, 2) Ländliche Gebiete mit einem Mangel an gewerblichen, insbesondere hoch qualifizierten Arbeitsplätzen, 3) Regionen mit hohem, aber wenig diversifiziertem Industriebesatz, wobei in den vorherrschenden Wirtschaftszweigen strukturelle Anpassungsschwierigkeiten bestehen. Dem versucht man entgegenzusteuern durch finanzielle Förderung von „volkswirtschaftlich besonders förderwürdigen Investitionsvorhaben" der gewerblichen Wirtschaft sowie wirtschaftsnahe „Infrastrukturvorhaben". Träger der Förderung sind Bund, Länder sowie die Europäische Union. Die finanziellen Hilfen werden in Form von Darlehen und Bürgschaften gewährt. Die Sonderprogramme umfassen ehemalige Gebiete der Montanindustrie, die wirtschaftlich umzustrukturieren sind, sowie Küstenstandorte an der Nordsee.

13. Beispielhaft sei das Saarland herausgegriffen. Nach M3 handelt es sich im nördlichen Teilgebiet um ländlich geprägte Kreise, im Süden um einen Verdichtungsraum mit überwiegend hoch verdichteten Kreisen sowie der Kernstadt Saarbrücken. Gefördert wird die Region national durch die Zuordnung zu Sonderprogrammen, EU-weit durch die Zuordnung zu Ziel 2- bzw. Ziel 5-Gebieten. Das Saarland gehört zu den vom Steinkohlen-Bergbau sowie der Stahlherstellung geprägten Regionen. So waren z.B. noch 1960 56 % aller Industriebeschäftigten im Montanbereich tätig. Im Rahmen des EU-weiten Niedergangs der Stahlindustrie und der mangelnden Nachfrage nach Steinkohle war eine Neuorientierung der Wirtschaftsstruktur notwendig geworden. Durch Hilfen von Bund und Land konnten neue Industriebetriebe gefördert werden, die heute 3/4 aller industriellen Arbeitsplätze ausmachen. Förderungen erfolgten vorwiegend im Rahmen der Investitionsgüterindustrie, wobei allerdings zu berücksichtigen ist, dass oftmals nur Zweigwerke entstanden, die bei konjunkturellen Krisen zuerst in Gefahr geraten. In diesem Zusammenhang ist auch die Kanalisierung der Saar erwähnenswert, die Transportkostenvorteile beinhalten kann.

14. Das Ruhrgebiet ist geprägt durch eine abnehmende Bevölkerung sowie eine überwiegend negative Wanderungsbilanz, was typische Probleme einer altindustrialisierten Region sind. Zusätzlich gibt es hier mit die höchsten Arbeitslosenzahlen in Deutschland. In den Hauptwirtschaftszweigen Bergbau sowie Eisen- und Stahlindustrie sank die Produktion, die Beschäftigtenzahlen nahmen kontinuierlich ab. Zurück zuführen ist dies auf die monostrukturelle Ausrichtung der Wirtschaft, die in die Krise geriet. Für eine Neuansiedlung von Wirtschaftsbetrieben stehen eine ganze Zahl von positiven Standortvoraussetzungen zur Verfügung. Neben einem breiten Absatzmarkt sowie einer hohen Zahl gut ausgebildeter Arbeitskräfte sind dies das Vorhandensein leistungsstarker Verkehrswege sowie eine weitentwickelte Infrastruktur. Hierauf kann eine gezielte Wirtschaftsförderung aufbauen. Aus den in M13 angegebenen Investitionshilfen wird deutlich, dass überwiegend kleinere und mittlere Betriebe gefördert werden, die in Zukunftstechnologien investieren. Dazu zählen vor allem Hightech-Betriebe sowie darauf ausgerichtete Forschungseinrichtungen, wie sie z.B. in neu entstandenen Technologiezentren anzutreffen sind.

15. Die Förderung des Zonenrandgebietes und Berlins war getragen von der Vorstellung, dass durch die Grenzziehung nach dem 2. Weltkrieg alte Kulturräume zerschnitten worden waren. Absatzmärkte gingen verloren, Pendlerströme wurden unterbrochen, Erholungsgebiete waren nicht mehr erreichbar. Als Folge davon war eine Abwanderung und Überalterung der Bevölkerung zu beobachten. Mit den Fördermaßnahmen konnten infrastrukturelle Maßnahmen und Betriebsneugründungen unterstützt, zusätzliche Abschreibungsmöglichkeiten, Transportkostenzuschüsse sowie in Berlin steuerfreie Zulagen für die Arbeitnehmer gewährt werden. Diese finanziellen Hilfen wurden 1994 beendet. Als günstig kann erachtet werden, dass durch die jahrzehntelange Förderung ein gewisses Grundnetz an infrastruktureller Ausstattung zur Verfügung steht. Es kann aber nicht unberücksichtigt bleiben, dass das geringe Lohnniveau in Ergänzung zu den o.a. Problemen besonders die ehemals grenznahen Regionen auch in Zukunft als strukturschwache Räume bestehen lassen wird. Einige Regionen (Lübeck, Wolfsburg) können durch Erweiterung ihrer Einzugsbereiche durchaus positive Entwicklungen aufweisen, andere aufgrund fremdenverkehrspolitischer Entscheidungen (Harz, Thüringer Wald). Für andere Regionen, wie z. B. das viel zitierte Beispiel Lüchow-Dannenberg, ist aufgrund überwiegend agrarer Strukturen ein schneller Wandel nicht zu prophezeien. Für Berlin stellt sich die Situation anders dar. Nach der Übernahme der Hauptstadtfunktion expandiert hier die Wirtschaft. Wie in vielen Aktivräumen stellen sich aber auch negative Begleiterscheinungen, wie z. B. ein hohes Mietniveau, Verkehrsüberlastungen, ein. Im Rahmen der Regionalpolitik werden die neuen Länder auf nicht absehbare Zeit Hilfen zum strukturellen Aufbau erhalten.

16. In der politischen Diskussion steht die gezielte Wirtschaftsförderung außer Frage, wenn auch negative Begleiterscheinungen, wie z.B. beim Aufbau der neuen Länder, immer wieder ein negatives Licht darauf werfen. Ansonsten würde eine weitere Polarisierung zwischen Aktiv- und Passivräumen erfolgen. Zudem können so Stärkung und Verlagerungen von Wirtschaftszweigen gefördert und der Aufbau neuer Technologien ermöglicht werden. Somit kann auf eine regionalbezogene Wirtschaftsförderung nicht verzichtet werden.
Die Diskussion alternativer Förderprogramme könnte z.B. darauf abheben, finanzielle Hilfen nur noch für bestimmte Technologien, z.B. im ökologischen Bereich, zu gewähren. Auch ein Ansatz über die Förderung bestimmter Betriebsgrößen kann andiskutiert werden.

2. Räumliche Ordnungsprinzipien SB 338–343

1. In der Nähe des Absatzmarktes werden die Produkte hergestellt, die hohe Transportkosten verursachen bzw. die leicht verderblich sind, z. B. Milchvieh, Gemüse. Wegen der steigenden Transportkosten und der zunehmenden Transportzeit hin zur Peripherie müssen dort Produkte hergestellt werden, die nicht leicht verderblich sind bzw. die geringere Transportkosten im Verhältnis zu ihrem Wert verursachen, z. B. Getreideanbau.

Klasse I: In einem Radius mit höchstens 1/2 Meile Entfernung werden arbeitsintensive Gewächse gezogen, → Gartenkulturen

Klasse II: Aufgrund der hohen Transportkosten werden hier in einem Radius bis höchstens 2 Meilen Gewächse mit hohem Bearbeitungsstand gezogen → Kartoffeln, Kohl, Rüben

Klasse III: Bis zu einer Entfernung von 10 Meilen ist eine Selbstversorgung mit Dünger nötig → Viehhaltung

Klasse IV: Über 10 Meilen Entfernung ist der Transport sehr kostspielig, deswegen findet eine Verarbeitung der Produkte vor Ort statt → Ackerbau und Viehzucht.

2. Modifikationen des Ansatzes von Thünen werden in M16 gegeben: Die Verzerrung der regelmäßig ringförmigen Struktur (A) kommen durch ein zusätzlich konkurrierendes Zentrum (B), durch andere Transportwege (C) und Gebiete unterschiedlicher Produktivität (D) zustande. Tritt ein weiteres Zentrum hinzu, überlagern sich die verschiedenen Produktionszonen, die regelmäßige Ringstruktur wird unterbrochen. Ein Fluss oder ein anderer Verkehrsweg hat Einfluss auf die Transportkosten, die hier niedriger sind. Verschieden fruchtbare Anbauzonen lassen die Erzeugungskosten z. B. bei hoher Fruchtbarkeit niedriger und den Anbauertrag höher werden.
Das Beispiel M17 lässt dies deutlich werden:

$L = Y \cdot (P - C) - Y \cdot D \cdot F$

$L = 1000\,t \cdot (100\,\$ - 50\,\$) - 1000\,t \cdot x\,km \cdot 1\,\$/km$

$= 1000\,t \cdot 50\,\$ - 1000\,t \cdot x\,km$

$= 1000\,t \cdot (50 - x)$

Darüber hinaus ergibt sich folgende Graphik:

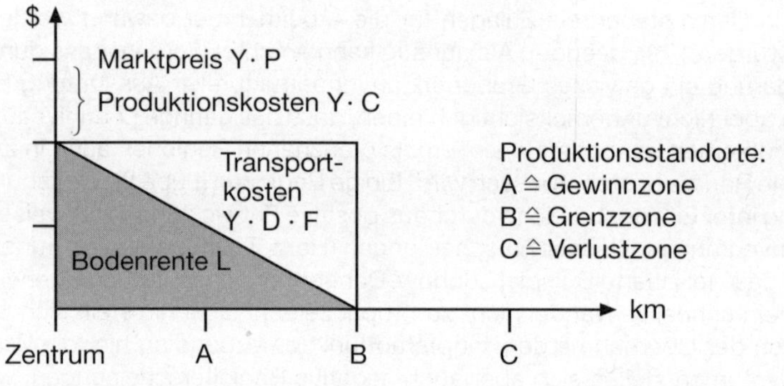

3. Allgemein ist die grundlegende Überlegung in Thünens Modell nicht mehr ohne Weiteres auf die heutige Zeit zu übertragen. Dazu sind vor allem zu bedenken:

- Verkürzung der Transportzeiten: Verderbliche Produkte können auch aus größeren Entfernungen angeliefert werden,
- Verbesserte Transportmöglichkeiten: Die Bedeutung der Transportkosten ist aufgrund der Verkehrsentwicklung nicht mehr so groß wie damals,
- Veränderter Absatzmarkt: Eine Direktvermarktung findet seitens der landwirtschaftlichen Betriebe kaum noch statt.

Mit starken Abstrichen lässt sich das Modell auf städtische Räume dennoch übertragen: Oftmals finden sich an der städtischen Peripherie noch ein Gürtel von Intensivlandwirtschaft/Sonderkulturen sowie jenseits davon eine weitläufige Agrarlandschaft.

Zudem kann das Standortmodell in Ansätzen auf die EU-Landwirtschaft bzw. die Weltwirtschaft übertragen werden.

Auch im russischen Raum (S. 82) lässt sich zumindest eine stadtnahe Landwirtschaft nachweisen, die dem Modell Thünens entspricht. Will man die übrigen Produkte in das Modell einordnen, ergeben sich aber Einschränkungen wegen der naturgeographischen Voraussetzungen, die die Frage der erzielbaren Bodenrente wesentlich beeinflussen. Zudem widerspricht dies den Voraussetzungen in Thünens Raumordnungsmuster. Auf dem US-Agrarmarkt (S. 20) spiegelte sich im traditionellen Belt-Konzept zwar der Gedanke der Rentabilität wider, dennoch ist auch hier vorrangig die natürliche Raumausstattung die Grundlage für die Nutzung des Raumes.

4. Aus M18 lassen sich folgende Standortfaktoren ablesen: Verkehrsmöglichkeiten, Absatzmarkt, Rohstoffe, Arbeitskosten, Fühlungsvorteile, Energieträger.
Weitere Standortfaktoren: Naturgeographische Faktoren, Grundstücke, öffentliche Förderung, Freizeit-/Wohnwert für die Beschäftigten.

5. In einem vereinfachten Schema lässt sich Webers Standorttheorie z. B. graphisch darstellen:

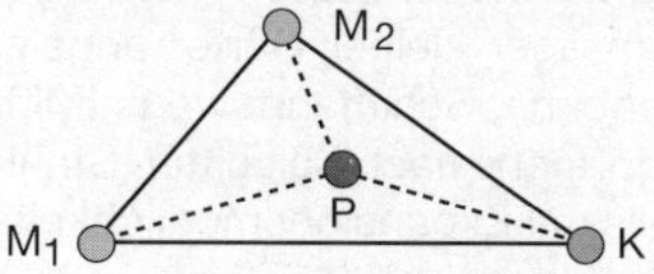

M_1: Material 1
M_2: Material 2
K: Konsumort
P: Transportkosten-minimalpunkt

Um den sog. „tonnenkilometrischen Minimalpunkt“ zu erhalten, bei dem für einen Betrieb der wirtschaftlichste Standort ist, sind für Weber Gewicht des Materials und deren Transportkosten, Arbeitskosten sowie Agglomerationsvorteile entscheidend. Die Standorte der Rohstoffe und die des Konsums sind von vornherein gegeben. So wurde z. B. die Stahlherstellung auf der Steinkohle vorgenommen, da das Verhältnis 1 t Erz : 2 t Koks betrug.
Im globalen Handel werden die Standortfaktoren neu gewichtet. Im Vergleich der Industrie- mit den Entwicklungsländern ergeben sich folgende Prioritäten:
In den IL bestimmen die Knappheit an Arbeitskräften und Baugrundstücken die Investitionen, in den EL behindern fehlende technische Kenntnisse und eine mangelhafte Infrastruktur den wirtschaftlichen Prozess; dagegen sind niedrige Rohstoff- und Energiekosten sowie billige Arbeitskräfte von Vorteil. Vor diesem Hintergrund sind die Versuche zu sehen die Industrieansiedlungen in z. B. Afrika zu fördern und die Produkte im Welthandel einzubringen, was auf Kosten der traditionellen Stahlhersteller in den Industrieländern geschieht.

6. Um im Mittelalter Eisen herzustellen war man auf das Vorkommen von Holz zur Herstellung von Holzkohle sowie das von Wasser zum Betreiben von Hammerwerken und Blasebälgen angewiesen. Das Erz als sog. „Ubiquität“ war für die Standortwahl der Betriebe nur von untergeordneter Bedeutung. Mit der Gewinnung von Kohle änderten sich die Standortbedingungen. Beim damaligen Verhältnis von 8 t Kohle : 1 t Erz verlegte man die Betriebe hin zu den Kohlelagerstätten, damit eine wesentliche Verbilligung der Transportkosten erreicht werden konnte (Ruhrgebiet, Lüttich, Sheffield in Europa). Die heutige Lage der Stahlstandorte begründet sich im nachlassenden Bedarf an Erz, das aus anderen Staaten eingeführt werden kann (Hafenstandorte), in der zunehmenden Verwertung von Schrott (industrielle Ballungsräume) sowie in der Neuerrichtung von Stahlstandorten weltweit um in weniger entwickelten Ländern eine gewisse Souveränität zu erreichen sowie aus dem Welthandel Kapital zu ziehen. Die Frage der Arbeitskräfte war und ist hinsichtlich der Quantität von untergeordneter Rolle, die Absatzorientierung wurde durch die Anlage von Verkehrswegen ermöglicht.

7. Ruhrgebiet: Kohle als Gewichtsverlustmaterial war entscheidend bei der Anlage der Eisen- und Stahlbetriebe vor Ort. Die Verlagerung an die Küstenstandorte ist durch Webers Theorie insofern nachzuvollziehen, als billige Importkohle sowie die Anlieferung von Erzen Transportkostenvorteile verschafft. Absatzschwierigkeiten aufgrund von Überkapazitäten sowie Sättigungserscheinungen auf dem Weltmarkt führen zu einem Preisverfall, der u. a. wegen der Lohnkosten zu einer Standortverlagerung in Billiglohnländer führt.

Rhein-Neckar: Die Standorte der Industrie der sog. „Schwerchemie" orientieren sich zum einen an Rohstoffen (Karbochemie), zum anderen an Binnenwasserstraßen, die die Anlieferung von Kohle ermöglichen. Hierzu zählt auch der Raum Rhein-Neckar. Die Petrochemie, die seit den sechziger-Jahren eine stürmische Entwicklung erfährt, bevorzugt die Nähe der Raffineriestandorte, wie sie in Karlsruhe und Mannheim gegeben sind. Die Leichtchemie hat ihre Standorte in der Nähe von Verdichtungsräumen (hier: Rhein-Neckar, Rhein-Main, Stuttgart), da somit Verbindungen zur Forschung (Universität) aufrecht erhalten und angemessene Wohn- und Freizeitbedingungen bereitgestellt werden können.
Hamburg: Der größte Vorteil liegt als Hafenstandort in der günstigen Lage zu den Absatzmärkten in Übersee sowie als Umschlagplatz für anlandende Güter. So sind alle Industriezweige mit entsprechenden Kapazitäten in der direkten Hafennähe angesiedelt. Auf der Basis der herangeführten Rohstoffe (z. B. Raffinerien, Kraftwerke) sind in den Elbmarschen sowie an der nördlichen bzw. südlichen Peripherie weitere Ansiedlungszonen für industrielle Komplexe nachzuweisen. Die Aufgliederung der Wirtschaft nach Industriezweigen ist dem Atlas zu entnehmen.
Wolfsburg: Das VW-Werk wurde 1937 gegründet. Gleichzeitig wurde die Stadt Wolfsburg (als „Stadt des KdF-Wagens") planmäßig unter Einbindung ehemaliger kleiner Dörfer angelegt. Wesentliche Standortfaktoren waren: gute Anbindung an Eisenbahn, Schifffahrtswege (Mittellandkanal) und Autobahn (Ruhrgebiet, Berlin/Schlesien), Standortnähe nach Salzgitter (Stahlerzeugung, Metallverarbeitung), Grundstücke zum niedrigen Preis mit Expansionsmöglichkeiten, nicht zuletzt aber auch die zentrale Lage im Deutschen Reich.

8. Mit dem System der zentralen Orte wird eine hierarchische Struktur der räumlichen Ordnung der Wirtschaft und daraus abgeleitet eine Hierarchie von Siedlungen erklärt. Voraussetzungen sind
- in einer unbegrenzten Fläche keine räumlichen Unterschiede in den Produktions- und Nachfragebedingungen,
- gleichmäßige Verteilung von Bevölkerung, Einkommen, Kaufkraft und Verkehrsnetz,
- direkte Proportionalität von Transportkosten zur Entfernung,
- die Anbieter der Güter erstreben maximalen Gewinn,
- Minimierung der Zahl der Standorte der einzelnen Anbieter.

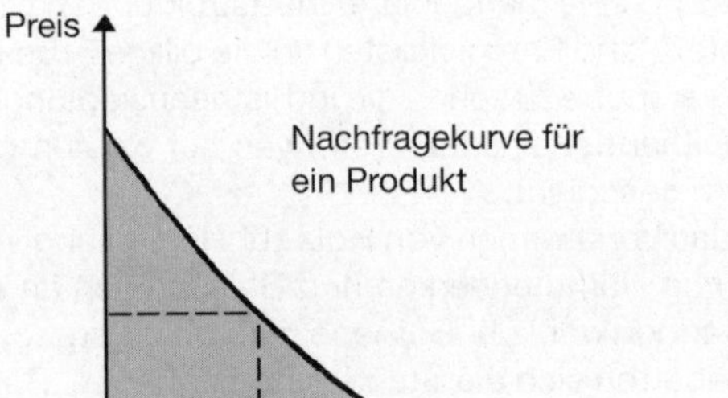

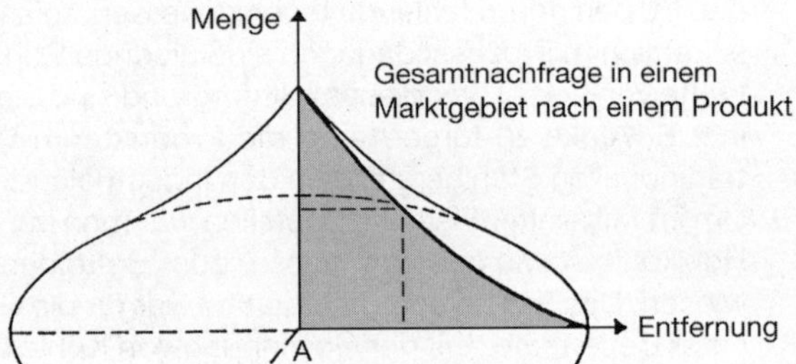

So entsteht zunächst ein kreisförmiges Gebiet, das von den Transportkosten bestimmt wird, sodass die Nachfrage mit zunehmender Entfernung sinkt. Der Kegelrand stellt dabei die maximale Reichweite der Nachfrage nach dem Produkt dar. Aus der Kreisstruktur ergeben sich entweder Gebiete, die nicht versorgt werden können, oder Bereiche, die überversorgt sind. Die optimale Form der Marktgebiete stellen gleichseitige Sechsecke dar; hexagonale Marktgebiete ermöglichen die Versorgung des Raumes bei minimierten Transportkosten.
Ausgehend von diesen Grundüberlegungen wird das Modell differenziert, wenn mehrere Produkte von einem zentralen (A-) Ort angeboten werden. Dann lassen sich folgende Eigenschaften des Zentrale-Orte-Systems erreichen:

1) Jede Ware/Dienstleistung hat eine eigene Reichweite. Je größer die Nachfrage ist, desto höher ist die Zentralität des Gutes.
Beispiel: CD-Player hat höhere Zentralität als Milch, Facharzt eine höhere als ein Bäcker.

2) In der Hierarchie der zentralen Orte bieten die Orte nicht nur die Güter an, die ihrem Zentralitätsrang entsprechen, sondern auch alle Güter niederer Ordnung.
Beispiel: A-Ort: Uni-Klinik, Facharzt, Allgemeinarzt, Erste-Hilfe-Stelle,
B-Ort: Facharzt, Allgemeinarzt, Erste-Hilfe-Stelle,
C-Ort: Allgemeinarzt, Erste-Hilfe-Stelle,
D-Ort: Erste-Hilfe-Stelle.

3) Ein zentraler Ort und alle innerhalb dessen Marktgebietes liegenden Orte und Marktbereiche niederer Ordnung stellen ein in sich geschlossenes funktionales System dar. Damit bestehen Beziehungen mit bestimmten Regeln (s. Tabelle).
Das bislang betrachtete Modell ging davon aus, dass mit der geringst möglichen Anzahl an zentralen Orten eine gleichmäßige Versorgung der Bevölkerung sichergestellt wird. Christaller nennt dies „Versorgungs- bzw. Marktprinzip“ und ordnet den Faktor k = 3 zu, da ein abhängiger Ort mit drei anderen geteilt wird. Beim „Verkehrsprinzip“ werden die Verkehrsverbindungen zwischen den zentralen Orten mit in das Modell einbezogen und durch den Zuordnungsfaktor k = 4 definiert, da ein zentraler Ort mit zwei anderen geteilt wird. Werden die Vorstellungen nach einer effektiven politischen Verwaltung eingebracht, entsteht eine Raumaufteilung, bei der kein zentraler Ort auf den Grenzen eines Marktgebietes liegt. Dieses „Verwaltungsprinzip“ hat den Faktor k = 7, da jeder Markt-/Verwaltungsbereich eines zentralen Ortes ungeteilt bleibt.

Zuordnungs-faktor		Hierarchie zentraler Orte A	B	C	D	E
K = 3	Anzahl der zugeordneten zentralen Orte	1	2	6	18	54
	Anzahl der zugeordneten Marktgebiete	1	3	9	27	81
K = 4	Anzahl der zugeordneten zentralen Orte	1	3	12	48	192
	Anzahl der zugeordneten Marktgebiete	1	4	16	64	256
K = 7	Anzahl der zugeordneten zentralen Orte	1	6	42	294	2058
	Anzahl der zugeordneten Marktgebiete	1	7	49	343	2401

9. Neben vielen anderen Möglichkeiten könnte man z.B. folgende Hierarchie entwerfen: Unterzentrum = Dorf, Mittelzentrum = Kleinstadt, Oberzentrum = Großstadt. Dann lassen sich im Dorf vielleicht Socken kaufen oder vielleicht nur Nähzeug zum Flicken der Wäsche, in der Kleinstadt gibt es Hemden, Blusen, Jeans, T-Shirts in einigen verschiedenen Grundmodellen ohne größere Warendifferenzierung, in der Großstadt lassen sich bestimmte Markenprodukte oder ausgefallene modische Produkte erwerben.

10. Ausgehend von den oberzentralen Bereichen Heidelberg, Heilbronn, Karlsruhe, Pforzheim, Stuttgart, Freiburg, Tübingen/Reutlingen, Ulm, Villingen/Schwenningen sowie Weingarten/Ravensburg stellt sich ein System von Mittel- und Unterzentren dar, das durch Entwicklungsachsen – fast durchgängig bei den Mittelzentren, teilweise bei den Unterzentren – verbunden ist. Die Verteilung der Mittelzentren erfolgt in den Verdichtungsräumen und ihren Randzonen in relativ engem Abstand, wohingegen im ländlichen Raum eine starke Streuung vorliegt. Das gleiche gilt auch für die Ausweisung von Unterzentren, wobei im Südosten und Nordosten der Abstand zwischen den Zentren besonders weitläufig ist. Dies ist z.T. auf die geringe Bevölkerungsdichte in Oberschwaben sowie in der Hohenloher Ebene zurückzuführen. Im Allgemeinen lässt sich eine generelle Übereinstimmung mit dem Modell Christallers aber ablesen, wenn auch Abweichungen vom idealtypischen System nachweisbar sind. So lassen sich die Anzahlen der Marktbereiche zu den einzelnen Zentren nicht stringent übernehmen, auch wird nicht jedes Mittelzentrum von einem Schwarm von Kleinzentren umgeben. Dies ist z.B. auf topographische Eigenheiten zurückzuführen. Außerdem spielen Besonderheiten außerhalb des Untersuchungsraumes (z.B. Basel) oder historische Entwicklungen (z.B. Doppel-Oberzentrum Mannheim/Heidelberg) eine Rolle.

11. Zur Bearbeitung kann auch zusätzlich M11 auf S. 335 herangezogen werden. Das in W-O-Richtung verlaufende Band von Oberzentren Duisburg-Essen-Bochum-Dortmund stellt im Sinne Christallers einen sehr engen Abstand von zentralen und abhängigen Orten dar. Hinzu kommt, dass zwischen den einzelnen Oberzentren keine Funktionsteilung stattfindet. Während Dortmund und Essen schon vor Beginn der Industrialisierung führende Zentren waren, konnte sich Bochum erst in jüngerer Zeit, unter dem Einfluss der in den 70er-Jahren gegründeten Universität, zu einem Oberzentrum entwickeln. Essen hat sich zu einem führenden Sitz von Behörden und Wirtschaftsunternehmen entwickelt. Die in diesem Raum ausgewiesenen Mittelzentren, z.B. Oberhausen, Gelsenkirchen, Herne, liegen ebenfalls eng beieinander. Teilweise sind sogar in den städtischen Vororten einige leistungsfähige Mittelzentren entstanden. Allerdings haben in den vergangenen Jahren einige Mittelzentren ihre Attraktivität durch Fußgängerzonen und Sanierungen sowie durch den Bau neuer Versorgungszentren (Marl) steigern können. Dadurch konnten die Oberzentren, die teilweise auch Funktion der Mittelzentren übernommen hatten, entlastet werden. Wenn man auch das Bevölkerungspotenzial als für die Festlegung derart zahlreicher Zentren notwendig berücksichtigt, so kann eine derartige Häufung als hinderlich in der Aufgabenteilung erscheinen.

Raumstrukturen im Umbruch — SB 344–381

1. Neue Gesichtspunkte in der Raumplanung der fünf neuen Länder (FNL) — SB 344–360

1.1 Veränderungen in Wirtschafts- und Infrastruktur, Raumplanung und Verwaltung der fünf neuen Länder — SB 344–347

1. Die Verwaltungsreform in den neuen Ländern wurde in erster Linie aus Effektivitätsgründen durchgeführt.
In der DDR war der Verwaltungsapparat im Gegensatz zur alten Bundesrepublik wesentlich größer. Es gab in ihm zu viele Beschäftigte.
Nun wurden die Landkreise und Gemeinden durch Zusammenlegung vergrößert. Dabei fallen viele Verwaltungseinrichtungen weg. Sie werden zentralisiert. Dieser Vorgang vollzieht sich mit einigen Schwierigkeiten. Es gibt viele Bürgerproteste, da die Wege zu den Behörden und zentralen Verwaltungseinrichtungen für viele Bürger länger werden.

2. Lage/Verkehrsentfernungen:
Lützen befindet sich etwa 2 km von der Grenze Sachsen und Sachsen-Anhalt entfernt.

Lützen–Leipzig	20 km
Lützen–Weißenfels	15 km
Lützen–Magdeburg	110 km

Lützen liegt nahe der Autobahn A9 Berlin–Nürnberg.
Wirtschaft:
- Landwirtschaft auf guten Böden mit hohen Erträgen, Agrargenossenschaft Lützen;
- integriert in den Verdichtungsraum Halle-Leipzig zwischen den Großstädten Halle und Leipzig gelegen (hier Konzentration von Industriebetrieben, z. B. chemische Industrie Leuna und Buna/Schkopau sowie Papierherstellung und Dienstleistungs- sowie Fremdenverkehrseinrichtungen in Merseburg).

3. Die Bürger, die sich für Sachsen entschieden, sahen die Vorteile der Nähe zur Großstadt Leipzig und die damit relativ kurzen Wege zu den übergeordneten Verwaltungseinrichtungen. Auch wirt-

schaftliche und finanzielle Vorteile hat man sich von einem Wechsel in das neue Bundesland Sachsen versprochen.
Für die Bürger, die die Zugehörigkeit zu Sachsen-Anhalt wählten, stand der Wegfall sämtlicher Ummeldungen bei den Behörden im Vordergrund. Der Wechsel in ein anderes Bundesland und in einen anderen Landkreis fallen mit dieser Entscheidung weg. Das erspart den Bürgern die Erledigung vieler Formalitäten.

4. In der ehemaligen DDR wurde die Territorialplanung durch das Parteiprogramm der SED beeinflusst und gesteuert.
Vor der Erarbeitung konkreter Entwicklungskonzeptionen lag ein langer Weg durch die Instanzen von Volkskammer, Ministerrat, staatlicher Plankommission. Sog. „Gegenpläne", in denen vor Ort existierende Gegebenheiten von Produktions-, Infra- und Sozialstruktur berücksichtigt wurden, konkretisierten dann z. B. die Bebauungskonzeptionen. Auch in den fünf neuen Ländern ist ein Bauherr verpflichtet seine Baupläne mit übergeordneten Behörden abzustimmen.
Das Mitspracherecht der Bürger ist in den neuen Ländern besser garantiert als in der DDR. Beim Bau von Einrichtungen geben nun v. a. ökonomische und ökologische Gesichtspunkte, weniger politische Vorgaben wie in der DDR, den Ausschlag. Das Territorium kann so effektiver gestaltet werden.
5. Der Freistaat Sachsen ist in erster Linie darauf bedacht, eine effektive Infrastruktur zu erhalten bzw. zu schaffen um eine günstige Wirtschaftsstruktur entwickeln zu können. Der Schaffung von Arbeitsplätzen wird große Bedeutung beigemessen.
Ziel ist es nicht, große Industrie- und Siedlungsballungen zu schaffen, sondern die dezentrale Siedlungsstruktur wirtschaftlich effektiv zu nutzen. Belangen des Landschafts- und Naturschutzes wird bei diesem Prozess Rechnung getragen.
6. Unter „Infrastruktur" versteht man die Gesamtheit der staatlichen und privaten Einrichtungen, die für den Reproduktionsprozess des Menschen und somit auch für die wirtschaftliche Entwicklung eines Gebietes erforderlich sind. Die Infrastruktur ist demzufolge eine notwendige Voraussetzung für die Entwicklung eines Wirtschaftsterritoriums. Ohne die technische Infrastruktur wie z. B. Verkehrswege, Telefon-, Gas-, Wasser-, Stromleitungen könnte ein Wirtschaftsraum nicht funktionieren. Zur Versorgung der Menschen, die in einem Wirtschaftsgebiet leben, wohnen, arbeiten und sich erholen, sind Einrichtungen der sozialen Infrastruktur unerlässlich.
7. Der gravierendste Unterschied zwischen den Volkswirtschaften der alten Bundesrepublik und den neuen Ländern liegt in der Arbeitsproduktivität. Ein Arbeiter in den alten Bundesländern erzeugt noch wesentlich mehr an Bruttosozialprodukt als sein Kollege in den fünf neuen Ländern. Dieses Missverhältnis schlägt sich auch in den unterschiedlichen Löhnen zwischen Ost- und Westdeutschland nieder. Zudem waren die Produktionsstätten in Ostdeutschland zum größten Teil veraltet und verschlissen.
Für das Zögern von Investoren in den neuen Ländern aktiv zu werden gibt es unterschiedliche Gründe. In erster Linie ist es die Rechtsunsicherheit. Bei vielen Gebäuden und Einrichtungen gibt es noch Unklarheiten über die Besitzverhältnisse. Bis zur Klärung dieser werden notwendige Investitionen hinausgeschoben.
Aber auch Verwaltungsmängel, unzureichende Infrastrukturausstattung und ökologische Altlasten (wie kontaminierte Böden) lassen Investoren zögern.
8. Für die Angleichung der Volkswirtschaften in Deutschland haben die 17 Verkehrsprojekte Deutsche Einheit enorme Bedeutung. Die meisten von ihnen konzentrieren sich im mitteldeutschen Raum, also im Gebiet der ehemaligen deutsch-deutschen Grenze. Somit werden in Deutschland neue Ost-West-Verkehrsverbindungen geschaffen, die später einmal höchsten Anforderungen der Wirtschaft genügen. Aber auch wichtige Verkehrsadern innerhalb Ostdeutschlands werden durch die Projekte auf bundesdeutsches Niveau gebracht.
Durch die Angleichung der Verkehrsinfrastruktur in den fünf neuen Ländern wird eine wesentliche Voraussetzung für den wirtschaftlichen Aufschwung in Ostdeutschland geschaffen.
9. Zu den Lebensadern der Wirtschaft gehört auch ein gut ausgebautes Kommunikationssystem. Die DDR musste, was Quantität und Qualität ihrer Telefonverbindungen und -anschlüsse an-

betraf, als ein Entwicklungsland eingestuft werden. Ihr Kommunikationssystem entsprach keinesfalls den Anforderungen einer modernen Wirtschaft.
Die Telekom schuf in Ostdeutschland ein Kommunikationssystem, das zu den modernsten der Welt zählt.

10. Durch das Autarkiebestreben der politischen Führung der DDR und ihre Devisenknappheit favorisierte man in der Energiewirtschaft fast ausschließlich die Nutzung der einheimischen Braunkohle. Dieser Rohstoff war in der DDR ausreichend vorhanden. Seine Förderung belief sich auf über ein Viertel der gesamten Weltförderung von Braunkohle.
Es gab in der DDR fast ausschließlich Braunkohlenkraftwerke, deren Produktion zu enormen Umweltbelastungen führte. Bei der Umstrukturierung der ostdeutschen Energiewirtschaft wird nun so verfahren, dass die Braunkohlenkraftwerke zugunsten von umweltfreundlicheren Steinkohle-, Gas- und Öl-Kraftwerken reduziert werden. Damit wird auch der Wirkungsgrad bei der Energieerzeugung erhöht. Jedoch bleibt die Nutzung der Braunkohle als Energieträger auch weiterhin erhalten, da zu viele Arbeitsplätze mit ihrer Förderung und Verarbeitung verbunden sind (z. B. der Bau des Kraftwerkes Lippendorf, südlich von Leipzig).

1.2 Planungsraum Leipzig **SB 348–351**

1. Aufgabenstellung für die weitere Entwicklung der Stadt Leipzig (Auswahl):
- Sanierung einer Vielzahl von Gebäuden;
- Schaffung von Wohnraum;
- Schaffung von Arbeitsplätzen;
- Schaffung günstiger Bedingungen (z. B. Infrastruktur) für Investoren;
- Umgestaltung des Zentrums und von weiteren städtischen Konzentrationspunkten;
- Bauvorhaben, die der Stadt ihre Bedeutung als Messestadt und Medienstadt erhalten;
- Lösung der gravierendsten Verkehrsprobleme (v. a. Straßenverkehr und ÖPNV);
- Schaffung ökologischer Verbesserungen.

2. Die Lage in Mitteldeutschland und gute Verkehrsanbindungen sind günstige Voraussetzungen für die Entwicklung des Wirtschaftsstandortes Leipzig.
Der Bekanntheitsgrad durch die Messeveranstaltungen in der Vergangenheit und die Fortführung der Messetradition wirken sich ebenfalls fördernd für den Standort aus. Eine Kontinuität der wirtschaftlichen Entwicklung kann aber nur gewährleistet werden, wenn sich auch produzierendes Gewerbe in Leipzig wieder ansiedelt. Nach der politischen Wende verloren sehr viele Beschäftigte aus den produzierenden Bereichen ihre Arbeit, da die Belegschaften der Leipziger Betriebe stark reduziert werden. Zwar werden neue Arbeitsplätze im tertiären Sektor (Banken, Versicherungen usw.) geschaffen, die jedoch die hohe Arbeitslosigkeit der Region nicht kompensieren. Sehr viele Arbeitsplätze gingen auch in der Braunkohlenförderung und in der chemischen Industrie verloren.

3. Die größten neuen Gewerbegebiete befinden sich am Leipziger Stadtrand und außerhalb von Leipzig. Sie wurden auf der „grünen Wiese“ errichtet. Das bedeutet eine weitere Versiegelung wertvollen Bodens, der v. a. der landwirtschaftlichen Nutzung entzogen wird.
Es werden zwar mit den Gewerbegebieten neue Arbeitsplätze geschaffen, aber gleichzeitig ziehen die großen Gewerbegebiete den Privatgeschäften im Zentrum Leipzigs die Kunden ab. Immer weniger Menschen kaufen im Zentrum Leipzigs ein.
Mit ihren Autos fahren sie in die Gewerbe- und Einkaufsgebiete um Leipzig. Dabei kommt es auf den Zufahrtsstraßen immer häufiger zu kilometerlangen Staus. Oft kann nur im Schrittempo gefahren werden. Sind die Kunden erst einmal im Gewerbegebiet angekommen, ist der Einkauf dann für sie bequem, da man alles auf engstem Raum erhält. Die Heimfahrt danach wird jedoch dann meist wieder sehr zeitaufwendig, v. a. an den Verkaufsdonnerstagen und -samstagen.

4. Der Individualverkehr hat nach der politischen Wende in Ostdeutschland sehr zugenommen. Das bedeutet für Leipzig verstopfte Straßen, Staus, zu wenig Parkplätze, da Parkhäuser oft noch fehlen. Die Straßenbahnen kommen nur sehr langsam voran, da es für sie oftmals noch keine

gesonderten Gleisbereiche gibt. Das bedeutet wiederum, dass die Menschen weiterhin mit dem Auto zur Arbeit fahren. Hinzu kommt der gestiegene Fahrpreis von 17 Pfennigen zu DDR-Zeiten auf mittlerweile über 2 DM. Der Fahrkomfort hat sich in den Straßenbahnen dabei kaum verbessert.
Das Fahrrad ist auch noch keine Alternative zum Auto und dem ÖPNV, weil es noch zu wenig Radwege in der Stadt gibt. Es muss ein grundlegend neues Verkehrskonzept für die Stadt Leipzig entwickelt und verwirklicht werden.

5. Die Verkehrsprobleme von Leipzig und Dortmund sind ähnlich gelagert. Die vorgeschlagenen verkehrspolitischen Perspektiven für Dortmund könnten z. T. auch für Leipzig beispielgebend sein.

1.3 Planungsraum Berlin SB 352–355

1. Berlin entwickelte sich aus den zwei benachbarten Dörfern Cölln und Berlin. Nach dem Bau eines Schlosses im 15. Jahrhundert wurde Berlin schnell zur Residenz- und Hauptstadt Preußens. Die Einwohnerzahl wuchs sichtlich mit der Industrialisierung. Die erbauten Manufakturen und Fabriken zogen Tausende von Menschen in die Stadt. Mit der Gründung des Deutschen Reichs wurde Berlin Reichshauptstadt. Durch diesen Bedeutungszuwachs entwickelte sich Berlin zu einer der größten und schönsten Städte Europas mit hoher Konzentration von Bevölkerung, Industrie- und Verkehrseinrichtungen. Die Millionen-Einwohnergrenze wurde noch vor der Jahrhundertwende überschritten. Zu Beginn des 20. Jahrhunderts lebten bereits zwei Millionen Menschen in der Stadt. Nach vielen Eingemeindungen sprach man seit 1920 von „Großberlin“. Eine ungewöhnliche Entwicklung erfuhr die Stadt nach der Beendigung des zweiten Weltkrieges und mit der DDR-Gründung durch ihre Teilung und dem Bau der Mauer. Erst 1989 nach dem Fall der Mauer kommt es wieder zum Zusammenwachsen der Stadt. 1990 wird sie wieder gesamtdeutsche Hauptstadt. Bis zu seiner Teilung vollzog Berlin eine typische Entwicklung für eine europäische Hauptstadt.
2. Nach der Wiedervereinigung tauchten für Berlin neue Probleme auf. Es entwickelten sich auf seinem Territorium seit 1949 zwei voneinander unabhängige Städte mit zwei Zentren und eigenständigen Verwaltungs- und Versorgungseinrichtungen.
   Ostberlin, durch sozialistische Architektur geprägt, wurde zum Schaufenster des Sozialismus in der DDR. Westberlin entwickelte sich zur Inselstadt mit westeuropäischer Prägung inmitten eines sozialistischen Staates.
   Nun müssen die beiden Teilstädte wieder zusammenwachsen.
   Als gesamtdeutsche Hauptstadt erhält Berlin einen weiteren Bedeutungszuwachs. Die Bevölkerungszahl wird steigen. Neue Wohnungen, Arbeitsplätze, Büros, Gewerbe- und Verwaltungseinrichtungen werden entstehen.
   Um dafür im Stadtinnern Platz zu schaffen mussten alte Bauten abgerissen werden. Neue Verkehrskonzepte werden erstellt und verwirklicht. In allen Bereichen des öffentlichen Lebens gibt es Veränderungen. Ebenso müssen die in 40 Jahren getrennt lebenden Berliner wieder zusammenfinden.
3. Die Entscheidung, Berlin wieder zur deutschen Hauptstadt werden zu lassen, erfordert eine ganze Reihe von Maßnahmen zur Verlegung der Regierungseinrichtungen. Dafür entstehen in unmittelbarer Nähe um den Reichstag neue Gebäude. Das Reichstagsgebäude selbst wird für die Tagungen des Parlaments wieder hergerichtet. Ebenso wird Wohnraum für die Regierungsbeamten geschaffen.
4. Vor 1945 erstreckte sich das Hauptgeschäftszentrum von Berlin-Mitte (Straße unter den Linden, Alexanderplatz) bis Kreuzberg. Einrichtungen des Einzelhandels, Banken, Versicherungen dominierten hier großflächig. Entlang des Kurfürstendamms und in seinen benachbarten Straßenzügen konzentrierten sich ebenfalls Einrichtungen des tertiären Sektors.
   Nach der Teilung der Stadt erweiterte sich das Gebiet nördlich und südlich des Kurfürstendamms zum Zentrum des Westteils der Stadt mit vorwiegend Einrichtungen des tertiären Sektors.

In Ostberlin entwickelte sich das Territorium zwischen der Straße Unter den Linden, der Leipziger Straße und des Alexanderplatzes zum Zentrum der Hauptstadt der ehemaligen DDR. Es entstanden dort kulturelle Einrichtungen, aber auch vereinzelt Gewerbeeinrichtungen neu.
Der Westberliner Stadtteil Kreuzberg wurde zum Wohngebiet. Es kam ebenfalls zur Vergrößerung von Verkehrsflächen, vor allem durch die Erweiterung von Gleisanlagen der Eisenbahn. Entlang der Trassen (Ausfallstraßen, Eisenbahnlinien und Wasserwege) entstanden in Berlin schon frühzeitig die Industrieviertel. Dazwischen entstanden die Wohngebiete. Diese Struktur hat sich bis heute erhalten und so verdichtet, dass kaum Platz für größere Neubauten vorhanden ist.

5. Der Potsdamer Platz befindet sich im Herzen Berlins. Ihm kommt eine zentrale Bedeutung für die Stadt zu.
Früher war er einer der bedeutendsten Plätze in einer der bedeutendsten Großstädte Europas. Zu DDR-Zeiten glitt er, unbebaut an der Mauer, fast in die Bedeutungslosigkeit ab.
Nun sollen (nach der Wiedervereinigung) die beiden Stadthälften an ihm zusammenwachsen. Demzufolge legt man sehr großen Wert auf seine Neugestaltung, was der Projektwettbewerb der Architekten bewies. Er wird in Zukunft den Mittelpunkt der deutschen Haupt- und Regierungsstadt bilden. Seine Neubebauung sieht eine moderne Architektur mit Einrichtungen der sozialen und technischen Infrastruktur sowie Grünanlagen mit Wasserbecken vor. Hier entstehen Dienstleistungs- und Handelseinrichtungen sowie Wohn- und Bürohauskomplexe. Der Potsdamer Platz soll zu einem der wichtigsten Konzentrationspunkte der Berliner und ihrer Gäste gestaltet werden. Er wird als offener Platz, als eine Kreuzung des Nord-Süd- und Ost-West-Verkehrs, in das Ensemble der anliegenden Stadtviertel integriert.

1.4 Umstrukturierung im ländlichen Raum **SB 356–360**

1. Die ertragreichsten Ackerbaugebiete in den fünf neuen Ländern sind die Magdeburger Börde, das Thüringer Becken und das östliche Harzvorland. Es ist vor allem die Schwarzerde, auf der hohe Erträge erzielt werden können. Auf Löss konnten in den genannten Gebieten Schwarzerdeböden entstehen, da hier die Niederschlagsmengen gering ausfallen (unter 500 mm/Jahr). Die geschützte Lage im Leebereich von Gebirgszügen und Hügelketten bewirkt auch eine besondere Klimagunst hinsichtlich der Temperaturen.
Ackerbau mit hoher Produktionsleistung kann in der Lommatzscher Pflege (Sachsen) und auf den Grundmoränenplatten des Tieflandes von Mecklenburg-Vorpommern, Brandenburg und Sachsen-Anhalt betrieben werden.
Hier treffen wir u.a. fruchtbare Fahlerdeböden auf Löss oder Glazialsedimenten an. Die Viehhaltung ist vorwiegend auf Wiesen und Weiden in Gebirgslagen und in den Urstromtalungen des Tieflandes anzutreffen.

2. In den alten Bundesländern wird die Landwirtschaft in erster Linie durch Einzelbauern betrieben. Genossenschaften sind hier seltener.
In Ostdeutschland dagegen wird häufig in LPG-ähnlichen Strukturen gewirtschaftet, die sich aus ehemaligen LPG (Landwirtschaftliche Produktionsgenossenschaft) gebildet haben. Daneben produzieren auch Wieder- und Neueinrichter, die sich nach der Wende in Ostdeutschland selbstständig gemacht haben. Sind genügend Eigenkapital und guter Boden bei ihnen vorhanden, so können die ostdeutschen Einzelbauern hohe Ertragsleistungen erzielen. Effektiver jedoch bewirtschaften die Agrargenossenschaften ihre größeren landwirtschaftlichen Nutzflächen.
Probleme ergeben sich in der ostdeutschen Landwirtschaft vor allem daraus, dass Großfelderwirtschaft und Massenviehhaltung zu DDR-Zeiten ökologische Schäden hinterließen. Auch die Umstellung zu den neuen Besitz- und Produktionsstrukturen ging in der ostdeutschen Landwirtschaft nicht ohne Probleme ab. Von den Wiedereinrichtern kamen z. B. Forderungen an die LPG zur Rückgabe ihres Eigentums. Die LPG wiederum konnten diese Forderungen häufig nicht erfüllen. Somit fehlten vielen Wiedereinrichtern die Mittel, ihren Betrieb schnell aufzubauen.

3. Der Erfolg der unterschiedlichen Produktionsformen in der ostdeutschen Landwirtschaft hängt von natürlichen und ökonomischen Bedingungen ab. Die Agrargenossenschaften und Wiedereinrichter, die auf guten Böden produzieren, werden eher Erfolg haben, als die, welche auf minderwertigen Böden anbauen. Darüber hinaus müssen nun auch die ostdeutschen Landwirte nach den Richtlinien der EG-Agrarpolitik produzieren. Dabei ist unbedingt eine Marktorientierung erforderlich. So haben bereits viele Landwirte und Genossenschaften ihre Produktionspalette umgestellt. Auffallend in Ostdeutschland sind jetzt z. B. die vielen gelben Rapsfelder, die vor der Wende hier kaum zu sehen waren.
   Eine wirtschaftliche Überlebenschance haben in den neuen Ländern nur die Landwirtschaftsbetriebe, die ein gutes Management und günstige Wirtschaftsverbindungen zu Zulieferern und Abnehmern aufbauen.
   In der Landwirtschaft der fünf neuen Länder gibt es diesbezüglich Erfolge. Viele Agrargenossenschaften produzieren bereits sehr effektiv und geben manchem westdeutschen Einzelbauerunternehmen das Nachsehen.
   Entscheidend ist auch, dass das Verbraucherbewusstsein der ostdeutschen Bevölkerung, einheimische Produkte zu kaufen wieder enorm gestiegen ist.
4. Das Interesse westdeutscher und ausländischer Landwirte am Boden der neuen Länder war nach der Wende riesig. Begehrt waren die Regionen mit den sehr guten Schwarzerdeböden. Hier und in anderen ertragreichen Gebieten hatte man von den ehemaligen Besitzern zu oft äußerst günstigen Preisen und Bedingungen wertvolles Ackerland erworben. Es kommt vor, dass die Fremden nur zweimal im Jahr auf ihren neuen Feldern tätig sind, zur Aussaat und zur Ernte. So werden kaum Arbeitskräfte aus der heimischen Bevölkerung benötigt und die Probleme der Arbeitslosigkeit auf dem Lande gemildert. Es gibt aber auch positive Beispiele, wo man sich mit Familie in Ostdeutschland ansiedelte und tatkräftig zur Entwicklung im Dorf beiträgt.

2. Regionalplanung Hannover SB 360–375

2.1 Siedlungsgenese 361

1. Im Mittelalter entwickelte sich an einem Übergang über die Leine eine Siedlung, die nicht nur am Ende der Schiffbarkeit der Leine einen zentralen Standort hatte, sondern auch an den sich hier kreuzenden Handelswegen vom Rhein nach Magdeburg bzw. von Stade nach Mainz eine zentrale Bedeutung besaß. Hannover war ursprünglich eine Zweistraßensiedlung mit dem Marktplatz in der Mitte. Es erhielt 1241 durch den Welfenherzog Heinrich dem Löwen Stadtrechte und wurde im Laufe des 13. Jahrhunderts durch die Altstadt erweitert und durch eine Befestigungsanlage gesichert. Im 17. Jahrhundert wurde das Stadtbild durch neue Bauten geprägt: Das Stadtschloss sowie die Gartenanlage Herrenhausen wurden gebaut, Oper, Schauspielhaus, Bibliothek sowie neue Kirchen errichtet. Im Westen wird die Neustadt als Sitz der Beamten des Hofes angelegt, neue, breite Straßen werden gebaut. Die Anlage des Bahnhofs führt zur Entwicklung des Bahnhofsviertels. Mit der Industrialisierung einher geht eine weitere bedeutende Stadtentwicklung. Das erste Industrieviertel entsteht am Zusammenfluss von Ihme und Leine, gewerbliche Betriebe wandern aus der Innenstadt ab und rings um die Stadt entstehen zahlreiche neue Wohnviertel, bestehend aus mehrgeschossigen Mietskasernen. In den sternförmig ausufernden Hauptverkehrsstraßen wurde die Straßenbahn angelegt, die ein schnelleres Erreichen der Innenstadt ermöglichte. Zwischen Altstadt und Bahnhof entsteht eine Geschäftsstadt. Die Luftangriffe des 2. Weltkriegs haben die Gebäude in der Innenstadt zu 95 % zerstört. Das heutige Stadtbild präsentiert sich, aufbauend auf einigen alten Stadtgrundrissen, als Ergebnis der Stadtplanung nach Kriegsende.
2. Hannover ist gekennzeichnet durch seine Randlage zwischen einer mit einem Geestrücken durchzogenen Tiefebene im Norden sowie einem Hügelland im Westen und Süden. So ist der hohe Anteil an landwirtschaftlicher Fläche im Großraum Hannover erklärbar, wenn es auch hin-

sichtlich der Anbaumöglichkeiten Unterschiede gibt (vgl. S. 364). Die bebauten Zonen spielen im äußeren Verbandsbereich eine untergeordnete Rolle und fallen in der Graphik unter „Flächen anderer Nutzung“. Im Kernraum nehmen sie mit 1/3 naturgemäß den größten Anteil ein, wobei hier im Kernraum der doch relativ hohe Anteil an landwirtschaftlich genutzter Fläche wie auch an Waldfläche bemerkenswert sind. Insgesamt ergibt sich im Großraum eine von der Landwirtschaft geprägte Raumnutzung, die – bis auf Ausnahmen im südlichen Teil, wo im Deister der Wald eine dominante Stellung einnimmt – generell über 50 % der Fläche beherrscht. Das Steinhuder Meer schlägt sich im 25 %-Anteil in Wunstorf nieder, in Langenhagen nimmt der Flughafen 15 % der Fläche ein.

2.2 Entwicklung von Bevölkerung und Besiedlung **SB 362**

1. In den vergangenen 30 Jahren hat die Bevölkerungsentwicklung im Großraum Hannover eine Steigerung von ca. 10 % erfahren. Dies ist im Wesentlichen auf einen Zuwachs der Bevölkerung im Landkreis von 400 000 auf 600 000 Personen zurückzuführen, während die Entwicklung in der Kernstadt insgesamt stagniert. Bei der Betrachtung der Entwicklung der Mittelzentren nach dem 2. Weltkrieg fallen u. a. die hohen Zuwachsraten in Garbsen, Laatzen und Langenhagen auf, die als Erweiterungsraum für städtischen Wohnraum teilweise durch die typischen Großwohnsiedlungen gekennzeichnet sind. Im Landkreis stellen die 20–25-Jährigen sowie 45–55-Jährigen die höchsten Anteile innerhalb der Bevölkerung, während in der Stadt Hannover die 20–35-Jährigen dominant sind. Hier lässt sich u. a. der Einfluss der Universität nachweisen. Andererseits gehören die über 40-Jährigen zu der Bevölkerungsschicht, die bei angemessenem Verdienst in der Stadt arbeiten und auf dem Land wohnen. Zudem ist durch die o. a. Großwohnsiedlungen neuer Wohnraum auch für die Bevölkerungsgruppen entstanden, die nur über ein höchstens durchschnittliches Einkommen verfügen. Die Abwanderungstendenz in den ländlichen Raum wird wie in anderen Städten auch in Hannover verstärkt durch die Umwandlung von Wohnraum in Büros sowie durch steigende Mieten.
2. Aufbauend auf den Ergebnissen der Aufg. 1 lassen sich Siedlungen der verstädterten Zone rund um die Kernstadt als die Regionen mit den höchsten Mietpreisen erschließen. Andererseits finden sich im Süden und Osten die niedrigsten Mietpreise. Insgesamt sind die Mieten seit 1968 um etwa das Dreifache gestiegen. Es fällt auf, dass die früher teuersten Siedlungsräume im Nordwesten (Neustadt, Wunstorf, Garbsen) heutzutage nur noch mittleres Preisniveau besitzen und die allgemeine Mietsteigerung nicht nachvollzogen haben. Bemerkenswert ist, dass die Kernstadt nicht zu den durchschnittlich teuersten Wohnlagen gehört. Zudem haben die Mittelzentren den höchsten Zuwachs an Neubauwohnungen zu verzeichnen. So lässt sich ableiten, dass das hohe Preisniveau durch den hohen Stand an Neubauwohnungen zu erklären ist. Als Folge der Tendenz zum Wohnen außerhalb der Kernstadt lässt sich ein überdurchschnittlich hohes Wachstum der Bodenpreise im Landkreis ablesen, während der Index für Wohnbauland in der Kernstadt deutlich in der Entwicklung zurückbleibt. Der überdurchschnittlich starke Anstieg der Baulandpreise gegenüber der Lebenshaltung ist jedoch ein bundesweites Phänomen. Für die Zukunft wird eine verstärkte Nachfrage nach Wohnraum in der Kernstadt erwartet, da das kulturelle und soziale Angebot hier stärker zu verzeichnen ist. Dann werden die bisherigen Miet- und Bodenpreise hier nicht mehr zu halten sein, wie die Entwicklung seit 1986 auch verdeutlicht.
3. Der Wohnstandort „Stadt Hannover“ lässt sich kurz folgendermaßen skizzieren: Bei einer vergleichsweise jungen Bevölkerungsstruktur mit einem eher niedrigeren Mietpreisniveau und Bodenpreisindex gegenüber den Mittelzentren bietet sich bei veränderter Haushaltsgröße ein Bevölkerungspotenzial, das in Zukunft eine verstärkte Inanspruchnahme von und Nachfrage nach Wohnraum erwarten lässt. Vor allem das städtische Angebot wird vielen Familien den Rückzug in die Kernstadt erleichtern. Im Gegensatz dazu werden vor allem die südlichen Gemeinden, die entsprechend Anteil an der abwechslungsreichen Natur haben, mit ihrem niedrigen Preisniveau eine Alternative zum städtischen Wohnen bieten können. Trotz Ausbaus der Infrastruktur in den Mittelzentren wird sich die Kernstadt als zu bevorzugende Wohnstätte behaupten können.

2.3 Wirtschaftsraum Hannover **SB 364**

1. Die Beschäftigtenstruktur nach Wirtschaftsabteilungen ist in den einzelnen Gemeinden unterschiedlich. In der überwiegenden Anzahl der Gemeinden ist das verarbeitende Gewerbe dominierend. Daneben ist die Wirtschaftsabteilung Handel in den Gemeinden Langenhagen, Laatzen, Lehrte, Garbsen und Isernhagen von großer Bedeutung. Die Abteilung Gebietskörperschaften und Sozialversicherungen (Landesversicherungsanstalt, Krankenhäuser) ist bedeutend in den Gemeinden Burgdorf, Burgwedel, Neustadt, Wunstorf, Laatzen und Springe. Verkehr und Nachrichtenübermittlung spielen in Seelze, Lehrte und Wunstorf eine Rolle. Dienstleistungen sonstiger Art sind für Neustadt, Burgwedel, Laatzen und Springe wichtige Wirtschaftsabteilungen. In der Kernstadt Hannover stellen das Verarbeitende Gewerbe sowie der Handel die wichtigsten Wirtschaftsabteilungen.
2. Insgesamt hat der tertiäre Sektor auch im Großraum Hannover einen entscheidenden Aufstieg genommen. Hieran haben vor allem der öffentliche Sektor sowie die Versicherungen und Dienstleistungen entscheidenden Anteil. Dieser Sektor konnte ab 1970 seinen Anteil von 13 % auf 44 % aller Erwerbstätigen steigern. Der Trend geht gleichsam in der Stadt (auf 50 %) sowie im Landkreis (auf 33 %) nach oben. Dementsprechend rückläufig ist der Anteil des Produzierenden Gewerbes. Wesentlichen Anteil an den Verlustzahlen hat die Entwicklung in der Stadt Hannover, während die Absolutzahlen im Landkreis sogar sehr leicht gestiegen sind.
   Gegenläufige Tendenzen sind in der Abteilung Handel und Verkehr zu beobachten. Während in der Stadt Hannover die Beschäftigtenzahl um 62 % zurückging, nimmt sie im Landkreis stetig zu. M35 macht dabei deutlich, dass insbesondere in Burgwedel, Garbsen, Laatzen und Langenhagen deutliche Zuwächse im Einzelhandel zu verzeichnen sind, während in der Stadt rückläufige Beschäftigungszahlen vorliegen. Dies ist auf den Bau von Einkaufszentren auf der grünen Wiese sowie den Bau von Wohnsiedlungen mit der zugehörigen Geschäftsinfrastruktur zurückzuführen.
   Im landwirtschaftlichen Sektor ist seit 1961 keine größere Veränderung bei den Beschäftigtenzahlen zu beobachten; naturgemäß liegen hierbei im Landkreis die Schwerpunkte der Arbeitsstätten.
3. Fast 60 % der Fläche des Großraums werden landwirtschaftlich genutzt; so ist die Landwirtschaft neben einem Wirtschaftsfaktor vor allem ein Raum prägendes Element. Aufgrund der natürlichen Gegebenheiten ist die Agrarstruktur im Großraum unterschiedlich. In der Geest herrschen leichte Sandböden sowie zahlreiche, z. T. moorige Feuchtbereiche vor. Auf den Böden mit geringer Bonität wird vielseitiger Ackerbau sowie z. T. intensive Viehwirtschaft betrieben. Der Grünlandanteil ist rückläufig. Der hohe Anteil an Nebenerwerbsbetrieben wird durch einen hohen Prozentsatz an Kleinbetrieben gestützt. Dennoch ist bei den kleineren Betrieben ein Rückgang zugunsten der Großbetriebe über 50 ha zu verzeichnen. Der Übergangsraum Geest/Börde am Rand des Aller-Urstromtals ist mit nach Norden sandigen, nach Süden lehmigen bis tonigen Böden bei steigendem Lössanteil gekennzeichnet. Nach Süden hin wird bei steigenden Bodengüten eine intensivere ackerbauliche Nutzung mit Zuckerrüben-, Kartoffel- und Feldgemüseanbau erreicht. Bei der Viehhaltung ist besonders die flächenunabhängige Schweinemast vorherrschend. Auch hier ist ein deutlicher Rückgang des Grünflächenanteils zu beobachten. Nur noch gut 1/3 aller Betriebe werden als Nebenerwerbsbetriebe geführt. Der Anteil der Großbetriebe ist auch hier in diesem Raum deutlich steigend. Die Calenberger und Hildesheimer Lössbörde mit lehmigen bis lehmig-tonigen Lössböden bildet den südlichen Teilraum. Hier wird auf hochwertigen Böden intensiver, wenn auch einseitiger Anbau von Zuckerrüben, Weizen und Gerste betrieben. Viehwirtschaft spielt nur eine untergeordnete Rolle, dementsprechend ist der Grünlandanteil gering. Großflächige Ackerschläge prägen das Landschaftsbild. Nebenerwerbsbetriebe machen nur noch weniger als 1/4 aller Betriebe aus, auch wenn ihr Anteil in den letzten Jahren leicht gestiegen ist. Großbetriebe herrschen hier vor. Die Landwirtschaft in der Stadt Hannover weist im Wesentlichen gleiche Merkmale des Strukturwandels auf wie die im äußeren Verbandsbereich. Darüber hinaus gibt es hier andere Anforderungen zu bewältigen. Zunehmender Siedlungsdruck, vermehrte Flächeninanspruchnahme

sowie die Beeinträchtigung durch außerlandwirtschaftliche Immissionen spielen hier eine gewichtige Rolle. (Hinweis: „–" bedeutet „ohne Angabe")

4. Die deutsche Einheit rückt den Raum Hannover wieder in eine zentrale Lage. Die räumliche Nähe zu den neuen Bundesländern eröffnet die Chance, aktiv am Wirtschaftsaufschwung teilzunehmen. Dafür sind auf dem Arbeitsmarkt günstige Voraussetzungen gegeben: Der Anteil der berufstätigen Frauen kann noch ausgeweitet werden; eine hohe Arbeitslosenquote steht auch für ein gewisses Potenzial an Arbeitskräften; die Qualifikation der Arbeitnehmer ist überdurchschnittlich, wenn auch ein Mangel an höchst qualifizierten Personen festzustellen ist; in Bezug auf die Lohn- und Gehaltssumme ist der Raum Hannover für Unternehmen interessant; Gewerbeflächen sind in ausreichender Anzahl und preisgünstig vorhanden; die Verkehrsanschließung ist in allen Teilbereichen sehr gut; die Gebührenbelastung ist eher hoch anzusiedeln. Vor allem die beiden Zukunftsbereiche Mikroelektronik und Umwelttechnik bieten gute Voraussetzungen, da auf ein überdurchschnittliches Potenzial an bestehenden Firmen zurückgegriffen werden kann. Diese können die Chance zu weiteren Folgeansiedlungen und -gründungen von Betrieben dienen. Bei der Arbeitsteilung hat die Kernstadt bestimmte Funktionen für das Land zu erfüllen, deshalb ist es zweckmäßig, Ansiedlungsbemühungen mehr in der verstädterten Randzone durchzuführen.

2.4 Verkehrserschließung **SB 366**

1. Aus M39 lässt sich ablesen, dass Wege zu Fuß bzw. mit dem Fahrrad einen Anteil zwischen 26 % und 53 % ausmachen. Den geringsten Anteil verzeichnen die ländlichen Bereiche ohne Schienenanschluss, den höchsten regionalen Zentren mit Schienenanschluss.
Zumindest zwei Problembereiche werden hier deutlich:
In der Fläche sind fußläufige bzw. fahrradtaugliche Distanzen selten; zum anderen bietet die in der Regel gute Infrastrukturausstattung der Regionalzentren viele Anreize, das Auto stehen zu lassen. Dies wird auch in dem geringen Autobenutzer-Anteil (29 %) im Kernraum deutlich. Hier machen sich die Verkehrsprobleme (Stau, Parkplatzmangel) im Kernraum bemerkbar. Der Pkw-Anteil macht dagegen in den ländlichen Regionen bis zu 53 % aus. Der ÖPNV-Anteil beschränkt sich auf maximal 22 %, wobei die höchsten Werte im Kernraum angenommen werden. Der Hauptstrom der 140 000 Berufspendler ist in den westlichen Verbandsraum ausgerichtet. Ausgangspunkt sind größtenteils die Mittelzentren (vgl. M31 S. 362), wobei deutlich wird, dass dem Arbeiten in der Stadt das Wohnen auf dem Land gegenübersteht.
2. Der ÖPNV auf der Schiene richtet sich nach dem vorhandenen Netz aus. Dabei werden im Zeittaktverkehr Mittelzentren wie z. B. Lehrte, Burgdorf, Neustadt, Wunstorf mit dem Kernraum verbunden. Bis auf den südwestlichen Verbandsbereich gibt es aber keine direkten Verbindungen zwischen den Mittelzentren. Der Bereich zwischen den Schienenwegen wird – wie im Konzept vorgestellt – durch Buslinien erschlossen. Auffallend ist die geringe Netzdichte im östlichen Verbandsbereich, während insbesondere im Südwesten eine hohe Verkehrserschließung zu beobachten ist. Die Forderung nach zentralen Busbahnhöfen wird z. B. in Springe, Wunstorf und Neustadt erfüllt. Hier werden die benutzerfreundlichen Verbindungen vom ländlichen Raum in die Kernzone geschaffen, indem hier auf die innerstädtische Stadtbahn umgestiegen werden kann (vgl. Bilder S. 270). Diese Stadtbahnlinien übernehmen die Verbindung entlang der städtischen Hauptachsen mit dem Ziel der schnellen und störungsfreien Verbindung der Stadtteile untereinander und mit dem Zentrum. Deswegen wird sie im zentralen Innenstadtbereich unterirdisch geführt. P&R-Anlagen finden sich an zahlreichen Bahnhöfen, sodass ein schnelles Umsteigen vom Pkw auf die Eisenbahn möglich ist. Das regionale Verkehrsnetz für den Autoverkehr ist Atlaskarten zu entnehmen. Hierbei wird die ausreichende Erschließung durch Autobahnen und Bundesstraßen erkennbar.

3. Im Allgemeinen verläuft eine Bus- oder Bahnlinie zwischen einem Linienanfang und -ende. Dabei ist der Verlauf i.d.R. nicht gerade, sondern beinhaltet Schleifen- und Stichfahrten. Ein Fahrgastwechsel findet – vor allem in verkehrsschwachen Zeiten – nicht an jeder Haltestelle statt. Deshalb wird eine bedarfsorientierte Bedienung der Haltestellen zu Zeiten geringer Nachfrage günstiger: Diese Form setzt sich zusammen aus Grundhaltestellen, die immer bedient werden und Bedarfshaltestellen, bei denen ein unregelmäßiges Fahrgastaufkommen vorliegt. Ein Flächenbetrieb besteht nur in Bedarfshaltestellen. Im sog. „Richtungsbandbetrieb" ist es erforderlich, dass Haltestellen mit regelmäßigen Verkehrsaufkommen auch nach einem festen Fahrplan bedient werden, denn die Anmeldepflicht für Fahrten soll minimiert werden. Diese Anmeldung setzt eine rechnergesteuerte Wegeplanung für die einzelnen Busse in Kraft. Damit werden Haltestellen, die abseits der Hauptroute liegen, nur nach Bedarf angefahren. So lassen sich die Kosten für die Verkehrsbetriebe in den verkehrsarmen Zeiten wesentlich verringern, da nur noch wenige Busse mit Fahrern bereitgestellt werden müssen (vgl. M43).
4. Das Angebot des ÖPNV innerhalb Wunstorfs beschränkt sich auf den Busbetrieb. Wunstorf, ein Mittelzentrum mit ca. 40 000 Einwohnern (vgl. M31) und einer Fläche von ca. 120 km^2, wird vom Bus im Richtungsbandbetrieb während der Hauptverkehrszeiten sowie im Flächenbetrieb während der Schwachverkehrszeiten erschlossen. Das heißt, dass nach 19.00 Uhr der Bedarfsbetrieb zum Einsatz kommt. Während in den Hauptverkehrszeiten über 15 Busse eingesetzt werden müssen, kann das Angebot nach 20.00 Uhr somit von maximal 5 Bussen aufrecht erhalten werden.
   M44 zeigt die Richtungsbänder nach Kolenfeld, Idensen, Steinhude und Luthe mit den zugehörigen Grundhaltestellen. Nach Einführung des R-Bus-Systems konnte das Angebot an Haltestellen durch die Errichtung der Bedarfshaltestellen um 40 % erhöht werden, womit die räumliche Verfügbarkeit des Busses enorm gestiegen ist. Besonders im südlichen Teil von Wunstorf sowie in den nördlichen Randgemeinden konnte somit ein erweitertes Angebot geschaffen werden. So lässt sich ein um rund 75 % erhöhtes Fahrgastaufkommen nach Einführung des Systems gegenüber der früheren Linienlösung erklären.
5. Vorteile können sein: Umweltfreundlicher Einsatz eines Massenverkehrsmittels, Kundenfreundlichkeit durch kurze Wege und größere Verkehrshäufigkeit, Impuls für die Wirtschaft durch Systementwicklung, betriebswirtschaftliche Vorteile für das Verkehrsunternehmen. Nachteile können sein: Bequemlichkeit des Autos bezüglich Weg und Zeit wird nicht ausgeglichen, Anschluss an das übrige (Fern-) Verkehrsnetz ist wegen flexibler Ankunftzeiten der Busse schwieriger zu gestalten, Anmeldung der Fahrtenwünsche nicht immer einfach zu gestalten.

2.5 Ausbildungsmöglichkeiten **SB 369**

1. Schul- und Berufsbildung wird im Großraum Hannover auf allen Ebenen (Schulen, betriebliche Ausbildung, Hochschulen) angeboten. Dabei kommt mit knapp 45 000 Studierenden den Fach- und allgemeinen Hochschulen ein besonderer Stellenwert zu. Ebenso zahlreich sind die Schüler der öffentlichen berufsbildenden Schulen, deren wichtigste Fachbereiche in M45 wiedergegeben sind. Insgesamt ergibt sich ein Potenzial von ca. 180 000 in der Ausbildung befindlichen Personen. Während traditionell der Einzugsbereich der Hochschulen Großraum übergreifend und der Wohnort in Hochschulnähe ist, ergibt sich bei den berufsbildenden Schulen ein erheblich differenziertes Bild. Während im Schnitt nur gut 30 % der Schüler in der Stadt Hannover wohnen, liegt die Ausbildungsstelle hier für durchschnittlich über 60 %. Hier spielt wohl eine nicht unerhebliche Rolle, dass viele Schüler noch im Elternhaus wohnen. So ist auch der Anteil der außerhalb des Großraumes wohnenden Schüler in der Regel unter 20 %, während Ausbildungsstätten allgemein zu mehr als 90 % im Großraum liegen. Eine Ausnahme bildet generell die Fachrichtung Agrarwirtschaft, wo über 40 % der Ausbildungsstellen sich außerhalb des Großraums befinden und fast 50 % der Schüler auch außerhalb (wahrscheinlich im Ausbildungsbetrieb) wohnen.

2.6 Naherholungsgebiet Steinhuder Meer **SB 370**

1. Die Möglichkeiten landschafts- und freiraumbezogener Freizeit- und Naherholung sind im Großraum Hannover vielfältig. Im Wesentlichen sind zu nennen:
   - Naturpark Steinhuder Meer mit zahlreichen Wassersportmöglichkeiten,
   - Deister als Wandergebiet, Ausflugsziel sowie als Gebiet mit Wintersportmöglichkeiten,
   - Waldgebiete vor allem im nördlichen und östlichen Verbandsgebiet als Erholungs- und Wandergebiete,
   - die Landschaftsräume und Auenbereiche der Leine mit Kiesteichen als Baggerseen,
   - in der Kern- und Kernrandzone ausgewiesene Erholungsflächen, teilweise Waldgebiete.

   In den letztgenannten Vorranggebieten für Erholung in Natur und Landschaft sind hauptsächlich Waldgebiete, die Schutz vor Lärm bieten, sowie für den Naturschutz wertvolle Räume gemeint, außerdem wird hier auch auf bauliche Maßnahmen, auch wenn sie der Erholungsnutzung dienen, verzichtet. Freizeit- und Naherholungsräume werden vorrangig von öffentlichen Verkehrsmitteln erschlossen; auch dem Radwegenetz wird eine besondere Priorität eingeräumt.
2. Nutzungskonflikte werden vor allem durch den Trend zur Freizeitgesellschaft immer relevanter. Durch die zunehmenden Nutzungsmöglichkeiten ergeben sich für die bisherigen Freizeiträume Kapazitätsprobleme, denen durch Vergrößerung der Anlagen begegnet werden müsste. Damit werden aber zu schützende Naturräume belastet, in Landwirtschaftsgebiete wird eingegriffen und Siedlungsräume können durch zusätzlichen Verkehr belastet werden. Beispielhaft seien genannt: Anlage von neuen Sportanlagen, Golfplätze, Reit- und Tennisplätze, Modellfluganlagen usw. Für Campingplätze sind teilweise die Dauercamper problematisch, da für sie teilweise nur eingeschränkte Möglichkeiten der Entsorgung bestehen. Des Weiteren ist zu berücksichtigen, dass viele Sportanlagen vereinsgebunden sind und somit der Öffentlichkeit nicht zur Verfügung stehen. Sie bilden eine Flächenkonkurrenz zu den Bereichen allgemeiner Erholungsnutzung. Insgesamt ist es erforderlich, Bereiche der Freizeitaktivitäten einer regionalplanerischen Abstimmung zu unterwerfen, damit es nicht zu unverträglichen Häufungen von Angeboten in Räumen kommt; darüber hinaus ist eine Umweltverträglichkeitsprüfung unerlässlich.
3. Unter Hinzunahme von M52 S. 373 zu den angegebenen Materialien lässt sich erkennen, dass sowohl das Nordufer (Mardorf) als auch das Südufer (Steinhude) durch Straßen und ÖPNV-Linien erschlossen sind. Im Einzelnen werden die sich hier befindlichen Erholungseinrichtungen für den Pkw-Verkehr durch Schnellstraßen erschlossen, die z. B. über Neustadt und Wunstorf Anbindung an das überregionale Staßennetz haben. Außerdem wird über diese Städte auch die Verbindung mit der Kernstadt hergestellt. Über die genannten Städte verläuft auch der Busverkehr zu Nord- und Südufer. So wird dort der Anschlussverkehr mit Bus bzw. Nahverkehrszügen zu den übrigen Bereichen des Verbandsraumes hergestellt. Vielleicht wäre es wünschenswert in Hinsicht auf die Umweltfreundlichkeit des ÖPNV, zu den beiden Erholungszentren des Steinhuder Meeres Schienenverbindungen herzustellen.
4. Mit rund 28 km² Wasserfläche ist das Steinhuder Meer der größte Binnensee und das bedeutendste Segelrevier Nordwest-Deutschlands. Damit ist es Ziel einer stetig wachsenden Anzahl von Naherholungssuchenden sowie von Langzeiturlaubern. Um die natürlichen Gegebenheiten nicht über das notwendige Maß hinaus zu beeinträchtigen, wurden die Entwicklungsschwerpunkte auf den Bereich Mardorf/Nordufer sowie Steinhude/Südufer begrenzt. Im südlichen Bereich sind die natürlichen Voraussetzungen (Moor, Sand am Ufer) zu berücksichtigen.

   Zu den am intensivsten genutzten Bereichen gehören die nordöstliche Uferzone von Mardorf bis Steinhude sowie das Gelände nördlich von Hagenburg. Im nördlichen Uferbereich belasten zusätzlich zum Segeln/Eissegeln und Surfen, das in auf weiten Teilen des Steinhuder Meeres erlaubt ist, vorwiegend das Baden und Angeln die natürliche Umwelt. Dabei ist zu bedenken, dass zum Erreichen der Badestrände Verkehrsanbindungen und vor allem Parkplätze zur Verfügung gestellt werden müssen. Die hier auch ausgewiesenen Campingplätze beanspruchen eine große Fläche und belasten vor allem durch Ver- und Entsorgungsprobleme. Das Wochenendhausgebiet hat zur Folge, dass zu besonderen Zeiten ein erhöhtes Verkehrsaufkommen besteht.

Die Belastungen in den östlichen Gebieten mit hohen Funktionsüberlagerungen beruhen nur wenig auf Erholungssuchenden. Auch in dem Badegebiet vor Steinhude gibt es nur eingeschränkte Beanspruchungen. Problematisch ist, dass auch in den angesprochenen Kernbereichen der Erholungsnutzung sich zahlreiche Brut- und Nahrungsgebiete befinden. Beim Verlassen der ausgewiesenen Nutzungsräume können die Erholungssuchenden mannigfach in das natürliche Umfeld nachteilig eingreifen. Auch die Fischereiwirtschaft greift großräumig in den Naturraum ein. Fast im gesamten Seebereich ist Fischerei erlaubt. Zusätzlich sind besondere Nahrungs- und Laichbereiche ausgewiesen, die zu schützen sind. Im nördlichen Seebereich fallen diese mit der extremen Belastung durch den Badebetrieb zusammen, was zu Komplikationen führen kann. Landwirtschaftliche Nutzung fällt insofern ins Gewicht, als hier Rückzugsräume für Tiere verlorengehen. Grünlandnutzung ist im Südwesten dominant, Ackernutzung im Nordwesten. Der Bodenabbau konzentriert sich auf Bereiche, in denen nur eine geringe Anzahl an Nutzungsüberlagerungen vorliegt. Problematisch hingegen kann die jagdliche Nutzung in weiten Teilen des Erholungsgebietes sein, wenn der Anlass über bestandspflegerische Maßnahmen hinausgeht. Die Wasserstandsregulierung zuletzt kommt sowohl dem Naturschutz als auch der Erholung zugute.

5. Wie immer im Bereich von stark genutzten Erholungsgebieten ist die Wahrung der Natur nur unter eingeschränkten Möglichkeiten zu betrachten. Eine Beschränkung der Nutzungsflächen auf zwei Großbereiche am Nord- und Südufer hat den Vorteil, dass weite Uferbereiche nur wenig belastet bleiben. Zudem werden somit eine Konzentration technischer Erschließungseinrichtungen, eine vereinfachte Bewirtschaftung und Überwachung sowie eine mögliche Konzentration des Verkehrs auf öffentliche Nahverkehrsmittel ermöglicht. So kann durch eine Lenkung der Besucherströme eine Entlastung des Naturraum erreicht werden. Problematisch bleibt die Auslastung der Freizeiteinrichtungen. Eine übermäßige Nutzung kann das Konzept zur Schonung der Natur in Frage stellen. So können z. B. zu viele Segelboote die Wasserflächen und Uferränder negativ beeinflussen.

2.7 Raumordung und Regionalplanung SB 372

1. Der Zweckverband Großraum Hannover ist ein Zusammenschluss auf regionaler Ebene, der sich aus den angehörigen Verbandsgemeinden rekrutiert und von ihnen getragen wird. Ihm obliegt es, in den verschiedensten Bereichen eine Gesamtentwicklung des Raumes zu ermöglichen, ohne dass die berechtigten Interessen, vor allem der kleineren Gemeinden, vernachlässigt werden. Im Einzelnen erstrecken sich die Ziele zur Raumentwicklung auf folgende Bereiche:
   - Es wird ein regionaler Arbeitsmarktbereich gebildet mit dem Ziel, durch Integration wirtschaftlicher Bereiche konkurrierende Investitionen zu vermeiden um somit eine effektive Wirtschaftsentwicklung zu gewährleisten,
   - Entwicklung einer zentralörtlichen Siedlungsstruktur mit dem Oberzentrum Stadt Hannover, um eine Zersiedlung des Raumes zu vermeiden und Freiflächen zu sichern,
   - Ausbau eines leistungsfähigen öffentlichen Nahverkehrsnetzes, das weitmöglichst schienengebunden ist,
   - im äußeren Verbandsbereich Stärkung der relativen Selbständigkeit der Grund- und Mittelzentren, im Kernraum und in der Kernrandzone Stärkung der funktionsräumlichen Verflechtungszusammenhänge über administrative Grenzen hinweg, d. h., mehrere Stadtteile zusammen bilden einen in sich abgeschlossenen Teilraum,
   - Beachtung des Umweltschutzes bei allen Raum beanspruchenden Maßnahmen.
2. Beim Vergleich der beiden Graphiken ist zu berücksichtigen, dass das vorgelegte Leitbild von Hillebrecht modellhaften Charakter hat und somit die wesentlichen Aussagen nicht punktgenau verglichen werden können. So ist um das Stadtzentrum ein durch eine Ringstraße von der umgebenden Landschaft abgegrenztes Gebiet von Nebenzentren ausgewiesen. Weitere Nebenzentren mit Verwaltungseinrichtungen reihen sich im Abstand von ca. 20 km um dieses Regionalzentrum. Im Gegensatz zu diesen auf das Zentrum der Stadtregion ausgerichteten

Unterzentren existieren weitere Orte, die selbstständigen Charakter besitzen. Der Verkehr innerhalb der inneren Stadtregion wird über das Straßennetz abgewickelt, während die äußeren selbstständigen zentralen Orte duch Eisenbahnverbinden mit dem Zentrum verbunden sind. Der Ausbau der Autobahn erschließt die überregionale Anbindung in alle vier Himmelsrichtungen. In der Weiterentwicklung dieses Modells 1967 ist vor allem der Ausbau der öffentlichen Verkehrsmittel über U-Bahn im zentralen Bereich und der des Nahschnellverkehrs der Bundesbahn herausragend. Die neuen Siedlungsflächen orientieren sich entweder an diesen Erschließungslinien oder gliedern sich weiträumig an bestehende Bebauung an. Somit wird das 1949er Modell unterstützt, das regionale zentrale Orte versieht. Im Gegensatz dazu ist allerdings die Forderung der Selbständigkeit aufgegeben worden. Vor allem im nördlichen Verbandsgebiet ist auch erkennbar, dass auf bereits bestehenden Siedlungsflächen, die nicht an das Nahverkehrsnetz angeschlossen sind, eine weitere Bebauung nicht vorgesehen ist. Entwicklungsachsen sind also an einen Ausbau des ÖPNV geknüpft.

3. Das Regionale Raumordnungsprogramm soll hier auf seine Aussagen zur Flächennutzung untersucht werden. Die vorangegangenen Ergebnisse können hier einfließen. Ausgehend vom Konzept der Zentralen Orte lassen sich das Oberzentrum Stadt Hannover, 10 Mittelzentren (Neustadt, Wunstorf, Barsinghausen, Springe, Garbsen, Langenhagen, Burgwedel, Laatzen, Burgdorf, Lehrte) sowie weitere 10 Grundzentren nachweisen. Bis auf Gehrden, Pattensen und Uetze sind alle an das Schienennetz der Deutschen Bahn angeschlossen, darüber hinaus werden, wiederum bis auf Gehrden, alle Zentren von mindestens Hauptverkehrsstraßen erschlossen. Überregionale Straßenverbindungen verlaufen östlich und nördlich der Kernstadt. Weiteren internationalen Anschluss hat Hannover durch den Flughafen Langenhagen im Norden der Kernstadt. Die Hauptanteile der Waldgebiete befinden sich im Westen/Südwesten sowie im Nordosten des Verbandsraumes. Vorranggebiete für die Natur sind einerseits kernstadtnah für Erholungszwecke ausgewiesen, zum anderen in den traditionellen Räumen Deister und Steinhuder Meer, die im Rahmen des Raumordnungsprogramms bedeutende Erholungsgebiete sind. Weiterhin werden innerhalb der Planung die Standorte zur Grundversorgung (Wasser, Abfall, Boden, Energieversorgung) ausgewiesen, die der Lagerstätten (vorwiegend Kiese, Sand, aber auch Kalk und Torf) nach ihrer Wichtigkeit eingeordnet.

4. Geht man die in M53 genannten Entwicklungsziele durch, so sieht man:
- Beschränkung der Auflockerung der Siedlungsdichte: Die Herausbildung zentralörtlicher Siedlungsbereiche ermöglicht flächensparendes Bauen, vor allem im Bereich der Dienstleistungen und der öffentlichen Verwaltung. Im ländlichen Bereich ist durch die Ausweisung von Vorranggebieten für Natur, Landwirtschaft usw. sichergestellt, dass eine weitere Zersiedlung kaum mehr möglich ist.
- Investitionsförderung durch Wegfall administrativer Grenzen: Durch Bildung des Zweckverbandes wird eine regional ausgerichtete Wirtschaftsförderung ermöglicht.
- Infrastrukturverbesserung: Durch den Ausbau der Nahverkehrsmittel zwischen den einzelnen Zentren sowie aufgrund der zufriedenstellenden Ausstattung mit dem Straßennetz können die zentralen Einrichtungen gut erreicht werden. Das gilt für Behörden, Schulen sowie kulturelle Einrichtungen, die sich auf die Kernstadt konzentrieren.

5. Die Bildung eines regionalen Zweckverbandes vermeidet Doppelplanungen und fördert eine ausgewogene Fachplanung für eine größere Region, in der die Aufgaben und Pflichten auf alle Beteiligten nach bestehenden Möglichkeiten verteilt werden kann. Allerdings muss zum einen die Kernstadt Kompetenzen an umliegende Gemeinden abtreten, zum anderen ist eine Planung, die nur in die Entwicklung von kreisangehörigen Gemeinden eingreift, ohne Steuerung durch das Oberzentrum sinnlos. Eine Regionalplanung ist somit die einzige Möglichkeit ein Entwicklungsprogramm für eine gesamte Region zu formulieren. So wird z. B. vermieden, dass die Stadt Hannover ein Stadtentwicklungsprogramm aufstellen kann, das ohne Anbindung an Entwicklungen in den benachbarten Gemeinden ist. Wohn- und Arbeitsstätten in den Mittelzentren können mit dem betroffenene Oberzentrum abgestimmt werden. Auch kann eine Gemeindegrenzen übergreifende Freiraumplanung ermöglicht werden, wie z. B. bei der Naherholung notwendig ist.

1. Ökologische Aspekte

– Durch die Ausnutzung brachliegender Flächen lässt sich eine Inwertsetzung, teilweise auf ökologisch sinnvoller Basis, des Raumes erreichen. Gefragt sind insbesondere die Schließung von Baulücken innerhalb des Stadtgefüges, das Flächen-Recycling von alten Industriebranchen. Gleichzeitig lassen sich Gebäude, die in der rasch expandierenden Stadt der Nachkriegszeit ohne architektonisches Konzept erstellt wurden, durch Abriss aus dem Stadtbild beseitigen, um Platz für neue, besser gestaltete Gebäude zu machen. Zudem wird mit der neuen Siedlung Kronsberg ein auch unter ökologischen Gesichtspunkten wertvoller neuer Stadtteil erstellt.

– Bei der Planung des Besucherverkehrs wird der Anbindung des öffentlichen Besucherverkehrs besonderes Augenmerk gewidmet. So ist eine Direktanbindung des Flughafens durch eine S-Bahn vorgesehen, die bestehenden Verbindungen vom Hauptbahnhof aus werden ausgebaut. Durch den Bau der Stadtbahnlinie D ist das Expo-Gelände z. B. für Besucher, die im Verbandsraum übernachten, an den Großraum angeschlossen. Der überregionale Pkw-Verkehr kann auf vorhandenen Autobahntrassen abgewickelt werden, das P&R-System hält den Besucherverkehr aus den umliegenden Gemeinden fern.

Soziale Aspekte

– Im Vorfeld der Expo werden Bauaufträge der hannoverschen Wirtschaft durch einen erheblichen Zuwachs an zu erbringenden Leistungen ein Investitionsvolumen von 1 Mrd. DM verschaffen. Das bezieht sich einerseits auf Bauten auf dem Expo-Gelände, zum anderen auf z. B. Wohnungen und infrastrukturelle Einrichtungen. Während der Ausstellung werden 100 000 zusätzliche Arbeitsplätze erwartet. Andererseits erhöhen sich die Mietpreise für Wohnraum drastisch aufgrund der starken Nachfrage, das Preisniveau von Waren und Dienstleistungen wird erheblich steigen. Politische Lösungen müssen im Vorfeld der Ausstellung erörtert werden.

– Mit dem Bau der Expo-Gebäude werden eine Reihe von Wohnraum bildenden Maßnahmen ergriffen. Der Stadtteil Kronsberg soll 20 000–25 000 Einwohnern Wohnraum zur Verfügung stellen. Durch die Erschließungsmaßnahmen auf dem Expo-Gelände wird der Boden für spätere zusätzliche Neubauten bereitet. Da gleichzeitig Gewerbeflächen ausgewiesen werden sollen, ist ein Schwerpunkt für die künftige Siedlungsentwicklung im Süden Hannovers vorgegeben. Da die Expo-Ausstellung durch Eigenfinanzierung auf staatliche Zuschüsse nicht angewiesen ist, kann eine Finanzierung vom Bund/Land nur durch die üblichen Förderprogramme zum Wohnungsbau und der Gewerbeansiedlung erreicht werden.

Ökonomische Aspekte

– Der Entwicklungsschub, der sich auf die Region auswirkt, geht über die Verbesserung der Verkehrsanschlüsse, den Bau neuer Wohnungen sowie die Ausweisung neuer Gewerbeflächen hinaus. Im Bereich des Gaststätten- und Beherbergungsgewerbes wird eine strukturelle Verbesserung erwartet. Nutznießer sind zudem die Nahrungs- und Genussmittelindustrie, die Landwirtschaft, der Handel sowie allgemein der Dienstleistungssektor. Durch den feststehenden Zeitpunkt der Fertigstellungen werden die Investitionen schnell realisiert werden können, sodass eine konsequente Durchführung der Vorhaben zu erwarten ist. Zudem werden Investoren dazu beitragen, dass die angesprochenen Maßnahmen auch tatsächlich durchgeführt werden.

Konzeptionelle Effekte

– Eine Abwägung von Vor- und Nachteilen könnte tabellarisch erfolgen. Mit den beiden Konzeptionsvarianten stehen sich zwei konträre Vorstellungen zur Durchführung der Expo gegenüber. Der Standort Kronsberg hat den Vorteil, die hier vorhandene Infrastruktur wie z. B. das Verkehrsnetz des Messegeländes mitnutzen zu können. Zudem würde eine übermäßige Belastung der Innenstadt vermieden. Nicht zuletzt sprechen auch finanzielle Aspekte für diesen Standort. Mit der Einbeziehung der Innenstadt als Ausstellungsgelände würde ein Gewinn an innerstädtischer Gesamtentwicklung entstehen. Im Gespräch waren eine Pavillon-Achse Innenstadt–Messegelände, Nutzbarmachung des alten Arms des Mittellandkanals sowie ein Leinesee. Insgesamt würden hochwertige Entwicklungstrassen für Wohnen, Freizeit, Kultur entstehen.

Materialien zur selbstständigen Erarbeitung: München SB 376–381

1. Bei den Kriterien der Cityabgrenzung unterscheidet man nach
   – physiognomischen Merkmalen: Konzentration von Verwaltung und Geschäftshäusern, Geschäfte über mehrere Etagen, Reklameballung, Hochhäuser, Überbauung der Grundstücke, Ladenfronten, Geschäftspassagen, Sacharchitektur, Fußgängerzone
   – funktionalen Merkmalen: Einrichtungen höchster Zentralität wie Fachgeschäfte, spezialisierter Einzelhandel, Warenhäuser, Fachpraxen von Anwälten und Ärzten, Banken, Reisebüros, kulturelle Einrichtungen, desweiteren Ballung des Verkehrs mit Rushhours, Höchstwerte an Bodenpreisen und Mieten, Arbeitsplätze im tertiären Sektor mit ausgeprägter Tagbevölkerung und geringer Nachtbevölkerung.
   Anhand von M2–M5 spiegeln sich diese Kriterien wider. In M2 ist der Grundriss der mittelalterlichen Stadt mit der ringförmigen Keimzelle (Frauenkirche) erkennbar. Die im Bild senkrecht verlaufende Achse stellt die Haupteinkaufsstraße und Fußgängerzone vom Stachus bis über den Marienplatz hinaus dar. Der Kartenausschnitt in M3 reicht in seiner kartenmittig senkrecht verlaufenden Achse ca. vom Sendlinger-Tor-Platz bis zum Karolinenplatz (vgl. M8). Erkennbar ist das Verhältnis von ca. 15 000 Einwohnern (Nachtbevölkerung) zu 27 000 Arbeitsplätzen (Tagbevölkerung). In einer Entfernung von ca. 2,5 km um den Marienplatz werden die höchsten Bodenpreise Münchens erreicht (M4). Die Spitzenwerte von bis zu 12 000 DM/m² sind um bis zu achtmal höher als die der direkten Umgebung. Der statistische Bezirk 1 in M5 umfasst im Wesentlichen den Verlauf der mittelalterlichen Stadt. Im innerstädtischen Bereich werden hier zusammen mit der Ludwigsvorstadt (Nr. 9) und dem Lehel (Nr. 13) die niedrigsten Einwohnerdichten ausgewiesen, was M3 ergänzt.
2. Die Innenstadt ist aufgrund des hohen Freizeitwertes ein wichtiges Freizeitzentrum im Stadtgebiet von München (M14). Darüber hinaus lassen sich hier 51,2 % der Arbeitsplätze auf 70,0 % der Verkaufsfläche Münchens nachweisen (M6). Insbesondere in den Branchen Textil, Möbel und Radio/TV hat die City gegenüber anderen Stadtteilen einen Verkaufsvorsprung (M7), während insbesondere Nahrungs- und Genussmittel in den Stadtteilzentren „vor Ort“ gekauft werden. Deswegen kann das unterirdische Einkaufszentrum am Stachus nur überwiegend als Versorgungsstation für Berufstätige, die schnell ein paar Kleinigkeiten zu kaufen haben, gewertet werden. Der Anteil der Einwohner in der Innenstadt beträgt dagegen lediglich 38 %. Das wird auch an der funktionalen Aufteilung der Fläche in der Innenstadt deutlich (M8). Zwischen 1960 und 1990 hat sich der Anteil der Wohnungsfläche stark zu Gunsten von Geschäften und Kaufhäusern verändert. Dies wird besonders südlich der Fußgängerzone bis hin zur Blumenstraße deutlich. Ausgeprägte Wohngebiete sind nur noch außerhalb des Innenstadtringes vorhanden. Hinzu kommt, dass auch in München eine Umstrukturierung der Gebäudenutzung hin zu Büros und Praxen des tertiären Sektors zu verzeichnen ist. Die verkehrsmäßige Erschließung der Innenstadt, die 1960 noch durch die Straßenbahn erfolgte, wird nunmehr durch die U-Bahn geleistet. Die Tram ist auf die Umfahrung der City reduziert worden.
3. Die Verlagerung der Wohnbevölkerung aus der Innenstadt in angrenzende Stadtbereiche ist kein singuläres Problem Münchens. Wie in anderen Städten auch, entstehen u. a. dadurch Nachfragen nach neuem Wohnland in der Region. So sind, durch die Anbindung an die S-Bahn, entlang dieser Entwicklungsachsen Städte aufgewertet und vergrößert worden. Hier werden – neben der City – die höchsten Miet- und Bodenpreise in der Region erreicht. Durch den schnellen Anschluss mit öffentlichen Verkehrsmitteln ist die Innenstadt als Arbeitsplatz schnell erreichbar. Die zunehmende Nachfrage an Gewerbegrundstücken kann in der Innenstadt auch nicht mehr befriedigt werden, sodass sich neue Betriebe, wie z. B. aus dem Bereich Elektronik, außerhalb der Stadt ansiedeln. Zudem kommt, dass Grundstücke im Umland preisgünstiger und mit weniger Umweltauflagen versehen sind; letztendlich ist auch die leichtere Erreichbarkeit ein Kriterium zur Ansiedlung im Umland. Die Entwicklung, die sich hier abzeichnet, entspricht etwa dem Vorbild in den USA, wo im Stadtumland Industrieparks angesiedelt worden sind. Der Suburbanisierungsprozess, der u. a. im Wanderungssaldo (M1) zum Ausdruck kommt, geht natur-

gemäß zu Lasten der Freiflächen und der Erhaltung der Landschaft. Es besteht die Gefahr der Zersiedelung. Das Umland wird durch die Emissionen des Verkehrs zunehmend belastet, der Straßenbau zerschneidet ökologisch wertvolle Flächen.

4. Eine der wichtigsten städtebaulichen Entwicklungen in neuerer Zeit ist der Bau von in sich abgeschlossenen Wohnvierteln außerhalb des Innenstadtbereichs, den sog. „Großwohnsiedlungen“. Eintönige, kaum zu unterscheidende Wohnbauten, auf das Auto abgestellte Verkehrsanlagen sowie einfallslose Grünflächen zwischen den Gebäuden beherrschen die Physiognomie derartiger Anlagen. Überwiegend als reine Schlafstädte konzipiert, sind hier kaum Arbeitsplätze und nur wenige Versorgungsmöglichkeiten vorhanden. Zudem kam, dass überdurchschnittlich viele sozial schwierige Gruppen hier Einzug fanden, was die Großwohnsiedlungen des Öfteren zu Brennpunkten sozialer Auseinandersetzungen werden ließ. In den vergangenen Jahren hat man versucht, diese Problematiken etwas zu entschärfen, indem zusätzliche Arbeitsplätze des sekundären und tertiären Sektors in erreichbarer Nähe entstanden. Auch in München ist dieses Konzept der Großwohnsiedlungen angewandt worden (M9). Insgesamt 32 Siedlungen der unterschiedlichsten Größe sind meist an der Innenstadtperipherie gebaut worden. Die größte davon ist die seit den sechziger-Jahren im Bau befindliche Siedlung Neu-Perlach mit einer geplanten Anzahl von 23 000 Wohneinheiten für rund 80 000 Einwohner sowie 30 000 Arbeitsplätzen. Der erste Bauabschnitt wurde 1973 fertiggestellt. Die Anbindung an die Innenstadt erfolgt über eine U-Bahn-Linie. Anfang der 80er-Jahre wurde das Einkaufszentrum fertiggestellt, das über die Wohnsiedlungsgrenzen hinaus seinen Einzugsbereich in das östliche Umland hat. Im Gegensatz zu den oben angesprochenen Großsiedlungen der frühen Epoche ist Neu-Perlach als selbstständige Stadt geplant. Die Ausstattung mit sozialer, kultureller, kirchlicher und zentralörtlicher Infrastruktur lässt Neu-Perlach zu einer Entlastungs-„Stadt“ werden. Darüber hinaus sind über 20 000 Arbeitsplätze entstanden, von denen mehr als die Hälfte vom hier in seinem Einzugsbereich dominanten Siemens-Konzern gestellt werden. Die übrigen Stellen konzentrieren sich auf den tertiären Sektor und sind somit sog. „sichere Arbeitsplätze“.

5. Die Stadt München ist eingebettet in die sog. Bayerische Planungsregion 14, mit der raumordnerische und regionalpolitische Maßnahmen gesteuert werden (M15). Für die Region ist eine Entwicklung von zentralen Orten in Verbindung mit der Ausweisung von Entwicklungsachsen vorgesehen. Um das Oberzentrum München siedeln sich 9 Mittelzentren an, die über einen S-Bahn-Anschluss mit der Kernstadt verbunden sind. Entlang der Entwicklungsachsen werden Siedlungsschwerpunkte gebildet, die den Verdichtungsraum bilden und die verkehrstechnisch durch Eisenbahnlinien bzw. Bundesstraßen erschlossen sind. Die Stadt München stellt innerhalb der Planungsregion ca. die Hälfte aller Einwohner, Arbeitsstätten und Kraftfahrzeuge auf 5,6 % der Fläche. dass sie regional bedeutend für den Arbeitsmarkt ist, wird daran erkenntlich, dass fast 70 % der Beschäftigten hier arbeiten. Die Region 14 ist als Wachstumsregion innerhalb Deutschlands Anziehungspunkt von Zuwanderern: Sowohl das nationale als auch das internationale Wanderungssaldo ist positiv. Während in die Kernstadt auch ein positives Saldo besteht, wandern doch aus München eine große Anzahl von Personen in die Planungsregion ab. Offensichtlich spielen hier sowohl subjektive (z. B. Wohnwert) als auch objektive (z. B. Mietpreis) Gründe eine Rolle. Insgesamt lässt sich für München mittlerweile aber wieder eine positive Bevölkerungsentwicklung aufzeigen. Insgesamt schneidet die Region München im Vergleich mit Regionen ähnlicher Struktur außerordentlich positiv ab und bestätigt sich als ein dynamisches, zukunftsorientiertes Gebiet. Bedingt durch den hohen Anteil der sog. „weißen Industrie“, liegt die Region München bei der Bruttowertschöpfung über, bei den Industriebeschäftigten unter dem Durchschnitt vergleichbarer Regionen und weist nur einen geringen Prozentsatz an Arbeitslosen auf. Durch die o. a. Verlagerungsmöglichkeiten der Betriebe kann auch hier das Umland von der wirtschaftlichen Ausstrahlung Münchens profitieren.

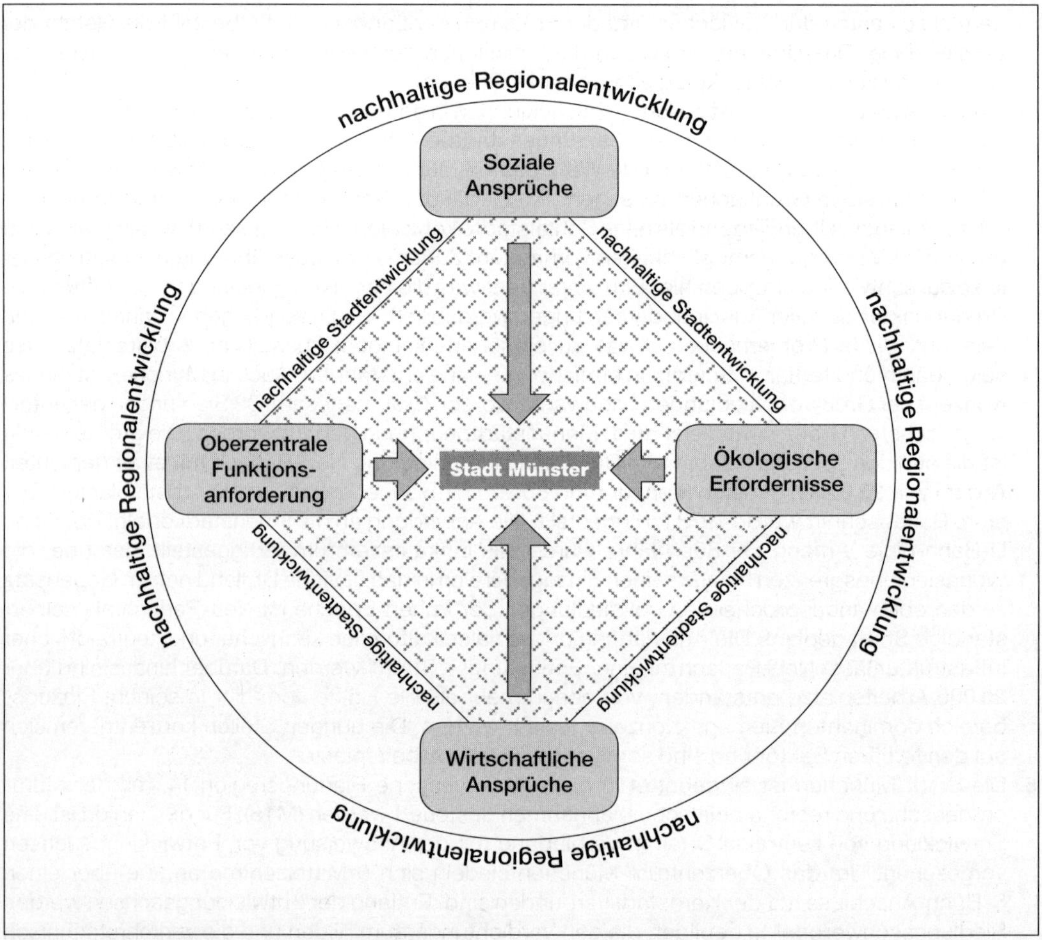

Nachhaltige Entwicklung aus kommunaler Sicht

Hauff, Th.: Zukunftsperspektiven der Stadt Münster im Rahmen der nachhaltigen Stadtentwicklung, in H. Heineberg, K. Temlitz (Hg.): Osnabrücker Land, Westf. Geographische Studien 48, (Münster) 1998

Stadt und Raum weltweit SB 382–404

1. Verstädterung und Metropolisierung SB 382–389

1. **Metropolen der Dritten Welt:** Rasches und unkontrolliertes Bevölkerungswachstum führt zu einer Überlastung der bestehenden Infrastruktur; die Städte kommen mit deren Ausbau nicht nach. Anhaltende Zuwandererströme und chronischer Geldmangel (neuerdings auch Mülltourismus) geben zu einer optimistischen Bewertung von Deklarationen keinen Anlass.
   Metropolen in Industrieländern: Ihre Probleme sind vielfach die Folgen ökonomischen Wandels (Veränderung von Raum- und Produktionsstrukturen, Konjunktur; vgl. SB S. 33 ff.) und sich damit verschärfender sozialer Gegensätze. Wachsende Obdachlosigkeit, Drogensucht und Gewaltkriminalität erscheinen als Ausdruck (sozial-) politischer Ohnmacht.
2. Zur Begriffsklärung vgl. SB S. 382 und S. 414; Beispiele **Verstädterungsquote:** Welt um 1800 3 %, 1980 41 %; Großbritannien: fast Verdoppelung (von 48 % auf 88 %) zwischen 1800 und 1980; Deutschland 1989 ca. 85 %, Schweiz 60 %, Uganda 10 %. **Verstädterungsrate:** Schweiz, Kanada und Norwegen 1980–1989 jährlich 1 %, Türkei 6 %, Tansania fast 11 %.
3. Ein sichtbares Wachstum setzt in Dortmund um 1850, in Detroit ca. 20 Jahre später ein. Es wird ausgelöst durch den Aufbau der Eisen- und Stahlindustrie (vgl. Atlas und SB S. 33 f.). 1929 erreicht Dortmund sein Maximum von ca. 0,7 Mio. E., der Einbruch ist die Folge der Wirtschaftskrise und des Krieges. Der Wert von 1960 ist durch konjunkturell bedingte Zuwanderung und durch Eingemeindungen zu erklären. Die Bevölkerungszahl von Detroit erreicht 1950 mit ca. 1,8 Mio. E. den Höchststand (zum Rückgang vgl. SB S. 34). Nowosibirsk wurde zwar schon 1726 gegründet, die Einwohnerzahl steigt jedoch erst seit 1925 deutlich. Ein Hemmfaktor für frühere Entwicklungsimpulse war die Entfernung von den alten Zentren und deren Ausrichtung auf Westeuropa; seit der Revolution 1918 wird verstärkt auf die Erschließung eigener Ressourcen gesetzt.
4. Bis in die erste Hälfte des 19. Jahrhunderts hinein ist der Verstädterungsgrad weltweit gering. Mit der Industrialisierung Europas und Nordamerikas wächst dort die Stadtbevölkerung, während auf dem Land immer weniger Menschen für die Produktion landwirtschaftlicher Güter nötig sind. Einzelne Städte entwickeln sich aufgrund ihres Arbeitsplatzangebotes und/oder ihrer Attraktivität (Wirtschaftskraft, Hauptstadt) zu Agglomerationen; Städte in wirtschaftlichen Aktivräumen wachsen zu Verdichtungsräumen zusammen. Technische Fortschritte sowie Wirtschafts- und Sozialpolitik führen besonders im 20. Jh. zu einer Angleichung der Lebensformen in Stadt und Land. Bis zum Ende des 20. Jh. wird der Verstädterungsgrad der Weltbevölkerung etwa 51 % betragen, wobei der Urbanisierungsprozess nunmehr vorwiegend in den Entwicklungsländern und deren Metropolen stattfindet.
5. Die größten Städte der Erde liegen 1950 überwiegend in Industrieländern, nur zwei haben mehr als 10 Mio. E. Im Jahr 2025 werden von den 15 führenden Agglomerationen mit mehr als 10 Mio. E. die meisten in Entwicklungsländern liegen. Die Gründe hierfür liegen neben der Bevölkerungsentwicklung u. a. in den Push- und Pull-Effekten für die Metropolen der Entwicklungsländer, sowie in politischen und wirtschaftlichen Steuerungsmaßnahmen für die Industrieländern.
6. Verallgemeinernd kann man sagen: Je höher der Entwicklungsstand, desto höher die Verstädterungsquote und desto niedriger die Verstädterungsrate (der Verstädterungsprozess ist mehr oder weniger abgeschlossen). Bei den folgenden Beispielgruppen sind in Klammern Ausnahmen aufgeführt. **Äthiopien, Malawi, Niger, Uganda, Bangladesh, Laos** (Bolivien, Mauretanien): unterentwickelte Länder mit geringem V.-grad (10 %–30 %) und hoher V.-rate (> 5 %). **Ecuador, Nicaragua, Marokko, Syrien, Malaysia, Philippinen** (Indonesien, Sri Lanka): Entwicklungsländer mit günstigen Voraussetzungen; mittlere V.-quote (40 %–60 %) und V.-rate (3–5 %). **Brasilien, Mexiko, Irak, Südkorea und Republik Südafrika** (Chile, Türkei, Saudi-Arabien): Schwellenländer mit relativ hohem V.-grad (60 %–80 %) und mittlerer V.-rate (3 %–5 %). **Belgien, Deutschland, Großbritannien, USA, Japan:** höchst entwickelte Länder mit einer V.-quote > 70 % und einer V.-rate < 2 %.

7. Kernaussage der **Modernisierungstheorie:** Die Entwicklungsländer befinden sich in einem wirtschaftlichen Stadium, das die Industrieländer bereits im 19. Jh. durchlaufen haben; die Modernisierung geht von den Städten aus. Der erwähnte Beleg kann in M6 nachvollzogen werden. Doch bleiben dabei die regionalen und sozialen Disparitäten (vgl. Brasilien und Ägypten) ebenso unbeachtet wie die Tatsache, dass sich die Industrieländer von innen heraus entwickeln konnten, während sich die Entwicklungsländer (im Rahmen wirtschaftlicher Beziehungen und Entwicklungshilfe) von einem hohen medizinischen und technologischen Standard sowie einer Fülle moderner Konsumgüter beeinflusst sehen. Insofern ist eine Vergleichbarkeit zwischen Industrie- und Entwicklungsländern nicht gegeben.
Dependenztheorie: Die Entwicklungsländer befinden sich in wirtschaftlicher Abhängigkeit von den Industrieländern. Industrieländer errichten in den Metropolen und Großstädten der Entwicklungsländer Inseln des Fortschritts. Dieser Erklärungsansatz für die Verstädterung in der Dritten Welt kann an den Beispielen Brasilien und Ägypten nachvollzogen werden, reicht aber allein nicht aus (politische, gesellschaftliche Strukturen).

8. 1940 leben auf der Erde von ca. 2,3 Mrd. Menschen 105 Mio. (4,5 %) in Metropolen, ein Drittel davon in Großmetropolen (> 5 Mio. E.). Im Jahr 2000 werden von etwa 6,1 Mrd. Menschen 1,2 Mrd. (20 %) in Metropolen leben; über die Hälfte von ihnen in Städten mit > 5 Mio. E., eine Größenordnung, die fast der gesamten metropolitanen Bevölkerung von 1980 entspricht. Dieser Trend zum Leben in Metropolen, vor allem Großmetropolen, vollzieht sich seit 1940 sprunghaft in den Entwicklungsländern. 1960 ist dort die Zahl der Bewohner von Millionenstädten so groß wie 1940 weltweit; 1980 ist ihre metropolitane Bevölkerung fast so groß wie die der Industrieländer im Jahr 2000.

9.

	Metropolisierungsgrad (%)				**Anteil der metropolitanen Bevölkerung an der Erdbevölkerung (%)**	
	1940	**1960**	**1980**	**2000**	**1960**	**2000**
Erde	4,5	8,5	12,5	20,0	8,5	20,0
Lateinamerika	5,0	15,0	24,0	40,0	0,5	4,0
Afrika	< 1,0	2,0	8,0	15,0	< 0,5	2,5
Südasien/Ozeanien	< 1,0	3,5	8,0	16,0	< 0,5	6,0
Europa	8,0	12,0	15,0	16,0	0,8	1,5
Nordamerika	13,0	28,0	39,0	42,0	0,9	2,0

Nordamerika und Europa haben 1940 den höchsten Metropolisierungsgrad. Während er sich in Europa bis zum Jahr 2000 verdoppeln wird, steigt er in Nordamerika auf mehr als das Dreifache. Seit 1960 nimmt Lateinamerika den zweiten Rang ein und erreicht im Jahre 2000 fast die Quote Nordamerikas. Europa, Afrika und Südasien werden dann in etwa den gleichen Metropolisierungsgrad haben.

10. Die aufgeführten Metropolen haben im jeweiligen Kontinent mit die höchsten metropolitanen Wachstumsraten. Bei Accra, Bombay, Delhi und São Paulo ist der Migrationsanteil größer als das natürliche Wachstum, bei Djakarta, Metro Manila und Mexico City sind die Verhältnisse umgekehrt. Bei den genannten Städten handelt es sich entweder um die Hauptstadt oder eine Wirtschaftsmetropole. Wie auch M8 zeigt, ist der Metropolisierungsgrad in Lateinamerika, Afrika und Südasien/Ozeanien im Zeitraum 1960–1980 auffallend gestiegen. Afrika wird bis 2000 die höchsten metropolitanen Wachstumsraten haben, während sich in Lateinamerika und Südasien/Ozeanien der Trend zur Großmetropole verstärkt (vgl. M5).

11. Paris ist seit jeher die größte und bedeutendste Stadt Frankreichs. Die Hauptstadt hat mit > 5 Mio. E. die mit Abstand größte Einwohnerzahl, die höchste Bevölkerungsdichte aller französischen Städte und ist wirtschaftlicher Knotenpunkt. Paris ist Metropole, demographische und funktionale primacy (Primatstadt). Das gleiche gilt für Metro Manila, nur ist hier der Vorrang der primacy vor den übrigen Städten ungleich größer und hat sich bis 1985 ständig verstärkt.

12. Wohnfunktion wird durch Tertiärfunktion aus dem Stadtkern verdrängt. Dort sinken Bevölkerungsdichte und Sozialstatus der Bewohner, die Bodenpreise steigen. Die Stadt verwächst durch Ansiedlung von Tertiärfunktionen und Infrastruktureinrichtungen mit ehemaligen Dörfern, die sich ihrerseits zu Nebenzentren entwickeln. Bevölkerung mit höherem Sozialstatus siedelt sich dort an, sodass dort der Bodenwert steigt. An anderer Stelle wird die Stadt durch Industrieansiedlung sowie Arbeiterwohngebiete erweitert. Als Bindeglied zwischen Kernstadt und Erweiterungsgebiet hat sich eine Mischzone aus Wohnfunktion (innerstädtische Slums) und Gewerbe gebildet. Die jüngsten Ausbauspitzen bilden Hüttenviertel (randstädtische Slums).

13. Die metropolitanen Kerngebiete von Städten der Industrieländer verzeichnen Anfang des Jahrhunderts die höchste Bevölkerungsdichte (Paris 27000 E./ km²). Seitdem vollzieht sich dort ein mehr oder weniger kontinuierlicher Rückzug (Stadtrand-Wanderung). Auch die Metropolen der Schwellenländer sind von diesem Prozess seit 1960 (São Paulo, Seoul 1966, Mexico City 1970) erfasst. In den Millionenstädten der Entwicklungsländer nimmt die Verdichtung noch mehr oder weniger ungebremst zu.

14. **Vorteile der Suburbanisierung:**

a) für die Bevölkerung: Wohnen im Grünen, besseres Wohnungsangebot, bessere Wohnqualität;
b) für Industrie und Gewerbe: großes Flächenangebot, niedrige Grundstückspreise, bessere Erreichbarkeit, weniger Nutzungs- und Investitionsbeschränkung; bei Verlagerung Nähe zum alten Standort und Umzug in moderne Räume.

Probleme:

Landschaftsverbrauch, Zersiedelung, mehr Mobilität und Verkehr; Bevölkerungsrückgang, soziale Entmischung und funktionale Verarmung in den Innenstädten; sinkendes Kunden- und Kaufkraftpotenzial des Einzelhandels für kurz- und mittelfristigen Bedarf im Stadtkern.

2. Mexico City – Wachstumsprobleme einer Stadt — SB 390

1. Im Jahr 1910 hatte Mexico City weniger als 500 000 Einwohner. Bis 1950 verdoppelte sich die Bevölkerung in jeweils 20 Jahren (+118 %, +117 %); in weiteren 20 Jahren wuchs sie noch einmal um 30 % auf insgesamt 2,9 Mio. E. 1970. Die Bevölkerungsdichte entwickelte sich von 2500 E./km² (1910) auf 7000 (1930), 16 000 (1950) und 21 000 (1970). Durch Industrialisierung und Zuwanderung einerseits und Verlagerungsprozesse andererseits wurde das Umland in den Wachstumsprozess einbezogen.

Mexico D. F. verzeichnete das höchste Bevölkerungswachstum mit 148 % zwischen 1930 (1,23 Mio. E.) und 1950; zwischen 1950 und 1970 erreichte der Zuwachs 125 % (auf 6,87 Mio. E.). Seit 1980 verlangsamt sich das relative Wachstum (+70 % auf 11,7 Mio. E. 1995), absolut steigt die Bevölkerungszahl mit 2,87 Mio. stärker als je zuvor. Zwischen 1900/1921 wuchs die **Siedlungsfläche** im SW über die Stadtgrenze, 1930/1940 im W über die Distriktgrenze hinaus; seit 1953/1960 weitet sie sich nach NW und NO aus. Die **metropolitane Zone** umfasste 1930 80 km² mit 1,28 Mio. E., 1995 waren es 1499 km² (+1774 %) mit ca. 15,5 Mio. E. (+1110 %).

2. Das Schema und die soziale Differenzierung in Mexico City zeigen einige Parallelen: Stadtzentrum in sozialem Abstieg/innerstädtische Elendsviertel, degradierte ehemalige Wohnviertel, ältere Massenquartiere; im SW und S linienhafte Anordnung der Mittel- und Oberschichtenviertel/sektorale Verlagerung der Wohnviertel der Mittel- und Oberschicht; neue Wohngebiete (Arbeiterkolonien)/Viertel des sozialen Wohnungsbaus; Colonias Proletarias/randstädtische Hüttenviertel. Die Verbreitung der Unterschichten ist auch in Mexico City an die Industriestandorte geknüpft.

3. Bevölkerungswachstum in der metropolitanen Zone in %

	1930–40	1940–50	1950[1]–60	1960–70	1970–80[2]	1940[1]–80
Mexico D.F.	43	74	60	43	37	446
Randzone	26	48	184	395	139	5133
Metropolitane Zone	42	73	65	69	59	666

[1] Netza 1958; [2] Netza 1979

Der Bevölkerungszuwachs vollzieht sich seit 1950 im Wesentlichen in der Randzone (vgl. Regierungsverordnung von 1945), während Mexico City Abwanderung zu verzeichnen hat (1960–70: 600 000 E.; Suburbanisierung). In der Randzone sind Einwanderungsströme verstärkt auf Netza gerichtet, das 1960 einen Bevölkerungsanteil von 17 % und 1979 von 48 % hat.

4. Problematik: Entstehung marginaler Hütten- bzw. Elendsviertel wie z. B. Netza, da der Aufbau von Infrastruktur und Arbeitsplatzangebot mit dem Wachstum nicht Schritt halten können. Die Problematik wird durch Planungsprobleme verstärkt.

5. Ein großer Teil der Hochtalregion ist der metropolitanen Siedlungsfläche zum Opfer gefallen. Der Texcoco-See (mit seiner Funktion als Grundwasserspeicher und Auffangreservoir für Oberflächenwasser) ist bis auf eine kleine Restfläche trockengelegt.

6.

Städtische Überbauung
↓
Speicherfunktion des Waldes entfällt
↓
oberflächlicher Wasserabfluss
↓
Bodenerosion
↓
Zerstörung der Vegetationsdecke
↓
Überschwemmungen

Holzeinschlag / Weidewirtschaft
↓
Grundwasserspiegel sinkt
↓
Brunnen versiegen
Bodenabsenkungen
↓
Auffüllung des Seebodens
↓
Wassermangel

Trockenlegung des Texcoco-Sees
↓
Staubstürme

7. In den Wintermonaten liegt Mexico City unter dem Einfluss des Passatregimes. Der Wind weht vorherrschend aus N/NO und streicht dabei über den ausgetrockneten Seeboden. Der aufgewirbelte Staub wird über das gesamte Stadtgebiet verfrachtet und abgelagert, in nur einem Monat (März) bis zu 50 t/km^2 in der Nähe des Sees, 10 t/km^2 noch 25 km entfernt.

8. 1970 verbrauchte jeder Einwohner von Mexico City durchschnittlich 380 Liter Wasser pro Tag (Bewässerung privater Gärten, Autowäsche, Wasserverluste u.a.); 34 m^3/Sek. mussten dafür gefördert werden. Der Großteil konnte noch aus den Fördergebieten der städtischen Zone gewonnen werden. Im Jahr 2000 wird die Bevölkerung um 66 % gewachsen sein, der Wasserverbrauch bei steigender Tendenz um 77 %. Zwangsläufig müssen entferntere Reservoirs erschlossen werden um die Bevölkerung zu versorgen. Etwa 60 m^3/Sek. sollen in Nachbarregionen gefördert werden. Dabei müssen hohe Erschließungs- und Transportkosten einkalkuliert werden, sodass die Stadt langfristig gesehen die Verschwendung nicht weiter subventionieren kann.

9. Die Belastung der Luft durch die zehnprozentige Überschreitung der internationalen Schadstoffstandards für Stickoxyde im NO der Stadt wird hauptsächlich durch die dort ansässige Industrie mit ihren z.T. veralteten Produktionsanlagen verursacht. Der Autoverkehr sorgt in der

Stadtmitte für die mit 30 % beträchtliche Überschreitung des oberen Grenzwertes der Kohlenmonoxyd-Emission. Im Bereich des Texcoco-Sees überschreitet die Schwebstaubkonzentration mit 70 % am häufigsten die erträglichen Werte. Neben den Humanfaktoren spielen die naturräumlichen Bedingungen eine Rolle: Die Beckenlandschaft und Inversionswetterlagen erschweren einen reinigenden Luftmassenaustausch; bei vorherrschender nördlicher Windrichtung werden ständig Industrieabgase und Staub über die Stadt geweht. Die Luftverschmutzung beeinträchtigt die Gesundheit der Bevölkerung, vor allem der Kinder.

10. Probleme des Großraumes Mexico City:
Bevölkerung/Siedlung: explosives Bevölkerungswachstum, hohe Bevölkerungsdichte, grenzüberschreitendes Flächenwachstum, Planungsprobleme, Elendsquartiere.
Infrastruktur: Mängel bei der Wasserver- und -entsorgung, nicht ausreichendes Arbeitsplatzangebot, unzureichende Verkehrsinfrastruktur.
Umweltprobleme: Luftverschmutzung durch Massenverkehr und räumliche Konzentration der Industrie, Schwebstaub; Landschaftsverbrauch, Schädigung der Vegetation.

3. Kairo – Stadt- und Raumplanung in einem Entwicklungsland SB 397

1. Kairo ist Hauptstadt (Ministerien, staatliche Institutionen), Metropole (>15 Mio. E., >20 000 E./km², ca. ein Fünftel der ägyptischen Bevölkerung) und Primatstadt (50 % der sekundären und tertiären Arbeitsplätze; Großteil von Organisationen, Parteien u. a.). Diese Vorrangstellung entwickelte sich aus der günstigen geographischen Lage und den wirtschaftspolitischen Entscheidungen der beiden letzten Jahrhunderte.

2. Zu Beginn des 19. Jahrhunderts hatte Kairo ca. 220 000 E. Durch wirtschaftliche Maßnahmen der damaligen Herrscher und den Einfluss der Engländer verdreifacht sich die Bevölkerung innerhalb des Jahrhunderts. Die beiden Weltkriege führen zu einem Industrialisierungsschub, in dessen Folge sich die Einwohnerzahl noch einmal auf ca. 2 Mio. E. mehr als verdreifacht. Eine weitere Verdreifachung auf 6,2 Mio. E. erfährt Kairo bis 1985.
Der Vergleich der Zuwachsraten von Kairo (Verwaltungsbezirk) und der Region Groß-Kairo mit dem Landesdurchschnitt zeigt, dass die Werte für die Metropole mit bis zu 4,7 % meist deutlich höher liegen (Zuwanderung von Arbeitsuchenden, nachziehende Angehörige). Nach 1966 fällt die Zuwachsrate von Kairo erstmals unter den nationalen Durchschnitt (wirtschaftliche Depression nach dem Sechstagekrieg, Arbeitsemigration); seit den fünfziger-Jahren hat die Region Groß-Kairo das stärkste Bevölkerungswachstum (Suburbanisierung und Zuwanderung, seit 1966 natürlicher Zuwachs). Ergebnis dieser Entwicklung ist eine Bevölkerungsdichte von mehr als 20 000 E./km² in weiten Teilen der Großregion. Im Zentrum der Stadt leben z. T. mehr als 100 000 E./km². Die Siedlungsfläche Kairos und seiner Randbereiche hat sich zwischen 1875 und 1977 fast auf das Vierzigfache ausgedehnt.

3. Das ägyptische Siedlungs- und Kulturland ist auf das schmale Niltal und das Delta beschränkt. Durch das Ausufern Kairos geht Acker- und Gartenland verloren und es verteuert sich das Bauland. Der Staat kann nicht genügend Wohnraum bauen, sodass ein Großteil der Bevölkerung mittlerer und unterer Einkommensschichten von Spekulanten illegal errichtete Unterkünfte bewohnt.

4. Wie auch andere Dritte-Welt-Metropolen (vgl. Mexico City) hat Kairo das Problem, dass die bestehende Infrastruktur (Wohnungen, Straßen- und Wegenetz, Abwasserentsorgung) und das Arbeitsplatzangebot dem Ansturm nicht gewachsen sind.
Dies zeigt sich insbesondere im Massenverkehr, der zudem durch das Nebeneinander von modernen und traditionellen Verkehrsmitteln belastet wird. Während die Entschärfung des Verkehrsproblems hohe Investitionssummen verschlingt, hat man für die Abfallentsorgung ein gut funktionierendes System entwickelt, das eine gesicherte Existenzgrundlage für die organisierten Müllsammler darstellt, die zudem den Müll sortieren und einer teilweise Wiederverwertung zuführen.

5. Bis zum Jahr 2000 soll die städtische Siedlungsfläche nur noch in den Randbereichen aufgefüllt und bis zur geplanten Ringstraße erweitert werden. Auf diese Weise wird dem Ausufern in das Kulturland ein Grenze gesetzt. Neue Städte bzw. Siedlungen und Industriegebiete liegen auf Wüstenboden an größeren Verkehrswegen, die Kairo mit anderen regionalen Zentren verbinden.
6. Obwohl Kairo in Bezug auf den Planungsraum Unterägypten eine periphere Lage einnimmt, ist es der wichtigste Sammelpunkt für überregionale Versorgungs- und Verbindungslinien. Eine vierspurige Straße führt von der Metropole nach Sues, Ismailia und Alexandria, eine zweispurige Eisenbahnlinie verbindet sie direkt mit 9 Regionalzentren im Delta und an der Küste bzw. am Sues-Kanal. Kairo bündelt mehrere Pipelines und Elektrizitätsleitungen und verteilt sie in das Delta und nach Oberägypten. Die Karte unterstreicht die Vorrangstellung Kairos innerhalb Ägyptens.
7. **Solitärstädte:** liegen außerhalb von Groß-Kairo und werden als eigenständige Zentren mit den grundlegenden Funktionen ausgestattet (Wohnungen, Arbeitsplätze, Versorgungseinrichtungen).
   Stadterweiterungen: entstehen an den Ausbauspitzen, haben hauptsächlich Wohnfunktion und sollen Arbeitspendler aufnehmen.
   Satellitenstädte: liegen im Randbereich von Groß-Kairo an wichtigen Ausfallstraßen. Sie sollen den Zuwachs von Kairo auffangen und bieten Arbeitsplätze.
8. Die Raumplanung sieht vor, das Fruchtland zu schonen und Kairo durch Dezentralisierung zu entlasten. Dies soll durch den Bau von neuen Städten geschehen. Die Solitärstädte Sadat City und Tenth of Ramadan liegen relativ weit von Kairo und vom Fruchtland des Deltas entfernt und sind schlecht in das bestehende Infrastruktursystem eingebunden. Deshalb ist es fraglich, ob sie von einer auf die vielfältigen Möglichkeiten der Metropole ausgerichteten Bevölkerung angenommen werden. Aufgrund der Verbindung Ismailia-Kairo und der Anbindung an Zaqaziq ist es bei entsprechender wirtschaftlicher Förderung denkbar, dass sich Tenth of Ramadan zu einem selbstständigen Zentrum entwickeln kann.
   Günstiger sind die Bedingungen für die Satellitenstädte, da sie innerhalb der Stadtregion als zukünftige Urbanisierungszentren vorgesehen sind. Inwieweit diesen Dezentralisierungsplänen Erfolg beschieden sein wird, hängt sehr stark von regionaler Wirtschaftsplanung und Förderung der Vorhaben ab.
9. Die Erschließung ist in Tenth of Ramadan am weitesten fortgeschritten, denn viereinhalb der sechs vorgesehenen Industriegebiete sind im Aufbau bzw. fertiggestellt und ca. sechzig Betriebe haben allein in Gebiet B2 die Produktion aufgenommen. Die dynamische Entwicklung von Sixth of October lässt eine noch günstigere Entwicklung erwarten, wohingegen der Aufbau in Sadat City – bei erst zwanzig produzierenden Betrieben – eher schleppend verläuft. Noch langsamer geht der staatliche Wohnungsbau vonstatten, sodass ein Großteil der in den neuen Betrieben beschäftigten Arbeiter täglich pendeln muss, es sei denn, die Unternehmer haben Zwischenlösungen (Werkswohnungen für Wochenendheimfahrer) geschaffen.

Einwohner und Industriebeschäftigte in den neuen Städten

Neue Stadt	Einwohner (in 1000) geplant bis 1989	tatsächlich bis 1994	Industriebeschäftigte (in 1000) bis 1/95
Tenth of Ramadan	250	105	116
Sixth of October	250	100	94
Sadat-City	143	18	12
Insgesamt	643	223	222

(aus: MEYER, G.: Kairo. In: Georaphische Rundschau 48, 1996, H. 2, S. 102)

10. Zum unterschiedlichen Stand der Erschließung lässt sich generell feststellen: Je näher die Stadt am Wirtschaftszentrum Kairo liegt, desto größer sind die Nachfrage nach Betriebsflächen und die Investitionsbereitschaft. Dies zeigt sich in der dynamischen Entwicklung in Sixth of October und in der schleppenden Industrialisierung in Sadat City. Dies hängt nicht zuletzt mit den Möglichkeiten, Arbeitskräfte zu rekrutieren zusammen. Mit wachsender Entfernung von Kairo sind Fachkräfte nur mehr über höhere Löhne zu gewinnen.

11. Die Branchenstruktur der neuen Städte wird von modernen Industrien dominiert: chemische und pharmazeutische Industrie und Metallverarbeitung sowie Elektroindustrie (hohe Beschäftigtenzahlen und Investitionen; Nachholbedarf); es folgen traditionelle Industrien wie die Baubranche (Nachfrage durch den Bau der neuen Städte) und die Textilindustrie. Über 50 % der Betriebe, insbesondere die der Chemie-, Holz- und Druckindustrie, sind bei ihrem Bezug von Rohstoffen und Vorprodukten von Importen abhängig (Abhängigkeit von Importlizenzen, z. T. lange Bearbeitungsdauer; Beitrag zur Auslandsverschuldung).

12.

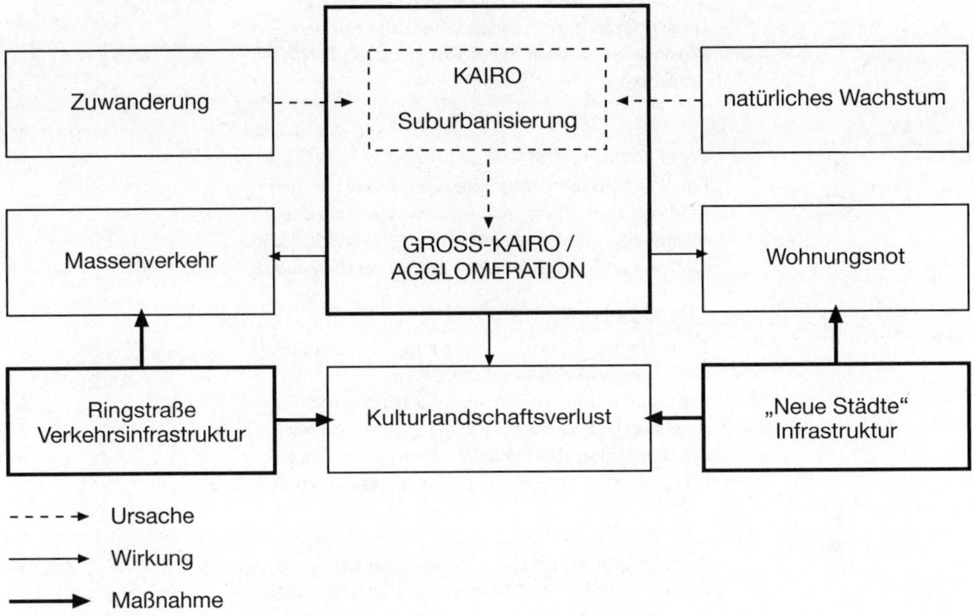